FLASH

Kendall Ryan

Traduit de l'anglais
par Elsa Ganem

City
Roman

Publié aux États-Unis, sous le titre *Working it*
par Atria, une division de Simon & Schuster, Inc.

Photo de couverture : © Shutterstock / Studio City
ISBN : 978-2-8246-0587-6
Code Hachette : 42 0012 6

Rayon : Roman

Collection dirigée par Christian English et Frédéric Thibaud
Catalogues et manuscrits : www.city-editions.com

Dépôt légal : avril 2015
Imprimé en France par France Quercy, 46090 Mercuès - n° 50398/

Pour mes plus grands fans, mon grand-père et ma grand-mère, Roy et Isie. Votre histoire d'amour est née en Écosse en 1951 et a résisté à l'épreuve du temps. Je vous aimerai toujours. Tu me manques, grand-père.

Parfois, on sait qu'on ne devrait pas
et c'est exactement pour ça qu'on le fait.

— INCONNU —

Note de l'auteur

Je n'avais pas l'intention que ce livre soit raconté avec un double point de vue. Je l'ai d'abord écrit uniquement selon la perspective d'Emmy. Mais Ben ne voulait pas se taire. Je n'arrêtais pas d'entendre sa voix dans ma tête, alors je suis revenue sur ma décision et l'ai mis sous le feu des projecteurs en ajoutant sa perspective à plusieurs points de l'histoire. Ce n'était pas ce que j'avais prévu initialement, et cela peut paraître peu conventionnel, mais lorsque Ben me demande de faire quelque chose, j'essaie d'être une gentille fille et de l'écouter. Il peut être très persuasif. Vous verrez.

PROLOGUE

Aujourd'hui

Cela faisait un mois que je ne l'avais pas vu, mais mon corps devinait encore quand il se trouvait dans les parages. Je ressentis des picotements dans la nuque et croisai les bras autour de ma taille, comme si je savais que mon corps était sur le point de s'effondrer.

Je jetai un coup d'œil par-dessus mon épaule et vis Ben Shaw (et son charme dévastateur) passer les portes vitrées, un bagage compact à la main. J'eus un douloureux pincement au cœur.

Des souvenirs oubliés depuis longtemps s'infiltrèrent dans mon cerveau. Ses grandes mains sur mes hanches, sa bouche mordillant mon cou… les grossièretés qu'il murmurait à mon oreille. La façon dont sa magnifique bouche se transformait en un sourire de travers lorsque j'essayais de me refuser à lui. Mon cœur, bien qu'entièrement détruit, ne battait que pour lui. Mes mains brûlaient de le toucher ; mon corps rêvait d'être blotti contre le sien. Et il n'y avait absolument rien que je pouvais faire pour ça.

Le mois précédent, j'avais démissionné et fui New York pour retrouver la sécurité et le confort de la maison familiale dans le Tennessee. Aujourd'hui, je me trouvais sur le bord du trottoir de LaGuardia, l'un des aéroports les plus animés du monde, et heurtais de plein fouet la raison qui m'avait poussée à partir. Mais Ben, qui avançait d'un pas résolu, ne m'avait pas encore remarquée.

Détournant le regard, je m'efforçai de me sortir de là. Je me retournai en espérant que Ben ne me verrait pas, et je claquai des doigts pour attirer l'attention d'un chauffeur de taxi. Il accéléra en passant devant moi comme si je n'existais pas. *Va comprendre. Foutus taxis new-yorkais.* Alors que je m'éloignais du trottoir, les yeux de Ben parcoururent la file de voitures en stationnement. Je ne me trouvais qu'à quelques mètres de lui, et il ne m'avait toujours pas vue. Je me sentais à la fois soulagée et vexée. Je resserrai mon étreinte sur mon corps, mais c'était tout juste si je tenais le coup.

— Emmy…

Le timbre profond de sa voix s'immisça en moi de manière familière, nouant mon estomac et faisant flageoler mes genoux. Mes yeux se fermèrent lentement.

Comment ose-t-il prononcer mon nom ? Il avait perdu ce droit depuis longtemps. Il devrait y avoir un endroit spécial en enfer réservé aux petits copains qui mettent une autre femme enceinte. La main en l'air, je fis signe à un taxi qui passait. Argh. Pas de chance.

— Emmy, attends.

Il franchit la distance qui nous séparait et tendit le bras vers moi.

Ne me touche pas. Je bondis hors de sa portée. Je n'aurais pas pu supporter le contact de ses doigts chauds sur ma peau. Cela aurait évoqué trop de souvenirs que je m'efforçais de tenir à l'écart. Je regardai les voitures passer, incapable de l'affronter.

— Comment va le bébé ? ne pus-je m'empêcher de demander, tout comme je ne pus éviter le ton amer dans ma voix.

Du coin de l'œil, je le vis déglutir péniblement en glissant ses mains dans ses poches.

— On devrait discuter, Emmy.

— Je n'ai rien à te dire.

— Moi si. Il y a certaines choses que tu devrais savoir.

Qu'est-ce qui pourrait être si important ?

Je me retournai brusquement pour lui faire face, ma queue-de-cheval lui giflant le visage. Des cernes noirs marquaient ses yeux. Il avait une mine atroce. Ses insomnies étaient à l'évidence revenues. Un jour, il m'avait dit que dormir à mes côtés était la seule chose qui les tenait en échec. Je fermai brièvement les yeux, mais les souvenirs refusèrent de rester confinés.

Des images de son corps chaud pelotonné autour du mien, la façon dont il marmonnait dans son sommeil et la sensation de ses lèvres frôlant ce point sensible sur ma nuque s'insinuèrent dans ma tête.

J'eus un haut-le-cœur. *Tiens bon, Emmy.* M'assurant de retenir les chaudes larmes qui menaçaient de s'échapper, je pris une inspiration tremblante.

Cet homme grand et beau ébranlait mes sens. Il affichait un tel air autoritaire que je dus lutter physiquement contre l'attirance gravitationnelle qui me poussait à me jeter dans ses bras. Même après tout ce temps, mon corps n'avait rien oublié.

Je n'arrivais pas à croire que j'avais pu penser qu'il m'appartenait. En regardant dans ses yeux noisette brillants entourés par de longs cils noirs, je fus assaillie par un millier d'émotions différentes, mais je m'étais convaincue qu'elles étaient le fruit de mon imagination : sa façon de regarder en moi, la senteur masculine de sa peau contre laquelle j'étais impuissante, la manière dont ses doigts s'agitaient pour m'atteindre. Soudain, je délirai, submergée par l'émotion et rongée par un désir si profond qu'il s'empara de moi.

Et ce serait toujours le cas. Je l'aimais. Je l'aimais de chaque fibre de mon être. Il était impossible d'oublier cet homme. Le regarder directement était trop dur ; c'était comme fixer le soleil. Je clignai des yeux et les baissai sur le trottoir sale car j'avais besoin de temps pour me ressaisir.

— S'il te plaît. Mon chauffeur est là, dit-il en faisant un signe vers la berline noire garée sur le bord de la chaussée. Laisse-moi te raccompagner chez toi et te donner des explications.

Ben attrapa mon sac à mes pieds et ses yeux brillants se rivèrent sur les miens avec détermination.

Je sentis ma résolution faiblir et s'évanouir. Voilà pourquoi j'étais partie, pourquoi je n'avais pas répondu à ses appels. Il était sur le point de me dire qu'il ne l'aimait pas, et que c'était une horrible erreur. Et au grand dam de mon cœur blessé, je goberais tout.

Pourtant, je me connaissais et je savais que je ne pourrais pas supporter de vivre dans son ombre en sachant ce qu'ils avaient partagé dans le passé. Mais en tant que fille du Sud bien élevée, ou juste parce que j'étais une vraie masochiste, je suivis Ben vers la voiture et me glissai à l'intérieur.

1

Quatre mois plus tôt

Maudissant ma garde-robe, j'attrapai une jupe crayon bleu marine et un chemisier en soie crème dans mon placard. Même si je les avais déjà portés cette semaine, mon choix était limité. Dès que je serais payée, j'allais dépenser mon premier chèque en vêtements. Si je restais à ce poste, bien entendu. Je ne savais pas quelle était l'issue la plus probable : être virée ou démissionner. Depuis deux semaines, je travaillais chez Status Model Management à New York. Étant fondamentalement une fille de la campagne, cette expérience s'avérait être un véritable désastre, mais au moins, je serais bien payée. Si je tenais le coup.

Je glissai le chemisier dans la jupe et vérifiai mon profil dans le miroir. Argh. Les bourrelets. Je fouillai dans mes tiroirs et dénichai ma gaine. Je l'enfilai rapidement sous ma jupe en jurant à voix haute. *Bon sang, ce machin est horrible.* J'avais laissé mes épais cheveux châtains lâchés tomber joliment sur mes épaules. Je pouvais remercier ma mère d'avoir de si beaux cheveux.

Je tamponnai de l'anticerne sur les marques noires sous mes yeux et appliquai un peu de gloss sur mes lèvres. Voilà. C'était beaucoup mieux. Je reculai pour me regarder une dernière fois. Pas mal. J'étais loin de ressembler à un top model, mais mon allure était correcte. Je jetai un coup d'œil à l'horloge. *Mince ! Je suis en retard.*

Je glissai mes pieds dans ma seule paire de chaussures à talons, des escarpins *nude* qui selon moi allaient avec tout, et me dirigeai vers la porte en titubant. Entre la jupe moulante serrée jusqu'aux genoux et cette satanée gaine qui me coupait la circulation, marcher représenterait un véritable défi aujourd'hui. Après avoir récupéré le plateau de muffins que j'avais préparés la veille pour montrer ma bonne volonté à ma nouvelle patronne et mes collègues de travail, je sortis précipitamment de l'appartement.

Une chaude brise de juillet caressait mes chevilles alors que je marchais dans la rue animée. Un essaim de taxis jaunes passait près de moi en ronflant. Les odeurs de gaz d'échappement, de pain chaud et d'urine fétide emplissaient l'air en rivalisant pour attirer l'attention. Un vendeur de hot-dogs sur ma droite sourit quand je passai devant lui.

Un coursier à vélo fila comme une flèche, manquant de me heurter alors que je traversais la rue, et le bâtiment de MetLife apparaissait au loin. Le mal du pays m'accabla soudain. Cet endroit ne ressemblait en rien au Tennessee.

Même après avoir vécu ici quelques semaines, je ne voyais toujours pas comment je pourrais un jour m'habituer au tumulte de la circulation new-yorkaise. Certains jours, je me demandais si je n'avais pas été trop ambitieuse, mais je continuais d'aller de l'avant, de poser un pied devant l'autre.

Quand j'arrivai au travail avec mon plateau de muffins, j'étais déjà en retard, alors je me suis dirigée aussi vite que mes talons qui s'enfonçaient dans la moquette duveteuse le permettaient vers mon bureau d'assistante de direction près de l'entrée du bureau de la patronne. Quelques têtes se levèrent alors que je passais rapidement, et je me demandai si mon cœur pouvait lâcher à seulement vingt-deux ans.

Quand des parfums suaves et exotiques mêlés à l'odeur du cuir envahirent mes narines, je retins un éternuement. L'agence était très moderne, avec ses épaisses vitres opaques et ses poutres en acier qui lui donnaient un aspect très chic et luxueux. Le vingtième étage offrait une vue splendide sur Central Park au loin. J'adorais contempler ces cimes d'arbres vertes et feuillues. Je n'aurais jamais cru que les arbres pouvaient nous manquer, mais à New York, c'était bien le cas.

Mon bureau était recouvert d'une dizaine de Post-it qui contenaient tous un message presque illisible avec l'écriture peu soignée de Fiona. *Merde*. Manifestement, elle était au boulot depuis un bon moment. Je ne comprenais pas pourquoi elle préférait communiquer par le biais de ces petits morceaux de papier jaune. Elle ne m'envoyait jamais d'e-mails : soit elle hurlait ce qu'elle avait à dire de son bureau soit elle le griffonnait sur un Post-it quand je n'étais pas dans les parages. Déchiffrer leur sens faisait partie de mon boulot. Je décollai le premier qui était assez clair. Il disait : « Ne pas oublier Ben. »

Je me laissai tomber dans mon fauteuil pour commencer à ranger ses messages au cas où j'aie besoin de m'y référer plus tard. Je glissai une note qui semblait écrite en hiéroglyphes dans mon classeur en plastique et m'attaquai aux autres. Commencer par le commencement : j'essayai de deviner de quel Ben il s'agissait. En vérifiant la base de données, je découvris qu'il y avait trois Ben dans la boîte. Deux d'entre eux n'avaient pas travaillé depuis plusieurs mois, alors, par élimination, je supposai qu'elle faisait allusion à Ben Shaw, l'un de nos modèles les plus populaires. Je pris une profonde inspiration avant de composer son numéro.

— Oui, répondit une voix grave.

— Hmmm, oui, bonjour. C'est Emmy Clarke de l'agence Status. Fiona aimerait vous voir aujourd'hui.

— O.K., dit-il sur un ton légèrement agacé. À quelle heure ?

J'ouvris l'agenda en me maudissant intérieurement de ne pas avoir pris cette information avant. Heureusement, mon ordinateur coopéra et me la fournit rapidement. Elle était libre toute la matinée.

— Vous pouvez venir n'importe quand avant midi.

— Très bien, répliqua-t-il. Je viendrai dans la matinée.

Il raccrocha sans dire au revoir.

Je reposai le téléphone dans son support en soupirant. Bon, première tâche accomplie. Je ne me débrouillais pas si mal. Maintenant, il me fallait m'occuper des e-mails que j'avais reçus. Ça me plaisait d'apprendre les mécanismes internes d'une agence de mannequinat, et Status Model Management était l'une des agences les plus puissantes de New York et remportait régulièrement des contrats à sept chiffres avec de grands publicitaires. Elle avait une armada de jolis jeunes minois pour répondre aux attentes de n'importe quel client. Le seul hic, c'était que ma patronne, Fiona, qui dirigeait l'agence, ne représentait que des mannequins hommes. Elle faisait largement savoir qu'elle ne travaillait pas bien avec des femmes. Elle avait dit une fois que ça représentait trop d'œstrogènes, ou un truc dans le genre.

En tant qu'assistante de Fiona, j'avais pour tâche d'entretenir la base de données des mannequins de l'agence et de lui transmettre leurs informations pour des travaux spécifiques. Il pouvait y avoir des demandes pour des looks, couleurs de cheveux, couleurs d'yeux, taille ou poids particuliers, et je devais passer les dossiers en revue pour trouver le bel homme qui correspondrait au job avant d'envoyer son portrait et son dossier à Fiona pour qu'elle l'approuve. Cette position avait assurément ses bons côtés.

Reluquer des mâles beaux à faire baver quotidiennement était le principal. Cela me rendait-il superficielle ? Non. Je ne pense pas. J'avais déjà eu un paquet de boulots minables et de relations encore plus minables avant tout ça. Si je pouvais être entourée d'hommes tout à fait délicieux et inatteignables toute la journée, j'avais le sentiment que c'était un privilège. Et être payée pour zieuter… *Je vous en prie. Je signe.*

C'était mon rôle de connaître les moindres détails sur chaque mannequin, d'aider à déterminer lequel était le plus adapté à chaque type de travail (éditorial, haute couture, santé, vie pratique) avant de transmettre sa fiche de compétences à Fiona. J'avais le devoir de me renseigner sur les quelque deux cents jeunes hommes avec lesquels nous travaillions. Leur pointure, les excentricités de leur personnalité et même des faits peu connus, comme le fait que Nico ne pouvait pas travailler avec Sebastian parce qu'ils étaient sortis ensemble et que ça s'était mal terminé. Ou que Leo avait la phobie de tout ce qui était duveteux et n'aurait pas supporté de se retrouver en contact avec du tulle ou des plumes.

Je m'assurais que les choses se passent bien sur les plateaux, et souvent, les photographes étaient pires que les modèles ; ils étaient exigeants et capricieux et avaient tendance à rabaisser les mannequins lorsqu'ils n'arrivaient pas à obtenir les clichés qu'ils voulaient. J'avais déjà appris qu'une partie de mon boulot consisterait à jouer les médiateurs en aidant à arrondir les angles et déchiffrant les attentes du photographe pour les expliquer au modèle.

Bien sûr, mon plus gros défi était d'avoir affaire à Fiona Stone, la directrice ultra-British et ultra-vache de Status Model. C'était vraiment un phénomène. Elle avait entre trente et quarante ans et était d'une extraordinaire beauté. Elle allait très bien avec toutes les personnes mignonnes qui travaillaient à l'agence.

Elle était brillante en affaires, mais avait les compétences sociales et la politesse d'un moustique. Elle était rusée, intrigante, et surtout, impitoyable.

Elle négociait avec ardeur pour ses modèles, leur remportant souvent de plus gros cachets et de meilleurs contrats. Mais elle dirigeait l'agence d'une main de fer, même si elle était toujours bien manucurée. Et j'avais l'infini plaisir de travailler avec elle du matin au soir. Quelle chance...

Mon petit bureau était installé juste près de la porte de son bureau. De son perchoir en cuir rouge immaculé, elle pouvait lever les yeux quand elle voulait pour voir mon écran d'ordinateur et tout ce que je pouvais y regarder. Ainsi, le shopping en ligne, Facebook et les e-mails personnels étaient proscrits.

Je me félicitais de ne pas être la réceptionniste à l'entrée ou l'un des assistants de production. Ils semblaient encore plus malheureux que moi. J'avais obtenu le poste d'assistante de direction : félicitations ! Levant les yeux au ciel, je me souvins comme je m'étais sentie embarrassée lors de mon premier jour parmi toutes ces femmes stylées et athlétiques qui travaillaient déjà ici. Et je ne savais pas encore que travailler avec Fiona se révélerait être une sorte de torture spéciale. Elle critiquait tout, de mes cheveux châtains à mon sens du style inexistant ou mon accent du Sud.

Le premier vendredi soir, j'étais sortie boire un verre avec Gunnar et d'autres assistants. Il avait expliqué que Fiona ne me détestait pas, que la langue de vipère faisait juste partie de ses manières. Apparemment, j'avais déjà tenu plus longtemps que ses trois précédents assistants réunis. Gunnar était assistant de production et travaillait occasionnellement avec Fiona lui aussi, donc il savait de quoi je parlais.

Après ces paroles d'encouragement, je m'étais convaincue que je pourrais tout supporter. Je serais plus forte qu'elle. Je réussirais où d'autres avaient échoué. Il n'y avait pas moyen que j'abandonne et que je reparte la queue entre les jambes. Non m'dame. C'était mon premier vrai travail, et à New York qui plus est. Je ferais en sorte que ça marche. Et avec la promesse de voyages à Paris et Milan prévus pour bientôt, je voulais que ça marche. Chez moi, personne n'avait ce genre d'opportunité. J'aurais été stupide de démissionner parce que je n'aimais pas ma patronne.

L'accent britannique de Fiona me coupa net dans mes pensées, telle une sirène.

— Arrêtez de baver sur ce garçon, et ramenez vos fesses ici.

Mon écran affichait la photo d'un mannequin homme à moitié nu. Oups. Je me traînai dans ma jupe serrée jusqu'au bureau de Fiona. Elle portait une tenue impeccable, comme toujours, une robe en lin Versace agrémentée d'une écharpe d'un pourpre éclatant et d'une paire d'escarpins hauts Prada que je n'avais jamais vue. Ces chaussures auraient fichu la honte à l'Empire State Building. Ses cheveux étaient tirés en arrière avec un chignon lâche et des mèches noires brillantes encadraient son élégant visage.

— Oui, mademoiselle Stone ? demandai-je.

— Savez-vous l'heure qu'il est ?

Oh, mince. Est-ce une question piège ?

— Euh… il est dix heures…

Elle se recula dans sa chaise en me fixant intensément.

— Et ?

Et ? Et quoi ? Elle me lança un regard glacial, qui fit battre mon cœur fort et couler une sueur froide sous mes bras.

Après dix secondes d'un silence de plomb pendant lequel elle me dévisagea de la tête aux pieds avec un air dégoûté qui me donnait envie de me cacher derrière la grande plante en pot qui trônait dans un coin de son bureau, elle finit par parler.

— C'est l'heure de mon thé, grogna-t-elle en agitant dédaigneusement sa main dans ma direction.

Oh. D'accord. Son thé de milieu de matinée. Une habitude bien britannique. Je me précipitai vers la kitchenette aussi vite que l'association jupe serrée-gaine-talons me le permit pour faire chauffer de l'eau purifiée pour son thé. J'ajoutai le sachet d'English Breakfast à sa tasse et revins en courant, juste à temps pour voir un homme entrer dans son bureau. *Super. Une autre bourde*. J'étais sûre que je me prendrais une soufflante plus tard pour avoir laissé entrer un invité sans l'annoncer.

J'entrai dans le bureau derrière lui, son thé à la main.

— Ben, mon chou, entre, dit Fiona d'une voix traînante en indiquant le siège en cuir de l'autre côté de son bureau.

Alors il s'agissait de Ben Shaw. Voir ses photos sur l'ordinateur, c'était une chose, voir ce délicieux morceau de viande humaine en était une autre. J'en avais l'eau à la bouche. Il était grand et posé et avait les cheveux noirs, de larges épaules, une mâchoire carrée et une bouche qui faisait la moue, conçue pour embrasser.

Je me demandai brièvement si j'allais me faire réprimander pour avoir laissé entrer quelqu'un dans son bureau sans l'annoncer, mais Fiona était tout sourire lorsque cela concernait Ben.Benjamin Riley Shaw, la pépite de l'agence. Notre modèle le plus demandé et de loin le mieux rémunéré. En le voyant en personne pour la première fois, les raisons me parurent évidentes. Il dégageait une certaine aura, une lueur. Comme je venais tout juste de relire son dossier, connaître tant de détails personnels le concernant me donna le sentiment d'être un peu perverse, mais j'en tirais aussi une certaine fierté. Taille : un mètre quatre-vingt-dix. Yeux : noisette. Cheveux : châtains.

Pointure : 46. Taille de costume : 52L. Longueur de jambe : 86 centimètres.

Muette de stupeur, je regardai Fiona se lever et contourner le bureau pour se pencher en avant et frotter ses seins contre le torse de Ben. Elle feignit d'embrasser chacune de ses joues. Il resta immobile, la laissant poliment faire, mais sans pour autant lui retourner ce signe d'affection.

Quelque chose en moi approuva. Fiona était une garce de première catégorie, et voir un joli spécimen comme Ben lui lécher les bottes m'aurait fait mal au cœur.

— Évidemment, c'est toujours un plaisir de te voir, mais il te faut quelque chose, chéri ? lui demanda-t-elle en se reculant très légèrement.

Et le respect de l'espace vital alors ?

Ben éloigna très élégamment sa grande charpente sculpturale de Fiona.

— On m'a demandé de venir aujourd'hui, dit-il sur un ton plat.

Les yeux de ma patronne atterrirent sur les miens. La panique s'empara de moi et je sentis la tasse de thé trembler dans mes mains. Son regard glacial me paralysa sur place, me demandant des explications.

— Mais votre… euh… note… disait d'appeler Ben, bégayai-je.

Ben détourna son regard vers moi et mon estomac se noua. *Waouh*. Ses yeux avaient une couleur noisette lumineuse avec de petites taches vert mousse, et ils exprimaient tant de tristesse, tant de mystère que je m'interrompis sur-le-champ. Tandis qu'il continuait à me fixer, mes ovaires firent une petite danse de la joie, défiant totalement les restrictions de ma gaine. Ce type causait des ravages sur ma libido.

Je détournai péniblement les yeux et mon attention vers Fiona, qui soupirait exagérément.

— Cela voulait dire de ne pas oublier de transmettre les mensurations de Ben au modéliste pour son shooting de la semaine prochaine, dit-elle d'un air méprisant.

Elle secoua la tête comme si ne pas avoir compris le message faisait de moi une parfaite imbécile.

Mes yeux retournèrent vers ceux de Ben et la tasse et la soucoupe tremblèrent dans ma main. Je tentai de traverser la pièce pour déposer le thé sur le bureau de Fiona, mais le regard intense de Ben suivant mes mouvements s'avérera être trop difficile à supporter et la tasse et la soucoupe se fracassèrent par terre.

La tasse se brisa et de l'eau brûlante éclaboussa ma peau exposée. Je grimaçai et fis un pas en arrière pour constater les dégâts. *Mince*. Alors que la tache foncée était en train de se répandre sur la moquette beige devant moi, je ressemblais à un chiot surexcité qui se serait fait pipi dessus devant l'un des plus grands top models au monde. *Ressaisis-toi Emmy !*

Les sourcils de Ben se froncèrent et Fiona poussa un soupir exaspéré.

— C'est déjà un miracle si elle arrive à marcher et parler en même temps. Elle vient du Tennessee, dit-elle comme si c'était une explication.

L'attention de Ben retourna lentement vers Fiona.

Je sentis l'embarras me chauffer le visage. J'aimais la petite campagne pittoresque de mon enfance, et je n'en aurais changé pour rien au monde, pas même pour tout le glamour et tous les grands couturiers au monde. Donc non, je ne venais pas de Londres, hourra. Et je ne la laisserais pas me donner l'impression d'être minuscule.

— Je suis désolée. Je vais arranger ça.

Je relevai la tête et filai vers mon bureau.

Ben

Le Tennessee ? Cela expliquait cette douce inflexion dans sa voix. Ce n'était pas l'assistant habituel de Fiona. Premièrement, c'était une femme. Deuxièmement, encore une fois, c'était une femme, et Fiona n'était pas juste avec les individus du même sexe qu'elle.

L'assistante, avec sa petite jupe moulante marine jusqu'aux genoux et son chemisier rentré bien comme il faut, aurait ressemblé à une collégienne innocente s'il n'y avait pas eu ces formes. Et bon sang, quelles formes. Des fesses rebondies et une poitrine généreuse. *Lève les yeux, mec. Tu ne vas quand même pas te mettre au garde-à-vous devant la nouvelle.*

Son innocence la rendait mignonne, différente. Un peu de rose apparut sur ses joues et ses dents se plantèrent dans sa lèvre inférieure. Elle avait des cheveux foncés coincés derrière ses oreilles, et ses mains tremblaient, incapables d'empêcher la tasse et la soucoupe de s'entrechoquer bruyamment. Elle plongea ses yeux dans les miens d'un air perdu avant que la tasse ne tombe par terre.

Pendant une fraction de seconde, j'eus peur que la ville de Manhattan (ou Fiona) la dévore et la recrache. Je ressentis alors un élan protecteur, un sentiment bizarre et inconnu. Et à vrai dire, pas vraiment le bienvenu. Je ne connaissais pas cette fille. Je n'aurais pas dû m'inquiéter pour elle. Et pourtant, si. Je ne pouvais pas nier le courant instantané et le lien qu'il y avait entre nous, le frisson réprimé lorsque je croisai son regard, la façon dont j'inhalai doucement l'air. Je mentirais si je disais que je ne ressentais pas quelque chose en la regardant remuer nerveusement devant moi.

Fiona se retourna pour me faire face et serra mon biceps, me ramenant à la réalité.

— Bon, puisque tu es là, mon chou, autant m'inviter à déjeuner.

— Bien sûr, répondis-je sans réfléchir.

Je voyais clair dans le stratagème de Fiona. Elle avait envie de me voir aujourd'hui… mais ne voulait pas l'admettre. Je connaissais son petit jeu. Mais pas cette jeune créature. Et Fiona lui donnait le sentiment d'être l'idiote du village.

Si elle avait compris ce qui avait vraiment motivé Fiona à faire appel à moi, elle ne m'aurait pas fixé avec ces yeux gris-bleu innocents. Si elle avait deviné la perversion tapie en moi, elle se serait enfuie au Tennessee sans jeter un regard en arrière. J'aurais dévoré une fille comme elle. L'aurais possédée. Cette simple idée était enivrante. Je l'observais avec intérêt en réfléchissant à mon prochain geste.

— Je suis désolée. Je vais arranger ça.

Tennessee releva la tête et se précipita vers son bureau, la confiance brisée.

Alors que je la regardais se retirer et que Fiona faisait une retouche de rouge à lèvres, je me dis qu'il serait amusant de jouer avec son assistante. Elle représentait toute l'innocence et la douceur féminine, et ses formes parfaitement proportionnées appelaient mes mains. Mais Fiona aurait sorti ses griffes, alors ça n'en valait peut-être pas la peine. Fiona en avait trop fait pour moi. Elle était mon manager, je n'allais pas faire une chose aussi idiote que coucher avec son assistante pour l'énerver. Mauvais choix pour ma carrière. Mon matériel devrait rester dans mon pantalon.

Emmy

Les murmures qui venaient du bureau de Fiona m'empêchaient de rentrer. Je cherchai dans le tiroir inférieur de mon bureau le rouleau de papier essuie-tout que je gardais là en cas d'urgence. J'attendais qu'ils partent pour me mettre à quatre pattes et nettoyer ma bêtise. Mais ils semblaient prendre leur temps. Je n'arrivais pas à entendre leur discussion, mais ils paraissaient tendus et discutaient à voix basse.

À chaque fois que je repensais à la façon dont il avait plongé son regard dans le mien, mon cœur faisait un bond amusant. Il y avait une certaine profondeur chez cet homme, une profondeur que sa beauté dissimulait.

Je doutais que la plupart des gens creusent au-delà de la surface. Pourtant, bizarrement, j'avais envie de le connaître. C'était une idée stupide et je ne savais absolument pas d'où elle venait. Peut-être de l'hospitalité typique des gens du Sud, ou quelque chose dans le genre.

Mais je voulais prendre soin de cet homme, soulager cette petite ride d'inquiétude qui marquait son front. La profondeur et la complexité dans ses yeux m'avaient captivée un peu trop longtemps.

Comme si mes pensées l'avaient libéré de l'emprise de Fiona, Ben sortit de la pièce et eut un moment d'hésitation au niveau de mon bureau.

— Vous êtes-vous brûlée ?

Il fallut un certain temps pour que je comprenne à quoi faisait référence sa question. Oh oui, mes jambes. Mon humiliation avait refoulé la douleur. Mais maintenant qu'il la mentionnait, je me rendais compte que ça piquait là où j'avais été éclaboussée avec l'eau bouillante. À cause de son regard si intense rivé sur le mien, il me fallut un moment pour rappeler à ma bouche comment fonctionner correctement.

— Juste sur les jambes, bégayai-je.

Génial. Mettez un homme magnifique devant moi et je me transforme en idiote empotée. Ce boulot n'était pas de très bon augure pour ma confiance personnelle.

Quand ses yeux descendirent vers mes tibias nus, j'oubliai à nouveau complètement la brûlure.

Fiona apparut, en train de ranger un tube de rouge à lèvres dans son sac à main Fendi. Cette chose coûtait plus que ce que je gagnais en un mois. Elle leva le menton et renifla.

— Quelle est cette odeur ?

Un air de dégoût s'afficha sur son visage. Son regard passa de Ben à moi. Tout ce que je pouvais sentir, c'était le parfum alléchant des petites douceurs dans la boîte sur mon bureau.

— Ça sent le sucre raffiné.

Des rides de désapprobation se creusèrent autour de la bouche de Fiona.

— J'ai préparé des muffins aux myrtilles pour toute l'équipe, répondis-je.

J'ouvris le couvercle et une senteur délicieuse s'en échappa, rappelant à mon estomac que j'avais sauté le petit déjeuner pour prendre le temps de mettre une tenue présentable et de me coiffer.

— En voulez-vous un avant que je les dépose dans la kitchenette ?

Ben baissa les yeux tandis qu'il tentait de cacher un sourire. Fiona me regarda comme si j'étais mentalement instable, comme si j'essayais de lui refourguer un tas de fumier et pas un muffin aux myrtilles fait maison.

C'était quoi son problème ? Il fallait croire que mon geste de bonne volonté était une idée stupide. Je reniflai et relevai la tête. J'étais très fière de mes muffins. Mais en voyant le mépris qu'affichait la moue rouge de Fiona, je compris instantanément qu'apporter des pâtisseries maison dans une agence de mannequinat s'apparentait à tuer un bébé chien. Fiona s'éloigna lentement en râlant. Je baissai les yeux sur mes jambes brûlées, éclaboussées par le thé, et ma confiance tomba au plus bas.

— Hé, Miss Muffin aux myrtilles…

La voix basse et autoritaire de Ben attira mon regard vers le sien. Il me fixait avec ce regard sexy.

— N'oubliez pas de mettre de la glace sur vos brûlures.

Son expression était aguicheuse et aimable, même si son inquiétude semblait déplacée.

Il me fut impossible de former des mots à cet instant-là, mais je réussis à faire un signe de la tête. Ben suivit Fiona, en riant doucement. *Ils prennent probablement des paris sur la durée pendant laquelle je vais encore tenir.*

2

Emmy

Je remerciai les dieux qu'on soit vendredi tandis que je traînais ma carcasse piteuse dans l'appartement que je partageais avec Ellie. Tout ce dont j'avais envie, c'était enfiler un jogging, manger chinois et boire une énorme quantité de vin bon marché. Et après la journée que j'avais eue, j'aurais bien besoin d'une bouteille rien que pour moi.

Ellie était déjà dans la cuisine quand j'arrivai et avait visiblement la même chose en tête. Elle était en train d'ouvrir une bouteille de vin, ou plutôt de lutter avec son bouchon. Notre tire-bouchon était vraiment de la camelote.

— Emmy ! s'écria-t-elle lorsqu'elle me vit. Tu as survécu à une autre semaine ?

— Ouais.

J'enlevai ma veste et la balançai sur la table à manger encombrée.

— Tant mieux, parce que je craignais un peu que tu n'y arrives pas, et, ce serait dommage, avec cette opportunité de vivre à Paris pendant trois mois. Tu sais, je bosserais pour Satan en personne pour avoir cette chance. Je serais même capable de porter ses bébés.

Je me mis à rire et acceptai le verre rempli à ras bord qu'elle me tendait.

— Avant que tu ne te reproduises avec Satan, je ne suis

pas sortie d'affaire. Je suis certaine qu'elle n'a pas encore pris mon billet.

Ellie remonta ses lunettes d'intello sexy sur son nez et prit une gorgée de vin.

— Voyons, si tu as réussi à supporter ses crises de colère et ses insultes puériles jusqu'ici sans péter les plombs, c'est que tu es très forte. Moi, j'aurais craqué dès la première journée. C'était quoi déjà, son expression… ? « Chic des supermarchés » ?

Ce souvenir me fit frissonner. C'était lors de mon premier jour. Nous étions assises dans le magnifique bureau de Fiona pour passer en revue les bases et les responsabilités liées à mon nouveau travail. Elle avait mentionné le dress-code et précisé qu'elle avait une image à garder et que mon style « chic des supermarchés » ne serait pas toléré. J'étais habillée selon le dress-code (en tout cas, c'était ce que je pensais) avec un pantalon noir et un chemisier boutonné de bas en haut. Aucune importance. Ce que Fiona ne comprenait pas, c'était que ce n'était pas quelques commentaires désagréables qui allaient me faire fuir.

J'avais toujours été ambitieuse, et avec les encouragements de mes parents, j'avais placé mes objectifs assez haut, en allant dans une université d'État avec une bourse et obtenant mon diplôme de communication et stylisme. Je n'avais pas besoin de fréquenter une université réputée ou d'avoir un boulot avec un salaire annuel à six chiffres. Je voulais juste me libérer du stress financier qu'on subissait lorsqu'on attendait avec impatience la paie de chaque mois comme mes parents.

J'avais eu l'éducation simple par excellence tout en faisant mon possible pour atteindre le rêve américain toujours inaccessible. Avec des parents qui bossaient dur, mais étaient sous-payés ; un grand mobile home dans un village dans l'ouest du Tennessee où il n'y avait qu'un seul feu de signalisation ; et un petit frère sportif qui menaçait n'importe quel type qui montrait le moindre intérêt pour moi. C'était escalade dans les arbres dans mes jeunes années, puis pom-pom girl et soirées pyjama au lycée.

Alors, après avoir fini l'université et obtenu un boulot comme assistante dans une agence de mannequinat prestigieuse à New York, j'étais sur la voie du succès. Je comptais bien faire en sorte que ça marche.

Ma colocataire sortit du fromage et des crackers, puis les posa sur le plan de travail, me sortant de mes pensées. Elle croqua dans un cracker et but du vin. Je la regardai en souriant.

C'était une fille marrante et qui avait du cran, et j'étais contente de lui sous-louer une chambre, mais nous évoluions sur deux voies totalement différentes. Ellie était une New-Yorkaise insolente qui ne laissait personne la regarder de travers sans faire un commentaire impertinent par mesure de représailles. Au contraire, j'étais connue pour être du genre à m'arrêter sur le bord de la route pour aider des canards à traverser et ne pas pouvoir passer devant un sans-abri sans lui donner les derniers dollars que j'avais en poche.

— Bon, il faut qu'on te prépare pour ton aventure européenne ! Tu vas devoir changer de look ; tu seras au top pour l'attaque des mannequins super sexy. De nouvelles fringues. Une nouvelle coiffure. On arrête les glucides. Le vin ne compte pas, ajoute-t-elle en m'incitant à prendre une autre gorgée.

J'éclatai de rire devant son enthousiasme.

— Holà ! Il n'y aura pas d'attaque de mannequins, affirmai-je.

Je n'avais pas besoin d'un aller simple vers le pays des cœurs brisés. Non merci.

Pourtant, je ne pouvais pas m'empêcher de repenser à Ben Shaw. Son regard intense et sexy, ses lèvres pulpeuses…

J'avais pensé à lui constamment depuis notre rencontre, quand j'avais renversé maladroitement le thé et tenté de trafiquer mes muffins aux myrtilles. Ben était la raison pour laquelle Fiona et moi irions à Paris et Milan. En tant que « it-boy » de l'agence, il avait été engagé pour plusieurs campagnes dans les milieux de la mode les plus réputés du monde. Et Fiona, très mauvaise pour déguiser son attirance pour le pauvre homme, m'avait dit qu'elle accompagnait toujours Ben lorsqu'il avait de longues missions. Mais je ne pouvais pas le lui reprocher. Je ressentais moi-même cette attirance qui grandissait dangereusement en moi.

Ellie faisait tourner pensivement le vin dans son verre.

— On devrait aussi s'assurer que tu aies une bonne partie de jambes en l'air avant de partir ; sinon, tu vas être super excitée là-bas.

— Quoi ? dis-je en riant à nouveau. Non. Je sais rester professionnelle, contrairement à toi.

Ellie secoua la tête en soupirant. Je ne voulais pas être celle qui briserait son rêve en lui révélant que la plupart des mannequins hommes étaient gays.

Elle attrapa la carte du traiteur installé de l'autre côté de la rue, prit son téléphone et composa le numéro.

— Oui, deux salades d'épinards au poulet grillé.

Je la regardai en levant les sourcils.

— Régime sans glucides, articula-t-elle silencieusement.

C'était un peu démoralisant d'apprendre par sa colocataire qu'on avait besoin de mincir. Évidemment, je pouvais peut-être perdre quelques kilos, mais des épinards, sérieusement ? C'était ridicule.

— Tu vas te retrouver en compagnie de mannequins hommes pendant les prochains mois, expliqua-t-elle après avoir raccroché.

Je pense qu'Ellie ne comprenait pas que j'allais travailler, et pas participer à un jeu télévisé pour trouver mon futur mari.

Mais je fis alors l'erreur de penser à Ben.

Pendant que lui et Fiona étaient sortis déjeuner, j'avais ouvert son dossier. J'avais alors pu fureter tranquillement sans qu'elle regarde par-dessus mon épaule. Il était parfait. La perfection incarnée. Si j'avais dû dresser la liste des qualités de l'homme parfait selon moi, Ben Shaw était ce que Dieu, ou Cupidon, ou n'importe qui m'aurait livré avec un ruban. Grand, large d'épaules et doté de traits sombres burinés. Ses photos torse nu, ou mieux, en slip, firent vraiment s'emballer mon pouls.

Des pectoraux arrondis et glabres, une peau dorée, une tablette de chocolat bien définie, une bouche charnue, et le regard le plus intense que j'aie jamais vu complétaient l'ensemble.

J'étais prête à enlever discrètement ma culotte sous mon bureau quand Fiona revint et mit brutalement fin à mon fantasme. Aussi vite que me le permit ma souris, je fermai ses photos en me maudissant intérieurement de ne pas avoir pensé à en envoyer quelques-unes sur ma boîte mail personnelle pour les admirer plus tard en privé.

J'avais débarrassé ma tête de ces pensées libidineuses et m'étais reculée dans ma chaise. Craquer pour un mannequin avec lequel je bossais était bien la dernière chose dont j'avais besoin. Il faudrait que je reste attentive si je voulais survivre aux prochains mois en vivant auprès de lui. Sans oublier d'emporter un gros stock de piles. Oui, une valise supplémentaire pleine de piles devrait faire l'affaire.

3

Emmy

Après un week-end reposant à regarder Netflix et à me prélasser avec Ellie, j'étais de retour au boulot le lundi matin. Bizarrement, Fiona semblait être de bonne humeur pour une fois ; son sourire était sincère lorsqu'elle me salua.

— Bonjour, Emerson.

— Bonjour.

Je ne savais pas trop comment prendre son changement d'attitude. Le nombre de Post-it sur mon bureau reflétait sa bonne humeur. Il n'y en avait qu'un. « Réservez votre billet pour CDG. »

Il me fallut une seconde pour réaliser que CDG correspondait à l'aéroport Charles de Gaulle à Paris. Il ne fut pas nécessaire de me le dire deux fois. En utilisant la carte de crédit que Fiona m'avait fournie pour les achats professionnels, je réservai un vol de nuit pour vendredi. Le même que ma patronne. Je n'aurais pas su me diriger dans Paris si j'avais atterri là-bas toute seule.

Je ne savais pas vraiment quand Ben prendrait l'avion, mais j'avais cru comprendre qu'il y serait quelques jours avant nous pour rendre visite à un ami.

La semaine qui précéda notre départ fut incroyablement chargée. La journée, j'organisais tous les détails qui constituaient la vie de Fiona : coordonner ses rendez-vous de massages hebdomadaires pour qu'ils aient lieu à Paris, m'assurer d'avoir toute une valise de sa marque préférée de thé English Breakfast, et arranger ma bible des Post-it par ordre alphabétique, avec des sous-sections correspondant aux choses qui pourraient se rattacher à notre voyage, selon moi.

Mes soirées étaient consacrées à faire les magasins avec Ellie et mettre toutes mes affaires dans deux valises à roulettes. C'était bizarre de penser que j'allais partir pour trois mois complets. Ellie avait même trouvé quelqu'un pour occuper ma chambre pendant mon absence. Ma vie allait se retrouver complètement chamboulée, et je ne pouvais pas être plus excitée.

***

Remontant la bretelle de mon sac marin sur mon épaule, je me faufilai dans le couloir étroit alors que j'embarquais. Je repérai Fiona assise au troisième rang en première classe, un verre de champagne à la main, flirtant avec l'homme d'affaires installé à côté d'elle. L'hôtesse se pencha pour lui passer une serviette chaude. Bien sûr, j'étais placée bien plus loin, mais le bon côté, c'était que je me rendais à Paris ! Rien n'aurait pu gâcher mon humeur. Fiona fit la moue lorsqu'elle me vit avoir l'air ahuri, mais elle poursuivit sa conversation avec le P.-D.G. de la place 3B.

Le conseil d'Ellie de prendre un sédatif en embarquant était judicieux. Je m'endormis avant le décollage et ne me réveillai qu'une heure avant l'atterrissage. Je quittai alors mon siège pour aller me rafraîchir dans les minuscules toilettes de l'avion où j'essayai de donner du volume à mes cheveux gras et plats et appliquai de l'anticerne sous mes yeux fatigués.

Mais rien ne pouvait arranger mes joues pâles ou mes vêtements froissés. Je savais que la journée qui suivrait l'atterrissage serait chargée. Fiona était partie depuis longtemps quand je descendis enfin de l'avion. Après avoir passé la douane sans problème, j'allumai mon téléphone et attendis pour récupérer mes bagages. Même si j'avais pris mes dispositions pour pouvoir passer et recevoir des appels à l'étranger, je fus surprise quand mon portable afficha un message écrit de Fiona.

« Récupérez mes valises et rejoignez-moi à l'hôtel. »

Elle était partie.

Je ne savais pas du tout à quoi ressemblaient ses bagages, donc je fus obligée d'attendre que tous les passagers de notre vol aient récupéré les leurs, puis lire les petites étiquettes sur la douzaine de valises qui restait.

Elle avait toute une armada de valises. Des Vuitton, évidemment. Le fait qu'elle me fasse confiance pour m'en occuper tenait du miracle. Le temps de lutter avec ses valises et les miennes pour sortir sur le trottoir et prendre une navette, presque deux heures avaient passé quand j'arrivai à l'hôtel : un établissement de luxe à Saint-Germain dans le charmant VIe arrondissement de Paris.

En sortant du taxi, l'odeur alléchante du café et des croissants envahit mes narines. Les gens étaient assis à des tables avec des parasols sur les terrasses des cafés, pour boire un expresso et manger des pâtisseries. De l'eau coulait dans les caniveaux alors que les rues étaient nettoyées, et des personnes âgées donnaient à manger aux pigeons. La lumière dorée du soleil qui frappait les vieux bâtiments en pierre et le ciel bleu et brillant semblaient transformer les rues de la ville en quelque chose de magique. Romantique, soigné et joli.

Un endroit où tout pouvait arriver.

Le hall de l'hôtel avait beaucoup de cachet et était simplement orné avec un grand bureau en chêne, un sol en marbre poli et des tapisseries colorées sur les murs. Après un bref arrêt, j'entrai dans le vieil ascenseur en priant qu'il supporte le poids de tous les bagages.

Ma chambre était aussi petite que je l'avais imaginée. Bien que l'hôtel soit plutôt classe, ma chambre ne contenait guère plus qu'un lit paré de linge doux et blanc. Il y avait une armoire casée dans un coin et un téléviseur fixé au mur. Des voiles couleur crème encadraient les fenêtres hautes et étroites, conférant à la chambre une ambiance charmante et envoûtante. Ce serait mon chez-moi loin de chez moi.

Anticipant les nombreuses demandes de Fiona, j'avais prévu de rencontrer le personnel de l'accueil pour qu'on m'explique le plan du métro parisien. Il valait mieux être prévoyante, vu que je serais très probablement amenée à courir la ville pour aller chercher ce dont Fiona aurait besoin sur-le-champ. Ma courbe d'apprentissage allait s'avérer raide, étant donné que je n'avais jamais mis le pied en dehors des États-Unis. En plus, mon français se limitait à « bonjour » et « merci ». Mais d'abord, il fallait que j'apporte ses bagages à Fiona dans sa chambre. Ils ne tenaient littéralement pas dans la mienne.

Après avoir lutté pour les faire entrer et sortir de l'ascenseur exigu, j'étais en sueur et pas de très bonne humeur alors que je me tenais devant la suite de Fiona, au dernier étage. La porte avait été laissée entrouverte, mais je tapai rapidement mais fermement avant de la pousser.

Personne ne répondit, mais j'entendais des voix sourdes dans la pièce attenante.

J'entrai alors dans le salon où siégeaient des canapés confortables et un téléviseur, en traînant les valises derrière moi. Les voix venaient de la chambre. Fiona était avec un homme. Et apparemment, ils avaient une discussion passionnée. *Délicat...*

Je pouvais laisser les sacs et repartir discrètement sans me faire remarquer. Je n'étais pas d'humeur à affronter une Fiona grognonne. Dans mon emploi du temps, il y avait plutôt une douche chaude et une sieste. Après avoir empilé ses valises dans un coin, je me figeai. Je reconnus la voix masculine. Grave et chaude, avec un ton assuré.

Ben.

Mon corps réagit instantanément, mes tétons durcirent contre mon soutien-gorge et mon pouls s'accéléra de manière fantasque. Les réactions de mon corps en sa présence n'avaient rien de normales.

Incapable de résister à l'envie de le voir, je m'approchai de la porte sur la pointe des pieds et jetai un œil à l'intérieur de la chambre.

— C'est quoi le problème, Fiona ? Tu es en colère parce que j'ai vu Madeline hier soir ? C'est pour ça, cette crise ?

— Je ne vais pas prétendre que ça me fait plaisir. Mais, mon chou, tu sais que je ne peux pas rester longtemps furieuse contre toi.

— Je n'ai pas vu Maddie depuis des années, tu le sais, et on doit faire un shooting ensemble demain. Je voulais la saluer. On est allés en boîte, on a bu un verre et évoqué les souvenirs. Rien d'important, dit Ben sur un ton indifférent.

— Ces torchons à ragots la suivent partout et je ne veux tout simplement pas que ton image soit liée à la sienne.

La voix de Fiona ressemblait à un doux gémissement et me rappelait vaguement celle d'une petite chienne en chaleur.

— Relax. On est restés discrets, Fiona. J'étais de retour ici, seul dans mon lit, à onze heures. Je n'ai pas pu fermer l'œil, mais j'étais là.

— D'accord, soupira Fiona. Si tu dis qu'il ne s'est rien passé, alors je te crois. Point.

On aurait dit que Fiona était jalouse qu'il soit sorti avec une femme. Je savais qu'elle avait des problèmes avec les œstrogènes, mais ça ne pouvait pas être juste ça, si ? Ben avait tout de même le droit de sortir avec qui il voulait. Je ne pus m'empêcher de m'avancer un peu plus pour jeter un coup d'œil.

Ils se tenaient au centre de la chambre devant le lit. Fiona s'était changée et était habillée élégamment avec un haut en dentelle moulant noir et une jupe crème. À l'opposé, j'étais claquée, j'avais les cheveux gras et je portais toujours les mêmes vêtements froissés qu'hier. Ben, bien sûr, ressemblait à un orgasme ambulant, vêtu d'un jean ajusté foncé et un T-shirt noir qui exposait son corps musclé. Il n'était pas rasé et son regard profond était rivé sur celui de Fiona, exprimant son charme de mauvais garçon. Bon sang, cet homme savait comment s'en servir.

Je voyais Fiona de dos et l'observai poser sa main à plat sur son torse et le caresser doucement.

— C'est oublié, mon chou. Je suis là maintenant et cette saison va être fantastique.

Les traits de Ben se détendirent manifestement et ses épaules retombèrent comme si ses paroles avaient le pouvoir de l'apaiser. À cet instant, ses yeux croisèrent les miens et il s'écarta d'un pas de Fiona, avec un air las.

— Excusez-moi, mademoiselle Stone ?

Je préférai intervenir, sachant qu'on venait de me surprendre en train d'écouter aux portes. Fiona pivota sur ses escarpins Prada à talons de dix centimètres.

— Oh, Emerson. Vous êtes là.

Sa voix était empreinte de frustration et n'avait pas la douceur mielleuse qu'elle réservait à Ben.

— Il vous en a fallu du temps. Heureusement que j'avais mon bagage à main.

Elle s'avança vers moi, visiblement agacée par mon interruption, mais agissant comme si le fait de retrouver ses précieux bagages était la plus belle chose qui lui soit jamais arrivée. Ben la suivit et ils me rejoignirent dans le salon.

— Ben, voici mon assistante, Emerson Clarke, me présenta-t-elle en faisant un signe indolent dans ma direction.

Ben me tendit sa grande main.

— Emmy, ajoutai-je en plaçant ma main dans la sienne.

Une vague de chaleur au contact de sa peau me fit frissonner.

Ben me fixait avec une expression indéchiffrable. Peut-être m'avait-il oubliée.

— Miss Muffin, lança-t-il en souriant. Les brûlures sont guéries ?

— Oh, ce n'était rien. Je vais bien.

Pourquoi ne pouvait-il pas avoir oublié cette première rencontre désastreuse ?

— Où est ma housse à vêtements ? demanda Fiona, détournant mon attention des yeux noisette de Ben.

— Votre quoi ?

Les mains posées sur ses hanches, elle parcourait des yeux les quatre grosses valises marron à monogramme avec un air renfrogné.

— J'avais un sac à suspendre avec des robes. Il n'est pas là.

— Je suis désolée, je n'étais pas au courant pour cette housse, mais je peux appeler l'aéroport et me débrouiller pour qu'on vous la livre.

Fiona saisit la plus petite valise et passa si près de moi que je dus m'écarter de son chemin pour éviter d'être renversée. Ben me retint lorsque je m'approchai de lui. Sa main chaude se referma sur mon coude, envoyant une nouvelle vague de chaleur qui remonta dans mon bras. *Waouh.*

Réalisant que ma conversation avec Fiona était terminée, et alors que je fixais toujours Ben la bouche ouverte, je marmonnai des excuses et m'enfuis par la porte.

Ben

Fiona venait tout juste d'arriver et elle m'épuisait déjà. La saison allait être très très longue si elle me faisait une scène de jalousie à chaque fois que je parlais à une fille. Et à propos de fille, je ne m'attendais pas à voir sa jolie petite assistante. Voilà une surprise intéressante. Honnêtement, j'étais plutôt stupéfait.

Fiona changeait d'assistant plus souvent que la plupart des gens changeaient de sous-vêtement. Et après le fiasco à son bureau l'autre jour (en me faisant venir par erreur et cassant cette tasse), il était très surprenant qu'elle ait gardé son poste. Sans mentionner le fait qu'elle était mignonne. Encore un point contre elle. Fiona aimait être la plus belle femme dans la pièce et n'aurait certainement pas engagé une assistante séduisante, mais encore une fois, peut-être qu'elle ne l'avait pas remarqué. Fiona était sur-maquillée, laquée, manucurée et Botoxée, alors qu'Emmy était naturelle… une peau sans maquillage qui laissait voir le rose de ses joues, et de longs cheveux raides qui paraissaient tout doux.

Je ris intérieurement. Non, je ne m'attendais définitivement pas à la revoir. Mais c'était une bonne surprise. Peut-être que la saison serait intéressante finalement.

Je saluai Fiona en l'embrassant consciencieusement sur la joue et sortis de la chambre d'un pas nonchalant. Je trouvai Emmy dans le couloir. L'arrière de la tête appuyé contre le mur. Les yeux fermés, elle prenait de profondes inspirations, sa poitrine montant et descendant avec son souffle. Il n'y avait rien de juste mignon chez cette fille. Elle était belle. Je ressentais le besoin insensé de la prendre dans mes bras, de la réconforter. Je me ravisai instantanément.

Je me demandai ce qu'elle avait entendu de la conversation entre Fiona et moi, et comment elle l'avait prise. Je n'allais certainement pas lui donner d'explication. Ma relation avec Fiona était compliquée, c'était le moins qu'on puisse dire.

— Vous allez bien ?

Ma voix la fit sursauter, et ses yeux s'ouvrirent brusquement avant de se river sur les miens. Elle ne répondit pas tout de suite, se contentant de me regarder. Je m'appuyai sur le mur près d'elle et croisai les pieds.

— Je suis désolée.

Elle secoua la tête en regardant l'épaisse moquette dorée et bordeaux qui tapissait le couloir.

— Ça va. Je suis juste surmenée et je crève de faim…

Elle n'en dit pas plus, mais elle était aussi très probablement perplexe à propos de ce qu'elle venait d'entendre, et embarrassée d'avoir été réprimandée devant moi. Qu'elle pense qu'il s'agissait d'une querelle d'amoureux entre moi et sa patronne était bien la dernière chose que je voulais.

Elle resta figée sur place, à respirer profondément, comme si elle luttait pour garder le contrôle. J'avais envie de tendre la main pour l'apaiser, pousser les cheveux qui cachaient son joli visage. Je me demandai s'ils étaient aussi soyeux qu'ils le paraissaient. Au lieu de cela, je glissai mes mains dans mes poches. Elle leva les yeux, se redressa et s'efforça de donner l'impression de s'être ressaisie. Elle me fixa avec un regard gris déterminé.

— Ça va. Il faut que j'aille retrouver le sac manquant de Fiona.

Elle se retourna pour partir quand je l'attrapai par le coude. Une vague de chaleur remonta dans mon bras à son contact. *Intéressant*.

Emmy

Son regard pénétrant m'immobilisa.

— Ne la laissez pas vous soumettre.

Qui ? Oh, Fiona.

— Elle est juste grincheuse parce qu'elle vient d'avoir trente-huit ans, dit Ben en me regardant toujours avec l'air d'attendre quelque chose.

— Je ne savais pas que c'était l'anniversaire de Fiona.

— Ouais, la semaine dernière. Mais elle n'aime pas que ça se sache.

Sa main libéra mon coude. Il était probablement évident que je n'irais nulle part tant que ce bel homme s'adressait à moi.

— Et je pense aussi qu'elle est un peu en colère contre moi, donc vraiment, ne vous inquiétez pas. Vous allez vous occuper de faire livrer le sac, c'est ça ?

Oh oui, le sac. Mon Dieu, le simple fait que Ben me parle en ayant l'air de vraiment se soucier de moi était suffisant pour envoyer mon cerveau au Pays des Rêves. Je devais garder en tête que j'avais un boulot à accomplir.

— Merci. Eh oui, je crois qu'il vaut mieux que je retrouve ce sac.

Il acquiesça et fit un pas en arrière. Je me précipitai vers l'ascenseur, les jambes tremblantes. C'était à cause du décalage horaire. Cela n'avait rien à voir avec lui. *Mais bien sûr.*

Une fois le précieux sac localisé et livré, je passai l'après-midi à organiser les détails pour la séance photo du lendemain. Elle aurait lieu dans un hôtel parisien historique, et après avoir confirmé que le photographe, le maquilleur, les techniciens en éclairage et l'intendance seraient bien là, je vérifiai à plusieurs reprises que je n'avais rien manqué dans les notes de Fiona dans la bible de Post-it. Il fallait encore que j'envoie des e-mails aux mannequins pour leur communiquer leur heure de passage. Mais d'abord, j'appelai le service d'étage.

J'étais affamée et doutais que Fiona m'envoie une invitation pour dîner dehors, même s'il s'agissait de ma première soirée à Paris. J'avais bien considéré l'éventualité d'aller flâner dans la ville pour me payer un repas de luxe, mais je l'avais vite écartée. Une douche chaude, un pyjama et un dîner au lit me semblaient être une bien meilleure façon de terminer cette longue journée.

Après m'être douchée, je m'enfonçai dans le doux édredon qui recouvrait le lit et plaçai mon ordinateur portable sur un oreiller sur mes genoux. Je vérifiai l'emploi du temps des mannequins et leur envoyai des messages pour le lendemain. Je ne savais pas trop pourquoi, mais l'idée d'envoyer un mail à Ben me rendait nerveuse. Mes doigts tremblaient. Je pensais écrire quelque chose de marrant et mignon, peut-être en signant « Miss Muffin »... mais à la dernière seconde, je me dégonflai et tapai un mail bref et formulé de manière très professionnelle. Flirter avec un mannequin n'avait aucun sens ; je finirais très certainement par passer pour une idiote. Il y avait sûrement des hordes de filles qui se jetaient sur lui tous les jours. Mais un smiley ne pouvait pas faire de mal, n'est-ce pas ?

De : Emerson Clarke
Sujet : Séance photo demain
À : Ben Shaw

Ben,
S'il vous plaît, soyez au 58, rue de Fleurus à neuf heures.
À demain.

:-p
Emmy Clarke
Assistante de Fiona Stone, Status Model Management

Quelqu'un frappa à la porte. Le service d'étage ! Mon estomac gargouillait bruyamment. Après avoir donné un pourboire au groom, je me réinstallai dans les oreillers avec mon repas et tapai le nom de Ben dans mon navigateur. Un dîner et un spectacle. Que demander de plus ? Google Images m'offrit mon divertissement de la soirée. Oui, j'étais en train de développer une grave obsession pour lui. Qu'on me poursuive en justice. Quand la notification mail indiqua l'arrivée d'un nouveau message, je maudis la personne qui interrompait ma petite addiction malsaine. J'ouvris ma boîte.

Ben Shaw Re : Demain
Avec la langue !

Je ris doucement toute seule, trouvant mignon qu'il ait remarqué que mon smiley tirait la langue et qu'il ait pris le temps de répondre. Je tapai une réponse.

Moi : Toujours. :-)

Pour qui me prenais-je, à flirter avec un top model ? Mais je n'eus pas à attendre longtemps avant que ma boîte m'indique un nouveau message.

Ben : Coquine, n'est-ce pas, mademoiselle Clarke ? J'aime.

Je lus cette réponse deux fois pour savourer le fait qu'il semblait flirter lui aussi. Je me fichais du fait que je vivais probablement dans un univers alternatif. Je n'avais pas envie de remettre les pieds sur Terre. Me mordillant la lèvre, mes doigts hésitaient au-dessus du clavier.

Devais-je ignorer ce message ou répondre ? C'était la question à un million de dollars. Évidemment, l'ignorer était impensable. Bonjour le trac !

Moi : Contente que ça vous plaise.

J'aurais préféré que mon esprit fonctionne correctement pour pouvoir écrire quelque chose de sexy et spirituel. J'appuyai sur « envoyer » et pris une bouchée de mon repas. Avant même que j'aie eu le temps d'avaler, il avait répondu.

Ben : Que fais-tu ?

J'étais actuellement en train de remplir ma bouche d'un délicieux sandwich baguette avec du beurre et du jambon, et j'étais presque sûre d'avoir une trace de beurre sur le menton, mais je n'allais pas lui dire que j'étais dans mon lit avec un sandwich, vêtue d'un bas de jogging miteux et les cheveux attachés en un chignon complètement bâclé. Je m'essuyai la bouche avec une serviette et avalai la bouchée.

Moi : Au lit. Seule. Et toi ?
Ben : Seule ? C'est pas marrant.

Je gloussai bêtement. Tandis que je me demandais ce que j'allais répondre, un autre message s'afficha.

Ben : Je suis couché aussi. Je viens de rentrer d'un dîner avec Fiona.

Argh. Son nom eut l'effet d'un seau d'eau glacée alors que ma température avait grimpé. Soudain, mon sandwich eut le goût du carton.

Je n'avais plus si faim que ça, alors je me levai et traversai la chambre pour poser le plateau-repas sur une table de l'autre côté de la porte.

Moi : Ça devait être sympa. Avec un peu de chance, elle n'était pas aussi furax que tout à l'heure.

Quelques secondes plus tard, son message arriva.

Ben : Non, elle allait bien. C'était ma faute tout à l'heure. Elle avait peur que je me retrouve occupé par une relation et que je n'aie plus le temps pour travailler 24 heures sur 24 et 7 jours sur 7 comme je le fais d'habitude.

Je ne pus m'empêcher de taper la suite. J'étais comme une étudiante écervelée qui flottait au-dessus de son corps. Oui, je l'appâtais pour obtenir les renseignements dont j'avais besoin. Mal. Mesquin. Génial, oui, c'est ça. Ellie aurait été fière.

Moi : Ne le prends pas mal, mais je pensais que la plupart des mannequins étaient gays.

Je ne pus me retenir d'afficher un large sourire.

Ben : Ne t'inquiète pas. J'aime les chattes.

Bon sang de bonsoir, venait-il vraiment d'utiliser ce mot ? Oui, oui. C'était bien ce qu'il avait dit. Ma mâchoire se décrocha. Soudain, il sembla faire bien trop chaud dans cette chambre et les draps qui frottaient ma peau nue m'agacèrent. Je coinçai un oreiller entre mes genoux et gémis. Ben avait vraiment utilisé ce terme.

Moi : Heureuse de l'apprendre. ;-)

Il n'avait pas besoin de savoir que j'étais une chaudière gémissante.

Ben : Vraiment ?
Moi : Hmmm... Oui ?

Je couinai et cachai mon visage dans mes mains pendant une minute. Ça ne pouvait pas être vrai.

Ben : C'est carrément délicieux.

Oh. Mon Dieu. Cette information n'allait pas refréner mon attirance grandissante pour lui. Absolument pas.

Moi : C'est peut-être insensé mais j'ai besoin de t'avouer que je regarde des photos de toi sur Internet en ce moment même.

Je ne savais pas pourquoi je lui racontais ça, mais j'appréciais ce truc franc qui se passait entre nous.

Ben : Il faut que j'ajoute plus de photos torse nu.

Une seconde. Étions-nous en train de flirter là ? Je ne savais pas flirter. À moins que si ? J'entendais la voix d'Ellie dans ma tête. *Étape une : lui enlever son slip.* Je ris bêtement et m'empressai de taper une réponse. Je ne voulais pas qu'il pense que j'étais une véritable obsédée ; même si, pour être honnête, il semblait m'y encourager.

Moi : Non, en fait, ce n'est pas ce que je regarde. J'aime tes lèvres et la ligne de ta mâchoire.
Ben : Tu les aimes pour quoi ?
Moi : Elles semblent faites pour mordiller.
Ben : Hmmm. J'aime sucer les lèvres.

Mon cœur battait à tout rompre dans ma poitrine. Ben Shaw pouvait sucer mes lèvres quand il voulait.

Moi : :-)

Ma réponse se limita à un smiley souriant, mais mince. Que pouvait-on répondre à ça ? Il n'existait pas de livre, pas de manuel pour apprendre à flirter avec un mannequin tout à fait inaccessible.

Ben : Vous aimez ça, mademoiselle Clarke ?
Moi : Beaucoup, monsieur Shaw.

Ce n'était pas moi. Je n'entrais pas dans des discussions salaces ou des badinages dragueurs avec des mannequins. Alors qu'ils faisaient de la musculation et surveillaient leur alimentation, je mangeais des glaces dans mon jogging et dormais jusqu'à midi le dimanche. Je prétendais aller à la salle de sport, mais je me contentais de faire le tour du parking à la recherche d'une place. Mais j'aimais ce nouveau moi qu'il éveillait. Je me sentais confiante. Même si c'était probablement parce que j'étais cachée derrière un écran où je pouvais rougir et glousser comme je voulais.

Ben : Gentille fille. On se voit demain matin.
Moi : Oui. Tu ferais mieux de préserver ta beauté avec une bonne nuit de sommeil.
Ben : O.K. ;)

Je fermai mon portable et roulai sur mon lit, alors que ce sourire ridicule refusait de s'effacer de mon visage.

4

Emmy

Je m'étais réveillée tôt et avais déjà fait trois allers-retours entre l'hôtel et le lieu du shooting avant sept heures. Merci au métro bien pratique. Et au café européen bien fort que j'avais avalé au petit déjeuner. Les échanges de mails avec Ben la veille m'apparaissaient toujours être un rêve. Mon corps avait pleinement conscience qu'il n'allait pas tarder à arriver, et même si j'essayais de me concentrer, j'étais incroyablement distraite et regardais la porte toutes les trente secondes.

Heureusement, tout se passait bien. Fiona était arrivée cinq minutes plus tôt, le photographe et le modéliste discutaient du décor, et les personnes qui s'occupaient du maquillage et de la coiffure installaient leurs postes. Notre premier modèle, Madeline, la fille avec qui Ben était sorti la veille, était arrivée tôt. La séance était dédiée à un magazine d'une marque de luxe de vêtements européens.

Nous nous trouvions dans la cour d'un magnifique hôtel. D'épaisses haies vertes entouraient une jolie fontaine et de l'herbe luxuriante avait été peinte pour s'assurer qu'elle paraisse parfaite. L'air du matin était frais, mais le soleil brillait déjà. Ça allait être une journée idéale, et le fond élégant irait très bien avec la collection d'automne sophistiquée que Ben et Madeline porteraient. Nous avions aussi réservé une salle de réunion à l'intérieur de l'hôtel, adjacente à l'espace extérieur.

Les portes avaient été bloquées ouvertes et les gens entraient et sortaient pour arranger certaines choses et se préparer pour le shooting.

La photo du visage de Ben était affichée près d'un support sur lequel étaient suspendus un pantalon gris foncé, une chemise en soie anthracite, une cravate noire et un blazer bordeaux. Il pouvait porter un sac en toile et être superbe, mais ces vêtements étaient magnifiques. Les chaussures étaient classiques et habillées, elles aussi : des bottines à lacets en cuir marron avec des semelles bordeaux. J'avais le sentiment que des chaussures de ce genre se retrouveraient dans tous les magasins l'année suivante.

La photo de Madeline était épinglée près d'une jupe en laine à carreaux écossais et d'un chemisier bleu marine. Sur sa photo, c'était une blonde à l'allure ordinaire avec des pommettes hautes et un visage en forme de cœur. Mais quand elle arriva, je laissai tomber dans la poubelle le croissant que j'étais en train de grignoter. Madeline était superbe. Sculpturale et fine, elle attira l'attention de tous ceux qui se trouvaient dans les environs. Un maître-chien l'accompagnait et je m'approchai d'elle pour leur indiquer la direction des équipes de coiffure et de maquillage.

Fiona me trouva près de la table de ravitaillement et glissa un Post-it dans ma main comme si nous nous transmettions un message secret. Il disait : « Toujours m'apporter une paire de chaussures plates de rechange ! ».

Je baissai les yeux sur ses talons vertigineux. Plates. Compris. Je mis la note dans ma poche et acquiesçai.

— Madeline est arrivée, dis-je.

— Génial, lança-t-elle en affichant un sourire qui n'atteignit pas ses yeux. La nympho, murmura-t-elle tout bas.

L'attention de Fiona se tourna vers l'étalage de choses à manger. J'en étais fière : des fruits frais de saison, une sélection de fromages français et les meilleurs croissants que j'aie jamais goûtés. Et pour accompagner tout ça, des bouteilles de Perrier glacées et divers sodas. Fiona saisit une bouteille de Perrier. Je sentais qu'elle était sur le point de critiquer quelque chose quand notre attention fut captée par Ben et Gunnar qui entraient dans la pièce. Gunnar se dirigea vers la zone maquillage, alors que Ben marqua une pause juste devant la porte pour jeter un coup d'œil dans la cour. Il nous repéra et ses yeux s'attardèrent sur les miens.

Il me jaugea en s'approchant de nous d'un pas nonchalant. Un petit frisson descendit le long de mon dos. Je sentis la chaleur sous son regard en repensant aux petits mots sexy échangés la veille. Mon visage était rouge et mes aisselles mouillées. Peut-être étais-je malade.

J'aime les chattes.

Bon… Ben Shaw était peut-être le responsable de cette fièvre.

J'étouffai un frisson lorsque les yeux de Ben passèrent sur moi. Puis son regard se fixa sur Fiona et il s'arrêta devant elle pour lui permettre de déposer un baiser sur chacune de ses joues.

— Tu as une mine affreuse, mon chou.

Sa main attrapa sa mâchoire pour relever son menton. Il avait des marques noires sous les yeux.

— Je n'ai pas réussi à dormir, murmura-t-il avant que ses yeux ne s'égarent vers les miens.

Merde. Hors de question. Je ne pouvais pas être responsable du ratage de son premier shooting à Paris, parce que je l'avais empêché de dormir. Ils avaient de l'anticerne pour ça, non ?

Son regard se promena sur mes hanches recouvertes par mon jean sans aucune gêne, mais il ne m'avait toujours pas saluée.

Ses yeux remontèrent, passant sur mon torse et me faisant mal aux seins, avant d'atterrir sur mes yeux.

— Tennessee. La nuit a été bonne ?

Alors nous étions passés de Miss Muffin à Tennessee ? Au moins, il ne prononçait pas ce mot comme une insulte contrairement à Fiona. Je me demandai soudain d'où il venait.

— J'ai bien dormi. Et toi ?

— C'était une nuit intéressante, répondit-il en riant

doucement, le son roulant sur ma peau et provoquant la chair de poule. Très intéressante.

— Bon, j'ai de quoi arranger ton état, nous interrompit Fiona.

Elle traversa la pièce pour se diriger vers la zone maquillage. Elle montra un siège à Ben et sortit une bouteille en plastique de son sac à main avant de la lui tendre. Elle était remplie d'une sorte de matière visqueuse verte. Fiona fit apparaître une paille et lui donna une poignée de pilules. Je présumai qu'il s'agissait de vitamines et de minéraux.

J'avais pensé que les mannequins mangeraient les victuailles que j'avais commandées. Je m'étais imaginé que Ben ferait l'éloge des fromages et des fruits exotiques que j'avais choisis. Mais j'aurais dû me douter que Fiona revendiquerait son droit en lui léchant les bottes comme d'habitude.

Après avoir ouvert la bouteille et y avoir inséré la paille, il prit une grande gorgée en grimaçant. La concoction semblait difficile à avaler, peu importe ce qu'elle contenait. L'épais liquide vert disparut lentement tandis que Ben continuait de le boire, ne s'arrêtant que pour balancer des pilules dans sa bouche entre deux gorgées.

Mon estomac se révolta en se nouant rien qu'en le voyant avaler ce truc dégoûtant. Je suppose qu'il fallait souffrir pour être beau.

Gunnar discutait avec la maquilleuse à côté de nous et lui tendait divers flacons de produits cosmétiques.

— Il ne veut plus aucun produit à base de dérivés de pétrole. Je lui fais essayer cette nouvelle gamme biologique. C'est carrément fabuleux.

La maquilleuse accepta les flacons et les ajouta à la quantité de produits qui recouvraient la table de travail. Elle semblait distante, du genre « laisse-moi faire mon boulot ». Gunnar sourit gentiment et s'éloigna d'un pas nonchalant.

Je quittai Ben et Madeline pour aller vérifier le plateau. Je savais que Fiona aurait besoin d'un siège pour les observer, étant donné les escarpins qu'elle portait. Après avoir traîné un tabouret dehors pour elle, tout fut prêt.

Comme seulement deux mannequins travaillaient à la séance d'aujourd'hui, l'atmosphère semblait intime et calme. Une fois que Ben et Madeline eurent terminé de se faire maquiller et coiffer, ils parlèrent avec le photographe pour trouver leurs marques entre eux et avec le décor. Les deux modèles étaient impeccables. Les cheveux de Madeline flottaient sur ses épaules en une masse de boucles ondulées, et son maquillage était frais avec une pointe de fuchsia vif sur les lèvres. J'aurais été incapable de dire si Ben avait du maquillage (et c'était certainement fait exprès) ; il paraissait juste excessivement beau. Ses cheveux avaient été lissés, mis sur le côté et fixés avec du gel. Ce style lui allait plutôt bien. Et ma culotte de plus en plus humide en était clairement la preuve. Chaque pièce de vêtement semblait couvrir leurs corps à la perfection. Ben respirait la décontraction sophistiquée et le charme classique dans son costume ajusté. Ce type débordait d'érotisme.

— Il est presque trop beau, non ?

Je n'avais pas remarqué Gunnar qui s'était glissé près de moi.

— Hein, quoi ?

Ses yeux suivaient les mouvements de Ben.

— Tu n'oserais tout de même pas prétendre que tu n'as pas remarqué ?

Ses lèvres affichèrent une moue moqueuse.

— Si, il est séduisant. Évidemment, bégayai-je.

Gunnar soupira exagérément.

— Ne laisse pas ce joli physique te duper. Ce garçon serait complètement perdu sans moi, Fiona et un gros paquet de pilules.

Je ne savais pas comment prendre son commentaire sur les pilules, mais ce n'était pas le moment de poser la question, puisque Fiona se déchaînait en se plaignant bruyamment que les chaussures de Ben n'allaient pas. Il lui fallait du 46 et ils avaient apporté du 45. Je me précipitai pour calmer la situation, mais avant que j'aie pu intervenir, Ben était à ses côtés et lui parlait à voix basse pour qu'elle se détende.

Il avait enfilé les chaussures et la rassurait.

— Regarde. Je survivrai bien une heure.

Apparemment calmée, Fiona se contenta de hocher la tête, et je poussai un profond soupir.

La séance photo commença, et regarder Ben travailler était formidable. Cela paraissait si facile pour lui. Il était évident que lui et Madeline étaient des professionnels expérimentés. Ils travaillaient bien ensemble, posaient, bougeaient l'un contre l'autre pour créer des angles intéressants tandis que le photographe prenait des clichés.

Je ne me serais jamais lassée de le regarder. Mon corps explosa quand les endorphines et le désir inondèrent mon organisme. Me souvenir de notre conversation secrète de la veille fit encore monter ma température.

Son regard intense croisa le mien alors qu'il continuait à poser pour le photographe, dégageant toute sa force sexuelle pure. Mon Dieu, il allait bientôt falloir que je change de culotte. *Note pour moi-même : Pour la prochaine séance photo, prendre des chaussures plates pour Fiona et une culotte de rechange pour moi.*

Quand les photos furent dans la boîte, Madeline disparut aussitôt avec son maître-chien, et Ben et Fiona retournèrent dans la zone d'essayage, *a priori* animés par une conversation passionnée. Je me demandai ce dont ils pouvaient parler qui avait l'air si sérieux, puisque sa performance de la journée semblait impeccable.

Je m'affairai à tout rassembler et aidai même le photographe à ramener son équipement à sa voiture, mais je ne trouvai rien d'autre pour m'attarder. Sans parler du fait que je commençais à me sentir bête de penser que Ben et moi avions vraiment partagé quelque chose la nuit précédente.

Il devait s'ennuyer, être fatigué, ivre ou perturbé par le décalage horaire, qui savait, ou peut-être un peu tout ça. Je détestais être dans l'attente désespérée qu'il me lance un autre coup d'œil et décidai de partir. *Petite culotte mouillée mais grande fille sage, Emmy.*

Je décidai de rentrer à pied plutôt que de prendre le métro afin de trouver un petit café avec terrasse où je pourrais me payer quelque chose. Deux verres de vin rouge et une délicieuse tarte au chocolat plus tard, j'étais en route pour l'hôtel, marchant péniblement sur les rues au pavage irrégulier, agréablement enivrée et insouciante. Ben qui ? Je pouvais désormais affronter le monde. Ou juste maîtriser cet ascenseur archaïque pour monter jusqu'à ma chambre. De toute façon, pour moi, cette soirée était une victoire.

En atteignant ma chambre d'hôtel, je me sentais légère et enivrée, par le vin, le sucre, ce cadre magnifique, ou probablement les trois à la fois, mais je n'étais pas fatiguée. Après m'être mise en pyjama, je me glissai dans mon lit avec mon ordinateur. Peut-être que traquer Ben encore un peu me détendrait.

Mais avant même d'avoir eu le temps d'ouvrir mon navigateur, ma boîte mail m'indiqua que j'avais un nouveau message.

L'envoyeur était Benjamin Riley Shaw.

Mon cœur palpita comme un petit idiot dans ma poitrine alors que j'attendais que le message se charge.

Ben : Tu as disparu aujourd'hui, Tennessee. Ton retour jusqu'à l'hôtel s'est bien passé ?

Je cliquai sur « Répondre », le souffle court.

Moi : De retour saine et sauve. Tu as été très bien aujourd'hui, au passage.

La notification mail clignota quelques secondes plus tard. Il était donc réveillé et devant son ordinateur lui aussi. Mon cœur battait la chamade.

Ben : Merci. C'était sympa aujourd'hui. J'ai fait de la muscu après pour me fatiguer, mais ça n'a pas été très efficace.

Je m'inquiétai sur les raisons qui semblaient l'empêcher de dormir. Peut-être était-ce le décalage horaire ? Et les commentaires qu'avait faits Gunnar aujourd'hui ? Un autre message apparut avant que j'aie répondu.

Ben : Tu veux me divertir ?

Comment arrivait-il à rendre quatre petits mots aussi chauds ? Surtout quand j'entendais sa voix grave et virile dans ma tête alors que je les lisais. Je pris mon temps pour réfléchir à une réplique impertinente avant de répondre.

Moi : Hmmm. Que cela implique-t-il, monsieur Shaw ? Je ferais probablement mieux de rester sage.
Ben : Tu n'as pas à être sage.

Si ce n'était pas une invitation ouverte à flirter avec lui, je ne savais pas ce que c'était. Je gloussai dans la chambre silencieuse, en me demandant comment répondre, lorsqu'il envoya un autre message.

Ben : Tu préfères les SMS ?
Moi : Oui.

Et par « oui », je voulais dire : « Que Dieu bénisse l'Amérique ». Son numéro de téléphone apparut dans ma boîte mail : indicatif régional 917. Très new-yorkais de sa part.

Je traversai la chambre et attrapai mon téléphone pour taper son numéro et rédiger un message écrit. Un mot simple.

C'était ma tentative de rester désinvolte, pour voir où il voulait en venir.

Moi : Salut.
Sa réponse arriva presque instantanément.
Ben : Salut chérie.
Moi : Comment puis-je savoir que ce n'est pas quelqu'un qui prétend être toi ? Je suis légèrement inquiète à l'idée que je pourrais être en train de parler à un pervers obèse de quarante ans. ;-)

Ben resta silencieux un moment. Puis mon téléphone clignota pour m'informer que j'avais un nouveau message avec une photo. Je dus m'y reprendre à trois fois pour que mes doigts tremblants appuient sur le bon bouton sur l'écran pour l'ouvrir. Ben était appuyé contre la tête de lit vêtu d'un T-shirt blanc avec un col en V. Ses cheveux, bien que toujours brillants et pleins de gel, avaient été ébouriffés, comme s'il y avait passé les doigts plusieurs fois, et cela lui donnait un air de « je viens de baiser ». Il ne souriait pas, mais il était sexy en diable alors qu'il fixait l'appareil photo d'un air songeur. Mon cœur battait si fort que c'en était presque douloureux. Voir sa photo rendait tout ça encore plus réel.

Ben : Voilà ton pervers de quarante ans. ;-)
Moi : Mignon.
Ben : Envoie-m'en une de toi.

Je parcourus les photos que j'avais déjà sur mon téléphone. *Mince*. Sur toutes, j'apparaissais avec Ellie ou notre chien Buck. Je courus vers le miroir, appliquai un peu de gloss sur mes lèvres et fis bouffer mes cheveux plats. Je ne voulais pas qu'il trouve que je mettais trop de temps ou qu'il pense que je réfléchissais trop à tout ça, alors je pris un rapide selfie et le lui envoyai. Ce n'était pas ma meilleure photo, mais elle n'était pas horrible non plus. L'éclairage de la pièce était doux et lui procurait une sorte d'ambiance romantique.

Ben : Tu ressembles à une fille que j'ai baisée.

Ce n'était pas possible, il ne venait pas de me dire ça. Ses réponses me déroutaient. Il semblait si poli et bien élevé à un instant, et bam ! Absolument vulgaire le suivant. Je m'étais honnêtement demandé ce qu'il pensait de mon physique, et son commentaire, même s'il était grossier, me disait que j'étais peut-être à la hauteur.

Un « ping » venant de mon téléphone m'annonça un nouveau message. C'était le plus doux des sons.

Ben : Quel genre de culotte portes-tu ?

Mon pouls s'accéléra. Je portais de grandes culottes, pas de ces strings en fil dentaire, non merci. Ces foutus machins donnaient l'impression d'un morceau de papier de verre qui vous irritait le cul. Mais ce cher Ben n'avait pas besoin de le savoir. Je tapai pensivement ma réponse.

Moi : Ça dépend de ma tenue du jour. En ce moment, je porte un boxer en dentelle rose.
Ben : Ce serait mieux s'il était autour de tes chevilles, mais j'approuve.

Je mouillais ma culotte. Je luttais pour maîtriser mes pensées et me retenir de sauter par la fenêtre. Je parcourus une liste mentale de trucs pas sexy : son programme de la semaine, le lieu de son prochain shooting, son odeur, la taille de son sexe.

Ha ! D'où était-ce venu ? Je me mordis la lèvre. Je savais que j'aurais dû rester sage, mais être vilaine paraissait tellement plus amusant. Il s'avérait avoir une très mauvaise influence sur moi.

Moi : Excité ce soir, hein, monsieur Shaw ?
Ben : Toujours, poupée.
Moi : Tu échanges toujours ce genre de message avec les assistantes de Fiona ?
Ben : Non. En général, ce sont des hommes. Et comme je te l'ai dit, j'aime les chattes.

Mon Dieu, à chaque fois qu'il utilisait ce mot, j'aurais juré que mes parties intimes se resserraient. Qui aurait cru que j'apprécierais autant les conversations salaces ?

Moi : Comment aurais-je pu oublier ? Tu l'as dit de manière si éloquente. Et donc, est-ce que tu envoies souvent ce genre de messages à d'autres filles ?

Ben : Ça dépend de si j'ai envie de jouer avec elles ou pas.

Je pris un moment pour me ressaisir et essayai de décoder ses paroles. Il ne le niait pas. Mais cela voulait-il dire qu'il jouait avec moi ?

Ou que j'étais spéciale parce que je faisais partie des rares filles avec lesquelles il avait envie de jouer ? Sentant la migraine due au vin rouge arriver, je rédigeai la première chose qui me passa par la tête.

Moi : Est-ce que tu sors avec quelqu'un en ce moment ?

Après avoir appuyé sur « Envoyer », je me maudis en silence. Je ne voulais pas paraître trop intéressée. Il se contentait certainement de m'embêter. Il devait s'ennuyer et passait le temps. Il ne pouvait pas vraiment s'intéresser à moi. N'est-ce pas ?

Ben : Je ne suis pas du genre à avoir une copine.

Je pense que je pouvais le concevoir. En tant que mannequin avec un emploi du temps très chargé et voyageant beaucoup, c'était probablement difficile pour lui de rencontrer des gens, et encore plus des femmes de qualité. Encore un « ping » de mon téléphone.

Ben : Je n'aime pas être attaché.

Ha ! C'en était trop pour lui laisser le bénéfice du doute. Il admettait presque être un coureur. Rassemblant tout mon courage, je tapai une réponse.

Moi : Tu parles comme un chaud lapin.

Prends ça ! Cela aurait dû le remettre à sa place. Il y avait une différence subtile entre flirter et être une garce, et je tenais à rester du bon côté de la barrière. Mais bon sang, il fallait que quelqu'un le lui dise.

Ben : Pas un chaud lapin, bébé. Seulement trois filles y ont eu droit.

Ma bouche s'asséacha instantanément. C'était un homme d'un charme exquis et il était assez évident que les femmes se jetaient sur lui, et pourtant seulement trois chanceuses avaient tiré le gros lot. Cette information était plutôt curieuse, s'il me disait la vérité. Peut-être était-il plus modéré que je ne le pensais. Ou peut-être avait-il eu une petite amie pendant longtemps.

J'avais envie de lui demander pourquoi il flirtait avec moi alors qu'il pouvait avoir qui il voulait. Je me demandais même s'il me trouvait attirante. Mais bien sûr, je n'écrivis rien de tout ça. Je devais me la jouer cool.

Ben : Emmy ?

Waouh. J'appréciais plus qu'il n'était normal qu'il utilise mon vrai prénom. *Respire, Emmy. Respire.*

Moi : Oui ?
Ben : Tu as des projets pour demain ?

J'eus le souffle coupé, mais pris un moment pour couiner comme une écolière écervelée.

Il n'y avait pas de shooting demain, et ce serait l'une des rares journées que nous aurions de libres, alors Gunnar et moi avions prévu d'aller au Louvre.

Moi : Pas vraiment. Sûrement faire un peu de tourisme.

J'étais tout à fait prête à annuler ma journée avec Gunnar si une opportunité se présentait. Il devrait l'accepter. Nos projets n'étaient pas gravés dans la pierre de toute façon.

Ben : J'ai des projets avec Fiona la journée, mais si tu veux, on pourrait se retrouver pour boire un verre dans la soirée.

Son amitié avec Fiona me rendait toujours perplexe, mais peut-être pourrais-je l'interroger à ce propos le lendemain. Peut-être que, une fois qu'on la connaissait, ce n'était pas le dragon cracheur de feu que j'imaginais. Qui savait ? Et peut-être que je pourrais discrètement soutirer des informations à Gunnar.

Moi : Bien sûr. On peut se retrouver plus tard.
Ben : Rejoins-moi dans le hall à huit heures. On pourra marcher jusqu'à un endroit que je connais pour boire un verre.
Moi : Super. À demain alors.

Et juste comme ça, j'avais un rendez-vous avec Ben Shaw, dit « la Bombe ».

5

Ben

Fiona fit signe au serveur pour qu'il apporte une autre bouteille de vin. Quand je pris un morceau de pain dans la corbeille au centre de notre table, Fiona fronça les sourcils. Elle pouvait se le fourrer où je pense.

Elle jacassait à propos d'un styliste en pleine ascension et des soldes qu'elle voulait que je fasse avec elle. Super. Je fis la sourde oreille et laissai mon esprit se souvenir de la nuit précédente.

Je n'arrêtais pas de penser aux messages taquins d'Emmy. Je voulais juste passer le temps car je me sentais un peu seul, et, pour être honnête, un peu excité. Je ne m'attendais pas à ce qu'elle soit grivoise avec moi, et pourtant si. Elle m'avait même envoyé une photo sexy d'elle, avec une lumière douce, des yeux enjôleurs et des lèvres qui faisaient la moue. Ce souvenir me fit sourire.

La première chose que j'avais faite ce matin, c'était de regarder le message en riant doucement. J'étais habituellement un mec très direct et disais aux filles ce que je voulais. Mais je savais qu'elle n'aurait pas apprécié que je lui demande de monter dans ma chambre pour que je la baise. Quelque chose me disait qu'Emmy était différente de la plupart des filles. Je devinais que ce n'était pas une fille d'un soir. Elle était élégante et travailleuse. Et son petit accent du Sud était carrément adorable.

J'avais un consultant en vitamines, un masseur-thérapeute, une esthéticienne, un coach personnel, une diététicienne, un phytothérapeute, un putain de toiletteur ou je ne sais quoi, et Gunnar, mon assistant personnel.

La seule chose que je n'avais pas à Paris, c'était un ami. Peut-être qu'Emmy pouvait remplir ce rôle. Bien sûr, j'avais envie de la baiser. Très envie. Et je doutais qu'elle reste très amicale avec moi après ça. Et ça finirait par arriver.

— Pourquoi souris-tu ? me demanda Fiona, me tirant de mes rêveries.

Je déglutis péniblement et fis disparaître mon sourire.

— Rien.

Rien qu'elle n'ait besoin de savoir en tout cas. J'attendais avec impatience mon rendez-vous avec Emmy.

Emmy

Après avoir récupéré la pile de Post-it la plus récente, je m'assis sur mon lit avec une tasse de café pour les trier. Je comptais m'occuper des affaires personnelles de Fiona avant de sortir faire du tourisme. Après avoir réservé son soin du visage et une table pour son dîner avec Ben en début de soirée ce lundi, je décidai de faire des recherches plus approfondies sur Ben Shaw.

Alors que je me relaxais sur ma couette avec mon ordinateur portable, je tapai son nom sur Google et appuyai sur « Entrée », puis je me redressai pour apprécier la vue. Bon sang, qu'est-ce qu'il était sexy.

Mon cerveau me criait : « Abandonne ! Abandonne ! ». Je savais que c'était une mauvaise idée, et pourtant, je ne pouvais pas m'en empêcher. Je l'observai vaquer à ses occupations : fêtes VIP, événements avec tapis rouge, gala de charité avec un magnifique mannequin à son bras, et photos de lui à la plage sur sa page Instagram. Une douleur aiguë me poignarda la poitrine. C'était décidément une trèèèès mauvaise idée de craquer pour lui, je le savais. Mais il était beau, et il flirtait avec moi. À l'évidence, mes fantasmes ne connaissaient aucune limite. J'espérais que ça ne se terminerait pas par un désastre ce soir quand il se rendrait compte que j'étais si éloignée de son monde, qu'il existait probablement des lois pour nous empêcher de sortir ensemble. Et pourtant, ma traque ne connaissait pas de frontières. Instagram, Facebook et Twitter. J'aurais eu besoin d'un programme de désintoxication en douze étapes pour m'arrêter. Mais il était si charmant que je ne pouvais pas être tenue pour responsable de mes actes.

Il semblait communiquer de manière professionnelle et polie avec les fans sur Internet, mais j'aimais savoir secrètement qu'il avait aussi un langage tout à fait grossier.

Me détachant de mon ordinateur, j'enfilai un jean et un T-shirt et saisis mon appareil photo. Gunnar avait rencontré un serveur français la veille et, par conséquent, il avait annulé notre journée puisque, apparemment, ils étaient encore au lit. Le Louvre et moi avions quand même un super rendez-vous aujourd'hui. C'était une très bonne distraction culturelle et visuelle, et j'avais besoin de divertir mes pensées pour m'éviter de m'enfoncer.

***

Décider quoi porter pour un rendez-vous avec Ben Shaw revenait à essayer de résoudre un Rubik's Cube dans le noir. C'était carrément impossible. Je fis de nombreuses tentatives et abandonnai presque chaque vêtement que j'avais apporté. Mais il fut rapidement huit heures moins dix et je fus obligée de prendre une décision. Un jean délavé noir, des ballerines puisqu'il avait dit que nous allions marcher, et un haut en dentelle noir avec un caraco.

Je me posais encore une question : devais-je porter ma gaine pour garder tout bien à l'intérieur et avoir des formes parfaites ? Ou devais-je espérer qu'il y ait de l'action par la suite et renoncer à ce truc horrible, en sachant qu'il n'y avait aucun moyen de la retirer de manière sexy ? Non, il n'y aurait pas d'action dans la soirée, c'était idiot. C'était lui. J'étais moi. Évidemment. Il n'y avait pas à réfléchir. Pourtant, je choisis de respirer facilement et préférai oublier la gaine.

Mes cheveux étaient lâchés et raides comme des baguettes et, pour une fois, mon maquillage n'était pas raté. J'avais réussi à souligner mes yeux d'un trait d'eye-liner liquide sans me le planter dans la rétine. *Bravo !* Ben m'attendait déjà dans le hall quand je descendis. Puisqu'il n'avait pas encore levé les yeux, je m'autorisai à le reluquer sans aucune gêne, et remarquai la façon dont sa veste en cuir noire s'étendait sur ses épaules et moulait ses biceps, et comment son T-shirt blanc avec col en V exposait sa gorge aux baisers. Ce haut était juste assez ajusté pour suggérer son corps. Je pouvais déjà imaginer les abdos cachés sous le tissu. Il aurait aussi bien pu sortir tout juste d'un shooting pour le magazine *GQ* étant donné le charme sexy qu'il arborait. Je n'avais pas la moindre chance. Il était très viril, mais il était aussi stylé, et je ressentis soudain une grande nervosité en réalisant que mes vêtements ne portaient aucune étiquette de grande marque, contrairement aux siens. Ce genre de choses comptait-il pour lui ?

Les yeux de Ben se levèrent vers les miens et un sourire sexy étira lentement ses lèvres.

Je m'arrêtai devant lui, figée et les doigts croisés.

— Salut.

— Salut, ma jolie. Tu es prête ?

Sa bouche affichait toujours un sourire taquin, et je ne pus m'empêcher de sourire comme une idiote folle d'amour pour cet homme sexy.

— Prête.

Comme jamais.

Il me guida vers l'extérieur et nous traversâmes la rue vers la promenade pavée le long de la Seine. Je sentais la chaleur de sa main flotter dans le creux de mon dos, mais il ne le toucha jamais. C'était doux et innocent, et en même temps hautement érotique. La promesse d'aller plus loin flottait dans l'air, tacite et inconnue. J'appréciais les endorphines qui envahissaient mon organisme. Je me sentais vivante. Les étoiles brillaient comme de faux diamants dans le ciel nocturne sombre. La nuit, Paris était magique et séduisant. Il dégageait une atmosphère particulière, un côté excitant et désinvolte qui émanait de chaque petite pâtisserie et brasserie devant lesquelles nous passions.

Ben baissa les yeux, regarda mes chaussures et m'adressa un sourire.

— C'est bien que tu portes des chaussures sans talons. Les filles ne portent jamais de chaussures plates. Comme ça, on peut vraiment marcher.

Je ne savais pas si c'était un compliment ou pas. Bien sûr, les belles femmes avec lesquelles il sortait portaient les chaussures les plus raffinées, mais j'avais choisi le confort. Mince. *Échec*. Ou victoire, ça dépendait de la façon de voir les choses.

— Oui, je savais qu'on allait marcher, ajoutai-je rapidement.

Il n'avait pas besoin de savoir que je ne portais jamais de talons. Eux et moi n'étions pas faits pour nous entendre. Presque à chaque fois que j'en avais porté, ça avait fini par un traumatisme crânien, car je tombais systématiquement quand j'essayais de marcher. Avec son mètre quatre-vingt-dix, il me dépassait d'une trentaine de centimètres. Cela ne m'inquiétait pourtant pas, parce que j'y aurais grimpé volontiers comme sur une aire de jeux si j'en avais l'occasion. Je me sentais petite à côté de lui, et c'était vraiment un sentiment agréable. Le simple fait de me tenir à ses côtés me faisait frissonner. Sa seule présence avait le pouvoir de me captiver, me titiller et m'exciter. En d'autres termes, j'étais condamnée.

Lorsque nous arrivâmes à un café très parisien situé à un carrefour, Ben s'arrêta et me guida à l'intérieur, ses doigts frôlant ma hanche et envoyant une vague de chaleur dans mon ventre. Il s'adressa au maître d'hôtel dans un français parfait (parfait pour mes oreilles peu expérimentées tout du moins). Sans se soucier du monde qui comblait déjà le petit café pittoresque, il émanait de lui une certaine autorité et nous fûmes rapidement placés à une table pour deux dehors, dans le patio, près du trottoir animé. C'était un endroit parfait pour observer les gens. Ben tira ma chaise et je m'assis comme une dame tandis qu'il la rapprochait de la table. Nous voyions la tour Eiffel au loin, éclairée et illuminée par de brillantes lumières jaunes. C'était impressionnant. Jusqu'ici, j'adorais tout dans ce rendez-vous et il ne faisait que commencer.

Le petit sourire entendu de Ben restait fixé à son visage alors qu'il me passait une carte des boissons.

— Tu as soif, beauté ?

Je hochai vaguement la tête et ouvris la carte. *Merde !* Tout était en français.

— Est-ce qu'on commande une bouteille ? demanda Ben. Et j'aurais dû te poser la question avant, mais est-ce que tu as faim ?

Premièrement, il n'y avait pas moyen que je mange devant lui. Deuxièmement, une bouteille ? Oui, merci. J'aurais bien besoin de quelques verres pour me calmer.

— Une bouteille, ça me semble bien, répondis-je. Tu préfères le blanc ou le rouge ?

— Le rouge, mais on peut prendre autre chose.

— Le rouge ira très bien.

— Le Château Saint-Pierre est bon : il a du corps, un fini crémeux et juste ce qu'il faut de sucré.

— Ça a l'air super.

Note pour moi-même : cet homme connaît le vin. Ce petit détail s'ajoutait à son sex-appeal.

Il replia la carte en souriant et posa son smartphone sur la table devant lui. Je ne pus m'empêcher de remarquer la petite lumière bleue qui clignotait pour indiquer qu'il avait un nouveau message. Mais Ben l'ignora, et lorsque le serveur revint, il lui parla dans un français extrêmement appétissant pour lui donner notre commande.

Quelque temps plus tard, le serveur apparut pour ouvrir notre bouteille de vin et remplit deux verres. Le simple fait d'avoir quelque chose dans la main me mit à l'aise.

Ben croisa la jambe sur son genou et s'appuya contre le dossier de sa chaise. Il gardait le pied de son verre à vin entre les doigts et faisait tournoyer d'un air songeur le liquide couleur rubis. Son regard croisa le mien et ce charme ravageur et enfantin qui faisait fondre ma détermination à rester loin de lui apparut dans ses yeux.

— À nos aventures parisiennes.

— Oui.

Je fis heurter délicatement mon verre et le sien et un tintement agréable perça l'air nocturne.

— Alors, commença-t-il, sa bouche formant un petit sourire taquin. Raconte-moi tout ce qu'il y a à savoir sur mademoiselle Emmy Clarke.

— Euh… répondis-je en tripotant le menu avant de le reposer maladroitement devant nous sur la table. Voyons. Je travaille pour Fiona depuis deux semaines. Je viens du Tennessee. Rien de bien original. Que veux-tu savoir ?

Il haussa les épaules.

La gorge serrée, je remuai sur mon siège. D'accord. Prenant une profonde inspiration, je poursuivis :

— À l'université, je me suis spécialisée à la fois en communication et en stylisme de mode.

Un éclat d'intérêt dans ses yeux révéla qu'il était impressionné.

— J'ai un petit frère et deux parents qui sont toujours très amoureux.

Que quelqu'un me fasse taire. Bon sang, je voulais l'endormir ou quoi ?

— Rien de très excitant. Parle-moi de toi, lui dis-je.

— Que veux-tu savoir ?

Il avait un sourire espiègle, comme s'il s'attendait presque à ce que j'aie fait des recherches sur lui sur Google et supposait que je savais déjà tout ce qu'il y avait à savoir.

Eh oui, j'en savais déjà beaucoup. Sa mère était un top model à la retraite, Dakota Shaw, qui avait la réputation de coucher un peu à droite à gauche. L'identité de son père restait donc un mystère ; il aurait pu s'agir d'un homme politique comme d'une rock star. Mais cela ne semblait pas une bonne idée d'essayer de le sonder pour avoir ces réponses-là. Au lieu de cela, je me contentai de demander :

— Où as-tu grandi ?

Ses yeux dévièrent sur son verre de vin, qu'il avait arrêté de faire tourner. Je me demandai brièvement si j'avais évoqué un sujet dont il ne voulait pas parler.

— Un peu partout, à vrai dire. New York, Londres, Barcelone, Prague, Rome, au Brésil, partout. Mais j'aimerais en entendre plus sur toi. Une famille normale. Le Tennessee. Quoi d'autre ?

Il afficha un grand sourire en prenant une gorgée de vin et léchant ses lèvres charnues.

Le vin avait déjà commencé à me monter à la tête et il me paraissait surréaliste que Ben soit assis devant moi. Que faisait-il avec moi ? S'agissait-il d'un rencard ? Un verre entre deux amis ? Entre collègues de travail ? C'était la pagaille dans ma tête. J'avais besoin de réponses.

Je posai mon verre sur la table et pris mon courage à deux mains.

— Ben, dis-je sur un ton qui s'avéra trop sérieux et qui attira son regard vers le mien. Je suis désolée de te décevoir, mais je suis probablement un peu ennuyeuse à ton goût.

Ben abandonna sa posture nonchalante et se pencha vers moi.

— Je peux vous garantir que je ressens tout sauf de l'ennui, mademoiselle Clarke.

Je refermai mes doigts autour du pied de mon verre.

— Nous savons tous les deux que je ne suis pas mannequin. Je ne ressemble pas aux femmes avec lesquelles tu sors habituellement.

— Emmy…

Ben posa son verre devant lui avec un air sévère.

— Je ne sors pas qu'avec des mannequins, poursuivit-il. En fait, en général, je ne sors pas avec des mannequins, alors détends-toi.

Sa petite déclaration n'eut aucun effet apaisant sur mon anxiété. Le fait qu'il sorte avec des mannequins seulement de temps en temps était supposé me calmer ? Ha ! Mes inquiétudes étaient ancrées bien trop profondément pour disparaître avec ce simple renseignement.

Il se pencha encore plus près en me fixant avec un regard intense.

— Et si je te confiais un petit secret ? Cela te mettrait-il à l'aise ?

J'arrêtai de gigoter devant la table. Je détestais être une fille gauche et nerveuse.

— Oui, admis-je.

Ben prit une gorgée de vin.

— D'accord. Te sentirais-tu mieux si je te disais que j'ai perdu ma virginité avec une femme bien plus vieille que moi ? Une amie de ma mère, en fait.

Waouh. Je ne pouvais pas imaginer perdre ma virginité avec un homme de l'âge de mon père. Ça me donnait la chair de poule. Ma première fois, c'était avec mon petit copain du lycée à l'arrière de sa Jeep lors de ma première année. Ma vie était lamentablement normale comparée à la sienne. Je pouvais imaginer comment la cougar-séductrice devait l'avoir persuadé.

— Tu étais… d'accord ?

— Ouais. Elle suçait très bien.

Il haussa les épaules et me lança un sourire éclatant à faire tremper ma culotte.

D'accord. Ne pas surinterpréter. Je me dis que c'était la différence entre les mecs et les filles. Les filles étaient plus sentimentales en ce qui concernait le sexe, et les mecs pensaient d'abord au physique. Bon à savoir. Il fallait que je me souvienne de ça et que je garde la tête froide.

— Alors tu t'intéresses naturellement aux femmes plus âgées, ou est-ce qu'elle t'a, dirons-nous, séduit ? demandai-je, incapable de cacher que j'étais curieuse de savoir comment ils en étaient arrivés là.

— C'était l'un de mes premiers shootings de nuit et elle m'accompagnait puisque ma mère ne pouvait pas être dérangée pour venir. Elle m'avait envoyé des signaux toute la journée en me touchant le bras, massant les épaules, des trucs dans le genre. J'avais dix-huit ans et je pensais beaucoup au sexe… (Il rit bêtement.) Je n'arrivais pas à dormir en étant loin de chez moi et tout, alors cette nuit-là, je suis allé dans sa chambre d'hôtel…

Mince. Quelle audace. Il s'était juste montré à sa porte en espérant coucher avec elle ? Mais je supposai que quand on avait son allure, on pouvait se permettre d'avoir ce culot. Belle journée pour cette cougar, quelle qu'elle soit. J'étais légèrement jalouse. Mais cet homme était assis devant moi, avec ses muscles, sa peau hâlée et ses lèvres parfaites pour embrasser. Tout ce qu'elle avait, elle, c'était un souvenir.

Je ne pouvais pas imaginer que beaucoup de femmes l'aient rejeté ; peut-être à cause de son assurance, ses yeux pénétrants ou sa manière franche de parler… Il avait un truc pour obtenir ce qu'il voulait, ça, j'en étais certaine.

Son petit aveu avait eu plusieurs effets sur moi. Il m'avait intriguée, avait allumé un feu dans mon ventre et mise complètement à l'aise. Cet homme était doué. Oh oui, il était sacrément doué.

— Ben… gémis-je.

— Oui, ma belle ?

Son petit sourire effronté habituel était toujours là.

Je serrai les jambes l'une contre l'autre. Le simple fait que Ben utilise des surnoms affectueux suffisait à me faire craquer. J'aimais un peu trop ça.

— Rien, murmurai-je.

Si je disais quelque chose maintenant, ça ne serait pas joli. Soit j'admettrais que j'avais envie de lui, soit je marmonnerais une bêtise incohérente. Il valait mieux que je me taise. J'étais convaincue d'être sur le point de faire ou dire quelque chose de stupide, alors je préférai boire du vin. *Ferme-la, espèce de psychopathe.*

Il remplit nos verres de vin et continua à m'observer.

Après plusieurs minutes, je retrouvai mon courage.

— Alors comment en es-tu venu à faire du mannequinat ?

Ben plongea ses yeux dans les miens.

— J'ai grandi dans le milieu, mais ma mère ne voulait pas que je m'engage là-dedans. Elle ne voulait pas que je fasse du mannequinat et ne comptait pas me laisser faire avant mes dix-sept ans. Et puis, elle n'a pas vraiment eu le choix, parce que j'ai envoyé mes photos à deux agences à New York. Elles ont toutes les deux été intéressées, alors j'ai tout de suite commencé à travailler.

— Pourquoi ne voulait-elle pas que tu sois mannequin ?

Cela me semblait étrange puisque sa mère était un top model de renommée mondiale.

— Elle voulait plus pour moi. Elle connaissait les travers de cette vie ; être constamment en voyage et toujours jugé sur son apparence. Elle n'a pas toujours très bien supporté ça. Je suis sûr que tu as entendu parler de ses nombreux séjours en centre de désintox.

Son regard me supplia d'approuver. Je dus détourner les yeux. Bien sûr que j'avais entendu parler du déclin de la carrière de Dakota Shaw.

— Je suis désolée. Est-ce qu'elle…

— Elle va bien aujourd'hui. Elle vit en Australie avec un mec de mon âge.

Il secoua la tête comme si c'était une chose qu'il voulait vite oublier.

— Alors tu as commencé à travailler quand tu avais dix-sept ans ? C'est très jeune.

Il acquiesça.

— Oui. En fait, Fiona m'a soutenu à mes débuts et j'ai signé avec elle un contrat d'exclusivité peu de temps après. On travaille ensemble depuis plusieurs années maintenant. Elle m'a aidé à devenir ce que je suis aujourd'hui.

Je voulais le contredire, lui dire qu'il l'avait fait tout seul, mais je me rendis compte que je ne pouvais pas le savoir. J'entrevoyais alors à quel point cette industrie était impitoyable.

Son téléphone vibra à nouveau en faisant du bruit sur la surface en verre de la table, jusqu'à ce que Ben l'attrape pour l'arrêter. Je ne pus m'empêcher de remarquer le nom de Fiona affiché sur l'écran.

Je pris une gorgée de vin et me rendis compte que Ben fixait toujours son téléphone, perdu dans ses pensées.

— Tu devrais peut-être prendre cet appel ?

Son regard remonta vers le mien.

— Non. C'est Fiona. Et je n'ai rien à lui dire.

Je ne comprenais toujours pas l'étendue de leur relation.

Était-ce une relation professionnelle proche ou y avait-il autre chose ? Je repoussai le sentiment de doute qui m'avait envahie. Ma chienne de patronne n'apprécierait certainement pas de me voir sortir avec son mannequin star, mais ça m'était égal. Il ne lui appartenait pas.

Je pris une autre bonne gorgée de vin en espérant que l'alcool bannirait complètement toutes les pensées qui me faisaient douter. Mais ça ne marcherait pas. J'étais assise en face de l'un des mannequins les plus en vue au monde. Rien que pour ça, c'était le chaos dans ma tête, sans parler de mes palpitations et de ma culotte mouillée.

— Excuse-moi, mais tout ça est nouveau pour moi. Je ne comprends pas très bien ce que tu veux, admis-je en posant mes mains sur mes genoux.

Toute trace de sérieux disparut de son visage. Ses yeux plongèrent dans les miens, possessifs et avides, et il se pencha en avant, affichant son charme sexy et gamin et son air taquin.

— Je crois que tu sais exactement ce que je veux.

La chaleur monta jusque dans mon cou et empourpra mes joues. Ce mec n'y allait pas par quatre chemins.

Il émit un petit rire, un son chaleureux qui envahit mes sens et me fit tourner la tête, comme s'il y avait une blague que seul lui et mon pouls pouvaient comprendre.

— Rentrons pour que tu ailles te coucher. Je suis sûre que Fiona te réveillera tôt pour bosser demain matin.

Une autorité calme empreignait sa voix, et je savais qu'il serait inutile de protester ou chercher à approfondir la question.

Il se leva et m'aida à sortir de ma chaise, la main posée dans le creux de mon dos pour soutenir mon mouvement, avant que nous ne nous éloignions dans la nuit.

Toujours galant, Ben m'accompagna jusqu'à ma chambre et déposa un baiser sur ma main.

Je m'appuyai contre la porte, prête à m'effondrer comme une masse par terre. Mes jambes étaient épuisées. Tout mon corps était épuisé. Je n'étais plus qu'une nouille inerte, excitée et soupirant en repensant aux deux dernières heures passées avec Ben. Il était resté poli tout en étant dragueur. Je détestais ne pas savoir s'il s'agissait d'un rencard, mais il avait payé le vin. Et heureusement, parce que j'étais presque sûre que mon salaire hebdomadaire n'aurait pas suffi.

— Bonne nuit, mademoiselle Clarke, dit-il d'une voix grave et sexy.

— Bonne nuit, répliquai-je en un souffle.

Il se pencha, me donnant une chance de me dégager. Je laissai mes yeux se fermer lentement et, quelques secondes plus tard, la bouche charnue et sensuelle de Ben couvrait la mienne. Une main se fraya un chemin dans mes cheveux ; l'autre enlaça ma taille. Le poids chaud de sa main m'immobilisa et me rapprocha jusqu'à ce que nos corps soient pressés l'un contre l'autre. La fermeté de son corps contre le mien provoqua un bonheur suprême. Ses lèvres talentueuses firent passer les autres hommes que j'avais embrassés pour des gamins. Ses mains glissèrent de ma taille, passèrent dans mon dos et m'étreignirent un peu plus pour qu'il presse ses hanches contre les miennes. Ses dents attrapèrent ma lèvre et mordillèrent légèrement la chair. Ma bouche s'ouvrit, surprise, et Ben sauta sur l'occasion pour caresser ma langue avec la sienne. Je laissai échapper un doux gémissement et son baiser s'approfondit, apparemment nourri par ce son.

Mes mains tâtonnèrent derrière moi pour trouver la poignée. Me soulageant de cette tâche, celle de Ben passa la carte devant le lecteur et ouvrit la porte.

J'essayai de calmer mon cœur qui battait la chamade pour intégrer tout ce que j'avais appris ce soir. Un : Fiona appelait Ben à peu près tous les quarts d'heure, mais il n'y prêtait aucune attention. Deux : Ben était super sexy et embrassait incroyablement bien. Trois : j'étais en train de craquer pour lui. Vraiment. Cette idée m'excitait et me démoralisait en même temps. Il ne faisait pas partie de ma catégorie, mais cela allait-il m'arrêter ? Non. Non, absolument pas. J'en avais eu un avant-goût, et rien ne pourrait m'arrêter désormais.

6

Emmy

Une fois dans ma chambre, nous ne fûmes que des membres emmêlés qui luttaient pour se rapprocher tandis que nous avancions. Les grandes mains de Ben tenaient très délicatement ma mâchoire tandis que sa langue valsait avec la mienne. Son corps plein d'autorité obligeait mes pieds à reculer vers le lit.

Mes émotions étaient un mélange de « Allons faire des bébés » et de « Il. Faut. S'arrêter. De. S'embrasser ». Faisant taire mon cerveau, j'autorisai mes hormones à prendre le dessus. J'enlevai mes chaussures sans les mains, grimpai sur le lit et le tirai pour qu'il monte sur moi.

Sa masse chaude m'enfonça dans le matelas et sa bouche fut partout. Il mordilla ma clavicule, puis mon cou, et utilisa sa langue pour tracer un chemin mouillé sur ma peau sensible. Bon sang, il savait très bien ce qu'il faisait.

La main rêche de Ben se retrouva soudain sous mon haut, placée sur mon sein alors que son pouce caressait mon mamelon. Un éclair de désir traversa mon corps. Mes hanches bougèrent contre les siennes, se pressant contre sa saillie dure et une supplication rauque passa sur ses lèvres pour résonner dans ma bouche. C'était le plus doux des sons. Le désarroi et le désir, exactement ce que je ressentais moi aussi. J'étais contente de ne pas être la seule dans cet état. Sa paume trouva ma fesse et la serra pour me rapprocher encore. Quand je sentis son érection s'appuyer contre le bas de mon ventre, tout en moi se retrouva en fusion.

— Tu as un préservatif ? chuchota-t-il sur un ton débordant de désir.

— Non, répondis-je d'une voix étranglée.

— J'en ai dans ma chambre.

Il continuait à bouger ses hanches contre les miennes.

J'en avais envie, vraiment. Mais mon esprit était perturbé. Une fois qu'il serait en moi, il n'y aurait pas de moyen de faire marche arrière. Mon coup de cœur d'écolière serait catapulté dans l'espace, si loin que je n'en reviendrais jamais. Il fallait que je garde la tête froide. Je ne couchais pas avec les hommes avec qui je n'étais pas en couple.

— Non, réussis-je à dire.

— Non.

Son ton m'indiqua qu'il se demandait si je le voulais sans rien. Et l'esquisse de sourire sur ses lèvres me révéla qu'il accueillait cette idée avec plaisir.

— Je ne suis pas prête pour tout ça…

Mon corps était en désaccord total avec mon cerveau, puisque mes jambes se glissèrent derrière lui pour le rapprocher de moi.

Ben gémit à mon contact.

— Allez, bébé, laisse-moi te baiser, souffla-t-il dans mon cou. Je te promets que ce sera agréable.

Il saisit mes fesses et poussa son érection contre la partie humide entre mes cuisses, et je ne pus empêcher un gémissement de m'échapper.

— Ce n'est pas une bonne idée. On travaille ensemble, parvins-je à argumenter.

— Oublie le boulot. Laisse-moi te faire prendre ton pied.

Sa voix grave et sexy et la pression de ses hanches réussirent presque à me convaincre. Presque.

— On peut faire autre chose. Mais pas de rapport sexuel.

Je ne réalisais même pas ce que j'étais en train de dire, mais savais très bien ce qui contrôlait ma bouche. Mon sexe palpitant. Ben m'avait rendue trempée et brûlante de désir, et nous approchions dangereusement de la deuxième manche. Quand je disais qu'il ne jouait pas dans ma catégorie.

Les yeux plongés dans les miens, il débarrassa mon visage de mes cheveux.

— J'aime les autres choses.

— Ah oui ?

J'étais bien contente qu'il ait compris où je voulais en venir sans que j'aie à l'exprimer de façon explicite.

— Oui. Et je pense que tu trouveras que j'excelle en la matière. Surtout oralement.

Son regard profond était dirigé vers moi et cette bouche charnue qui faisait la moue ne se trouvait qu'à quelques centimètres de la mienne…

Bon sang. Cette expression sur son visage. J'étais sans défense.

— Hmmm… Nous verrons ça, monsieur Shaw.

Il me fixa avec un regard intense et se pencha plus près, son nez frôlant ma mâchoire. Je le sentis inhaler la peau de mon cou.

— Je me demande si tu as bon goût.

Son murmure fit descendre la chaleur jusqu'au bas de mon dos. Sa langue mouillée et chaude glissa dans mon cou et je gémis en réaction à la sensation de désir soudaine et brûlante entre mes cuisses.

Sa main descendit dans mon jean et ma culotte.

— Tu es trempée, bébé, lança-t-il avant de m'embrasser la gorge, son souffle picotant mon oreille. Je sais que tu veux que je te baise. Mais on fera les choses à ta façon, d'accord ?

Ses doigts caressèrent ma peau, massèrent la zone gonflée et glissante. Le plaisir monta soudain en moi. J'avais fantasmé l'instant où il me toucherait, et à présent que c'était exactement ce qui se passait, cela dépassait toutes mes attentes. Ses doigts expérimentés massaient mon clitoris avec juste ce qu'il fallait de pression et un rythme indolent qui permettait au plaisir de grimper lentement.

— Tu es si douce, murmura-t-il.

Il passa sa main à plat sur un sein, pendant que l'autre restait enfouie dans ma culotte.

J'étais douce, et bien rembourrée au niveau des hanches, des cuisses et des seins. Mon corps avait des formes féminines, et alors que j'aurais pensé que c'était une mauvaise chose, surtout pour un mannequin athlétique et musclé comme lui, il semblait l'apprécier.

Il déposait des baisers dans mon cou tandis que ses mains m'exploraient. J'aurais dû l'arrêter, mais mon esprit était engourdi et mon corps stimulé de toute part. J'en voulais plus. Je méritais plus, non ? J'avais été une gentille fille depuis si longtemps.

Il glissa un long doigt en moi et je gémis en cambrant le dos.

— Quelle jolie petite créature.

Il embrassait mon cou alors que son doigt continuait ses lents mouvements, entrant et sortant de moi à un rythme consciencieux.

— Ben… gémis-je, frustrée par ses caresses mesurées.

J'en voulais plus.

— Dis-moi, grogna-t-il.

— Plus fort.

Sa bouche captura la mienne tandis que son doigt plongea plus profondément en moi, son biceps se contractant avec ce geste. Il ajouta un deuxième doigt et appuya son pouce contre le haut de mon sexe. Je gémis fort, balançant mes hanches contre sa main. Je me fichais de paraître folle d'excitation. J'étais complètement folle d'excitation.

Il me doigtait à un rythme régulier, ses doigts épais remplissant un endroit qui n'avait pas été touché depuis trop longtemps. Et là, Ben Shaw était dans mon lit. Bon sang.

Ben

Elle avait beau m'avoir dit qu'elle ne voulait pas, son corps n'était pas d'accord. Elle m'avait envoyé toutes sortes de signaux. Elle aimait ça. Vraiment. Sa respiration se transforma en petits halètements et ses hanches s'approchaient en se balançant. Je pense qu'elle ne réalisait même pas ce qu'elle faisait. Elle voulait que je vienne en elle, même si elle ne voulait pas l'admettre. Mais je ne voulais pas lui poser la question. Je n'aurais pas pu supporter de l'entendre me demander d'arrêter. J'avais besoin de toucher cette fille.

— C'est bon, bébé ?

J'avais besoin de l'entendre dire que oui. J'étais d'un naturel plutôt agressif et cela m'avait toujours bien servi avec les filles, mais quelque chose me disait qu'Emmy n'aimerait pas qu'on lui dise quoi faire. Même si j'aurais beaucoup aimé lui ordonner de se déshabiller, enlever sa culotte et se tenir devant moi, je n'allais pas le faire. Elle n'était pas prête. Elle était trop nerveuse. Trop hésitante.

— Hmmm…

Elle laissa échapper un doux gémissement, le seul indice que c'était bon. Elle ferma les yeux et posa sa tête dans le creux de mon cou. Ça n'allait pas. Je voulais voir son visage quand elle viendrait, mais je la laissai ainsi, sentant sa respiration haletante contre la peau de mon cou. C'était agréable.C'était de loin la fille la plus classe avec qui j'aie été. Doublement diplômée à l'université. Elle était intelligente, travailleuse et s'exprimait correctement. Elle ne couchait pas à droite à gauche. Je devinais qu'elle était à deux doigts d'abandonner ses principes, mais je ne pouvais pas la laisser faire. Je n'avais jamais autant voulu une fille. Je n'allais pas être introspectif et chercher à savoir pourquoi pour autant. Non. Mon but était bien plus simple. Je voulais juste qu'elle se déshabille et voir ses seins. Depuis la seconde où je l'avais vue pour la première fois. Et nous y étions presque.

Je caressais son corps et enfonçais et ressortais mes doigts. Elle était super mouillée et ça me faisait vraiment bander. Je voulais la pénétrer. J'en avais très envie. Mais je ne voulais pas la brusquer. La toucher était fantastique et elle était littéralement trempée alors qu'elle convulsait contre ma main. Elle était de plus en plus serrée et je devinai qu'elle n'était pas loin de venir. Je savais déjà déchiffrer son corps.

Je continuai mes coups mesurés, ne voulant pas la pousser trop vite vers la ligne d'arrivée. Je sentis qu'elle commençait à se resserrer autour de mes doigts tandis qu'elle se lâchait. Ses yeux d'un joli bleu-gris étaient embués par le plaisir. Alors que mes doigts étaient toujours en elle, nos yeux se connectèrent et elle commença à jouir.

Emmy

Mon orgasme monta lentement, puis se propagea en moi d'un seul coup, me coupant le souffle et me faisant crier. Mon monde explosa autour de moi. L'apogée me frappa comme un train à pleine vitesse, et je me retrouvai dans une extase bêtifiante, agrippée aux biceps de Ben pour tenir le coup. Il savait ce qu'il faisait ; je lui revaudrais ça.

En retrouvant légèrement mes esprits, je pris une inspiration tremblante. Je me demandai si j'avais crié fort. Le petit sourire satisfait de Ben confirma qu'il était content, de sa performance, ou de la mienne, ça, je ne le savais pas. Et je m'en fichais. J'avais besoin de le toucher. Il enleva sa main de ma culotte et déposa un doux baiser sur ma bouche.

— Tu te sens mieux, ma douce ?

Un sourire narquois était plaqué sur ses lèvres. Sa réaction était mignonne. Eh oui, cet orgasme était extraordinaire. Je ne pouvais pas le nier.

Les yeux plongés dans les siens, mes mains trouvèrent sa ceinture et se mirent à la détacher. L'instant était terriblement érotique. Nous étions allongés côte à côte sur le lit, nous regardant dans les yeux alors que je déboutonnais son pantalon et descendais la fermeture Éclair. Nous savions tous les deux ce qui allait se passer, et l'anticipation grandissait entre nous. Il m'embrassa délicatement sur les lèvres et le front alors que je glissais la main à l'avant de son boxer. Je découvris une grosse queue dure comme de la roche qui appuyait avec insistance contre ma paume.

Sa peau était chaude et tendue et les muscles de mon sexe réagissaient en se contractant. Lorsque ma main serra fermement sa verge, il gémit. Ce bruit venait du plus profond de son être pour mon plus grand plaisir. En refermant la main autour de lui, je commençai à le masturber. Ben reposa la tête en arrière sur l'oreiller comme s'il se rendait entièrement à moi. J'aimais savoir que c'était moi qui lui faisais ça. Pas un top model. Moi.

Ses hanches s'avançaient vers ma main et sa bouche s'immobilisa momentanément au-dessus de la mienne alors qu'il poussait un gémissement grave.

— Emmy…

La sensation d'avoir Ben dans ma main était fantastique : une vague puissante déferla en moi. Même si ce n'était qu'un instant, il était à moi.

— Putaiiiin, c'est bon.

Il me regardait avec un regard sexy stupéfait, les yeux à moitié fermés, et sa respiration était rapide.

— Plus vite, bébé, un peu plus vite.

Je pouvais sentir du liquide pré-séminal chaud s'échapper. Ma main l'empoigna plus fermement et j'accélérai le rythme, remontant le long de sa verge durcie et passant sur le gland. Quelques caresses plus tard, je fus récompensée par un gémissement guttural et sentis Ben jouir, des jets chauds de sperme coulant sur ma main et son ventre.

Nous n'avions pas enlevé un seul de nos vêtements, mais nous avions réussi à nous soulager l'un l'autre. Je devinais que je le regretterais le lendemain matin, mais je ne comptais pas étouffer ce sentiment béat de bonheur absolu qui se propageait dans ma poitrine pour le moment.

Ben déposa un baiser sur mon front, puis tendit le bras pour attraper les mouchoirs sur ma table de nuit. Il nous nettoya rapidement et rentra son sexe encore dur dans son pantalon.

Ben se leva du lit.

— Tu veux que je te borde ?

J'acquiesçai, à moitié endormie.

Il remonta les couvertures et je gigotai pour me débarrasser de mon jean, soudain trop fatiguée pour me sentir embarrassée. Il me regarda en ricanant et coinça mes cheveux derrière mes oreilles.

— Désolée, m'excusai-je en bâillant. Je crois que le vin m'a donné un gros coup sur la tête.

Les lèvres de Ben se retroussèrent.

— Le vin ou l'orgasme ?

— Chhhut, dis-je avec le sourire.

— Bonne nuit.

— Bonne nuit.

Ben, toujours souriant, me regardait.

— Merci pour ce soir. C'était agréable de sortir avec quelqu'un qui ne s'attend pas à ce que je sois le mec qu'elle voit dans les magazines.

— Je suis contente que tu te sois senti assez à l'aise pour être toi-même.

Il porta la main à mon visage et son pouce effleura ma joue.

— Oui. Merci.

— Dors bien.

Il afficha un doux sourire.

— On verra. Je ne suis pas très doué pour dormir.

Je fronçai les sourcils. Que cela signifiait-il ? Le sommeil n'était-il pas une fonction vitale nécessaire à la survie ? Personnellement, c'était une de mes choses favorites au monde.

— Eh bien, si tu n'arrives pas à dormir, tu sais que tu peux m'envoyer des SMS.

— Je peux dès maintenant ?

Évidemment. *Bravo, Emmy.* Je me contentai d'acquiescer.

— Je m'en souviendrai, dit-il.

Son regard s'attarda sur le mien un moment, puis il se dirigea vers la porte et partit sans rien ajouter de plus. Mais honnêtement, qu'y avait-il à dire ? Ce soir, rien n'avait correspondu à mes attentes.

Après son départ, je quittai à contrecœur le cocon chaud de mon lit pour me brosser les dents et enfiler mon pyjama avant de me glisser sous les couvertures. J'étais à mille lieues de m'endormir quand mon téléphone retentit pour m'annoncer un nouveau message.

Ben : Tu es réveillée ?

N'y avait-il pas une règle à propos du fait d'envoyer des messages à un homme après minuit ? Je jetai un coup d'œil au réveil. Il était minuit vingt. Ça m'était égal. J'aurais enfreint toutes les règles pour Ben.

Moi : Oui. Coucou.
Ben : Vous croyez que c'est sage de me répondre alors que vous êtes au lit, mademoiselle Clarke ? Maintenant que j'ai cette image dans ma tête…
Moi : Oui.
Ben : Tu lui manques.

Une photo peu éclairée de Ben allongé sur son lit accompagnait son message. Juste son torse, ses abdos, et son boxer noir, qui était joliment gonflé à l'avant.

Je souris toute seule et secouai la tête. Mon épuisement passerait au second plan si je pouvais flirter avec Ben. Ça me faisait plaisir qu'il m'ait envoyé un message juste quelques minutes après être parti. J'aimais l'idée qu'il pense encore à moi.

Mon cerveau refusait de se concentrer sur autre chose. J'examinai plus consciencieusement la photo, en m'imaginant lécher les creux de ses abdos et descendre plus bas pour mordre sa verge à travers le tissu de son boxer. Il y avait quelque chose chez cet homme qui éveillait mon côté primitif.

Moi : Tu es à nouveau dur ?
Ben : Non.
Moi : Il est aussi appétissant même au repos ?!

Qui était cette fille ? Et qu'avait-elle fait de l'Emmy prudente et guindée. Ben me transformait en une version dragueuse de moi-même que j'avais du mal à reconnaître, mais que j'aimais bien. Je gloussai doucement, les yeux rivés sur mon téléphone en attendant sa réaction.

Ben : Tu peux jouer avec ma queue quand tu veux.

Mince. Dès que le message apparut, mon sourire s'effaça. La panique s'empara de moi. Je ne pouvais pas être son plan cul pendant les trois prochains mois. À moins que si ? J'avançais en terrain miné. Il était si beau et charmant ; je savais que j'étais déjà en train de craquer pour lui depuis quelques jours. Il m'avait déjà dit qu'il ne cherchait pas à se caser… Je ne pouvais pas être son petit secret cochon, je n'étais pas faite pour ce genre de relation frivole. Mon cœur n'y survivrait jamais.

Ben : C'était amusant.
Moi : Oui.

Il fallait que je trouve un moyen de lui dire que ça ne se reproduirait plus. Je poussai un lourd soupir et mon téléphone sonna à nouveau.

Ben : J'ai envie de baiser.
Moi : Ben, je ne suis pas du genre à avoir un partenaire sexuel occasionnel.
Ben : Ne t'inquiète pas, poupée.

Je ne savais pas du tout comment interpréter son dernier message. Devais-je ne pas m'inquiéter parce que lui ne s'inquiétait pas… ou parce qu'il ne s'agissait que de flirt inoffensif ? *Ressaisis-toi, Em !* Mon Dieu, nous étions collègues de travail. À quoi je pensais en glissant ma main dans son pantalon ce soir ? Je ne voulais pas passer pour une chieuse, mais il fallait qu'il comprenne que je n'étais pas une de ces dévergondées qu'il pouvait charmer.

Moi : Ce soir, c'était marrant, mais on travaille ensemble, Ben. Ça ne peut pas se produire à nouveau. Tu n'es pas fâché ?
Ben : Comme tu veux.

Son message ne calma en rien mes angoisses. Qu'est-ce que je voulais ? Et pourquoi étais-je soudain submergée par la déception ?

7

Emmy

Le jeudi, j'étais prête à affronter Fiona. Nous avions passé la semaine à se préparer pour la campagne de Ben. Elle avait des réunions quotidiennes pour discuter du budget, du repérage, des vêtements et du story-board, tout en continuant à me noyer sous un tas de Post-it.

Quand je m'assis au bureau dans sa suite, elle se pencha par-dessus mon épaule, comme si elle se devait de surveiller mes compétences de dactylo. J'étais en train de créer une nouvelle page de book pour Ben pour présenter les photos de ses deux derniers shootings. Fiona le distribuerait à l'entreprise de parfum qui voulait faire de lui son égérie. Je fis apparaître la photo de sa séance pour Calvin Klein. Ben ne portait qu'un sous-vêtement, un boxer gris chiné qui le maintenait comme il fallait. Je tendis le bras vers la souris pour cliquer et passer à la photo suivante, mais les griffes de Fiona saisirent ma main.

— Attendez.

Elle se pencha plus près de l'écran.

Je la regardai du coin de l'œil. *Mon Dieu, elle bave ???* Il s'agissait de Ben en sous-vêtement, alors je comprenais, mais quand même.

— Elle est sympa celle-là, commentai-je en essayant de garder un ton neutre.

Un sourire s'afficha lentement sur la bouche de Fiona.

— Ça, c'est un grand garçon.

Je sentis la chaleur me monter aux joues. Ses paroles étaient pleines d'assurance, confiantes, et elles m'ébranlèrent.

— Oui, utilisons celle-ci, celle du shooting Gucci et de la couverture de *GQ*.

Toujours sans voix, j'insérai toutes les photos dans le document. Puis j'ajoutai sa taille, ses mensurations et le logo de Status Model avant d'imprimer plusieurs exemplaires en couleur. Fiona les glissa dans son portfolio en cuir et commença à rassembler ses affaires pour la réunion.

Je me passai la main sur le visage. Je n'avais pas eu de nouvelles de Ben depuis notre épisode dans ma chambre d'hôtel et l'échange de messages qui avait suivi et où je lui avais dit que ce n'était qu'un accident. Je ne savais pas si c'était une bonne ou une mauvaise chose. Les top models n'étaient probablement pas habitués à ce qu'on leur dise « non ».

Le dernier message que je lui avais envoyé n'arrêtait pas de repasser dans ma tête. Il semblait l'avoir pris à cœur, mais à quoi m'attendais-je ? Voulais-je qu'on se dispute ? Qu'il me ligote et me fasse l'amour ? Cette image me fit frissonner.

Je vérifiai si j'avais des messages sur mon téléphone. Rien. Il était l'heure de se préparer pour le cocktail, de toute façon. Je quittai la chambre de Fiona et descendis prendre une douche, en repoussant la déception et la peine.

Ben

Sous la douche, je laissais le jet d'eau nettoyer le maquillage du shooting. La journée avait été fatigante. Henri, le photographe, était connu pour aimer les séances où l'on sautait. Il aimait capturer ses sujets en plein vol pour évoquer le dynamisme. J'avais donc passé plusieurs heures à bondir et mettre mon corps dans différents angles et positions tout en gardant une expression neutre sur le visage et m'assurant que les vêtements et ma coiffure restaient bien en place. Super marrant.

Alors que l'eau bouillante me détendait en me frappant le dos, mes pensées s'égarèrent vers Emmy. Elle s'avéra avoir sur moi l'effet contraire.

Certaines filles étaient des mangeuses de mannequins qui baissaient leur culotte dès qu'elles apprenaient ma profession. D'autres étaient intimidées et gênées et prétendaient ne pas être assez bien pour sortir avec un mannequin. Ces deux types m'ennuyaient.

Emmy était différente. Sa gêne n'était pas aussi ferme qu'elle aurait probablement dû l'être ; j'avais le sentiment que cela venait en partie des commentaires désobligeants que lui balançait constamment Fiona. Mais, j'étais surtout attiré par sa capacité troublante à me laisser dans le doute.

J'étais à peu près certain que coucher avec moi n'était pas une priorité dans son emploi du temps, et son comportement me rendait perplexe. Dans ses messages, elle était dragueuse et sexy, et au travail, polie et professionnelle. Distante, même.

Si j'avais dû l'expliquer, j'aurais dit qu'elle était plus intéressée par une amitié. Et même si, au départ, j'aurais pu penser qu'être ami avec elle était une bonne idée, je n'avais en réalité pas vraiment d'amis. Et certainement pas d'amis avec lesquels j'avais envie de coucher. Ça, c'était sûr.

Je n'avais jamais eu à me démener pour mettre une fille dans mon lit. Cette idée était presque risible. Presque. Si mon entrejambe ne m'avait pas fait un mal de chien quand j'y pensais, cela aurait été drôle. Mais ça n'allait pas ; il fallait que je la séduise.

Après plusieurs longues minutes, je fermai le robinet à contrecœur et sortis de la douche vitrée. J'enroulai une serviette autour de ma taille et en jetai une autre sur mes épaules. En arrivant dans la chambre, je me frottai le visage, mais le sentiment que je n'étais pas seul m'incita à écarter la serviette. Fiona était assise sur le bord de mon lit avec un immense sourire effronté.

— Tu as été génial aujourd'hui.

Ses yeux parcoururent mon torse nu avant de se plonger dans les miens.

— Merci.

Je traversai la chambre jusqu'à la commode pour attraper un boxer, un T-shirt et un jean. Le doux rire de Fiona emplit le silence. Je passai ma tête dans le T-shirt et lui tournai le dos en laissant la serviette tomber par terre.

Ce n'était pas comme si Fiona n'avait jamais vu mes fesses nues auparavant. J'enfilai le boxer et l'entendis traverser lentement la chambre pour venir derrière moi. Ses mains se glissèrent sur mon ventre, enlaçant ma taille alors qu'elle appuyait sa poitrine contre mon dos.

— Mon chéri, murmura-t-elle.

Sa voix exprimait une supplication désespérée, pleine d'attente.

— Je suis fatigué, Fiona.

Je repoussai ses mains qui caressaient mes abdos et me retournai.

Son air rêveur disparut lorsqu'elle leva les yeux vers les miens.

— Bien sûr. Tu as travaillé dur aujourd'hui. Le dîner va bientôt arriver et je pourrai te faire un massage après ça. On verra si on arrive à te faire dormir cette nuit.

Elle m'adressa un petit sourire.

Je me contentai d'acquiescer. J'espérais échanger des messages avec Emmy ce soir. Peut-être même lui rendre visite pour voir si je parvenais à passer au-delà des barrières qu'elle essayait de dresser. Un rapide coup d'œil à l'horloge m'indiqua qu'il n'était que huit heures. Elle ne devrait pas encore dormir avant un bon moment.

Notre contact visuel fut rompu lorsque quelqu'un frappa à la porte. Fiona fit entrer le service d'étage pendant que j'enfilais mon jean.

Nous nous assîmes sur mon lit et dînâmes ensemble, comme nous l'avions déjà fait dans tant de villes différentes à travers le monde. Même le repas m'était familier : du poisson grillé accompagné de légumes, du vin et de l'eau pétillante. Le gras et les glucides étaient formellement interdits.

La bouche de Fiona bougeait de façon sensuelle lorsqu'elle mangeait, et glissait sur les dents de sa fourchette. Ses yeux restaient rivés sur les miens. C'était une femme séduisante ; malgré nos seize ans d'écart, je la trouvais attirante.

D'un autre côté, je trouvais des choses à apprécier chez toutes les femmes. Leur culotte à dentelle, leurs orteils manucurés, la courbe de leur dos, leur parfum. Oui, j'aimais les femmes. Ne serait-ce que les regarder, les admirer. Peut-être la profession que j'avais choisie me conditionnait-elle à prendre conscience de leur pleine beauté.

J'avais passé d'innombrables heures à éplucher *Vogue* et *InStyle* avec ma mère. Nous nous asseyions sur son immense lit à baldaquin le dimanche matin, prenions le petit déjeuner et feuilletions chaque page. Il faut admettre que c'était une étrange habitude pour créer un lien entre une mère et son fils.

Mais c'était la nôtre. Elle avait généralement trop la gueule de bois pour prendre un petit déjeuner, mais elle buvait son café et me regardait manger, et nous commentions les différents looks des magazines.

Brune, blonde, rousse, à la peau mate ou avec des taches de rousseur, je distinguais toujours une forme de beauté. Et je ne faisais pas de discrimination. Bien sûr, la plupart de mes compagnes féminines étaient mannequins, mais j'attirais aussi d'autres filles sans y faire attention. J'avais peloté des filles quand j'étais ado, d'abord un peu timide, mais en apprenant à connaître leur corps, j'avais pris de l'assurance. Et après avoir perdu ma virginité à dix-huit ans, mon appétit sexuel avait considérablement augmenté.

Au grand désarroi de Fiona. Elle me rappelait régulièrement à quel point mon intérêt pour d'autres filles lui déplaisait. Et puisqu'elle était plus que ma patronne (c'était une amie de la famille), je m'efforçais de lui faire plaisir. Je crois qu'au final je me suis fait sucer sur chaque continent. Ces petits échanges discrets étaient plus pratiques. Et comme je faisais ça n'importe où, je n'avais pas à faire sortir la fille de ma chambre une fois que c'était terminé.

Bien sûr, à à peine vingt-deux ans, presque vingt-trois, je me sentais déjà blasé. Être seul était plus facile. Je n'avais jamais eu de petite amie, et n'en avais jamais vraiment voulu. Et il était évident que Fiona le prendrait mal. Même si cela n'aurait pas dû me préoccuper, c'était parfois le cas.

Nous finîmes notre repas et Fiona écarta la vaisselle et la déposa dehors, devant la porte pour qu'elle soit récupérée.

— Tu veux que j'aille chercher tes pilules ? me demanda-t-elle.

— S'il te plaît.

Elle revint quelque temps plus tard avec les flacons et fit tomber les pilules dans ma main. Peu importaient les problèmes qu'elle m'apportait, elle était vraiment attentionnée avec moi. J'avalai consciencieusement le contenu de la poignée.

— Je peux te masser le dos si tu veux, dit Fiona.

Un massage aurait été divin, mais j'avais d'autres projets ce soir.

— Non, ça ira.

Je ne voulais pas lui demander directement de partir, mais je l'aurais fait si elle ne comprenait pas mes signes subtils.

Fiona fronça les sourcils et fit un pas vers la porte.

— Bonne nuit, et merci pour le dîner.

— De rien, dit-elle en m'embrassant sur les deux joues avant de sortir.

Il était presque dix heures. Emmy dormait-elle ? Elle m'avait dit que je pouvais lui envoyer un message si je n'arrivais pas à dormir. Je me demandai si cette proposition tenait toujours, puisqu'elle m'avait aussi dit qu'il fallait que notre relation reste professionnelle. Dommage que cela ne fasse pas partie de mes plans.

Quelques minutes plus tard, je m'étais brossé les dents et glissé entre les draps avec mon téléphone. La lampe de chevet éteinte, la lueur bleuâtre de mon portable illuminait juste assez le clavier pour que je puisse rédiger les messages.

Moi : Salut, beauté.

J'appuyai sur « Envoyer » et posai le téléphone sur mon ventre, adossé contre la tête de lit en fixant le plafond. Je me demandai si elle aurait le courage de me répondre. Ou si j'arriverais à trouver le sommeil ce soir. Plusieurs longues secondes plus tard, mon téléphone retentit. Le son me fit sourire. Elle n'était pas immunisée contre moi, contrairement à ce qu'elle avait dit.

Emmy : Saluuuut.

J'affichai un large sourire. Je me sentais déjà mieux. J'entendais son joli accent du Sud derrière cette salutation. C'était fou comme un simple mot avec des voyelles supplémentaires pouvait me faire plaisir.

Moi : Tu es toujours éveillée ?
Emmy : Non. Je dors. ;-)

Imbécile. Cette fille me donnait le sourire. Elle ne prenait pas de gants avec moi sous prétexte que j'étais qui j'étais, et j'aimais ça.

Emmy : Tu n'arrives pas à dormir ?
Moi : Je ne suis pas encore fatigué.
Emmy : Tu as besoin de quelque chose ? ;-)

J'affichai un sourire satisfait. Oh ouais, elle en avait envie. Elle pouvait toujours essayer de le nier et faire comme si elle n'était pas intéressée, mais je connaissais la vérité. Je pouvais lire en elle comme dans un livre ouvert.

Moi : Ouais, envoie-moi une photo de tes nichons.

Je savais que c'était vulgaire, mais une partie de moi aimait la provoquer, voulait voir comment elle réagirait. À ma grande surprise, quelques secondes plus tard, une photo sombre et pleine de grain apparut. Emmy portait un débardeur blanc tiré vers le bas qui exposait plusieurs centimètres carrés de décolleté laiteux. J'avais envie de plaquer mon visage entre ces deux beautés et les couvrir de baisers.

Moi : Très jolie. On dirait que tu es allongée sur ton lit. Pourquoi ne dors-tu pas ?
Emmy : En fait, je pensais à toi.
Moi : Oh, vraiment ? ;-)

Il fallait que je garde l'avantage, que je la fasse parler sans la laisser prendre trop de distance.

Emmy : Oui, à toi et à l'autre soir.
Moi : Continue…
Emmy : Tu embrasses bien.

Moi : Tu es sexy quand tu jouis.
Emmy : Ben...
Moi : Oui, chérie ?
Emmy : :-)
Moi : Quelle est ta position préférée ?
Emmy : J'aime être dessus.
Moi : Tu aimes quand c'est bien profond ?
Emmy : Bennn...

Je pouvais presque entendre la plainte dans le ton qu'elle utilisait, la façon dont elle gémissait mon nom. J'aimais ça.

Emmy : Ça ne te dérange pas que la fille soit dessus ?
Moi : Non. Tant que tu es face à moi pour que je puisse voir tes yeux pendant que je te baise.

Ce serait plus sympa d'être témoin de ses réactions en personne, de regarder ses joues qui se teintent de rose. De voir si elle baisse timidement le regard ou ose me fixer avec ses jolis yeux gris. Ils étaient si expressifs, si ouverts. J'aurais adoré observer le désir s'emparer de ses traits, constater l'effet que lui faisaient mes paroles. Mais pour l'instant, je devais m'en tenir au fait de savoir qu'elle se trouvait à seulement quelques étages au-dessus de moi, seule dans sa chambre d'hôtel, que les battements de son cœur s'accéléraient et que sa culotte était de plus en plus mouillée.

Emmy : On ne devrait pas faire ça.
Moi : Non ?
Emmy : Et toi ? C'est quoi ta préférée ?

J'éclatai de rire à voix haute. Une seconde, elle me disait que nous ne devrions pas faire ça, et l'autre, elle me demandait ma position sexuelle préférée. J'adorais comme elle pouvait douter. C'était assez excitant de penser que je devrais apprivoiser cette fille pour la faire sortir de sa coquille. Et d'une certaine manière, je savais que ça en valait la peine.

Moi : Certainement aussi la position d'Andromaque. De cette manière, je peux voir la fille tout entière et contrôler son corps sur moi. Et c'est aussi plus facile pour elle d'avoir la pénétration la plus profonde possible.
Emmy : Oh...
Moi : Tu mouilles, bébé ?
Emmy : Oui.

Bon sang, qu'est-ce que c'était sexy. Une partie de moi voulait lui dire de se caresser, pour être excitée et mouillée pour moi, mais je ne voulais pas la pousser trop, trop vite. Je n'aurais pas supporté de la voir se refermer une nouvelle fois.

Tandis que je réfléchissais au message que je pouvais rédiger sur mon téléphone, il sonna encore.

Emmy : Tu arrives à me faire mouiller si vite. Tu bandes ?
Moi : Ça commence...

Ce n'était pas un mensonge. Elle me faisait bander. La simple idée de me glisser dans sa culotte et toucher ses formes.

Emmy : Je veux voir ça...
Moi : :-)

Je lui faisais confiance, mais la dernière chose que je voulais, c'était qu'une photo de ma queue finisse sur le Net. Ce serait un cauchemar publicitaire dont je n'avais pas besoin.

Emmy

Je me doutais qu'il devait être prudent avec ce genre de photos. C'était un personnage public après tout, et cela pourrait probablement lui causer des problèmes. Il était intelligent. Je n'aurais peut-être pas dû vouloir autant lui envoyer des photos cochonnes, mais quelque chose en moi aimait être vilaine, aimait savoir que je l'excitais.

Moi : Hmm, dommage parce que j'allais t'envoyer une photo.
Ben : Emmyyy... Ne me provoque pas, bébé. Envoie.
Moi : Que veux-tu voir ?
Ben : Ton cul dans une culotte sexy.

Je faillis rire toute seule. Il aimait les culs. C'était aussi ce que je préférais, nous avions donc un point commun. Je me retournai pour poser devant le miroir et prendre une photo avec l'appareil de mon téléphone.

Juste la moitié inférieure de mon corps, mes fesses dans une culotte en dentelle noire, mes jambes et mes pieds nus. Ce n'était pas trop mal.

J'appuyai sur « Envoyer » et remontai en un bond sur mon lit pour attendre sa réaction.

Ben : Hmm, j'aime ça.

Je me sentais fière comme si je lui avais vraiment fait de l'effet. Il n'envoya pas une réplique spirituelle ; il n'y avait que de la franchise dans sa réponse. Un sentiment de satisfaction bouillait en moi. *I am woman, hear me roar !*

Ben : Ton cul est parfait.
Moi : Tu es sûr que tu ne peux pas m'envoyer une photo ?
Ben : Tu me tues, chérie.

Comme un paon se pavanant en faisant la roue, je fis les cent pas dans ma chambre d'hôtel, soudain trop nerveuse pour tenir en place.

Ben : Sois sage ou je vais devoir fesser ce petit cul sexy.

Échanger des messages avec Ben était encore plus excitant en sachant que sa chambre ne se trouvait qu'à quelques étages au-dessus de la mienne, et qu'il pouvait me demander de monter si les choses devenaient trop chaudes. Que lui dirais-je alors ? Comment réagirais-je ? Je répondrais non, bien sûr. J'avais des principes. Je ne serais pas le secret nocturne d'un homme. Pas même de Ben Shaw. Parce que je savais déjà que ce ne serait pas si simple. Pour moi, cela ne se limiterait pas à la relation purement physique et sans attachement qu'il recherchait probablement. Mon vilain petit cœur était déjà à fond et portait un sweat-shirt avec son nom imprimé dans le dos. Je supportais clairement l'équipe de Ben. Mince, je pourrais même être le capitaine des pom-pom girls. Ses plaisanteries pleines d'esprit, son sens de l'humour, son langage grossier… tout ça aggravait le problème. Il fallait que je garde la tête sur les épaules. Ben ne serait jamais mon petit copain. Nous étions collègues de travail. À vrai dire, je pense que le souci, c'était surtout que c'était un dieu, et j'étais une pauvre petite assistante.

Moi : Peut-être la prochaine fois…
Ben : Hmmm… la prochaine fois, d'accord.

Mon cœur s'emballa et ma peau chauffa et rougit partout. Impossible de nier que Ben me rendait folle d'excitation. Bien sûr, le cerveau était le plus gros des organes sexuels, et toute cette stimulation mentale agissait comme des préliminaires. Mes mamelons hypersensibles se dressèrent et frottèrent contre mon haut. Ma culotte était entièrement trempée et collait à ma peau de manière désagréable. J'étais trop excitée. J'avais besoin d'être soulagée. Glissant une main à l'intérieur, je gardais l'image de Ben en tête : sa mâchoire carrée, ses lèvres charnues, ses cils noirs et ses intenses yeux noisette.

Quand je passai la pulpe de mon majeur sur mon clitoris gonflé, un doux gémissement s'échappa de mes lèvres. En utilisant mon fluide chaud et glissant, je décrivis de petits cercles pour me faire rapidement grimper vers l'orgasme, tant mon corps était déjà prêt. Je remontai mon débardeur avec ma main libre et massai mes seins, frottant mes tétons comme j'imaginais que Ben le ferait. Bien trop tôt, des vagues de plaisir s'écrasèrent sur moi et une sensation diffuse rebondit dans mon vagin le faisant se resserrer violemment à cause de son besoin d'être rempli. Dans un souffle irrégulier, je prononçai le prénom de Ben tandis que je jouissais.

***

Je me tortillai sous le poids du regard exaspéré de Fiona. J'avais fait de mon mieux en achetant une robe de soirée noire chère mais basique dans un grand magasin, pensant que je pourrais la ressortir à diverses occasions.

Je me trompais encore. Les bretelles et l'échancrure dans le dos m'avaient déjà valu de nombreuses critiques de la part de Fiona, et cela ne faisait que quinze minutes que la fête organisée en l'honneur de Ben dans une boîte de nuit avait commencé. On l'avait payé grassement pour qu'il fasse une apparition, mais il ne s'était pas encore montré.

Fiona en était à son troisième verre de champagne et flirtait avec plusieurs cadres des agences publicitaires pour lesquelles Ben travaillerait dans les semaines à venir.

Je surveillais discrètement la porte pour l'arrivée de Ben. Quelque temps plus tard, mon vœu fut exaucé. Il arriva d'un pas nonchalant, quintessence de l'homme grand, sombre et beau. Un costume Gucci noir, une chemise blanche impeccable, une fine cravate noire. Il n'était pas rasé, et ses cheveux étaient remontés et redescendaient sur le devant.

Ses yeux balayèrent la pièce alors que ses longues jambes sexy l'amenaient vers la table d'un pas déterminé. Il traversa la pièce comme si elle lui appartenait, comme s'il était sur un podium. C'était captivant.

Il retourna son corps entièrement vers moi et m'examina en plongeant ses yeux dans les miens pendant plusieurs longues secondes. Son regard était si expressif, si intense que mon pouls s'accéléra et que mon cœur se mit à battre plus fort juste à cause de son attention. C'était saisissant.

Je baissai les yeux sur mes genoux, mais je sentais toujours qu'il me regardait. Ma peau devint brûlante et mon cœur eut un raté lorsque je me souvins de la sensation de sa bouche sur la mienne, de ses doigts s'agitant en moi jusqu'à la jouissance. J'attrapai la table devant moi juste pour m'empêcher de tomber de mon siège.

Fiona se leva pour l'accueillir en l'embrassant sur les deux joues comme à son habitude, puis elle le présenta aux cadres qui étaient là pour rencontrer l'homme derrière les photos. Je pouvais déjà dire qu'il allait y avoir du léchage de bottes ce soir. Ils le voulaient. Et ils salivaient presque rien qu'en faisant sa connaissance. J'étais certaine que Fiona serait de bonne humeur en réalisant qu'ils allaient certainement l'engager pour plusieurs campagnes encore plus importantes cette saison et la suivante. Je voyais presque le signe dollar dans ses yeux alors qu'elle présentait Ben. Il souriait et serrait des mains, mais je devinais que quelque chose n'allait pas. Il serrait les dents, la mâchoire crispée alors qu'il se glissait tranquillement sur le siège à côté de Fiona.

Ce qui était censé être une fête anodine selon Fiona s'était transformé en une occasion de promouvoir et vendre Ben. Elle sortit une pile des nouvelles cartes et les fit passer sur la table.

Ben souriait toujours et répondait aux questions, affichant son charme habituel comme s'y attendait Fiona. Mais je voyais qu'il n'était pas heureux. Je me surpris alors à me demander s'il lui arrivait d'avoir un jour de congé, un peu de temps rien que pour lui, du temps où il n'était pas le mannequin que tout le monde réclamait.

Je savais que je n'aurais pas dû, mais je me sentais mal pour lui. Il était beau, riche, voyageait et parlait plusieurs langues… et pourtant, je m'inquiétais.

Une minuscule partie en moi craignait qu'il ne connaisse probablement pas les plaisirs simples de l'insouciance, de pouvoir manger ce qu'il voulait. Engloutir assez de nourriture réconfortante pour oublier et prendre une taille de pantalon me semblait inévitable après une bonne rupture. Ben n'avait probablement jamais connu ce luxe.

Il sortit son téléphone pour vérifier son emploi du temps tandis qu'ils discutaient des campagnes à venir. S'il avait su que cette soirée serait consacrée au boulot, j'étais certaine qu'il aurait demandé à Gunnar de l'accompagner.

Fiona se pencha pour murmurer quelque chose à l'oreille de Ben. Elle essayait de paraître détendue, même si elle jetait des coups d'œil nerveux aux invités, mais Ben ne s'excusa pas pour son air las.

Fiona m'envoya son appareil photo.

— Prenez une photo de groupe, vous voulez bien ?

J'attrapai l'appareil et me levai pour me mettre devant la table.

— Serrez-vous un peu.

Fiona passa un bras autour de Ben et l'autre autour de l'homme d'affaires français qui se trouvait à sa gauche, et sourit fièrement.

— On va demander à la serveuse de la prendre. Emmy doit apparaître sur la photo, elle aussi, dit Ben.

Fiona me lança un regard plein de venin. Il aurait mieux fait de ne pas prendre ma défense.

— Pas en portant ça, non. Pierre, si nous signons un contrat ensemble, vous pourriez envoyer une nouvelle robe à celle-là.

Elle agita une main dans ma direction avec un air dédaigneux. Tous les regards se tournèrent vers moi, et une vague de rires suite à la plaisanterie de Fiona me frappa comme une gifle. Je déglutis et gardai la tête haute. Je comptai jusqu'à trois et pris la photo, me félicitant mentalement parce que Fiona avait les yeux à moitié fermés. On aurait cru qu'elle s'était pris un coup. Je riais intérieurement. *Prends ça, salope !*

— C'est parfait.

J'éteignis l'appareil et le lui rendis. Puis je les quittai.

J'essayais de ne pas être trop émotive, de ne pas laisser Fiona me désarçonner. Mais j'allais avoir mes règles et ça me rendait très sensible. Je savais que je n'arriverais pas à tenir le coup. Je me rendis dans les toilettes et me cachai dans une cabine, clignant des yeux alors que ces stupides larmes montaient. Travailler pour l'agence de renom Status Model, vivre à l'étranger, faire quelque chose de ma vie, tout cela était supposé être une grande aventure.

Mais c'était dans ce genre de moments que j'avais le mal du pays. Tant de choses me manquaient : l'odeur du Tennessee et de l'herbe fraîchement coupée, les dimanches de détente à regarder un match de football américain avec mon père, et le fait que les mecs chez moi n'étaient pas des top models. Ils conduisaient des camions couverts de boue et portaient des jeans troués. Et leur sex-appeal ne provoquait pas non plus chez moi une crise de panique.

Je pris une bouffée d'air revigorante. Je ne laisserais pas Fiona gagner. Et les choses avec Ben étaient… déroutantes… mais ça allait bien. Oui, tout irait bien. J'arrangeai la robe que je méprisais désormais sur mes hanches et me regardai dans le miroir. Mes cheveux châtains étaient tout plats. J'avais les yeux rouges et le teint pâle. Tant pis. Je sortis des toilettes ; il fallait que cette soirée se termine. Tout de suite.

BEN

Cette fête était censée être une soirée de détente et pas un cirque où je ressentais le besoin de me vendre à ces vautours de cadres publicitaires. Et le commentaire de Fiona sur la robe d'Emmy, c'était que des conneries. Je luttai pour contenir ma colère.

— Fiona, je peux te parler une seconde ?

Elle acquiesça et se leva pour me suivre à l'écart de la table.

Je pris une profonde inspiration. Je pouvais supporter les obstacles que Fiona mettait sur ma route. Mais la manière dont elle traitait Emmy me gênait. Nous nous arrêtâmes dans le couloir, face à face.

— Calme-toi avec Emmy, d'accord ? Elle n'est pas habituée à ce monde.

Sa bouche afficha un air renfrogné.

— Je ne veux pas que tu sois distrait par une plouc de la campagne.

Je serrai les dents et secouai la tête. Je savais qu'il fallait que je gère ça correctement. La situation avec Fiona était délicate. Elle l'avait toujours été. Et notre passé était compliqué, c'était le moins qu'on puisse dire. Je tendis le bras vers elle et passai la main sur son bras. Ses lèvres se retroussèrent à mon contact. Je savais exactement quoi faire pour qu'elle me mange dans la main.

— J'ai compris.

— Très bien, ma chérie.

J'aurais dû être ravi en imaginant tout le boulot que Fiona avait réussi à m'obtenir pour la saison. J'allais apparaître dans les plus grandes campagnes de pub, participer à de grands défilés et me faire un bon paquet de fric.

Pourtant, tout ce que j'avais envie de faire, c'était retourner à l'hôtel, sortir avec Emmy et peut-être l'amener aux Jardins du Luxembourg. Je voulais voir sa peau rosée sous le soleil de l'après-midi. J'y allais avec ma mère quand nous avions vécu brièvement à Paris. Emmy et moi pourrions marcher jusqu'à un café, boire du vin et je l'entendrais parler de ses jeunes années dans le Tennessee. J'étais sûr que son enfance avait été très différente de la mienne.

Je n'avais jamais rien laissé interférer avec mon travail. Je ne savais pas ce qu'il y avait chez cette fille, mais je l'aimais bien. Je voulais apprendre à mieux la connaître. Et j'aurais bien aimé la déshabiller. Sa peau était douce, son corps une pure merveille. Elle avait des formes. De vraies formes. Pas comme les mannequins auxquels j'étais habitué. Ses seins étaient ronds et lourds. J'avais bien envie de la couvrir de baisers

Je repoussai cette idée et me concentrai à nouveau sur Fiona. Elle discutait de ma campagne. Je me pointerais et ferais tout ce qu'elle voulait que je fasse. Nous le savions tous les deux. Et Gunnar, ou Emmy, s'assurerait que j'aille où je devais aller.

— Je suis sérieux, Fiona. Cool, d'accord ?

Je me retournai sans attendre sa réponse et entrai dans les toilettes des hommes. Tôt ou tard, il faudrait que je me détache d'elle.

Emmy

En sortant des toilettes, je me heurtai à une masse dure. Ben.

— D-désolée.

Je fis un pas en arrière en chancelant et passai mes mains tremblantes sur son revers de veste. Il était appuyé contre le mur dans le couloir. M'attendait-il ?

— Tout va bien ?

Ses yeux voyaient tout. Lorsqu'il me regardait comme ça, je le sentais pénétrer au fond de moi. J'étais consciente de l'intensité qui se cachait derrière ces yeux noisette et ça m'était douloureux.

— Oui, dis-je en serrant les dents.

L'énormité de la situation me frappa. Je me trouvais à des milliers de kilomètres de chez moi, ma patronne me détestait, et je m'enfonçais avec Ben.

Des larmes me montèrent aux yeux. Je détestais le fait d'être sur le point de pleurer devant lui. J'en pris alors conscience, mais je ne pouvais déjà plus arrêter mes larmes. J'étais à l'autre bout du monde et en dehors de mon élément. Une larme esseulée coula le long de ma joue.

— Tout ira bien, dit-il en me tendant la main.

Mais je fis un pas en arrière en essuyant rapidement ma joue.

— Je crois que je vais m'en aller.

Ma voix parut étonnamment posée. Merci mon Dieu. C'était un petit miracle étant donné mon état émotionnel. Satané syndrome prémenstruel.

— Tu sais que c'est faux.

Par comparaison, sa voix était rauque, voilée et sa sensualité m'envahit.

— Quoi ?

— Ce qu'a dit Fiona.

Ses yeux descendirent et passèrent sur mes rondeurs.

Je ne savais pas où me mettre quand il m'examinait comme ça, avec ce regard sombre et avide. Mes larmes séchèrent et une nouvelle vague d'émotion monta en moi.

La manière dont ses yeux se promenaient me rappela son baiser, sa langue chaude glissant contre la mienne, sa main dans mes cheveux pour m'attirer plus près, ses messages salaces la veille. C'en était trop.

— Cette robe est bien une copie bon marché. Elle avait raison, Ben.

Je détestais l'abattement qu'il y avait dans le ton de ma voix, mais je ne pouvais pas faire grand-chose pour le contrôler.

Ben secoua la tête.

— Fais-moi confiance.

Je voulais lui garantir qu'il se trompait, mais je découvris soudain que, sous son regard brûlant et intense, son corps penché tout près du mien, j'oubliais les points les plus importants de mon argumentation. Mince, j'oubliais jusqu'à mon nom. Ses yeux descendirent plus bas, caressant ma poitrine, et un sourire apparut sur ses lèvres. Mes seins n'avaient jamais été aussi gonflés et douloureux, aussi prêts à être touchés, léchés, embrassés.

Remontant lentement les yeux vers les miens, Ben lança :

— Laisse-moi te raccompagner à pied. J'en ai assez du spectacle merdique de Fiona, de toute façon.

J'acquiesçai et laissai Ben me ramener vers la table. Nous saluâmes tout le monde, et Fiona me jeta un regard noir et glacial. Je gardai les yeux baissés, sachant très bien qu'elle fulminait. C'était terrifiant. Je devrais l'affronter le lendemain.

Une fois devant l'ascenseur de l'hôtel, Ben hésita. La façon dont ses yeux se promenaient sur moi... je savais bien qu'il ne voyait pas une robe démodée ou une assistante qui manquait de raffinement. Il me voyait moi, une fille du Tennessee qui avait le cœur sur la main. Je me sentais totalement bien avec lui. Pas parce que j'étais détendue, ce n'était pas ça ; j'étais hyper-consciente de chaque sensation, je surinterprétais chaque émotion quand il était près de moi. Lorsqu'il me regardait, j'avais le sentiment qu'il me connaissait depuis toujours. Et qu'il m'acceptait telle que j'étais.

Sa main sur ma taille m'interrompit alors que je m'apprêtais à appuyer sur le bouton de mon étage.

— Viens dans ma chambre. Prends un verre avec moi, dit-il.

Ses yeux brillants pétillaient, plongés dans les miens. Il plaça sa grande main chaude dans le creux de mon dos et je me sentis soudain normale. Son contact m'affectait plus qu'il n'aurait dû.

— Emmy ?

Je ne protesterais pas. Pas maintenant.

— Après la soirée que je viens de passer... oui, avec plaisir.

Je savais que je cherchais les ennuis en me retrouvant à nouveau seule avec lui, mais j'étais incapable de dire non.

Il prit ma main, la glissa dans le creux de son bras pour qu'elle repose contre ses côtes. Il était chaud et mon corps réagit avec un léger frisson. Cela faisait bien trop longtemps que je n'avais pas été avec quelqu'un. Mon corps était simplement déconcerté et réagissait au moindre contact d'un homme. D'accord, un homme super sexy. Un homme super sexy qui me faisait atteindre l'orgasme rien qu'avec sa main en seulement quelques minutes. Un homme qui me faisait fantasmer...

Il pressa le bouton du dernier étage et sourit légèrement alors que l'ascenseur nous amenait à sa chambre.

Ben glissa la carte dans le lecteur et poussa la porte. Quand j'entrai dans la pièce plongée dans l'obscurité, je remarquai qu'elle sentait son odeur : le savon et le musc épicé d'une eau de Cologne. Il alluma la lumière, dévoilant une grande chambre avec un lit king-size, un bureau et un fauteuil installé devant une fenêtre panoramique. Sa chambre était plus grande que la mienne.

— Jolie vue, dis-je en m'avançant vers la fenêtre.

Des voilages blancs encadraient les lumières qui scintillaient dans la rue en contrebas.

J'entendis un tintement et, quand je regardai derrière moi, je le vis apporter deux verres et plusieurs petites bouteilles vers le lit. Déposant l'ensemble sur la table de chevet, il passa en revue les choix qui s'offraient à nous.

— On peut se la jouer super-sophistiqués ce soir, et je peux te proposer un mélange exclusif de vodka bon marché et de Perrier. Éventé, bien sûr.

— Et chaud ? dis-je en riant lorsque je remarquai qu'il n'y avait pas de glaçons.

Il m'adressa un sourire sexy par-dessus l'épaule.

— C'est le grand luxe.

— Ça me va.

Il rit à nouveau et je me rendis compte que j'aimais l'entendre rire. J'aurais aimé entendre ce son plus souvent.

Je traversai la pièce, retirai mes chaussures à talons et m'assis sur le bord du lit. Ben vint s'installer près de moi et me tendit un verre. Il y versa de la vodka et y ajouta l'eau qui n'était plus pétillante.

Levant son verre, ses yeux croisèrent les miens.

— À la vodka. Mon deuxième mot préféré commençant par un V.

Mon sourire faiblit. Je me demandai si notre badinage taquin et séducteur était seulement permis par messages interposés puisque nous n'avions pas encore vraiment flirté en personne. Était-ce autorisé ?

Je pris une gorgée et grimaçai lorsque la concoction amère descendit dans ma gorge en brûlant.

— Hmm, de la vodka et de l'eau.

Ben haussa les épaules en prenant une gorgée.

— Au moins, ça ne contient pas beaucoup de calories.

Cette remarque me rendit triste. Comprenez-moi bien,

j'appréciais son physique sans défauts, mais j'avais envie de donner à ce garçon un cheeseburger, tout de suite. Et peut-être aussi un gros cupcake et un daïquiri bien sucré. Mais je me dis que la vodka ferait l'affaire. Et Dieu savait que j'aurais pu faire une pause pour ma ligne. Mes pains au chocolat quotidiens et mes cafés au lait entier mousseux commençaient à se voir. Je levai les yeux et vis que Ben m'examinait, son sourire taquin étirant un côté de sa bouche, juste pour moi. Cet homme m'observait avec un intérêt certain, et en un instant, mes sentiments de dénigrement et de doute s'envolèrent.

Il prit une autre gorgée en continuant à m'évaluer par-dessus le bord de son verre. C'était à des moments comme celui-ci, quand il devenait tout songeur et calme, que j'aurais tué pour savoir ce qui lui passait par la tête. Surtout quand j'étais concernée.

— Quel est ton but ? me demanda-t-il finalement.

— Pardon ?

Mon quoi ?

— J'ai juste du mal à cerner ce que tu veux… tes motivations. Tout le monde m'approche avec un certain but, Emmy. J'ai tout vu et tout entendu : des photographes tyranniques qui essayaient de me manipuler pour que je montre plus de peau, des filles qui voulaient simplement pouvoir affirmer qu'elles avaient couché avec un mannequin. Excuse-moi si je passe pour un connard, mais les gens me fréquentent généralement pour mon look, mon argent, ma célébrité, mes relations ou les événements VIP auxquels je peux les amener.

— Tout cela ne m'intéresse pas.

— Je sais. C'est pour ça que je suis perplexe.

Il fit tourner l'alcool dans son verre avant de prendre une autre gorgée.

Travailler auprès de Fiona pendant toutes ces années lui avait embrouillé l'esprit. Comme les hommes d'affaires présents ce soir, tout le monde voulait récupérer une partie de lui, un morceau de cet homme divin.

— Tu es gentille avec moi… tellement généreuse… C'est inattendu…

Il se gratta la nuque avec un air perdu.

— Ben, quand je te vois travailler et que tu es fatigué, que tu as faim ou fais de l'hypoglycémie… Ma mère m'a mieux élevée que ça… Je ne peux pas laisser un homme crever de faim.

— Alors tu es une sorte de représentante en nourriture, dit-il avec un sourire en coin.

— Je suppose que j'ai hérité de ce gène.

Je lui retournai son sourire, mal à l'aise.

— Je suis désolé, lança-t-il en secouant la tête. J'ai tendance à être sceptique avec les filles qui veulent sortir avec moi. Tu me diras si tu veux quelque chose ? Des photos dédicacées pour tes amies peut-être ? Dis-moi ce que tu attends de moi, Emmy.

Je rougis sans raison. Je savais qu'il ne pouvait pas lire dans mes pensées, ni voir la vidéo cochonne de lui et moi qui passait en boucle dans ma tête.

— Eh bien, je n'ai pas d'objectif.

Je ne savais pas comment lui répondre, et je ne pouvais certainement pas lui avouer mes sentiments, alors je fis la seule chose possible. Je pris le livre posé sur son oreiller.

— *Le Prince* de Machiavel ? Il a plus qu'un physique agréable. Je suis impressionnée.

Ma tentative maladroite de changer de sujet était ridicule.

Cependant, Ben sembla s'en contenter et sa bouche afficha un sourire plein de suffisance.

— Je sais lire. C'est bon, dit-il sèchement en m'arrachant le livre des mains.

— Pardon, je ne voulais pas paraître si surprise, mais honnêtement, tu dois savoir que les mannequins ne sont généralement pas reconnus pour leur intelligence.

Je regrettai immédiatement ma bourde.

La mâchoire de Ben se contracta.

— C'est juste. Dommage. Mais juste. Il n'y a rien de pire que de me pointer à un shooting et me retrouver face à un photographe qui me parle comme à un gamin.

— Ils font ça ?

— Tu ne t'imagines même pas comme ça arrive souvent. La moitié d'entre eux sont juste arrogants et grossiers, et l'autre moitié agit comme s'ils regrettaient de ne pas être à ma place.

Je me mis à rire.

— Têtes à claques.

— Exactement. On remet ça ?

Mon petit esprit en manque de sexe pensa que nous étions passés à une conversation salace, jusqu'à ce que je réalise qu'il était en train d'ouvrir une autre mignonnette de vodka et attendait ma réponse.

— Oh, bien sûr. Je peux aller au petit coin d'abord ?

— Je n'ai qu'un grand coin, mais il est à toi.

Je me dirigeai vers la salle de bains et refermai la porte derrière moi. Une rangée de produits cosmétiques pour homme jonchait le plan de travail en marbre, et une brosse à dents électrique était installée dans son chargeur. Si tout cela ne suffisait pas à me prouver que cet homme était différent des garçons qui vivaient chez moi, le boxer noir Armani Exchange abandonné par terre était là pour le confirmer. Une partie de moi aimait voir que c'était quand même un mec ; un mec bordélique qui laissait la lunette des toilettes relevée et tout ça.

Je n'aurais pas pu expliquer (ni à lui, ni même à moi) ce que je faisais ici, si ce n'était céder simplement à l'attirance d'être près de lui. Il était magnifique et drôle et me donnait le sentiment d'être vivante dans tous les sens du terme. D'accord, je pense que c'était une raison suffisante. Je jetai un coup d'œil dans le miroir alors que je me lavais les mains. Cet homme sortait avec des top models. La fille dans la glace n'était pas un top model. Je ne me faisais pas assez d'illusions pour penser que je pouvais me comparer aux femmes qu'ils fréquentaient. Ces cheveux châtains raides, ces yeux bleu-gris, une drôle de bouche qui affichait souvent un sourire sans raison. On disait généralement de moi que j'étais mignonne. Même si je n'y avais jamais fait attention auparavant. Mais être en compagnie de mannequins en permanence me faisait regretter de ne pas mesurer un mètre quatre-vingts, avoir des jambes qui vont jusqu'à mes aisselles et une allure qu'on qualifierait d'exotique. Malheureusement, cela ne faisait pas partie de mes atouts. Je peignai mes cheveux marron lâchés avec mes doigts. La fille qui me fixait n'était qu'une boule de nerfs. Pour quelle raison Ben m'avait-il demandé de monter ici ? Je me demandai s'il arrivait à Fiona de douter autant. Probablement pas, avec ses Louboutin à mille dollars, ses vêtements haute couture et l'attention masculine qu'elle recueillait avec un simple sourire. J'abandonnai et coinçai mes mèches rebelles derrière mes oreilles.

Ben était sexy, riche et connaissait probablement des filles qui enlevaient leur culotte à droite à gauche. Oui, j'étais persuadée qu'il voyait plus de culs qu'une cuvette de toilette, bla bla bla. Trois filles… tu parles. *La ferme, Emmy.* J'étais intelligente, travailleuse et bonne cuisinière. Si c'était tout ce que j'avais à offrir, cela suffirait… ou pas. J'étais la fille qu'il avait invitée à monter dans sa chambre, bon sang.

Je saisis la serviette sur le plan de travail et me figeai. Deux flacons sur lesquels étaient inscrites des prescriptions médicales se trouvaient en dessous. Trois autres boîtes de pilules étaient posées sur l'étagère en verre sous le lavabo. Je me demandai à quoi servaient tous ces médicaments. Il n'avait pas l'air malade, et pourtant il possédait plus de pilules qu'une pharmacie. Sérieusement, était-il malade ou mourant ? C'était la seule explication possible à toutes ces boîtes. Sinon, il devait avoir un sérieux problème. Les paroles de Gunnar retentirent dans ma tête. Quelque chose à propos du fait que Ben ne valait rien sans un paquet de pilules. Ce n'était pas possible. Ce n'était pas du tout le genre de Ben. Ma main trembla alors que j'attrapais la boîte sur le plan de travail. Le nom du médicament ne me dit rien. Impossible de le prononcer.

Ben frappa à la porte.

— Tout va bien là-dedans ?

— Super ! criai-je.

Mon cœur battait à tout rompre, comme si, d'une manière ou d'une autre, il allait deviner que j'avais fouiné dans ses affaires. Je n'avais pas vraiment fouiné puisque tout était apparent, mais quand même. Je remis les flacons sous la serviette et effaçai l'expression déconcertée sur mon visage avant de le rejoindre.

— Te voilà. J'ai cru que j'allais devoir envoyer une patrouille de recherche.

Ben avait enlevé sa chemise habillée et portait maintenant un pantalon noir et un T-shirt col en V blanc qui contrastait avec sa peau bronzée.

— Non. Je suis là.

Je souris alors que la tension tombait sur mes épaules.

Ben me regardait avec des yeux circonspects, et je me demandai s'il savait que j'avais vu sa collection de pilules. Encore une fois, il devait attendre ma réaction, parce que lorsque je vis ce qu'il y avait sur son lit, j'eus le souffle coupé.

Il rit doucement.

— Tu es si excitée que ça ?

Je chancelai puis m'immobilisai. Son lit exposait un étalage de sextoys (des cravaches, des menottes, des godes, des vibromasseurs et d'étranges petites choses en caoutchouc dont je ne connaissais pas le nom) et une grande boîte avait été jetée à côté.

— C-c'est quoi tout ça ?

Ben rit de ma réaction naïve.

— Gunnar a récupéré mon courrier de fans et m'a juste donné ce qui selon lui pouvait m'intéresser. Cela vient d'une entreprise de sextoys. Ils veulent que je sois leur porte-parole.

— Oh, laissai-je échapper alors que mon pouls s'accélérait. Et tu vas accepter ?

— Ce n'est pas dans mes projets, non. Quand je suis avec une fille, elle n'a pas besoin de jouets, alors je ne ferais pas un très bon défenseur pour leurs produits.

Il tapota le lit près de lui.

— Viens t'asseoir. Je me suis dit que ce serait rigolo d'y jeter un œil, ajouta-t-il.

— D'accord.

Je le rejoignis sur le lit et m'installai délicatement à côté de lui. Il y avait à l'évidence beaucoup de jouets un peu spéciaux.

— Et si par hasard tu avais envie de quelque chose…

Sa voix s'estompa, et la deuxième moitié de sa phrase resta sous-entendue, et assez séduisante. Me demandait-il si je voulais des sextoys ? Je m'efforçais de maîtriser ma respiration, mais je sentais la chaleur monter dans mon cou, et ma poitrine se gonflait et se dégonflait au rythme de mon halètement superficiel. Sexe. Ben. Et à y réfléchir, je venais tout juste de faire le point dans ma tête.

— Ben… Je sais que les choses ont chauffé entre nous l'autre soir… mais je ne veux pas te donner une fausse impression. Je ne suis pas ce genre de fille. Je n'ai jamais eu de liaison d'un soir. Je suis plutôt du genre à avoir des relations engagées, du genre « un seul copain à la fois ».

Contente que ma voix semble calme, je pris une grande inspiration et le regardai dans les yeux.

— Ça ne marchera pas avec moi. Je suis désolée, ajoutai-je.

Il me regardait avec une expression amusée. Il se pencha pour murmurer près de mon oreille, son souffle chaud effleurant ma peau.

— Quand je veux quelque chose, je peux me montrer très persuasif.

— Et que veux-tu ? murmurai-je, ne reconnaissant presque pas ma voix qui était fébrile et bien trop aiguë.

Il frotta ses lèvres contre ma joue ; nos bouches étaient si proches que je pouvais sentir la tension dans sa mâchoire tandis qu'il luttait contre l'envie de m'embrasser.

— J'ai envie de baiser, Emmy.

— Qui ?

La chaleur me monta aux joues, et je luttai pour maintenir une respiration profonde et régulière.

— Toi.

Les yeux sombres de Ben passèrent sur moi et il caressa ma joue du bout des doigts.

— Arrête de jouer avec moi. J'ai envie de toi. Tu n'es pas une fille comme les autres.

Je savais qu'il pouvait voir mon pouls battre violemment dans mon cou. J'étais engourdie, songeuse et complètement perdue. Je lui avais dit non, assuré que ça ne pouvait pas se faire, et pourtant, je ne pensais qu'à ça. Je ne voulais que ça. Je voulais sentir ses grandes mains chaudes sur mon corps, ses lèvres charnues et sensuelles s'appuyer sur ma peau. Je voulais que son gros manche envahisse mon corps pendant qu'il me chuchotait des choses cochonnes à l'oreille.

Comme je ne lui avais toujours pas répondu, il attendait. Il me fixait. Je savais que je le frustrais, et ce n'était pas ce que je voulais. À cause de moi, nous étions tous les deux insatisfaits, mais je ne pouvais pas sauter le pas, si ? Pourrait-il s'agir réellement uniquement de sexe ? Il aurait peut-être été stupide de le nier. Ce n'était pas tous les jours qu'une fille avait l'occasion de vivre et travailler quelques mois à Paris, et faire des folies avec un top model. Je ris presque de ma situation. Presque. Mais les yeux avides de Ben étaient toujours rivés sur moi.

— Je préfère être clair, dit-il d'une voix qui se fit plus grave. Mon passé est compliqué et mon avenir incertain. Je suis toujours en voyage, je déménage presque tous les mois. Mais il y a quelque chose entre nous. Ici. Maintenant. Ne le nie pas, bébé.

Une partie de moi ne pouvait pas croire que je mettais ça en doute. Des gens avaient de vrais problèmes dans le monde. La maladie. La famine. Et mon plus gros dilemme était de savoir si je devais ou pas céder au superbe top model Ben Shaw. J'aurais mérité des baffes. Juste une fois, j'avais envie de faire ce que je voulais, écouter mon corps, agir selon mes désirs cachés plutôt qu'être la fille sage et responsable que mes parents avaient élevée. J'avais envie de sexe passionné et éreintant. Sans attachement. Je voulais laisser cet homme s'occuper de moi, dominer mon corps, me montrer tout ce qu'il pouvait faire pour me donner du plaisir.

Tout chez cet homme respirait le sex-appeal. Sa mâchoire puissante, la forme de sa bouche, ses postures, ses yeux possessifs. Son sourire avait disparu et il me regardait intensément.

Ben baissa la main qui était sur ma joue et prit une grande inspiration.

— Il y en a qui t'intéressent ?

Sa main balaya le lit pour indiquer l'étalage de jouets.

Je ris nerveusement.

— Une dame ne dévoile pas ce genre de chose.

— Et un gentleman ne pose pas ce genre de question, mais je n'en suis pas un, alors crache le morceau, chérie.

Ne le laisse pas voir comme tu es paniquée. Montre-toi confiante. Redressant les épaules pour cacher la vague de chaleur qui me traversait, je désignai un petit jouet brillant violet.

— Ça fera l'affaire.

— Hmmm.

Il examina l'objet que je venais de lui montrer d'un air songeur.

— Il va falloir qu'on se prépare pour utiliser celui-ci alors, lança-t-il.

Il posa le plus grand près de ma hanche : un long membre couleur chair, un truc vraiment énorme.

— Ha, c'est très drôle.

Mal à l'aise, je remuai sur le lit. Ce machin cognait contre ma hanche.

— Non, je n'ai pas besoin de tout ça.

— Je ne parlais pas du jouet, mon cœur.

Son regard plongea dans le mien. Il attrapa un petit vibromasseur argenté avec sa grosse main virile.

— Tu peux m'emprunter celui-là. Il ne me servira à rien.

Sa voix était encore plus grave et fit se propager en moi une vague de désir.

Je n'avais pas le courage de lui dire que j'en avais une version améliorée dans ma chambre. Mon cœur eut un raté alors qu'il cognait contre ma poitrine. Ma détermination à conserver une relation professionnelle disparut. L'alcool m'avait merveilleusement bien détendue. Et légèrement excitée. Ben alluma le jouet et le fit passer le long de mon genou. La douce vibration contre ma peau nue fit frissonner toute ma jambe. J'avais la gorge serrée. Je serrai les genoux, alors que ma respiration se faisait superficielle et bien trop rapide.

Le doux vrombissement produit par le jouet envoyait de petites ondes qui remontaient dans ma jambe alors que Ben le promenait nonchalamment sur ma peau. Ma culotte était trempée et j'avais l'impression que mes seins étaient super gonflés et lourds tandis qu'ils se soulevaient à chaque bouffée d'air que je prenais.

Quand il plaça le jouet contre mon genou, je frémis.

— Ben ?

Ma voix n'était qu'un faible murmure, mais je voulais que cela ressemble à un avertissement.

Il m'ignora et déplaça lentement le petit jouet vibrant le long de ma cuisse.

— Chhhut. Laisse-moi faire en sorte que tu te sentes bien.

Il remonta ma robe, exposant ma culotte blanche, et appuya légèrement le jouet contre le tissu mouillé. Je saisis son biceps alors que le plaisir montait en moi.

Je savais que les choses pouvaient aller plus loin si je le voulais. Et j'avais envie de céder. Tellement envie. Mais je savais que malgré le fait que je ne le connaissais pas depuis longtemps, ce ne serait pas uniquement physique. Mon cœur était déjà impliqué. J'étais vraiment trop nulle pour le sexe occasionnel.

— On ne peut pas faire ça.

Je retrouvai ma voix, mais elle était tremblante.

— Laisse-moi te faire jouir.

La sienne était empreinte de désir.

Il touchait ma culotte avec le jouet en décrivant des cercles contre ma peau sensible.

— N'est-ce pas ce que tu veux ?

J'aspirai ma lèvre inférieure et la mordillai. Mon Dieu, si. Je voulais jouir. J'avais besoin de me lâcher.

Sans attendre ma réponse, sa bouche chaude se rapprocha de la mienne. Ses lèvres douces et charnues étaient elles aussi en demande. Il embrassa ma bouche, mon cou, avant de se reculer pour me regarder. Il prenait son temps, effleurant à peine mes lèvres avec les siennes, laissant l'anticipation monter alors que nos souffles se mêlaient.

Il pressa légèrement les lèvres contre les miennes, comme s'il me demandait la permission. La réponse était oui, mon Dieu, à l'aide. Oui à tout ce qu'il voulait. À ça. À nous. Même si ça se résumait à une nuit de passion, j'étais sans défense face à cet homme. Le jouet vibrait contre moi, m'approchant peu à peu de l'orgasme.

Il mordilla ma lèvre inférieure et je laissai échapper un faible murmure de protestation ou d'encouragement, je n'aurais pas su dire. Ben l'interpréta comme le désir d'avoir plus, puisque sa langue caressa soudain ma lèvre à l'endroit où s'étaient trouvées ses dents. Mes mains se glissèrent dans sa nuque et je le tirai vers moi. Sa langue pénétra ma bouche et glissa merveilleusement contre la mienne. Les instants volés dans ma chambre d'hôtel me revinrent à l'esprit. Ses baisers étaient addictifs et le désir envahit la zone entre mes cuisses.

Des sensations puissantes tourbillonnaient en moi et je poussai un gémissement. Il ne m'embrassa pas. Il se contenta d'observer mon expression tandis qu'il faisait bouger le jouet contre moi. J'allais jouir. Sous ses yeux. Mes doigts se replièrent autour de son poignet et je laissai sortir un gémissement essoufflé. J'y étais presque. Mes jambes s'écartèrent et mes hanches remuèrent pour lui permettre d'atteindre le point qu'il me fallait. Ben gémit et, avec sa main libre, bougea l'érection qui tendait son pantalon. Je baissai les yeux et le regardai me masser avec le jouet, et mon monde explosa en un million de petits morceaux. Mon corps se tendit follement avec le besoin que quelque chose le remplisse.

Toujours sous l'effet de mon orgasme intense, je gémis :

— Ben, baise-moi.

Il éteignit le sextoy et enleva brusquement ma culotte trempée le long de mes jambes en embrassant l'intérieur de ma cuisse. Nos mains se retrouvèrent partout à la fois. Il descendit la fermeture Éclair de ma robe tandis que je passais son T-shirt au-dessus de sa tête.

Il retira son pantalon et son boxer en un geste rapide, dévoilant son corps nu et en pleine érection devant moi. Maintenant, je comprenais ce qu'il voulait dire à propos du gros jouet et du fait qu'il fallait que je m'y prépare. Que je me prépare pour lui. Un torse dur comme de la pierre et des abdos bien définis surplombaient une érection énorme. Elle était grosse. Plus grosse que celles de tous les gars que j'avais connus avant. Et elle était belle. Virile. Longue, droite et large. Je mourais d'envie de replier ma main autour d'elle, pour la toucher et voir si elle était bien réelle. Mais cet instant semblait réel. Je voyais sa poitrine s'élargir au rythme de sa respiration lente et assurée et sentais le parfum masculin de sa peau.

Il se pencha sur moi, me forçant à m'allonger sur son lit. Son corps couvrait le mien et me pressait contre le matelas. Je sentis l'un des sextoys appuyé contre le creux de mon dos, ce qui rendit l'instant encore plus érotique. Mes jambes passèrent derrière lui pour le tirer plus près. Il poussa dans mon cou un gémissement essoufflé, qui fit se contracter désagréablement les muscles de mon sexe.

Nous nous embrassions fougueusement sur le lit. Seul mon soutien-gorge était encore à sa place. Ben ouvrit le tiroir de la table de chevet et en sortit une boîte de préservatifs. Il se pencha pour m'embrasser tandis qu'il en enfilait un.

— Viens dessus, ma cowgirl.

Il me souleva sur lui de manière à ce que mes genoux se retrouvent de chaque côté de ses hanches. Je regardai entre eux où son long manche s'étendait sur son ventre, atteignant presque son nombril. Je ravalai une boule d'angoisse quand un petit sourire retroussa les coins de sa bouche.

— Prends seulement ce que tu peux.

Mon Dieu, j'étais déjà dépassée. Je repensai à nos messages sexy et un frisson brûlant parcourut mon dos. Personne ne pouvait m'exciter autant que cet homme.

Il s'approcha de moi et je m'inquiétai soudain de savoir si ça passerait. Je me baissai sur lui et l'enfonçai lentement. Centimètre par centimètre, dans la douleur, tandis qu'il m'écartait. Je fus complètement stupéfaite par le sentiment soudain d'être remplie. Prenant une vive inspiration, je fermai les yeux et saisis ses épaules alors qu'il me pénétrait lentement mais entièrement.

La grosse main de Ben posée sur ma hanche me guidait, m'encourageait, alors que ses yeux sombres étaient plongés dans les miens. Ses hanches se soulevaient du lit, me remplissant et se retirant de manière à ce que sa large queue entre et sorte de moi. La sensation était incroyable. À la fois trop et encore pas assez.

Je m'assis bien droite et décrivis de minuscules cercles avec mes hanches, incapable d'arrêter les gémissements qui s'échappaient de mes lèvres. J'accentuai mes mouvements, montant et descendant, et ses yeux se fermèrent. Un sentiment de fierté gonfla en moi. À chaque fois que je l'enfonçais un peu plus et étais complètement remplie, le plaisir faisait apparaître une nouvelle sensation. Le besoin primitif m'enflamma et j'accélérai le rythme.

— Bennn…

Son prénom était parfaitement adapté aux gémissements et je l'utilisais à mon avantage, en le répétant comme un mantra à chaque fois qu'il touchait le bon point.

Tandis que je bougeais sur lui, ses mains passèrent derrière moi et dégrafèrent mon soutien-gorge avant de le faire glisser sur mes bras. Il se redressa pour prendre mon sein dans sa bouche, le léchant et le suçant alors que je rebondissais.

J'étais à peine consciente que les lampes au-dessus de nos têtes étaient bien éclairées. Cela aurait pu me gêner, mais non. Je voulais regarder cet homme superbe. Avec lui, je me sentais vivante. L'embarras ne pouvait pas s'insinuer. Je me libérais de toutes mes inhibitions et bougeais contre lui, criant son nom dans une litanie de gémissements murmurés.

— Ça suffit.

Il s'assit et passa au-dessus de moi en un geste vif. Cet homme avait l'avantage de la force. La pointe dans sa voix et son expression sérieuse me firent me demander si j'avais fait quelque chose de mal.

— Fini de jouer. Il faut que je te prenne violemment maintenant.

Il bougea mes jambes et les positionna de manière à ce

qu'il puisse entièrement me voir, puis il s'enfonça, me pénétrant et envahissant mon corps avec le sien. J'en eus le souffle coupé.

— Putain, Emmy. Qu'est-ce que tu es bonne.

Ses yeux étaient sombres, ses lèvres entrouvertes et sa respiration rapide. Cet homme qui gardait toujours le contrôle était en train de le perdre. Pour moi. Je cambrai le dos alors que le plaisir se propageait en moi.

Il y avait toujours un jeu de devinette délicat la première fois que j'étais intime avec un homme ; je me demandais combien de temps il tiendrait, s'il me préviendrait avant de jouir, s'il s'exprimerait bruyamment ou resterait complètement silencieux. Avec Ben, je n'eus pas à deviner.

— Cette petite chatte étroite va me faire venir trop vite.

Il ralentit la cadence, entrant et sortant lentement. Il passa sa main entre nous et pressa son pouce fermement sur mon clitoris. Je poussai un hurlement en bougeant les hanches.

J'adorais sa façon de savoir quand ralentir presque jusqu'à l'arrêt pour que j'apprécie pleinement les sensations qui s'épanouissaient en moi. Mes parois se resserrèrent sur lui, palpitant alors que le plaisir explosait.

— Ben… soufflai-je.

Il retira sa main et ses mouvements ralentirent encore, me soutirant un deuxième orgasme.

Une fois que je fus calmée, il accéléra de nouveau le rythme et me pilonna plusieurs fois rapidement et brusquement. Il enfouit son visage dans mon cou en m'embrassant tendrement alors qu'il jouissait.

— Emmy.

Sa voix profonde et cassée contre mon cou me fit craquer. J'étais en train de succomber. Il pouvait me posséder entièrement, m'utiliser comme son jouet et cela me serait égal. Quand j'en pris conscience, une vague de panique s'empara de moi. Qu'étais-je en train de faire ? Ce n'était pas moi.

Je me retirai du cocon chaud que m'offrait son corps.

— Ben, on ne peut pas faire ça… Fiona va me virer…

Il fronça les sourcils.

— Elle n'a pas à savoir avec qui je couche.

— Tant mieux.

En fait, ça me fit horriblement mal.

— Parce qu'elle me déteste, ajoutai-je, et je ne voudrais pas être responsable de quoi que ce soit qui pourrait affecter tes contrats.

Il me sourit comme si j'étais une petite fille.

— Je m'occupe de Fiona.

Tout ça, c'était trop. Il fallait que je sorte de cette chambre.

— Je ferais mieux de partir.

Je bondis de son lit et rassemblai mes affaires.

Il s'assit, visiblement perplexe. Ses lèvres, toujours charnues et sensuelles, étaient gonflées et rosées, et sa respiration encore rapide. Je me sentais presque mal de le laisser comme ça. Presque.

Jusqu'à ce que je réalise que j'étais dans le même état. Mon cœur battait la chamade et j'avais la tête qui tournait, pas à cause de l'alcool, mais à cause de lui. Il était enivrant. Et apparemment, il n'y avait rien d'autre que le physique entre nous. Ça ne suffisait pas. Je passai les pieds dans ma culotte encore mouillée et la remontai le long de mes jambes.

Il n'essaya pas de m'arrêter, et je ne savais pas trop ce que cela signifiait, mais une pointe de déception me serra le cœur. Je remis ma robe et coinçai mes cheveux derrière mes oreilles. Il se leva du lit et m'accompagna jusqu'à la porte. Me glissant dans mes chaussures, je sortis précipitamment.

— Emmy.

Sa voix basse déferla en moi de manière familière et enivrante.

Je pivotai pour lui faire face.

Son expression s'était adoucie et était devenue trop sérieuse.

— Tu vas bien ?

— Ça va. On se voit demain matin. Ta séance est à huit heures et demie, marmonnai-je, toujours fébrile et tremblante à cause de notre épisode érotique.

Des rides désapprobatrices apparurent autour de cette bouche sensuelle.

— Je sais. Gunnar me l'a dit.

— Très bien. Bonne nuit.

Je disparus dans le couloir en essayant d'oublier l'expression sur son visage qui, j'en étais sûre, ne pouvait pas être de la déception.

***

Lorsque j'atteignis ma chambre, mon cœur et ma tête étaient en guerre contre mon corps. Ce dernier savait exactement ce qu'il voulait : Ben. Ma tête savait que je devais tracer une frontière professionnelle entre nous et la respecter. Mon cœur palpitait, tel un imbécile heureux en pensant à lui. C'était mauvais. Je faisais les cent pas dans ma chambre d'hôtel, mes jambes toujours en coton après nos rapports sexuels passionnés. Pourtant, il m'était impossible de dormir. J'étais encore pompette à cause de la vodka, et mes hormones faisaient rage.

J'avais besoin d'Ellie. Elle saurait quoi faire.

Nous n'avions pas été en contact depuis mon arrivée ici. Je n'avais pas répondu à ses e-mails et je sentais qu'il était temps de la mettre au courant des derniers événements avant qu'elle envoie une équipe de secours. Je me sentis un peu coupable en réalisant que je ne l'avais même pas appelée en arrivant. Ce coup de téléphone arrivait bien tard. Mais elle pourrait m'aider à me sortir de cette situation. Ellie n'avait jamais de problème dans la catégorie « mecs ». C'était une beauté sombre et exotique et il émanait d'elle assez d'assurance sexy pour capter l'attention de n'importe quel homme. Moi, j'avais l'impression d'être un poisson hors de l'eau dès que ça concernait la gent masculine. Et surtout un homme comme Ben. Je priais pour qu'elle ait des réponses à m'offrir. Pour survivre aux trois prochains mois, j'avais besoin d'aide.

En jetant un coup d'œil à l'horloge, je réalisai que c'était l'après-midi à New York. Ellie était probablement au travail. Mais avec un peu de chance, je l'aurais.

Je tournais en rond tandis que ça sonnait. Après avoir appelé ma mère en arrivant, c'était la deuxième fois que j'utilisais l'appel international.

— Emmy ! répondit-elle après plusieurs sonneries.

Je ris malgré moi.

— Salut, Ellie.

— Comment est Paris ? Comment va la supersalope ? Tu me manques ! Je vis un cauchemar avec la nouvelle coloc.

Mes épaules se détendirent au son familier de sa voix et je m'écroulai sur le lit.

— Tout va bien. Bon sang, qu'est-ce que tu me manques. J'ai vraiment besoin d'un petit moment entre filles.

— Comment il s'appelle, ma chérie ?

Je poussai un profond soupir. N'était-ce pas évident ?

— Ben.

— Un prénom qui semble plutôt innocent. Alors raconte-moi l'histoire avec ce Ben ?

— C'est la raison pour laquelle nous sommes là pour toute la saison. Ben Shaw. Tu n'auras qu'à regarder sur Internet. Il joue carrément en dehors de ma catégorie.

— Alors, quoi ? Tu veux savoir comment faire pour qu'il s'intéresse à toi ?

J'entendais Ellie taper sur un clavier ; pas de doute, elle était au travail.

— Non. On est sortis ensemble deux fois, mais, bon sang, Ellie, c'est un putain de top model. Je l'aime bien, mais sérieusement, quelle chance j'ai ?

— Arrête, il n'y a pas plus mignonne que toi. D'accord, attends deux secondes, je le googlise tout de suite. J'ai besoin d'un visuel.

Je déglutis nerveusement et m'appuyai contre la tête de lit en attendant qu'elle me confirme que je n'avais vraiment rien à faire avec cet homme.

— Putain de merde, il est super sexy. J'arracherais bien ce boxer Calvin Klein avec les dents pour mordiller ce joli paquet.

J'éclatai de rire. C'était pathétique, mais je savais

exactement quelle photo elle était en train de regarder. C'était l'une des premières images qui apparaissait sur Google quand on tapait son nom.

— Je te l'avais dit.

— Sérieux, je mordrais cette queue bien ferme à travers le tissu. Miam.

Ellie n'y allait pas par quatre chemins. Elle disait toujours exactement ce qui lui passait par la tête. C'était pour ça que je savais qu'elle serait de bon conseil.

— Il est vraiment aussi beau en vrai ? Sans l'éclairage parfait et le bon angle de vue ? demanda-t-elle.

— Encore plus, confirmai-je.

Il y avait quelque chose dans sa voix grave, dans son assurance dans sa façon de se tenir, dans son intelligence. Il possédait toutes les options.

— Mince, chérie. Alors… tous les deux vous êtes sortis ensemble…

Ellie m'encourageait à continuer.

— Oui, pour boire un verre, des trucs dans le genre, et bien sûr, je le vois au travail. Il m'a envoyé un ou deux messages cochons.

Je souris en me les rappelant.

— Oooh, un garçon sexy qui connaît la valeur des sextos coquins. J'approuve.

Je pouvais entendre le sourire dans sa voix.

— Ouais, mais je me sens tellement loin de mon élément. Je suis déchirée entre garder une relation strictement professionnelle et baisser ma culotte à chaque fois que je le vois.

Elle émit ce rire profond et guttural qui me manquait.

— Je vote pour l'enlevage de culotte.

— Ouais… à ce propos…, hésitai-je.

— Tu as couché avec lui ?

— Non.

Le mensonge sortit sans peine de ma bouche.

— On s'est juste un peu pelotés.

Avec son pénis dans mon vagin. Il y a une demi-heure.

— O.K., bon, s'il te plaît vraiment… fais-le patienter pour

le sexe. Les mecs aiment nous courir après. Ne cède pas tout de suite.

— D'accord.

Je passai la main dans mes cheveux emmêlés.

— Sérieusement, contente-toi de t'amuser. Ne réfléchis pas trop. Même si c'est un mannequin, c'est avant tout un mec.

— Ellie, il est sorti avec des top models. Et je suis sûre qu'il a l'habitude que les filles se jettent à son cou.

— Oui, précisément, et c'est exactement ce que tu ne vas pas faire. Ne sois pas l'une de ses groupies qui le suit partout comme un petit chien abandonné. Sois Emmy. Tu es drôle, sympa et vraie. Si tu lui plais, tu lui plais.

— C'est vrai. Merci, Ellie.

Avec elle, tout paraissait si simple. Je savais que je pouvais compter sur Ellie.

— D'accord, bon, il faut que je retourne bosser. Tiens-moi au courant. Oh, et Em… Ne tombe pas amoureuse de lui.

Me demander de ne pas tomber amoureuse de Ben revenait à demander à un dealer de drogue de ne pas te laisser devenir accro. Ce n'était pas possible.

— Merci pour tes conseils. Ciao, ma chérie.

Je mis fin à l'appel et me recroquevillai sur le côté en serrant un oreiller contre ma poitrine. Ma peau avait toujours le parfum de Ben. Je pouvais me souvenir dans les moindres détails de la manière dont il m'avait pénétrée profondément, son corps ferme bougeant au-dessus du mien. Et j'en voulais plus.

8

Emmy

Alors que les paroles d'Ellie résonnaient toujours dans ma tête, je me préparai à aller travailler, feignant une assurance que je ne ressentais pas. La combinaison des six heures de sommeil et du brouillard de vodka ne m'aidait pas. Anticiper la rencontre avec Ben sur le plateau était un genre spécial de torture. Mes joues étaient rouges comme le manteau du père Noël et je ne pouvais pas faire grand-chose pour le cacher. Les souvenirs de la veille envahissaient mes sens. Ben qui frottait le sextoy contre ma culotte. Qui enfonçait son sexe en moi. Qui m'écartait, me remplissait presque au point de me faire mal. Qui m'embrassait alors que ses gémissements gutturaux ponctuaient le silence. Je me souvenais de la manière dont il avait perdu le contrôle et avait gémi mon nom en jouissant. Ce n'était pas un souvenir que j'étais près d'oublier. Si je l'oubliais un jour.

C'était de loin le meilleur amant que j'aie jamais eu. Il était sûr de lui. En accord parfait avec son corps et le mien. Je n'oublierais pas cette nuit. Et c'était ce qui m'effrayait le plus. Je comparerais éternellement chaque homme à Ben. Et c'était exactement pour cette raison que je n'aurais pas dû laisser ça arriver. Je me maudissais intérieurement. Comment pourrais-je travailler avec cet homme pendant toute la saison ?

Quand j'entendis la voix de Ben, je rassemblai mon courage pour entrer dans la zone maquillage. Je ne savais pas où nous en étions après cette nuit. Je l'avais supplié de me baiser ; puis je m'étais enfuie de sa chambre. Je me sentais bête. C'était exactement ce que j'aurais voulu éviter : un lendemain de cuite gênant. Nous devrions travailler de manière très rapprochée pendant les prochains mois. Il fallait que je garde la tête froide. Je redressai les épaules et me dirigeai vers le poste de maquillage séparé par un rideau.

Dès que je le vis, toutes mes pensées sexuelles furent anéanties. Il avait une mine affreuse. Des cercles noirs entouraient ses yeux, ses cheveux étaient en bataille, et il était affalé dans son fauteuil. Mon cœur se serra dans ma poitrine.

— Ne joue pas avec ton petit déjeuner, le réprimanda Fiona qui se tenait derrière lui.

Ben leva les yeux, presque comme s'il avait senti ma présence. Il avait arrangé ses pilules de manière à dessiner un personnage souriant sur la table devant lui.

Son smoothie vert venu de l'espace était intact à côté de lui. Je me demandai s'il s'était réveillé en sentant les effets de la vodka comme moi. Le pauvre. J'aurais été bien incapable de digérer une poignée de pilules ou cette boisson. Mais bon sang, pourquoi laissait-il Fiona lui infliger ça ?

Heureusement, mon éducation prit le dessus et je n'eus même pas à réfléchir. Il avait besoin qu'on prenne soin de lui. Il avait la gueule de bois. Excès de vodka la veille. Et à voir sa tête, manque de sommeil. Je passai en mode « hospitalité du Sud » et me dirigeai vers la table de ravitaillement pour en revenir avec une assiette de pains grillés et une tasse de café noir fumant. C'était exactement ce qui avait guéri ma gueule de bois quelques heures auparavant.

J'écartai sa boisson verte et posai l'assiette et le mug.

— Il faut que tu manges quelque chose.

Son regard torturé croisa le mien et il sourit légèrement.

— Merci.

Vexée, Fiona s'éloigna en marmonnant quelque chose à propos des sucres raffinés.

Peu importait. Elle aurait bien pu me mordre, je restais une fille bien élevée. Ma maman aurait fait une attaque si elle avait vu ce qu'ils donnaient à manger à cet homme. Des pilules et des légumes mixés ne constituaient pas un repas convenable.

Ben porta une tranche de pain beurré à sa bouche.

— Je ne suis pas censé manger ça, tu sais.

— Avale. Tu te sentiras mieux après.

Ses yeux rivés sur les miens en disaient long. Il n'était manifestement pas habitué à ce que quelqu'un prenne soin de lui. Juste lui en tant que personne et pas en tant que mannequin. Ses yeux se fermèrent alors qu'il prenait une gorgée de café fort, puis il poussa un doux gémissement de bien-être. Je savais que ça marcherait. Cet homme était humain après tout.

Et aucun humain ne devrait être obligé de faire endurer une purée d'épinards et de chou frisé à son estomac après s'être pris une cuite. J'examinai les pilules qui formaient un bonhomme devant lui.

Les yeux étaient deux comprimés dorés que je supposais être de la vitamine E, et le reste semblait être des vitamines aussi, ce qui me fit songer à toutes les boîtes de médicaments que j'avais vues dans sa chambre. Les prenaient-ils uniquement en privé ? À quoi servaient-ils ?

— Tu attires les ennuis, tu le sais ? me demanda-t-il en finissant son café et son toast.

— Tu aimes ça, dis-je d'un ton séducteur.

Il afficha un sourire.

Il me regarda remplir sa tasse de café, et je ne pus m'empêcher de remarquer que ses yeux dégageaient une douceur que je n'avais pas vue auparavant. Cette douceur était aussi séduisante que son corps musclé.

Petit à petit, Ben s'ouvrait à moi. Je sentais que le vrai Ben était un gars ordinaire, qui cherchait à se lier d'amitié. Cette idée m'attirait. Tout le monde se servait de lui sans jamais lui donner quoi que ce soit. Ils voulaient des photos, des autographes, des recommandations ; les filles voulaient coucher avec lui, Gunnar mourait d'envie de le rendre gay… Mais personne ne lui donnait la reconnaissance personnelle dont il avait besoin, sans rien attendre en retour. Je ne savais pas trop pourquoi, mais prendre soin de lui ce matin me semblait plus significatif que de m'être déshabillée dans son lit la veille.

Il voulait juste être… ne pas être le fameux Ben Shaw, l'homme, la légende. Ça devait être ce qu'il avait essayé de me dire cette nuit. Peut-être avais-je un ticket avec lui après tout. Ou alors, j'avais bu un verre de vodka à l'eau de trop et je croyais ce que j'avais envie de croire.

Il n'y avait rien que maman aurait plus voulu que me voir m'installer avec un gentil garçon. Elle me le rappelait à chaque fois que nous discutions. Ce qu'elle ne comprenait pas, c'était que tous les gentils garçons avec qui j'étais sortie étaient ennuyeux. J'avais envie d'essayer quelque chose de différent, quelque chose de nouveau et d'excitant.

Les gentils garçons ne faisaient jamais s'emballer mon pouls avec un message coquin et ne frottaient pas un jouet sur moi jusqu'à ce que je les supplie de me prendre. Les souvenirs de la veille refusaient de s'effacer. Ils ne s'effaceraient jamais, j'en étais persuadée. Des images de nous bougeant ensemble contre ses draps passaient dans ma tête alors que j'essayais de détourner mon regard de Ben.

Comporte-toi normalement, Emmy. Après avoir fouillé dans mon sac, je lui tendis deux nouvelles pilules à ajouter à sa collection. Des antalgiques.

— Tiens. Prends ça. Puis va faire de jolies photos.

Il sourit.

— D'accord.

Je baissai les yeux, incapable de supporter la puissance de ce sourire qu'il n'adressait qu'à moi. Je m'efforçai de m'occuper pendant qu'on guidait Ben vers les coiffeurs et maquilleurs.

Trente minutes plus tard, mon corps réagit instantanément à son entrée sur le plateau.

Apparemment remis (ses joues étaient un peu plus colorées), Ben était sublime. Il se tenait au centre du studio devant un fond blanc pendant que deux femmes s'agitaient autour de lui. L'une jouait avec ses cheveux qui étaient coiffés en une bataille soignée. Comme au saut du lit. L'autre coinçait à moitié sa chemise dans son jean haute couture pour montrer la bosse impressionnante qu'il avait à l'avant. Elle lui dit quelque chose qui le fit rire doucement, puis il glissa une main dans son pantalon pour s'arranger. Bon sang. Venait-elle de lui dire de replacer son matos ? J'aurais ri si je n'avais pas ce souvenir imposant de cette belle et grosse verge. Le fait que je le connaissais désormais intimement…

Le regard de Ben croisa le mien et mes joues s'empourprèrent et s'enflammèrent. J'avais le sentiment d'avoir été prise la main dans le sac. Mais je crois que c'était lui qui avait la main à cet endroit. Il dit quelque chose aux deux artistes, puis avança d'un pas déterminé vers moi.

Son regard pénétrant restait rivé sur le mien ; cette couleur chaude du miel avec de petites taches vert mousse.

— On peut aller faire un tour ?

Sa voix était basse et empreinte d'inquiétude.

J'acquiesçai.

— Bien sûr.

Il m'attrapa par la taille et me guida vers un coin, à l'abri des regards. Je croisai celui de Fiona qui tomba sur la main de Ben posée sur moi. Elle afficha alors un air renfrogné.

En suivant Ben derrière le grand plateau équipé d'un rideau, nous nous retrouvâmes à seulement quelques centimètres l'un de l'autre. Sa main resta sur ma taille, ses doigts s'enfonçant légèrement dans ma peau. Mon pouls s'emballa à son contact alors que mon corps réagissait instantanément.

Ben semblait détendu et sous contrôle.

— Merci de prendre soin de moi.

— Cette concoction verte n'avait pas l'air très appétissante.

— Elle ne l'est pas, confirma-t-il en riant doucement.

— Alors je t'en prie, mais ce n'était rien.

Sa voix s'adoucit.

— J'apprécie le geste.

Ben s'approcha d'un pas et la chaleur parcourut mon dos.

— Emmy, à propos de cette nuit…

— Je suis désolée…

Sa mâchoire se crispa.

— Désolée de m'avoir fui ou désolée pour ce qui s'est passé ?

— Ben, on travaille ensemble. On ne devrait pas…

Il caressa délicatement ma joue avec sa main libre.

— Ce genre de chose arrive, Emmy. Cela ne fait pas de toi une mauvaise personne.

À présent, je me sentais encore plus bête. J'avais couché avec cet homme une fois après avoir bu de l'alcool, et soudain, je me comportais comme si nous sortions ensemble. *Ressaisis-toi.*

— C'était sympa, non ?

Je tentai de détendre l'atmosphère.

Il afficha son sourire qui me faisait mouiller la culotte et dont j'étais devenue accro. Ses yeux noisette pétillaient, les taches vert foncé étincelant à la lumière.

— Dis-moi ce que tu veux vraiment.

— Ben, parvins-je à dire en un murmure.

Je ne pouvais pas admettre ce que je voulais vraiment.

Il s'approcha encore et ses doigts lâchèrent mon visage alors qu'il m'étudiait consciencieusement. J'étais terrifiée à l'idée qu'il détecte comment je voyais les choses. Ce n'était pas une partie de jambes en l'air entre deux potes qui baisaient ensemble par commodité étant donné que leur situation renforçait leur proximité au quotidien, comme il l'avait suggéré. Je commençais à avoir de vrais sentiments.

Je voulais apprendre à le connaître, à connaître le vrai Ben. Je voulais faire des promenades romantiques en ville, me prélasser sur le lit dans ses bras, tout apprendre sur les nombreuses facettes de cet homme.

Fiona apparut, manifestement curieuse de savoir ce qui pouvait se tramer entre Ben et moi. Son regard faisait des allers-retours entre nous.

— Le photographe est prêt, chéri, dit-elle d'une voix traînante avec son parfait accent britannique.

Ses yeux se déplacèrent encore de l'expression amusée de Ben à ma posture raide.

— Tout va bien ?

Ben enleva sa main de ma taille.

— Bien sûr. Je remerciais juste Emmy de s'être inquiétée pour moi tout à l'heure.

Fiona ferma la bouche et grinça des dents.

— Génial. Bonne idée, Emerson.

Je hochai la tête.

— Ce n'était rien.

Nous retournâmes tous les trois sur le plateau en silence. Le photographe attendait Ben, un appareil photo numérique qui devait coûter plus cher qu'une petite voiture pendu autour du cou. Il dirigea Ben.

Je l'observai discuter du projet avec le photographe et revoir les story-boards et clichés d'inspiration. Ben prenait son travail très au sérieux et réussissait à être très exigeant, tout en testostérone, à cran mais pourtant détendu et enjoué à la fois. Il était fascinant.

Malgré sa célébrité dans le milieu, il avait le don pour mettre les gens à l'aise. Tout le monde, des stylistes aux maquilleurs ou aux dirigeants qui patientaient juste à côté du plateau. Et heureusement, parce que Fiona avait plutôt tendance à affoler tout le monde. Je sais que c'était mon cas. Mais je regardai Ben travailler, discuter des spécificités du shooting avec ce photographe renommé, et je retrouvai immédiatement mon calme. Il avait un effet des plus étranges sur moi. Une minute il me coupait le souffle et j'étais incroyablement tendue, et la suivante, sa seule présence me captivait.

Ben se mit en position au centre du plateau et les stylistes, les coiffeurs et les maquilleurs s'agitèrent à nouveau brièvement autour de lui, mais honnêtement, il était parfait. J'avais envie de virer leurs mains de là. Il ne fallait pas gâcher la perfection.

Le photographe prit quelques clichés, puis demanda qu'on ajuste l'éclairage. Un gros objet qui ressemblait à un parapluie et un réflecteur argenté furent positionnés à différents angles.

Une fois que tout fut à nouveau prêt, le photographe n'eut pas grand-chose à demander à Ben. Il savait comment bouger devant l'objectif, prendre une pose pour quelques clics avant de se retourner, pencher légèrement la tête, faire la moue, poser ses mains sur ses hanches, les passer dans ses cheveux. Il savait travailler avec l'appareil. La seule chose qui restait inchangée malgré ses mouvements était son regard assassin qui fixait droit l'objectif. Ses yeux noisette brillaient si intensément. Un frisson parcourut ma colonne vertébrale alors que je me souvenais de l'air sombre et avide qu'ils avaient lorsqu'il frottait le jouet contre ma culotte la veille.

Le photographe prenait les clichés et était manifestement heureux de travailler avec un mannequin si talentueux.

— Lève le menton, le dirigeait-il. Magnifique. (Clic, clic.) Détends tes épaules. (Clic.) Superbe. Juste comme ça. (Clic, clic.)

Les publicités pour le jean haute couture qui moulait Ben juste comme il fallait et où il fallait se retrouveraient sur les panneaux d'affichage et dans les magazines à l'automne. J'avais l'impression d'être une gamine qui jetait un coup d'œil en coulisse.

— Super, maintenant regarde au-delà de l'appareil. Choisis un point sur lequel poser ton regard, demanda le photographe à Ben.

Ses yeux trouvèrent les miens.

— Bien, reste comme ça, dit le photographe.

Les lèvres de Ben s'entrouvrirent et son regard descendit plus bas pour se poser sur ma poitrine. Sa mâchoire se contracta. Le désir envahit tout mon corps. J'avais le sentiment que mes seins étaient si ronds et lourds qu'ils palpitaient pour qu'il les touche.

Chaque contraction de sa mâchoire, chaque fléchissement de ses bras avait un effet sexuel sur moi, comme des signaux silencieux. Je retins un frisson brûlant. Ce qu'il était capable de faire à mon corps sans lever un petit doigt m'effrayait. Cet homme avait un effet dévastateur sur tout mon organisme.

— Quel tentateur ! lança le photographe en continuant de prendre des clichés.

Si seulement il savait… ma culotte était sur le point de s'enflammer. Ma parole, j'aurais pu provoquer un incendie.

Il fallait que Ben arrête de me regarder comme ça. Ses yeux se promenaient sur mon corps, et le principe de conserver une certaine distance entre nous me parut alors sans aucun intérêt. Mon corps le voulait. Il mourait d'envie de l'avoir. Comme un drogué a besoin de sa dose.

Je pris conscience de la présence de Fiona près de moi, raide et menaçante. Elle savait que Ben me regardait.

— Ne bave pas, chérie, m'avertit-elle avec un ton sarcastique.

Je fermai la bouche. Oups. Il semblerait que je le fixais avec la bouche ouverte, et ma respiration était bien trop rapide. Heureusement, elle ne pouvait pas savoir ce qui se passait dans ma tête, ni que mon sang bouillonnait en bas, faisant palpiter mes parties intimes.

— Il travaille bien, me contentai-je de commenter.

Même ma voix me trahit en sortant voilée.

Les lèvres fines de Fiona affichèrent un sourire retenu.

— Ben est vraiment bon dans ce qu'il fait. Mais ne le laisse pas te duper ; c'est un homme compliqué. Avec un passé très compliqué. Crois-moi quand je dis qu'avec lui les filles vont et viennent. Il faut qu'il se concentre sur sa carrière, et pas qu'une femme au foyer du Sud lui donne la béquée. Je sais ce qui est le mieux pour lui.

Je hochai la tête. Son avertissement était ridicule. Elle ne pouvait pas vraiment penser que Ben s'intéressait à moi, n'est-ce pas ? Mais Fiona le connaissait visiblement bien, puisqu'elle avait travaillé avec lui ces cinq dernières années.

Le photographe fit son dernier cliché et le regard de Ben se détacha du mien à contrecœur pour atterrir sur Fiona. Je m'enfuis vers la zone maquillage ; il fallait que j'occupe mes mains tremblantes.

9

Emmy

Gunnar et moi avions décalé notre sortie et passâmes la journée à visiter religieusement la massive cathédrale Notre-Dame. Après ça, nous nous dirigeâmes vers la terrasse d'un café pour prendre un verre de vin et quelques amuse-bouches.

Je l'écoutai se plaindre du dernier type avec qui il sortait alors que je tartinais généreusement ma tranche de pain croustillant et encore chaud avec du beurre.

Nous en étions à notre deuxième verre de vin et je ne savais toujours pas comment lui soutirer des informations à propos de Ben. Je ne voulais pas lui révéler quoi que ce soit, je ne voulais pas qu'il sache que j'avais commencé à le fréquenter en douce.

— À quoi penses-tu ? me demanda-t-il avec un grand sourire. On dirait un chat qui a attrapé une souris, chérie. Crache le morceau.

O.K. Bravo pour la discrétion. Étais-je si démonstrative ?

— Rien. C'est juste que… Je vois un peu quelqu'un depuis peu. C'est encore tout nouveau.

— Oh, la phase merveilleusement agréable et excitante. Les découvertes en matière de sexe ! Félicitations !

Il fit tinter son verre de vin contre le mien.

— Qui est l'heureux élu ? Un mec d'ici ? Ils ne sont pas circoncis ici, tu sais.

Je faillis cracher mon vin. Je savais que la circoncision n'était pas commune chez les hommes européens, mais bon sang. Allions-nous vraiment aborder ce sujet pendant notre déjeuner ?

— Il a… euh… peu importe.

Je souris poliment. Je n'allais pas lui dire que Ben était circoncis. *Mon Dieu.*

Gunnar gloussa.

— Il a un bout en moins… Hmmm, donc ce n'est pas un type d'ici.

Il se pencha en s'appuyant sur ses coudes, les yeux écarquillés.

— Bon sang, ce n'est pas un de nos gars, si ?

Dieu sait que je ne serais pas capable de mentir, même pour me sauver la vie.

— Je ne dirai rien.

— Ha ! C'est un mannequin de Status, hein ?

Mince. Ça ne sentait pas bon. Peu de mannequins étaient venus avec nous à Paris.

— Peut-être.

Gunnar afficha un large sourire.

— Emmy. Arrête de faire ta chochotte. Je sais que c'est Ben.

— Comment ? lâchai-je.

Il rit à gorge déployée.

— De une, tu viens de l'admettre. De deux, il est hétéro, malheureusement pour moi. Et de trois, j'ai bien vu comment tu le regardes.

Mince. J'étais donc si peu discrète ?

— Ne dis rien, Gunnar. C'est encore nouveau, et je ne sais pas où ça va nous mener.

À Désastre City à tous les coups.

Il prit une autre gorgée de vin avec un air songeur.

— Je n'aime pas ça, Emmy.

Il fronçait les sourcils.

— On ne fait que s'amuser, Gunnar. Honnêtement, il n'y a rien de sérieux.

Mon souhait de lui soutirer des renseignements partit en fumée. Gunnar n'était pas favorable à cette situation et je ne savais pas vraiment pourquoi.

Il tendit le bras sur la table pour prendre ma main.

— Tu es une fille saine et gentille et il a plus de problèmes que *Vogue*, chérie.

Mon estomac se noua et le vin que j'avais avalé bouillonna. Comment cela pourrait-il bien se terminer ? Peut-être que Gunnar avait raison. Je devais être prudente et garder la tête froide. Évidemment, tout ce que j'avais envie de faire, c'était de me faufiler jusqu'au lit de Ben.

***

Quatre : le nombre de jours depuis la dernière fois que j'avais vu Ben.

Sept : le nombre de fois que je m'étais permis de lire notre échange de messages cochons.

Une : le nombre de fois où je m'étais fait jouir en gémissant son nom. Cela allait devenir une dangereuse habitude. Il ne pouvait pas tourner dans ma tête toute la journée et être à l'origine de tous mes orgasmes. Il fallait que je reprenne le contrôle.

Je me glissai dans mon lit, éteignis la lumière et posai mon téléphone sur l'oreiller près de moi, juste au cas où. Je n'avais eu aucune nouvelle de lui, mais je n'avais pas cherché à le contacter non plus. Je savais que ces derniers jours il avait été occupé à rencontrer des directeurs de casting et des stylistes pour la prochaine Fashion Week de Paris. Il avait été engagé pour un tas de défilés, selon Fiona. J'aurais dû me sentir fière de lui, excitée pour l'agence pour laquelle je travaillais, mais au lieu de cela, je me sentais seule. J'avais envie de retrouver l'homme, pas le mannequin. Rien ne pouvait vous faire plus ressentir la solitude que de se mettre au lit seule à six mille kilomètres de chez soi. Mes jambes remuaient sous les draps car elles avaient besoin de faire quelque chose. Une bonne séance de sport en chambre aurait fait l'affaire.

Ben sous moi.

Viens dessus, ma cowgirl.

Je me souvins de la manière dont il m'avait attrapée par les hanches pour me mettre sur lui en se positionnant devant ma fente… maîtrisant nos plaisirs respectifs.

Un frisson brûlant me fendit le corps, attisant ma libido. J'étais tellement obsédée par lui, mes émotions torturées et à cran, mon corps chaud de désir, que je considérai brièvement l'idée de partir, simplement prendre l'avion pour rentrer à New York et chercher un boulot normal. Un boulot sans top models ni cougars anglaises désagréables. J'étais effondrée.

Je virai les couvertures sur mes jambes agitées car j'avais soudain trop chaud. Plusieurs jours passés sans avoir de nouvelles de Ben, surtout après avoir été si intimes, me paraissaient une éternité. Au moins, ça se passait bien entre Fiona et moi. Elle ne soupçonnait heureusement pas que j'aie pu avoir une liaison avec son homme-objet chéri. Autrement, les choses se seraient aggravées. J'étais restée très professionnelle avec elle cette semaine et avais fait de mon mieux pour que ses remarques laconiques ne m'atteignent pas.

Mais quand c'était plus calme, et surtout le soir, je n'arrivais pas à empêcher mon esprit de dériver vers Ben. Je me demandais ce qu'il faisait. S'il dormait bien. Pourquoi il prenait toutes ces pilules. Je savais que je n'aurais pas dû m'en faire, mais quelque chose en moi n'y arrivait pas.

J'avais besoin de papoter entre filles. J'attrapai mon téléphone et vérifiai l'heure avant d'appeler Ellie.

Nous avons discuté brièvement, le temps qu'elle se prépare pour aller au travail. Elle passa la majeure partie du temps à se plaindre de sa nouvelle colocataire qui buvait tout son lait de soja. Je pris une profonde inspiration et décidai de lui dire que les choses s'étaient enflammées avec Ben.

— Je vais piquer une crise si tu me dis que tu as couché avec lui, dit-elle.

Je ris bêtement.

— Apprête-toi à criser.

— Quoi ?! cria-t-elle dans le téléphone, me faisant rire

encore plus fort. Putain de merde, Emmy. Les détails, tout de suite.

— Eh bien, il est fantastique. Honnêtement. C'est le meilleur. Il embrasse super bien, il est doux et tendre, mais il prend quand même le contrôle au lit.

— Waouh. Et une grosse queue ?

— Ellie !

J'éclatai de rire une nouvelle fois.

— Quoi ? Mon esprit curieux veut savoir. Quel matos utilise-t-il ? Un petit zizi ou il est monté comme un hippopotame ?

— Hmmm… hippo.

Je ne pus conserver le sourire sur mon visage. Mince, Ellie me manquait. J'avais vraiment besoin de passer du temps entre filles.

— Alors, c'est quoi le problème ?

Je pris une profonde inspiration.

— C'est juste… Il m'a répété plusieurs fois qu'il ne voulait pas d'une relation sérieuse. Mais je pense que je suis accro.

— Bébé. Son zob mesure la taille d'un sandwich Subway. Profites-en. Pourquoi tu psychotes ?

Je laissai échapper un soupir. Tout semblait si simple avec elle.

— C'est difficile de ne pas tomber amoureuse, Ellie. Il est beau, intelligent, drôle, attentionné, fantastique au lit…

La liste était longue. *Oh, et apparemment il avait plus de problèmes que* Vogue, *selon Gunnar.*

— Ah. Je vois. Alors écoute, bébé. Il n'y a aucune raison pour que tu ne prennes pas le contrôle de la situation. Je ne parle pas d'amour ou de relation sérieuse. Crois-tu que n'importe quel homme sur la planète réfléchirait à deux fois avant de se lancer dans une liaison purement sexuelle et sans attachement avec un top model ? Bien sûr que non. N'importe quel homme accepterait. Prends et jette. Réfléchis comme un homme, Emmy. Réfléchis avec ta bite.

Je ris encore une fois des mots qu'elle choisissait. Être potes de baise avec Ben Shaw, je pouvais le faire. Après ces encouragements, je me sentais un peu plus sûre de moi et avais l'impression de mieux maîtriser ma relation avec Ben.

— Il faut que j'aille travailler, me rappela-t-elle.

— O.K. Et il faut que je dorme un peu. Je te rappelle bientôt.

— Mouah ! dit Ellie en raccrochant.

Je me pelotonnai sur le côté en serrant l'oreiller contre moi et étais sur le point de m'endormir quand mon téléphone bipa près de moi. Mes mains le cherchèrent dans le noir. Cette simple petite sonnerie me fit penser à Ben, et cela m'excita. J'étais comme un chien de Pavlov entraîné à réagir à ce son.

Ben : C'est mon anniversaire... dans quatre minutes.

Je jetai un coup d'œil au réveil. Presque minuit. Je ne savais pas que c'était son anniversaire demain, ou aujourd'hui, peu importe. Je souris en l'imaginant allongé seul sur son lit, plusieurs étages en dessous, se sentant seul et ayant besoin que quelqu'un sache que c'était son anniversaire. Ça me fit plaisir de savoir que j'étais la personne à qui il avait pensé. J'attendis jusqu'à ce que le réveil indique minuit, puis je lui répondis.

Moi : Bon anniversaire.

Ben : Merci, ma belle. Tu devrais venir à mon repas d'anniversaire demain soir.

Je répondis que je serais là, et Ben m'envoya le nom du restaurant. Je ne savais pas qu'un repas était organisé pour son anniversaire. C'était certainement Fiona qui l'avait prévu. Normalement, elle me demandait de m'occuper de tout, que ce soit d'envoyer ses vêtements à la laverie ou de réserver sa séance mensuelle d'épilation du maillot. La seule conclusion à laquelle j'en vins fut qu'elle avait voulu me tenir à l'écart. La soirée de lendemain allait être intéressante.

10

Emmy

Je me tenais nue devant le miroir de plain-pied alors que la baignoire se remplissait. Des nuages de vapeur montaient lentement vers le plafond tandis que je m'inspectais dans la glace. Mes cuisses remuaient quand je marchais, mes seins, bien qu'encore hauts, s'affaisseraient sous leur poids avec l'âge. Les méfaits de la gravité. J'appuyai mes mains sur mes hanches grassouillettes en espérant les compresser. Je n'avais jamais été aussi consciente de mon corps de toute ma vie.

Voilà ce que ça faisait de se retrouver nue avec un top model. Je me souvins des murmures rauques de Ben, du désir dans sa voix quand il avait dit que j'étais douce. Mais peut-être me rappelais-je uniquement ce que je voulais. Peut-être aurait-il préféré que j'aie des tablettes de chocolat ou un petit cul bien ferme.

Une fois que la baignoire fut pleine, j'entrai dans l'eau bouillante et m'y enfonçai, me plongeant dans la mousse parfumée. Je me savonnai chaque partie du corps, exfoliai chaque centimètre carré et rasai chaque poil jusqu'à ce que je sois complètement lisse. J'appliquai du shampoing et du démêlant sur mes cheveux, et m'assurai que j'étais entièrement propre. Même si je me disais que je ne pouvais pas me retrouver de nouveau avec Ben, je ne faisais pas confiance à mon corps et craignais qu'il me trahisse.

Je sortis fripée et toute molle. Mais je me sentais merveilleusement bien. Après avoir passé le peignoir doux que j'avais trouvé dans l'armoire, je me débarrassai des callosités de mes talons et coupai, limai et vernis mes ongles de pieds et de mains. J'épilai mes sourcils épais devant le miroir grossissant à la lumière naturelle qui traversait la fenêtre pour pouvoir voir le moindre poil.

Après m'être débarrassée de tous mes points noirs, je me maquillai d'une main d'experte et coiffai mes cheveux. J'enduisis ma peau de lotion en mélangeant plusieurs gouttes d'huile. J'étais douce et satinée après ça. Je savais que je ne pouvais pas rivaliser avec les femmes que Ben attirait, mais mon assurance avait triplé en une heure. J'en avais bien besoin. Je voulais me sentir sexy ce soir. Puissante et maîtresse de la situation. Ellie serait fière.

J'enfilai mon jean skinny noir, mes ballerines et un haut vaporeux crème qui tombait sur une épaule. J'ajoutai quelques gros colliers et ébouriffai mes cheveux une dernière fois. J'étais aussi prête que jamais.

Le dîner se tenait dans un restaurant huppé sur la Seine. Je trouvais étrange que Fiona ait elle-même pris la réservation pour l'anniversaire de Ben. J'espérais qu'elle ne pique pas une crise en me voyant. J'arrivai quelques minutes après huit heures et appris que notre groupe était encore en train de boire au bar.

Je pris un moment pour rassembler mon courage et parcourus les alentours des yeux. J'entendais des basses de musique électronique en fond ; des chandeliers en cristal créant une faible lumière et de belles personnes se mêlant aux tables hautes complétaient l'ambiance. J'étais contente d'avoir pris le temps de me rendre présentable.

Le rire perçant et l'accent britannique de Fiona attirèrent mon attention. Elle, Ben et quelques autres que je ne reconnus pas se trouvaient à l'extrémité du bar. Ben était divin dans son pantalon ajusté gris foncé et une chemise aux manches remontées jusqu'aux coudes, dévoilant ses avant-bras sexy et puissants sur lesquels couraient ses veines. Les premiers boutons de sa chemise étaient défaits et des souvenirs du parfum de sa peau au niveau de son cou me passèrent par la tête. Quand Fiona me repéra de l'autre côté du bar, elle pinça la bouche. Le sourire de Ben disparut en voyant le changement d'attitude soudain de Fiona et son regard se leva pour croiser le mien.

— Salut, prononçai-je faiblement, regrettant immédiatement ma décision de venir.

Ben m'attira vers lui en passant son bras autour de moi, et toutes mes peurs s'envolèrent. Il voulait que je sois là. Fiona pouvait se mettre le doigt dans l'œil.

— Tu es venue, murmura-t-il dans mes cheveux en inhalant.

— Joyeux anniversaire.

Je lui adressai un sourire alors qu'il me relâchait.

Ben sourit lui aussi. Un simple mouvement de sa bouche suffisait pour que mon cœur batte la chamade. Je devinai qu'il avait déjà bu quelques verres. Son regard habituellement pénétrant était détendu et heureux. Et il tenait un verre rempli d'un alcool ambré. Quelque chose de fort.

— Bonsoir, Fiona.

Je lui adressai un sourire cordial. Je savais que ce n'était pas ma plus grande fan, mais nous pouvions au moins essayer d'être des personnes civilisées.

— Emerson.

Elle pencha la tête et retourna son attention sur Ben.

Je sentis l'ambiance changer quand j'arrivai, comme s'ils étaient au beau milieu d'une histoire. Mais un étrange silence voilé tomba sur le groupe alors que leurs yeux faisaient des allers et retours entre Ben et moi. Je détestais être le centre d'attention. Je détestais me sentir scrutée.

M'éloignant d'un pas, je murmurai :

— Je vais me chercher quelque chose à boire.

Je reconnus l'un des photographes d'un précédent shooting et Madeline. Je la saluai, mais elle ne sembla pas me reconnaître même si je l'avais rencontrée seulement quelques jours auparavant. Les autres étaient de nouveaux visages.

En approchant du bar, je commandai une bière. J'avais beau être loin de mon pays, mon pays, lui, était toujours bien ancré en moi. Le barman remplit une pinte avec le délicieux liquide ambré et la fit glisser vers moi. Je l'attrapai les mains tremblantes et pris une longue gorgée glacée.

Lorsque je rejoignis le groupe, Fiona m'adressa un sourire de travers.

— Vous savez combien de calories il y a là-dedans, chérie ?

Des petits rires nerveux retentirent dans le groupe. Elles sentaient qu'il y avait de l'orage dans l'air, ces stupides personnes du monde de la mode en train de boire leurs stupides cocktails allégés.

Ben se plaça devant moi avec un air ennuyé. Je n'aimais pas l'idée d'être responsable de cette expression. Je ne voulais pas être la source de tension entre lui et la directrice de l'agence… notre patronne. Je ne pensais pas qu'elle aurait fait quoi que ce soit d'idiot, comme arrêter de lui donner du boulot ; il avait trop de valeur pour ça. Mais elle pouvait me virer, moi. Et quelque chose me disait que si je m'approchais trop de Ben, c'était exactement ce qu'elle ferait. Je pouvais très bien supporter ses remarques désagréables à propos de mes vêtements et des calories que j'avalais. Et comme je ne voulais pas que ça prenne une importance disproportionnée, je me contentai de sourire légèrement et acquiescer en prenant une autre gorgée de ma boisson riche en sucres.

— Fiona, je peux te dire un mot ? demanda Ben.

— Bien sûr, mon chou.

Fiona lui emboîta le pas et ils disparurent à l'angle d'un mur, hors de notre vue.

Je savais que je n'aurais pas dû, mais je m'éloignai discrètement du groupe et les suivis. Sur quelle planète aurait-ce été normal ? J'avais dû être déposée ici bébé. Mais si cela me concernait, il fallait que je le sache.

Ils étaient à l'autre bout de l'entrée dans une alcôve près des toilettes. Je restai hors de leur vue, cachée par le mur, mais assez proche pour pouvoir entendre leur conversation à voix basse.

— On ne fait pas de la recherche contre le cancer, Fiona ; arrête d'être aussi sérieuse, dit Ben.

— Je suis toujours sérieuse quand ça te concerne, répliqua Fiona, la voix tendue.

— Pourquoi tu ne me dis pas ce qu'il y a vraiment ?

Fiona poussa un lourd soupir.

— Je crois que tu le sais.

Elle hésita un moment et le silence tomba sur eux tandis que mon pouls battait dans mes oreilles.

— Tu n'es pas venu me rendre visite ces derniers temps… C'est à cause d'elle ?

Sa voix ressemblait à une plainte.

— Je t'ai dit que c'était fini. Ça n'a aucun rapport avec Emmy.

Bon sang. Qu'est-ce que cette conversation avait à voir avec moi ? Et pourquoi je ressentais des picotements dans le dos comme si je passais à côté de quelque chose d'important ?

— Contente-toi d'être polie, ajouta Ben.

— Alors ne couche pas avec mon assistante, lança Fiona.

— Du calme, ma puce, répliqua Ben en riant. C'est mon anniversaire après tout.

— Mon chou, si tu veux du sexe pour ton anniversaire, tu n'as qu'à demander, murmura Fiona avec sensualité.

— Fiona… dit Ben sur un ton menaçant, en laissant le reste de sa phrase en suspens.

Tout l'oxygène de mes poumons disparut. Avaient-ils couché ensemble ? Je ne doutais pas que Fiona serait intéressée, mais Ben ferait-il ça ? Mince, cette situation était bien plus compliquée que je ne l'avais imaginée.

— Tu as des projets avec une fille ce soir ? demanda Fiona.

— Pas de filles, Fiona. Je te l'ai dit. Tu peux te détendre.

Mes jambes tremblaient, mais je leur ordonnai de s'activer et disparus du hall avant d'être découverte. Après avoir rejoint le groupe, je restai debout sur mes jambes flageolantes et avalai plusieurs gorgées de ma bière glacée jusqu'à ce que mes tempes palpitent. Ben et Fiona passèrent l'angle et il traversa la pièce pour se tenir à côté de moi et poser sa main dans le creux de mon dos. Ce contact me fit bondir et je renversai un peu de bière.

— Tu vas bien ? murmura Ben près de moi.

— Ça va.

Il prit une profonde inspiration et attrapa ma main.

— Notre table est prête. Viens.

Ben s'assit entre Fiona et moi, ce qui était une bonne chose parce que j'aurais pu jeter une crotte de nez dans son assiette si j'en avais eu l'occasion. Dieu savait qu'elle l'aurait mérité. Elle se pencha vers lui pour lire le menu et désigner les choses qu'il aimerait, ce qui m'ennuya au plus haut point. Il commanda une salade niçoise. Je me demandai s'il lui arrivait de manger ce qu'il aimait vraiment. Selon moi, s'il y avait bien un jour où on aurait dû en avoir le droit, c'est bien pour son anniversaire. Ce qui était sûr, c'était que je n'aurais jamais commandé une salade le jour de mon anniversaire.

Je passai à l'eau pétillante avant la fin du repas. Je voulais garder les idées claires pour plus tard. Je ne savais pas si j'aurais l'occasion de me retrouver seule avec Ben. Mais si c'était le cas, je voulais pouvoir réfléchir correctement. Il fallait que je sache ce qui se passait entre nous. Embrouiller ma tête avec de l'alcool n'aurait probablement pas aidé. Et je ne voulais pas voir Fiona faire une attaque si je commandais une autre bière.

Les invités discutèrent avec Ben pendant la plus grande partie du repas. Je découvris rapidement que les autres étaient pour la plupart les dirigeants de marques de luxe avec lesquels Fiona essayait de signer des contrats. J'étais tellement frustrée que je ne pouvais même pas regarder son sourire hypocrite. C'était censé être une soirée de détente pour lui, mais bien sûr, elle l'avait transformée en entretien professionnel. Ben répondait poliment à toutes leurs questions, agissant comme si rien de tout cela ne le dérangeait, mais je savais que c'était le contraire. Je restais silencieuse en mangeant mon plat, mais Ben regarda dans ma direction à plusieurs reprises et me serra même une fois la main sous la table.

Les boissons alcoolisées continuèrent à couler à flots après le dîner, et Fiona raconta les unes après les autres des histoires à propos de Ben, destinées soit à impressionner les invités soit à me faire peur. Elle le dépeignit comme l'archétype du play-boy, et mon dîner tourna dans mon estomac à chaque nouveau renseignement.

— Nous étions à Singapour, il y a quoi, deux ans, mon chou ?

Ben acquiesça.

— Nous étions sur un plateau pour Versace, et il était revêche et grognon.

Ben fit la grimace, comme s'il savait quelle histoire elle allait raconter.

— Il n'avait pas bien dormi… le jet lag, tout ça.

— Fiona, lança Ben à voix basse sur un ton menaçant.

— Oh, ça va. C'est marrant, mon chou.

Fiona agita la main dans sa direction, puis retourna son attention vers le groupe ;

— Le décor était génial, les vêtements magnifiques, et notre superbe mannequin ici présent était sur les nerfs… il avait besoin de tirer son coup. Je savais qu'il fallait qu'il se détende avant de commencer le shooting.

Quelques-uns des hommes d'affaires montrèrent leur intérêt en s'approchant et les joues de Madeline s'empourprèrent. Ben était de plus en plus agité. Il enleva la serviette de ses genoux et la balança sur la table près de son assiette.

Fiona poursuivit :

— Alors j'ai trouvé cette petite assistante dans un coin, lui ai demandé si ses compétences s'étendaient à l'oral, et je l'ai poussée vers Ben. Elle lui a lancé un coup d'œil et a hoché la tête avant de l'attirer dans un placard à balais. Je ne connais pas la suite ; tout ce que je sais, c'est que lorsqu'il en est sorti quinze minutes plus tard, un sourire était plaqué sur son visage.

De petits rires éclatèrent autour de la table. Une boule se logea dans ma gorge et je dus boire de l'eau pour libérer ma trachée.

L'histoire de Fiona prouvait que Ben faisait partie d'une tout autre catégorie d'hommes. Il avait vécu et travaillé partout dans le monde, et apparemment obtenait des pipes de la part des assistantes avec un simple claquement de doigts.

Se souvenait-il seulement de son nom ? Était-ce ce que j'étais pour lui ? Un jouet pour se détendre ? C'était exactement pour ça que je n'étais pas faite pour ce genre de chose. Le sexe avait une signification plus importante pour moi. Il m'était impossible de séparer le physique de l'émotionnel dans ma tête. Ellie avait raison.

Je n'aurais jamais dû coucher avec lui. Mais je savais aussi que s'il me proposait à nouveau de venir dans son lit, je n'aurais probablement pas dit non. Une partie de moi regrettait de ne pas être plus forte ; l'autre songeait à différents moyens pour me retrouver seule avec lui plus tard.

Fiona amena un gros sac rempli de cadeaux empaquetés et les sortit un par un avant de les poser devant Ben.

Il souriait et essayait de paraître modeste alors qu'il ouvrait chacun des paquets et remerciait la personne qui le lui avait offert. Une écharpe Hermès, une montre Cartier, un sac Balenciaga, un assortiment de produits cosmétiques pour homme… d'une marque de luxe que je ne reconnus pas, mais qui était certainement en dehors de mes moyens.

Je lui avais trouvé quelque chose, ou plutôt préparé quelque chose. Cela ne se faisait pas de se présenter à une fête d'anniversaire les mains vides, mais il était hors de question que je me mette dans l'embarras en sortant un cadeau fait main à côté de toutes ces choses hors de prix. Mon cadeau resterait caché dans mon sac. Merci bien.

Fiona rassembla les cadeaux dans le sac et demanda au restaurant si un concierge pouvait les faire livrer à l'hôtel. C'était surprenant de voir qu'elle était en fait capable de gérer ce genre de truc seule.

Après le dîner, du café fut proposé, mais il n'y eut pas de dessert. Comment pouvait-on faire une fête d'anniversaire sans gâteau ? Ben semblait s'ennuyer à pleurer. Il fallait que je le sauve. Je me penchai vers lui.

— Pas de gâteau pour ton anniversaire ? C'est un crime.

Il haussa les épaules.

— Je ne suis pas autorisé à manger du gâteau.

— Autorisé ?

Je ne faisais pas de régime sans gluten, tout biologique, sans produits laitiers ou végétarien. J'aimais la nourriture. J'en mangeais souvent trop. *Faites-moi un procès si vous voulez.*

— Il nous faut un gâteau.

Je reculai ma chaise et attrapai mon sac à main.

— Merci pour ce dîner, dis-je à Fiona avant de prendre la main de Ben. Viens.

Il écarquilla les yeux et les riva sur les miens, et après une seconde d'hésitation, il se leva.

— Fiona.

Il se pencha pour l'embrasser sur la joue.

Elle afficha un sourire faux qui ne cacha rien.

— Déjà ?

Il haussa les épaules.

— Oui, si cela ne vous pose pas de problème, dit-il en s'adressant à l'ensemble de la table.

Tout le monde acquiesça en souriant, personne ne voulant s'opposer à lui.

Génial.

Fiona ne pouvait rien dire. Tout le monde avait déjà approuvé. J'aurais pu l'embrasser. Mais je garderais ça pour plus tard.

Une fois en sécurité à l'extérieur du restaurant, Ben attrapa ma main en entremêlant ses doigts avec les miens, et sa bouche afficha un sourire.

— Pfiou. Merci de m'avoir sauvé.

Réjouie, je le regardai en ayant le sentiment d'être absolument géniale, et serrai sa main.

Nous nous hasardâmes dans le bar-restaurant situé à l'entrée de notre hôtel, nous isolâmes dans un box et commandâmes deux verres de champagne.

Quand le serveur revint, je lui demandai la plus grosse part de gâteau au chocolat qu'ils avaient.

— Vraiment ? dit Ben avec un grand sourire. Tu es sûre que tu pourras manger tout ça, chérie ?

J'acquiesçai avec enthousiasme.

— Tu vas m'aider.

Le serveur nous apporta le gâteau avec un petit sourire parisien. La part était énorme.

— Je ne m'attendais pas à ce que ce soit aussi gros, commentai-je.

Ben haussa les sourcils de façon suggestive, puis me tendit une cuillère.

— Les dames d'abord.

J'allais protester en disant que c'était son anniversaire et qu'il devrait commencer, mais son expression sérieuse n'autorisait aucune discussion. J'acceptai donc la cuillère et l'enfonçai dans le gâteau dense. Ma bouchée préférée, l'extrémité en forme de triangle. Les yeux de Ben suivirent mes mouvements et regardèrent ma bouche se fermer sur la cuillère.

— Hmmmm, gémis-je en rejetant la tête en arrière.

Ses yeux s'écarquillèrent et il déglutit.

Ben attaqua, me rejoignant dans cet état de béatitude chocolatée.

— Je n'ai pas mangé de gâteau au chocolat depuis… des années.

Il prit une bouchée et ses yeux se fermèrent alors qu'il mâchait.

— Bon sang.

J'éclatai de rire. Rien que pour ce goût de paradis, ça valait la peine d'ingurgiter toutes ces calories. Et pour voir l'expression de Ben. Il prenait clairement du plaisir. Ben s'adossa contre le box, les bras croisés, et m'observa. Je pris une autre bouchée et léchai le chocolat qui recouvrait ma cuillère. Alors que ma langue sortait, sa respiration peinait, sa poitrine montant et descendant systématiquement. Ça me plaisait de lui faire de l'effet. Dieu sait qu'il m'en faisait. Tout mon corps frémissait d'excitation lorsqu'il était près de moi. Sans parler des moments où il promenait ses yeux noisette bordés de cils noirs sur mes courbes. Dans ma tête, j'écartai les jambes, impatiente et prête à l'accueillir.

— J'espère que c'était un bon anniversaire.

Je levai ma flûte de champagne et la cognai contre la sienne.

— Maintenant, oui.

Je souris à ce compliment, contente d'avoir eu le courage de le sauver.

— Je t'ai trouvé quelque chose. Enfin... je t'ai *préparé* quelque chose.

— Tu m'as préparé quelque chose ? Qu'est-ce que c'est ?

— Ce n'est pas grand-chose ; je me serais juste sentie idiote de te le donner au restaurant.

Il se recula dans sa chaise et m'étudia.

— Je suis content que tu aies attendu.

Le regard de Ben suivit mes mouvements alors que je fouillais dans mon sac pour sortir son cadeau.

Quand je lui tendis un paquet plat emballé dans du papier marron, je me sentis bête. *On n'est pas en sixième, Emmy.*

Ben baissa de grands yeux incrédules sur mon cadeau.

— Tu as fait ça pour moi.

J'acquiesçai d'un air penaud.

— On ne m'a jamais offert de cadeau fait à la main.

Il le tenait avec révérence comme s'il s'agissait d'un objet important et d'une valeur inestimable, et pas d'un CD avec une playlist personnelle que j'avais gravé rien que pour lui.

— Ce n'est rien. Ouvre-le.

Les cadeaux et cartes maison étaient la norme dans ma famille. Quand j'étais petite, nous n'avions pas beaucoup d'argent pour des extra et nous avions tendance à être créatifs.

Ben déchira le papier et sourit lorsqu'il vit le disque argenté avec mon écriture peu soignée au marqueur noir : « Au roi de le fête ». J'avais choisi parmi le stock de musique éclectique qu'il y avait dans mon ordinateur un ensemble de bœufs et chansons sensuelles en espérant qu'il ne les avait jamais entendus auparavant.

— Merci, c'est super. C'est le plus beau cadeau que j'aie reçu ce soir.

Son sourire était sincère pour la première fois de la soirée et se répandait jusqu'à son regard en créant de petites rides aux coins de ses yeux.

Consciente qu'il me regardait, je sentis mon cœur battre à un rythme étrange. Je ne sais pas pourquoi, mais il se comportait comme si ces gestes simples (le gâteau, le cadeau personnel) comptaient plus pour lui que le dîner à mille dollars et les cadeaux hors de prix qu'il venait de recevoir.

— Je t'en prie, murmurai-je.

Je ne savais pas pourquoi ma voix était devenue voilée et basse.

— Sortons d'ici.

Son ton ne me laissa pas le loisir de protester. Mais n'était-ce pas ce que je voulais ? Je voulais me sentir désirée et sexy, me perdre avec cet homme.

Le verre de champagne m'était directement monté à la tête, et je m'accrochai au bras de Ben tandis que nous nous dirigions vers l'ascenseur. Il était inhabituellement calme et sérieux, et je me demandai ce qui se passait dans sa tête.

Une fois dans l'ascenseur, Ben ne laissa aucun doute sur notre destination. Il appuya sur le bouton correspondant à son étage, puis se tourna vers moi avant de me coincer en appuyant ses bras contre le mur. Il avança sa tête pour respirer le parfum de mon cou, envoyant une vague de plaisir qui descendit en frissonnant dans mon corps.

— Monte avec moi, gémit-il, son souffle chaud passant sur la ligne de ma mâchoire.

Mon pouls battait dans ma gorge où ses lèvres m'effleuraient.

Je ne répondis pas, j'en étais incapable. Mon corps le voulait. Mon cerveau n'en était pas aussi sûr. Quoi qu'il y ait entre lui et Fiona, cela représentait une réelle préoccupation. Une fois qu'il en aurait fini avec moi, ce serait comme dans une chanson de Madonna, la ville des cœurs brisés. Aucune quantité de crème glacée ou de vodka ne pourrait me réconforter. Perdrais-je aussi mon boulot ?

Ben recula, me regarda dans les yeux et caressa du bout des doigts la ride de réflexion sur mon front.

— Hé, dit-il d'une voix douce et gentille. Arrête de lutter contre ça.

Facile à dire pour lui. J'avalai la boule logée dans ma gorge.

— Je ne suis pas du genre à avoir des relations sexuelles occasionnelles.

— Qui a dit que c'était ce que je voulais ?

Je me souvins de sa remarque sur le fait qu'il n'avait eu que trois copines. Je suppose que ça faisait de moi la chanceuse quatrième.

— C'est toi qui as quitté ma chambre en courant l'autre soir.

Pourquoi avais-je fait ça ? J'étais éméchée par l'alcool, et j'avais honte d'avoir laissé les choses aller si loin. Je savais que mon cœur était déjà impliqué, et il était plus sûr et plus facile de fuir que d'affronter une discussion post-coïtale gênante.

— Ben, que suis-je supposée penser ? Tu es toi… et je suis moi…

Je vis sur les traits de son visage qu'il était perplexe et sa bouche se pinça, mais il resta muet.

L'ascenseur s'arrêta, et il m'invita à sortir alors que les portes s'ouvraient. Nous marchâmes jusqu'à sa chambre en silence.

Une fois devant la porte, Ben, qui me fixait toujours calmement, me fit entrer.

— Je suis désolée d'être partie, dis-je.

Il hocha la tête et porta ma main à sa bouche.

— Passe la nuit avec moi.

Un désir viscéral s'épanouit en moi. J'étais impuissante contre ses charmes.

— Comme pour une soirée pyjama ?

— Oui. Avec des jeux, confirma Ben avec un petit sourire narquois sur les lèvres.

Mon pouls tonnait dans mes oreilles.

— J'aime les jeux.

Ses mains encerclèrent ma taille pour m'attirer vers lui.

— Gentille fille. Et cette fois, je vais goûter ce joli minou.

Je rougis et mes genoux tremblèrent. Comme j'avais besoin de me raccrocher à quelque chose de solide, je posai mes mains sur ses épaules. J'acquiesçai, complètement perdue et en train de succomber. Je succombais à cet homme magnifique qui plongeait ses yeux noisette dans les miens.

— J'ai envie de toi. C'est simple. Ne complique pas les choses, murmura-t-il.

Mes yeux se fermèrent.

— Ce n'est pas que du sexe, Ben.

Ses doigts doux frôlèrent ma mâchoire.

— Je sais, ma belle. Arrête de supposer que tu sais ce que je veux. Je n'ai jamais été avec une fille comme toi. Tendre… (Son pouce caressa ma joue.) Douce… (Ses lèvres s'appuyèrent sur les miennes.) Et originaire du Sud. (Sa main passa dans mon dos et il me serra contre lui.) Laisse-moi faire. Laisse-moi te posséder, Emmy.

J'ouvris les yeux en approuvant d'un signe de tête. Il pouvait avoir tout ce qu'il voulait, tant qu'il me touchait. Mes genoux tremblotaient et mes mamelons étaient durs et sensibles.

— Seulement si je peux te posséder, moi aussi.

— Tu peux avoir tout ce que tu veux.

Le ton de sa voix était si solennel, si sincère que je le crus.

En croyant soudainement que je pouvais avoir cet homme, je tombai à genoux devant lui. J'avais besoin de le dévorer, de le posséder. Je me débattis avec la ceinture et le bouton, puis descendis la fermeture Éclair. Il laissa ses mains sur les côtés, et quand mes yeux remontèrent pour voir les siens, un sourire taquin faisait remonter ses lèvres. La bosse grandissante dans son pantalon prouvait qu'il n'était pas aussi calme et maîtrisé que son expression le laissait croire.

Le voir en gros plan était si intime ; je passai mon nez et ma bouche contre sa chair, respirant son odeur. Il sentait bon. Un semblant de savon et du musc. Très viril. J'en voulais plus. Descendant encore, je déposai de tendres baisers le long de son manche et l'entendis retenir son souffle.

Je sentais qu'il me regardait. Le savoir ne faisait qu'attiser mon désir et je le léchai et le suçai alors que j'essayais de le prendre plus profondément. Ses hanches s'avancèrent alors qu'il pénétrait ma bouche, et mes mains tripotèrent sa queue gonflée.

Lui faire plaisir comme ça et maîtriser ses sensations me procuraient un sentiment de puissance. J'enfonçai sa verge dans ma bouche en la prenant entièrement jusqu'au fond de ma gorge. Quand son membre gros et long frappa mes amygdales, j'eus un haut-le-cœur et salivai. Ben gémit et ses genoux se raidirent. Je savais que j'avais fait quelque chose qui lui plaisait. J'adorais découvrir ce qu'il aimait. S'il ne comptait pas me le dire, c'était à moi de le découvrir. Et, apparemment, il aimait quand elle était bien au fond. Je continuai mes soins sans interruption jusqu'à ce qu'il cogne contre le fond de ma gorge à chaque coup.

— Oh oui, bébé, vas-y.

Ses doigts s'entremêlèrent dans mes cheveux pour me tenir plus près. Il émit un gémissement grave et guttural, un son cru et primitif. Une dose d'endorphine s'injecta dans mon sang et je resserrai mon étreinte sur lui ; j'avais besoin qu'il soit plus près, je voulais qu'il soit en moi. Je laissai sa queue retomber librement de ma bouche et me redressai sur mes jambes tremblantes. Ses grosses mains accueillirent mon visage, et il m'embrassa fougueusement, sa langue flirtant avec la mienne.

— Ben…

— Tout ce que tu veux… souffla-t-il contre ma bouche.

Je ne savais absolument pas comment lui demander ce que je voulais, alors je me contentai de l'embrasser encore, la seule chose pour laquelle je me sentais confiante. Sa respiration était rapide, comme la mienne, ce qui me réconforta sur le fait que je n'étais pas la seule à ressentir cette folie qui s'emparait de mon corps.

Il tripota le bouton de mon jean et l'ouvrit en continuant à m'embrasser.

— Enlève ta culotte, bébé. Je veux être en toi.

Sa voix grave et sexy envoya des frissons dans mon dos alors que je luttais pour me maîtriser. Ses doigts passèrent sur mon ventre, excitant mes terminaisons nerveuses et accélérant mon pouls.

— Je n'ai pas envie d'utiliser une capote. Je veux te sentir. Je suis clean. Tu prends la pilule ?

J'acquiesçai. Ce fut tout ce dont il avait besoin. Il captura ma bouche dans un baiser goulu et ses mains trouvèrent les miennes. Il m'aida à faire descendre mon jean et ma culotte jusqu'à ce que je me retrouve à moitié nue.

Ben me souleva soudainement, et j'enroulai mes jambes autour de sa taille. Il avança jusqu'à ce que mon dos frappe le mur, me coupant le souffle. Je gémis en sentant sa grosse érection appuyée contre moi. Je frottai mes hanches contre les siennes. Mais Ben, toujours sous contrôle, me fit bouger pour que nos corps se rejoignent, et continua à m'embrasser. J'avais soif de lui, besoin de lui.

— Ben… gémis-je en me dégageant de son baiser.

— Dis-moi ce que tu veux.

Ses lèvres caressèrent les miennes tandis qu'il parlait, nos fronts l'un contre l'autre.

Il était sérieux ? Je sentais son érection palpiter contre moi.

— S'il te plaît.

— Supplie-moi, bébé.

— Bennn… J'ai envie de toi… au fond de moi…

Son gémissement guttural envoya une nouvelle vague d'humidité qui se libéra contre son membre durci. Il me stimula en passant sa virilité lubrifiée contre moi pour me faire gémir.

— Tu veux que je vienne dans ce joli minou, bébé ?

Ben pressa son bout dur contre moi sans entrer.

— Oui, s'il te plaît. Ben, prends-moi.

Je ne savais pas comment il se débrouillait pour que je finisse toujours par le supplier, mais cet homme me rendait folle de désir. Je n'avais jamais été comme ça avant… aussi hors de contrôle et désespérée. Il se pressa contre moi, se glissa lentement à l'intérieur et laissa son corps envahir le mien jusqu'à ce qu'il soit profondément enfoui en moi. Le mélange plaisir-douleur me fit pousser un gémissement. Je m'agrippais à ses épaules et il tenait mes fesses dans ses mains, me faisant monter et descendre pour me baiser violemment et sans pitié.

Mon dos cognait le mur à chaque coup, mais je me fichais d'avoir des bleus le lendemain. J'en avais trop envie. J'en avais besoin. Je voulais qu'il me prenne et me montre que j'étais à lui. Regarder Ben perdre le contrôle était un fabuleux spectacle. Son visage restait impassible, mais son pouls palpitait dans son cou et ses muscles se contractaient et tremblaient alors qu'il soutenait mon poids.

Alors que je n'étais pas très expressive habituellement quand je faisais l'amour, je prononçais son nom et gémissais à chaque coup de butoir. Nos rapports n'avaient jamais été aussi intimes. Là, il y avait plus qu'un simple échange de plaisir corporel. Le regard de Ben restait rivé sur le mien alors qu'il lisait chacune de mes réactions pour répondre à chacune de mes envies. Je passai ma main sur le mur derrière moi. Ben attrapa l'arrière de ma tête.

— Ça fait mal ?

Sans attendre ma réponse, il nous fit traverser la chambre et me jeta sur le lit.

La séparation physique fut brutale et désagréable. Il me manqua instantanément. Son érection se dressait entre nous, et je ne pus résister à l'envie de me pencher en avant sur le lit pour déposer un baiser mouillé sur son gland. Ses mains attrapèrent mes cheveux pour les pousser de mon visage.

Ses yeux étaient sombres et ses pupilles dilatées alors qu'il me regardait.

Je lui souris et il posa ses mains sur mes joues en les caressant amoureusement alors que ses yeux étaient plongés dans les miens. Je me sentais belle. Désirable. J'attrapai sa main et le tirai sur le lit. J'avais besoin de le sentir tout près.

Une fois qu'il eut réussi à me débarrasser de mon haut et de mon soutien-gorge, Ben se pressa de nouveau contre moi et me pénétra lentement. J'enroulai mes jambes autour de sa taille et me maintenais en place tandis qu'il faisait des allers-retours en moi, d'abord lentement pour me laisser le temps de m'habituer, puis avec un rythme effréné.

C'était incroyable. Gros. Presque trop gros, mais il me procurait tellement de plaisir. Je me perdis dans ces sensations : la rudesse de sa peau mal rasée frottant contre ma joue, ses doigts s'enfonçant dans mes hanches, son torse large glissant contre ma poitrine alors qu'il bougeait sur moi. Hors de contrôle, son corps pilonna le mien sans relâche pour nous rapprocher peu à peu de la délivrance. Je voulais faire durer les choses, savourer tout ce qu'il avait à offrir, mais la pression en moi montait bien trop vite. Ben perçut les signaux de mon corps et ralentit ses coups, se retirant presque totalement de moi avant de se renfoncer lentement.

Mon dos se cambra et j'inclinai mon bassin pour sentir le sien alors que je laissais les sensations s'emparer de moi. Je jouis bruyamment en gémissant son nom dans une litanie de murmures voilés. Ben pressa sa bouche contre mon cou, me mordillant légèrement alors qu'il trouvait sa délivrance. Son corps frémit contre le mien alors que des jets de semence chauds se répandaient en moi.

Refusant de bouger, nous restâmes étendus sur le lit, en un tas de draps et de membres pleins de sueurs et emmêlés. J'étais contente de voir qu'il n'y avait pas de malaise post-coïtal. Pourquoi avais-je tant voulu m'enfuir la dernière fois ? Ben s'avérait totalement différent de ce que j'aurais imaginé. Ce n'était pas le mannequin trop sûr de lui et obsédé par son image que mes pires craintes avaient créé. Il était doux et attentionné, et apparemment, il aimait les câlins. Il me serra contre lui, ses bras enlaçant ma taille en une étreinte affectueuse.

Après que nous avions retrouvé notre respiration normale, Ben s'appuya sur un coude pour me regarder.

— Salut.

— Salut.

Je souriais. J'aimais cette complicité enfantine qu'il y avait entre nous.

— J'ai une brosse à dents, un pyjama et tout ce que tu veux.

Il se pencha pour embrasser mon front, puis se leva du lit. Je jetai un coup d'œil à son joli postérieur avant qu'il n'enfile le boxer qu'il avait enlevé. Il sortit un T-shirt blanc de son armoire et le jeta sur le lit pour moi avant de se rendre dans la salle de bains. Il laissa la porte ouverte et je pus entendre l'eau et le doux vrombissement de sa brosse à dents électrique.

Je m'étirai dans le lit, prenant mon temps avant de me lever. Après avoir enfilé le T-shirt, je le rejoignis dans la salle de bains. Je réalisai qu'il était sérieux quand il parlait de soirée pyjama. Du dentifrice sur la lèvre inférieure, il me sourit avec indolence et m'examina de la tête aux pieds. Des cheveux en bataille, du maquillage qui a coulé et un T-shirt trois fois trop grand qui descendait jusqu'à mi-cuisses. À en voir l'expression sur son visage, on aurait cru qu'il ne m'avait jamais vue aussi belle.

Il se pencha pour m'embrasser, laissant une goutte de dentifrice sur ma lèvre supérieure.

— J'aime te voir dans mes fringues.

Ben me tendit une brosse à dents neuve, toujours emballée, et se pencha pour se rincer la bouche.

J'étais très à l'aise en partageant le lavabo avec lui et cela semblait très familier. Ça me plaisait. Je ne pus m'empêcher de remarquer que ses boîtes de pilules étaient soigneusement alignées sur le plan de travail. Je voulais l'interroger à leur propos, mais Ben s'essuya la bouche et sortit pour me laisser un peu d'intimité. Toutes sortes de crèmes et sérums spéciaux jonchaient son meuble de salle de bains, mais j'aimais bien le fait qu'il ne semblait pas trop s'entretenir. Je ne pensais pas pouvoir supporter un mec qui aurait eu un nécessaire de toilette plus important que le mien.

Lorsque je retournai dans la chambre, Ben avait éteint les lumières et seule la faible lueur de la lampe de chevet éclairait mon chemin jusqu'au lit. Il souleva les couvertures et je me glissai contre lui. Il n'attendit pas avant de me tirer si près que nous étions allongés en cuillère l'un contre l'autre.

— J'aime tellement te toucher, marmonna-t-il dans mon cou. Tu es si douce. Si chaude.

Je savourais la sensation de son bras autour de moi. Je me sentais en sécurité. Et au chaud. Et féminine. Son corps ferme se pressait contre le mien. Les quelques fois où j'avais passé la nuit avec mon copain de l'université, il s'était retourné pour dormir, son dos large se dressant face à moi comme une muraille impénétrable. Et quand j'avais essayé de l'enlacer par-derrière, il m'avait repoussée en me disant qu'il avait trop chaud. Là, c'était différent… et tant mieux. Dans notre petit cocon, loin des yeux indiscrets du monde. Il n'avait pas à être l'homme que tout le monde attendait, et je n'étais pas la docile petite assistante, en dehors de son élément. J'étais juste Emmy. Je me sentais apaisée.

Ben m'attira encore en passant ses bras autour de ma taille et me serra jusqu'à ce que mon dos soit collé à son ventre.

— Dors, bébé.

Je n'arrivais pas à oublier les pilules que j'avais vues dans sa salle de bains. Je savais que ce n'était pas le meilleur moment pour l'interroger, mais…

— Ben, chuchotai-je.

— Hmm ?

Je ne pus me retenir de poser la question qui me trottait dans la tête.

— Ces pilules dans ta salle de bains… Je sais que je n'aurais pas dû fouiner, mais…

Il souffla.

— Dis-moi.

Je me retournai pour lui faire face, mais ses traits étaient à peine visibles à la lumière de la lune.

— Tu ne vas pas bien ? Tu es malade ?

— Je vais bien, Emmy, murmura-t-il.

— Ça fait quand même un paquet de pilules, Ben. Je suis juste inquiète.

Sa main chaude attrapa la mienne et la serra.

— Je ne veux rien te cacher.

— Alors, dis-moi.

Il resta muet un moment et seules nos respirations emplirent la chambre silencieuse.

— Mais je ne veux pas te faire fuir non plus.

Mon cœur eut un raté. Était-il accro aux médicaments ? Était-il condamné ? Je m'attendais au pire.

— Tu ne me feras pas fuir. Je suis là.

— Ne pars nulle part.

Je serrai sa main pour le rassurer.

— Ce n'est pas dans mes projets.

J'étais là pour les trois prochains mois, ou pour le temps

que durerait ce qu'il y avait entre nous. J'étais en train de tomber amoureuse de lui.

— Je te le dirai. Mais pas maintenant.

— D'accord.

Je n'allais pas mentir. J'étais un peu déçue. Cela me semblait être un moment opportun. Nous étions tranquilles et au chaud, et il faisait sombre. Mais Ben n'était pas prêt. Je me dis que je devais respecter son choix.

— Repose-toi, bébé.

Il me serra fort, comme s'il avait vraiment peur que je parte.

Je fermai les yeux, me pelotonnai contre son corps chaud, et essayai de ne pas m'inquiéter de ce que l'avenir pourrait me réserver.

En quelques minutes, il respirait profondément contre ma peau dans ma nuque, et je compris qu'il s'était déjà endormi. Je ne pus m'empêcher de me rappeler toutes ces fois où il m'avait dit qu'il avait du mal à trouver le sommeil, et un sourire s'afficha sur ma bouche. Il dormait. Mon bébé. Je repliai mes jambes pour me mettre à l'aise et le laissai s'emparer de moi.

11

Emmy

Le matin, Ben me réveilla en déposant de doux baisers le long de ma cuisse. J'ouvris les yeux en les plissant et le découvris au-dessus de la partie inférieure de mon corps. Il porta ma jambe à sa bouche et embrassa tour à tour mon mollet, ma cheville et ma plante de pied.

— Bonjour, murmurai-je en étirant mes bras au-dessus de ma tête.

Son parfum imprégnait toujours ma peau et j'étais délicieusement courbaturée.

— Qu'est-ce que tu es sexy le matin, dit-il avec une voix enrouée par le sommeil.

Je me mis à rire en le regardant appliquer de petits baisers sur le dessus de mon pied et mes orteils. C'était une bien agréable façon d'être réveillée. Je me sentais honorée, jolie et très désirée.

Il gardait son regard rivé sur le mien et le désir dans ses yeux fit papillonner mon ventre. Ses dents mordillèrent mon cou-de-pied et mes rires disparurent de mes lèvres quand le désir emplit mon organisme presque instantanément. Des souvenirs de la nuit me passaient par la tête alors que je regardais la bouche de Ben se déplacer sur ma peau. Il remonta le long du bas de ma jambe en m'embrassant, s'attardant brièvement à l'arrière de mon genou. Son souffle me chatouilla, alors je me tortillai dans le lit, anticipant déjà sa prochaine destination. Il mordit délicatement la chair à l'intérieur de ma cuisse et mon sexe se contracta. Relevant mon T-shirt, ses doigts accrochèrent ma culotte et il la tira le long de mes jambes. Je passai mon haut par-dessus ma tête et le jetai près du lit tandis que Ben enlevait son boxer. Je remarquai que le réveil indiquait sept heures dix. Il avait un essayage à huit heures.

— Tu dois être chez Versace à huit heures.

— Oui, mais j'ai d'abord besoin de prendre un petit déjeuner, et ce petit minou me supplie de le goûter depuis trop longtemps.

Il se remit à mordiller l'intérieur de ma cuisse et mes protestations s'envolèrent. Il déposa un tendre baiser en haut de mon pubis et commença à redescendre. Je ne m'étais jamais sentie aussi aimée, si intensément vénérée.

Ce sentiment était addictif. Je pouvais sentir son souffle chaud, sa barbe rase qui frottait le long de mes cuisses. Sans aucune précipitation, Ben continua à m'embrasser lentement partout. Je me tortillai sur le matelas, prête à ce que sa bouche me couvre. Il attrapa mes hanches pour me maintenir en place et rit doucement contre ma peau.

— Tiens-toi tranquille, vilaine petite créature.

Sa langue me caressait langoureusement, me goûtait, me torturait avec sa lente exploration. Je passai mes doigts dans ses cheveux en gémissant, luttant contre l'envie de le tirer vers moi.

Ben respecta sa promesse qui disait qu'il excellait à l'oral. Sa bouche chaude me recouvrit, me suça légèrement en faisant tourner sa langue sur ma peau sensible selon un schéma hypnotique. Peu de temps après, mon monde explosait de plaisir et je palpitais contre lui, serrant les draps dans mes mains alors que je jouissais.

Il se dressa sur ses genoux, les lèvres roses et gonflées après avoir pris d'assaut mes parties intimes. Il était super sexy. Sa main saisit son érection ardente et il se caressa lentement, en continuant à me regarder. Mon corps tremblait toujours sous l'effet de mon orgasme intense quand Ben se positionna contre moi. J'appuyai mes genoux contre ses fesses et cambrai le dos pour le forcer à venir plus profondément. Son gros manche m'envahit, m'entrouvrant et me faisant gémir.

Un râle grave sortit de sa gorge.

— Putain, qu'est-ce que j'aime ton corps. Je ne m'en lasserai jamais.

Mes parois se resserrèrent autour de lui et je m'agrippai à ses épaules. Ben me pilonna sans se retirer pour se rapprocher de la délivrance. Il attrapa mes poignets et maintint mes mains au-dessus de ma tête tandis que nos corps se rejoignaient dans un rythme frénétique. Il lâcha une main pour s'accrocher à mes fesses, me soulevant pour que je profite pleinement de ces mouvements. Il me pénétra alors dans un abandon sauvage, les yeux fermés et le front appuyé contre le mien. Nos bouches se frôlaient, les lèvres entrouvertes pour laisser passer nos respirations lourdes.

Même si nous ne nous connaissions que depuis peu de temps, nous étions plus proches que deux personnes avaient le droit de l'être. Mais je m'en fichais, je ne voulais pas chercher trop d'explication pour savoir pourquoi j'avais craqué ainsi. Tout ce que je savais, c'est que j'avais craqué. Et que Ben semblait craquer pour moi, lui aussi.

— Emmy… gémit-il dans un soupir. Je ne tiens plus, bébé.

— En moi, soufflai-je. Jouis en moi.

Il saisit mes fesses, capturant ma bouche avec la sienne, et m'embrassa langoureusement alors qu'il explosait en moi.

— Oh merde. Tu es trop, ma beauté.

Ben m'embrassa sur le front, puis se retira pour s'allonger près de moi.

Mon cœur battant la chamade gonfla en entendant ses paroles. Je me demandais constamment ce qu'il pensait de moi, de mon physique, et j'étais toujours nerveuse à l'idée de ne pas être à la hauteur, mais cette petite déclaration aida beaucoup à calmer mes inquiétudes. Ce n'était pas grand-chose, mais l'entendre m'appeler sa « beauté » était important. Sa main était posée sur ma hanche, et même si je mourais d'envie de me retourner pour me pelotonner contre son corps puissant et chaud, je savais que nous allions être en retard et n'avions pas le temps de nous câliner. Je m'assis et tirai la couverture sur mes seins. Je n'étais pas tout à fait à l'aise avec le fait que Ben voie mon corps, surtout à la lumière crue du matin.

Il me regarda, ses yeux se promenant sur la peau nue de mes épaules, avec l'air sombre et avide que mon corps semblait déjà connaître. Mon estomac choisit ce moment précis pour gargouiller bruyamment et rompre le silence.

Ben sourit légèrement ;

— Je suis désolé, je n'ai pas le temps de t'amener prendre un vrai petit déjeuner.

— Selon ta conception du petit déjeuner ou la mienne ? Je rêve de la cuisine de ma mère. Des gâteaux secs et du jus de viande, des œufs, et des pancakes maison aux noix de pécan.

Il se mit à rire.

— Hmm. Il faudra que je voie d'où tu viens un jour. Je ne peux pas continuer à dire que je n'ai jamais pris un vrai petit déjeuner du Sud.

J'aimais l'idée d'amener Ben au Tennessee.

— Oui, enfin, des vitamines et un smoothie vert ne comptent pas vraiment comme un vrai petit déjeuner là d'où je viens.

Ben rit doucement.

— Fiona a de bonnes intentions, Emmy. Vraiment.

Mon sourcil dressé lui indiqua que je n'étais pas d'accord.

— Cela fait longtemps que je suis avec elle. J'aimerais m'assurer que vous vous entendez bien.

— Je suis presque sûre qu'elle me déteste, marmonnai-je.

— Hmm.

Il y réfléchit sans me contredire.

— Elle veut juste me protéger, ajouta-t-il en se grattant la nuque. Et les choses n'iront certainement pas en s'arrangeant une fois qu'elle saura qu'on se voit.

Oh, je *voyais* Ben Shaw maintenant. Qu'était-il arrivé au fait d'avoir des rencards, savoir où on en était, avec qui on sortait… tant qu'on était exclusifs ? Ellie et moi nous plaignions souvent de ça. De nos jours, vous aviez des types *à qui vous parliez*, *que vous voyiez*, ou *avec qui vous sortiez occasionnellement*, ou encore, dans le cas de Ben et moi, *avec qui vous aviez des rapports sexuels époustouflants*. Mais je n'osai pas l'interroger sur ce qu'il y avait entre nous. Parce que, soyons sérieux, si c'était tout ce qu'il avait à m'offrir, je l'aurais pris de toute façon. Je ne posai aucune question. J'étais déjà allée trop loin. Je ne pouvais pas revenir en arrière.

Les hommes comme Ben n'ont pas de relation traditionnelle. Malgré toutes mes recherches sur Google, je n'avais découvert aucune trace d'une ancienne petite amie. Peut-être qu'il gardait sa vie privée privée ; mais tout de même, voyager autour du monde n'était pas vraiment compatible avec le fait d'entretenir une relation suivie. Sans évoquer le fait qu'il y avait des filles qui se jetaient à ses pieds tous les jours. Pourquoi aurait-il besoin de s'embêter avec une relation sérieuse ? Il pouvait coucher quand il le voulait, sans conditions, sans histoires. Le beurre et l'argent du beurre, comme aurait dit ma mère.

Je n'étais pas comme lui. Je savais que je voulais plus. Je voulais tout : un petit ami impliqué, monogame, et au final un mariage, deux enfants et une maison dans le Tennessee, et de préférence, pas trop loin de mes parents. Mais je pouvais profiter de mon temps avec Ben et m'inquiéter de mon avenir plus tard. Je choisissais de vivre l'instant présent. Et il y avait un homme à moitié nu très appétissant devant moi. C'était impossible. Tous les doutes et les incertitudes s'échappèrent de mon cerveau.

— Ben, on devrait garder ça pour nous. Fiona n'a pas besoin d'être au courant.

Il me regarda d'un air songeur en caressant ma cuisse du bout des doigts.

J'arrivais à peine à imaginer comment elle me traiterait si elle découvrait la vérité pour Ben et moi.

Il passa une main dans ses cheveux en bataille en jurant à voix basse.

— Tu as peut-être raison.

Au moins, il n'était pas assez aveuglé par Fiona pour ne pas s'en rendre compte.

— Mais je ne veux pas avoir à me cacher. Je trouverai un moyen de discuter avec elle.

J'avais envie de lui dire de ne pas s'embêter, mais ça me plaisait qu'il veuille lui parler de nous… de ce qu'il y avait entre nous, quoi que ce soit. Mais peut-être que j'y apportais trop d'importance. Ce n'était pas un geste chevaleresque ou romantique. Il ne voulait simplement pas avoir à se cacher pendant les trois prochains mois.

Ben repoussa mes mèches tombantes de mon visage.

— Et à propos de ce que tu m'as demandé hier… on en discutera ce soir, d'accord ?

Sa grosse main chaude se posa sur ma joue.

— Je n'ai pas oublié, ajouta-t-il.

La conversation que nous avions eue dans le noir et à voix basse la veille me revint soudain : son état émotionnel à vif, le meuble de salle de bains plein de boîtes de médicaments, l'avertissement de Gunnar, le côté possessif de Fiona. Tout cela me frappa comme une vague.

À ce rythme, la dépression nerveuse me guettait. Mais j'étais incapable d'arrêter ce train effréné qui me transportait tout droit vers la destruction. En fait, je prenais même un billet express. J'acquiesçai en enfilant mon haut et laissant le drap tomber une fois que je fus couverte.

Je savais qu'il serait occupé toute la journée avec des essayages et des réunions.

— File, le chassai-je du lit, sachant qu'il était déjà en retard. Je sortirai toute seule.

Il déposa un léger baiser sur mes lèvres, puis se leva du lit. J'enfilai ma culotte et mon jean alors que Ben se dirigeait vers la douche. Retour à la réalité.

12

Emmy

Après une bonne douche chaude de retour à ma chambre et mon habituel petit déjeuner avec café et croissant, je me connectai pour vérifier mes mails. L'avantage que Fiona était dans une chambre séparée, c'était que son mode de communication habituel (les messages sur les Post-it) se réduisait aux e-mails. Il n'y avait qu'un message, envoyé à une heure du matin. *Merde.*

Je fixai le mail incriminé sans l'ouvrir en buvant mon café. Je me demandai si elle avait commenté la soirée de la veille. J'avais eu le culot de me pointer au repas d'anniversaire de Ben, puis de kidnapper l'invité d'honneur juste sous son nez. À quoi avais-je pensé ? Fiona était ma patronne. Elle pouvait me virer et m'envoyer promener selon son bon vouloir. Et alors, que dirais-je à ma mère ? Que j'avais été virée parce que j'avais couché avec l'un des mannequins ? Mon Dieu, c'était inimaginable. J'en frissonnai.

En ouvrant le mail de Fiona, je poussai un soupir de soulagement. Son message me demandait de la rejoindre à onze heures dans les locaux d'Yves Saint Laurent dans le VIIIe arrondissement, près des Champs-Élysées.

Je savais que la Fashion Week commençait dans seulement quelques semaines, ce qui signifiait que notre emploi du temps allait devenir complètement fou. Lorsque j'arrivai dans le bâtiment en pierre calcaire, je découvris une jolie et jeune réceptionniste assise devant un bureau en marbre poli. Ses lèvres étaient couvertes de rouge YSL, et ses cheveux attachés en un chignon brillant.

— Bonjour, me salua-t-elle en français avec un très joli accent féminin.

Super. Même la réceptionniste me mettait mal à l'aise.

— Bonjour, répliquai-je en anglais en m'arrêtant devant son bureau. Euh, je fais partie de l'agence Status Model Management. Je suis censée avoir rendez-vous avec Fiona Stone, marmonnai-je en priant pour qu'elle parle ma langue.

— Oui, par ici.

Elle se leva sur des chaussures en cuir noires à talons dangereusement hauts (mais très chics) et me montra le chemin dans le couloir.

De chaque côté se trouvaient des mecs qui devaient être là pour le casting pour le défilé. Certains étaient assis par terre, d'autres debout, plusieurs jouaient avec leur téléphone, tandis que les autres discutaient tranquillement avec les types à côté d'eux.

Je poussai la lourde porte alors que la réceptionniste repartait vers l'entrée. En dehors de la rangée de chaises installées face à l'avant de la pièce blanche, elle était vide. Je repérai immédiatement Fiona, assise avec un petit groupe de stylistes. Je m'en approchai prudemment, me maudissant de ne pas m'être mieux habillée.

Je portais un pantalon en toile kaki tout simple, des ballerines bien pratiques et un chemisier blanc avec un gilet en laine bleu marine. En gros, Fiona allait avoir une crise cardiaque en me voyant. Mais je m'en fichais. J'avais du boulot, et j'étais à l'aise.

Je m'approchai de ma patronne. Un mannequin homme sortit de derrière un rideau tendu à travers le fond de la salle et commença à défiler pour les stylistes. Il avançait en se pavanant, le regard noir. Sa démarche était parfaite : froide, calculée, sans ciller. Il marqua une pause, puis se retourna et repartit derrière le rideau. Aujourd'hui avait lieu le casting de nos gars, ainsi que les essayages pour ceux qui avaient déjà été choisis pour le défilé. Je me glissai sur la chaise derrière Fiona. Elle se retourna instantanément et me jaugea avec un soupir critique, en secouant la tête avec une mine désapprobatrice. *Ça commence bien.*

Nous regardâmes plusieurs autres garçons sortir et défiler pour le groupe de dirigeants d'Yves Saint Laurent. Je fis de mon mieux pour passer à chaque fois rapidement à Fiona le composite correspondant au mannequin annoncé. J'avais imprimé tous les books ce matin et les avais rangés dans un classeur, en choisissant nos plus jeunes mannequins aux traits sombres et aux regards intenses pour correspondre aux critères YSL. Même si je me plaignais beaucoup de Fiona, j'adorais mon travail et étais très fière de ce que je faisais.

John Paul qui faisait partie de notre agence, tout juste dix-neuf ans et débutant sa carrière dans ce monde fou, fut le suivant à sortir, beau à tomber dans un costume à fines rayures sur mesure qui lui allait à la perfection.

— Marche citadine, chéri, le corrigea Fiona d'une voix traînante.

Sa démarche était trop exagérée, il remuait trop les hanches. J'avais appris que « marche citadine » voulait dire marcher aussi naturellement que si vous étiez dans la rue, sans poser, sans avoir les mains sur les hanches. Chaque couturier avait sa démarche préférée. Versace était connu pour vouloir une démarche et une attitude assurées, mais apparemment, le style plus classique des gens d'YSL cherchait une élégance discrète. John Paul redressa les épaules et marcha naturellement jusqu'au centre de la pièce avant de faire demi-tour et se diriger vers le rideau.

Le styliste assis près de Fiona prenait des notes sur son iPad. Je me demandai s'il avait déjà défilé ou pas. De petits détails comme la manière de bouger ses hanches quand on marchait étaient si importants dans ce domaine. C'était un monde impitoyable. Si la démarche des mannequins créait l'ambiance du défilé, tout reposait sur les vêtements. Alors les critiques de mode écriraient des articles sur les grandes tendances, des commandes seraient passées, et l'année suivante, nous porterions tous des pièces inspirées par ces défilés. C'était fascinant, réellement.

Je ne m'attendais pas à ce que Ben soit là, mais l'assistant de production annonça « Ben Shaw » avec le plus adorable des accents français. Mes yeux bondirent vers l'avant de la salle.

Ben sortit de derrière le rideau comme s'il était le propriétaire des lieux et avança sur le podium d'un air déterminé. Il regardait droit devant lui et n'avait aucun contact visuel avec qui que ce soit. Mes lèvres esquissèrent un sourire. Il était irrésistiblement beau, vêtu de la tête aux pieds de vêtements haute couture. Un manteau de laine gris court pour l'automne, associé à un pantalon noir ajusté. Oh waouh. C'était le sexe incarné. Je n'arrivais pas à croire que c'était le même homme que celui avec qui j'avais passé la nuit. Le même homme qui m'avait proposé d'un ton endormi de me faire l'amour pour le petit déjeuner. C'était la perfection absolue. Ben était un professionnel, sa démarche était puissante et assurée, son regard projeté au loin, concentré et sûr. Contrairement aux gars qui étaient nerveux ou dissipés, et dont les regards se détournaient pour vérifier les réactions alors qu'ils défilaient, Ben était extrêmement confiant, fixait droit devant lui et ne laissait rien se dresser sur son passage. Il donnait l'impression d'être en position de force. Et super sexy.

Ses yeux croisèrent les miens et un petit sourire illumina son visage. Ma température corporelle monta de plusieurs degrés. Un instant plus tard, Ben se retourna et disparut derrière le rideau blanc qui dissimulait la petite zone où les mannequins se changeaient. Mon téléphone vibra dans ma poche, et même si je savais que je n'aurais pas dû me laisser distraire de mon travail, je le sortis pour voir qui m'envoyait un message.

À ma grande surprise, c'était Ben.

Ben : Je ne peux pas m'arrêter de penser à ton goût délicieux.

Mes joues rougirent et s'enflammèrent alors que je cachais mon téléphone et jetais un coup d'œil autour de moi. Personne ne faisait attention à moi, mais peu importait : il ne pouvait simplement pas m'envoyer ce genre de message. Nous étions au travail.

Ben : Viens par ici, bébé. J'ai envie de ce joli minou.

Merde ! Était-il fou ?

Moi : Hors de question ! Tu vas nous causer des problèmes à tous les deux. Va te changer et mettre ta prochaine tenue.
Ben : Juste un petit coup.

J'aurais dû taper « non », en étant ferme et résolue, mais au lieu de cela, je répondis : *Plus tard.*

Mon cœur tambourinait contre mes côtes alors que je regardais mon téléphone en attendant sa réponse. J'étais abasourdie par les choses qu'il m'avait écrites. Mais, intérieurement, j'appréciais son langage grossier. Heureusement, mon téléphone resta silencieux.

Quelques secondes plus tard, Fiona sortit son smartphone de son sac et répondit à voix haute, interrompant le pauvre mannequin qui défilait pour elle et les représentants YSL. Fiona mit sa main près du micro de son téléphone et essaya d'avoir une conversation privée dans cette salle pas du tout privée.

— Je ne peux pas venir tout de suite, mon chou, dit-elle en soupirant. Tu as dormi cette nuit ? Hmm… tu as attrapé quelque chose ?

Elle écouta un moment, puis ajouta :

— Attends. Je t'envoie Emmy.

Fiona se tourna vers moi en rangeant son téléphone dans son immense sac.

— C'est Ben. Il n'est pas en forme. Il n'est pas du matin.

Je ne fis pas remarquer qu'il était déjà plus de onze heures, et me contentai d'acquiescer.

— Apportez-lui un antalgique et de l'eau, chérie.

Elle me chassa d'un geste dédaigneux de la main.

— Bien sûr.

Je me levai en un bond, attrapai mon sac et me dirigeai derrière le rideau, prête à lui faire connaître le fond de mes pensées. C'était un stratagème pour me faire venir, et il utilisait Fiona à ses fins. Il allait nous apporter des problèmes. Je ne savais pas si je devais être furieuse, énervée, excitée ou en feu.

Quand je le repérai, il se tenait tranquillement debout près du fond, les yeux déjà rivés sur les miens. Ses sourcils se levèrent et ses yeux parcoururent audacieusement mon corps et s'arrêtèrent sur ma poitrine. Il souriait très légèrement. Les muscles de mon sexe se contractèrent. Cela répondait à ma question. Mais bon sang, nous ne pouvions pas faire ça ici ? Avait-il perdu la tête ?

Je m'approchai de lui, mais m'arrêtai hors de sa portée.

— On ne peut pas faire ça, Ben. Fiona me virera aussitôt et je me retrouverai dans le prochain avion pour New York…

— Ça n'arrivera jamais.

Son ton autoritaire et détendu noua mon estomac.

Ben

Emmy avait un look très sage dans son pantalon kaki moulant et son chemisier. Cela me donna envie de la dévergonder et montrer qu'elle venait de se faire baiser ardemment. Qu'elle appartenait à quelqu'un. C'était tordu, je sais.

Je n'avais jamais vraiment pensé que je pouvais être avec une fille normale. Elles me voulaient toutes pour ma notoriété, pour ce qu'elles voyaient à l'extérieur. Le top model qu'elles pensaient que j'étais. Je n'avais pas l'impression d'être ce mec-là. C'est pour ça que j'aimais le fait qu'Emmy semblait voir au-delà de cette image. En partie parce que je l'avais laissée lire en moi… je lui avais raconté des choses que je dévoilais rarement. Des choses que seule Fiona connaissait. J'avais fréquenté assez de femmes pour savoir que l'effet que me faisait Emmy était différent.

Bien sûr, j'avais des besoins physiques et je les satisfaisais, mais je n'avais jamais été assez stupide pour croire qu'il y avait de l'amour dans leurs yeux quand elles me regardaient. Certaines exprimaient leur dévotion, juraient qu'elles m'aimaient, mais je me demandais toujours si elles étaient capables de voir au-delà des vêtements de marques de luxe. Emmy voyait à travers tout ça et atteignait directement ma vraie personnalité. Elle était franche avec moi et exprimait toute son humanité et son authenticité. Elle m'avait poussé à être plus ouvert, avait pris soin de moi pendant et en dehors du travail, m'avait défendu juste parce que c'était la bonne chose à faire. Elle croyait ouvertement que la Terre était un endroit agréable et qu'on pouvait faire confiance aux gens.

C'était rafraîchissant, surtout dans ce monde-là. Elle n'allait pas changer simplement parce qu'elle avait obtenu un boulot dans un milieu où l'apparence était essentielle. D'après ce que j'avais vu, elle était du genre à rester fidèle à elle-même. Je réalisais de manière absolument évidente que je la respectais profondément. Je m'avançai vers elle, réduisant la distance qu'elle avait laissée intentionnellement entre nous.

— Tu me fais confiance ?

Je me souvenais encore de son odeur, de son goût, des petits gémissements qu'elle avait émis la nuit précédente. Elle était trop bonne et j'en voulais plus. Elle déglutit, visiblement troublée, mais fit un petit signe approbateur de la tête. Cela me suffisait. Je pris sa main et l'amenai derrière la séparation qui délimitait une petite zone pour se changer. Un collègue était en train de boutonner sa chemise. Quand je lui jetai un regard qui disait clairement : « Dégage de là », il comprit très vite et s'en alla précipitamment. Il était intelligent. Parce que j'étais à trois secondes de descendre la culotte d'Emmy sur ses chevilles, et personne ne verrait son petit minou lisse à part moi. J'avais envie de la sentir, de la goûter, de la dévorer. Jamais aucune fille ne m'avait subjugué comme ça. Il fallait que je la prenne. Je vis sur son visage un mélange de panique et de curiosité. Elle crispa sa mâchoire, enfonçant ses dents dans sa lèvre inférieure, et plongea ses yeux dans les miens. Elle me faisait confiance. Je le voyais. Mais elle se demandait avec inquiétude jusqu'où j'allais la pousser.

Je l'aurais trahie si j'avais fait quelque chose qu'elle n'était pas sûre de vouloir. Elle prenait son boulot très au sérieux, et moi, je l'avais attirée ici pour du sexe. Mince. Mon matos bien dur devrait attendre. *Désolé, mon pote.*

— Plus tard, d'accord. Tu m'appartiens.

Quand elle leva les yeux vers les miens, je lus le soulagement sur son visage.

— Oui, confirma-t-elle. Plus tard.

Cette promesse devrait suffire à me faire tenir les prochaines heures.

13

Emmy

Il était huit heures quand je rentrai à l'hôtel, et j'étais épuisée. Mon corps luttait contre cet emploi du temps européen, et les requêtes ridicules de Fiona n'arrêtaient pas de me faire courir. Mais un message de Ben me disait de venir directement dans sa chambre et de venir affamée.

Quand j'arrivai à sa porte, il déposa un tendre baiser sur mes lèvres et m'attira à l'intérieur.

— J'ai écouté le CD que tu m'as offert.

— Et ?

— J'ai adoré. Merci.

Il m'embrassa chastement sur le front avec une expression de reconnaissance sincère.

Je sentis qu'il me montrait là une nouvelle facette, un Ben plus doux, plus délicat, et je l'aimais beaucoup. Je ne savais pas ce qui avait changé entre nous, mais il me laissait clairement entrer dans son monde.

Je remarquai un chariot de service d'étage avec différents plats couverts de cloches en argent.

— Un petit déjeuner au lit, ça te va ? me demanda-t-il.

— Un petit déjeuner ? Pour le dîner ?

J'adorais l'idée, mais c'était plutôt inhabituel.

— Puisque je n'ai pas pu t'amener prendre un petit déj' comme tu le voulais ce matin.

Je ne l'avais pas réalisé avant, mais maintenant que je

sentais la nourriture, j'avais une faim de loup. Ben souleva les couvre-plats, et ma bouche commença à saliver. Des gaufres dorées saupoudrées de sucre glace et recouvertes d'une compote de fruits rouges, des omelettes mousseuses au fromage de chèvre et aux champignons avec un filet d'huile de truffe, de gros morceaux de jambon et une salade verte à côté. Cela n'avait rien à voir avec un petit déjeuner campagnard et c'était presque trop joli et élégant pour être mangé, mais c'était parfait.

— Ça a l'air délicieux, merci.

— Vas-y.

— Tu n'avais pas à faire tout ça…

Je voulais lui rappeler qu'il avait affirmé que c'était uniquement sexuel entre nous, mais je ne le fis pas. J'en étais incapable.

— Il faut que tu recharges tes batteries pour ce que je veux te faire ce soir.

Ses yeux s'attardèrent sur les miens.

Oh. Ce n'était donc pas un geste romantique. C'était juste pour le sexe. Je me servis. Autant profiter du repas.

Nous remplîmes nos assiettes en prenant un peu de tout, puis nous nous installâmes sur le lit. Ben alluma la télé et mit une émission d'actualités françaises pour avoir un bruit de fond pendant que nous mangions. C'était relaxant et si normal… parfait.

Nous parlâmes de sujets anodins pendant le repas, et Ben me posa des questions sur l'université. Il semblait sincèrement intéressé et admit qu'il avait toujours voulu aller à l'université, mais Fiona avait estimé que cela ralentirait sa carrière. L'argent et l'exposition médiatique maintenant, les études plus tard. Même si je pouvais comprendre son raisonnement, cela me rendait triste pour lui.

Nous n'abordâmes pas la conversation que je voulais vraiment avoir, à propos de ses médicaments. J'avais déjà posé la question une fois ; je ne voulais pas le forcer. Il m'en parlerait quand il serait prêt. Il fallait que j'y croie. Ben débarrassa la vaisselle et s'étendit sur le lit près de moi. J'étais à l'aise, repue et détendue dans le linge blanc et moelleux. Ben prit mon pied nu pour le poser sur ses genoux et se mit à le caresser indolemment. La sensation était fantastique. Je laissai mes yeux se fermer, et le coma de la digestion s'installer.

— Merci pour le petit déjeuner. Ça n'avait rien à voir avec la cuisine maison d'où je viens, mais… (Je souris.) C'était délicieux. Peut-être que tu devrais venir avec moi dans le Tennessee un jour.

Son front se plissa.

Ben

— Je veux être franc avec toi.

Elle leva les yeux vers les miens. Mon Dieu, elle était si douce que je me sentais presque mal. Presque. Mais je savais ce que je voulais et les plaisirs que je pouvais lui faire connaître. Je ne laisserais rien compliquer ça. Si elle parlait de m'amener au Tennessee, nous n'étions clairement pas sur la même longueur d'onde.

— Emmy, je ne cherche pas une relation sérieuse. Je suis seul depuis trop longtemps ; j'y ai pris goût.

— Ça ne veut pas dire que ça doit rester comme ça, dit-elle d'une voix faible avant de baisser les yeux.

Elle voulait me défier, mais semblait réticente à me bousculer. Elle voulait que ce soit mon choix. Mais je savais bien ce que je voulais.

Avec deux doigts, je levai son menton pour la forcer à me regarder dans les yeux.

— Je sais. Mais j'aime cette situation. Où je n'ai à m'inquiéter que de ma personne.

Emmy patientait, ses yeux dans les miens, attendant de voir ce que je dirais ensuite.

Si j'avais été intelligent, je l'aurais repoussée aussitôt. Je lui aurais sorti mon histoire, mon passé tordu, et tout ce que j'avais fait merder. Cela l'aurait fait fuir. Mais quelque chose en moi s'y refusait. Je refusais. J'avais tellement envie d'elle.

Cette fille gentille à la voix douce qui était bien trop normale et gentille pour moi. Je la voulais. Et ce n'était pas uniquement physique. Je ne pouvais pas mentir ; pénétrer son corps tendre bien profondément était vraiment génial, et pourtant, si j'étais honnête, ce n'était pas tout ce que je voulais. Mais, comme je me refusais à bousiller à la fois son corps et son esprit, je devais lui rappeler que c'était purement sexuel.

Je persévérai puisqu'il fallait que je brise ses rêves d'avoir plus.

— Est-ce que ce qu'on partage actuellement est si désagréable ? demandai-je, en affichant un sourire en coin.

Elle cligna légèrement les yeux en me regardant, comme si elle voulait riposter, me dire que je me trompais, que ça pourrait marcher si seulement j'essayais. Mais elle méritait mieux… un petit ami convenable qui la chérirait, et ne la cacherait pas du reste du monde dans une chambre d'hôtel.

— Ben… commença-t-elle.

Je portai mon doigt à ses lèvres pour la faire taire.

— Je suis juste incapable de te donner tout ce dont tu as besoin.

Elle prit ma main et la serra dans la sienne, comme pour me dire : « Tu te trompes ».

Ma poitrine palpita. Elle me regardait comme si j'étais quelqu'un de bien, entier et dont elle voulait prendre soin. Je ne la repousserais pas, tant qu'elle savait ce qu'elle aurait et ce qu'elle n'aurait pas.

— Je ne sais pas où je vivrai dans quelques mois. La tentation est constante dans ce monde. Ne complique pas les choses, Emmy. C'est deux mois et demi. Laisse-toi aller et être à moi.

Elle hésita.

— Bébé, tu es constamment dans ma tête, ajoutai-je. Il n'y a personne d'autre. Allez… Laisse-moi te posséder comme je le souhaite si ardemment. Je te promets que tu ne le regretteras pas.

Emmy

Laisse-moi te posséder. Les paroles de Ben résonnaient dans ma tête pendant que ses yeux attendrissants restaient fixés sur les miens. Pouvais-je faire ça ? Pouvais-je lui donner les clés de mon corps et pas celles de mon cœur ? Je me rendis compte avec un certain choc qu'il était comme ça… il avait grandi comme ça. Il avait regardé sa mère passer avec une ribambelle d'hommes, et pour lui, c'était la norme. Bouger tout le temps, ne pouvoir compter que sur soi-même. Il avait appris à satisfaire ses besoins physiques avec la personne qui passait par là, sans jamais trop s'attacher, conscient qu'il finirait par repartir.

À l'opposé, mes parents étaient amoureux depuis le lycée. J'étais presque sûre qu'ils n'avaient jamais été intimes avec quelqu'un d'autre… et pourtant, je savais qu'ils ne regrettaient rien. Ils étaient toujours profondément amoureux après toutes ces années.

La détermination dans ses yeux, sa conviction d'être mieux seul, me brisa le cœur.

J'essayais de ne pas trop interpréter tout ça. Il avait dit qu'il restait deux mois et demi, rien que pour le sexe. Mais à chaque fois qu'il disait ou faisait quelque chose de gentil, comme ce petit déjeuner, ou le fait de s'ouvrir à moi, ou d'insister pour que je passe la nuit dans son lit, mon cœur était déconcerté. Je savais que c'était stupide et que je prenais mes désirs pour des réalités, mais peut-être qu'il aurait pu y avoir plus. Peut-être que j'aurais pu le faire changer d'avis à propos de l'engagement. C'était probablement idiot, mais mon cerveau s'accrochait tout de même à cet espoir. Toutes les filles n'attendent-elles pas de rencontrer le Prince charmant et de vivre une romance de conte de fées ? Peut-être que c'était ma chance. Je ne pouvais pas abandonner.

— Merci pour le dîner, murmurai-je, déterminée à me détendre et m'amuser, malgré sa position décevante concernant les relations sérieuses.

— Quand tu veux, beauté.

À chaque fois qu'il m'appelait « beauté », mon cœur manquait un battement. Je ne savais plus où me mettre, comme si j'avais de nouveau quinze ans et que j'essayais d'attirer l'attention du beau gosse de la classe. Heureusement, d'une manière ou d'une autre, il semblait que j'avais déjà capté toute son attention et même son adoration. Ses pouces caressaient ma plante de pied et ses yeux étaient rivés sur les miens.

— C'est agréable ? me demanda-t-il, en appuyant ses poings fermement sur ma voûte plantaire.

« Agréable » n'était pas assez fort. Après avoir marché toute la journée avec des chaussures plates qui ne m'avaient apporté aucun soulagement et m'avaient serré les pieds, c'était le paradis.

— Je suis trop fan. Je suis « tran », même.

Il haussa un sourcil.

— Vous inventez de nouveaux mots, mademoiselle Clarke ?

Je souris et acquiesçai timidement.

— Je vais appeler le Webster, dit-il. On le fera ajouter au dictionnaire.

Son espièglerie aurait dû détendre l'atmosphère, mais j'étais préoccupée. Il continua à me masser les pieds en silence pendant plusieurs minutes avant de les poser délicatement au bout du lit et me rejoindre, en s'appuyant contre la tête de lit. Il ne croisa pas mes yeux et se contenta de fixer droit devant.

— Je prends des médicaments contre l'anxiété et l'insomnie, et aussi quelques somnifères. J'ai des problèmes de sommeil depuis que je suis petit. Et les anxiolytiques m'aident pour ça. Je n'aime pas prendre les somnifères. Ils me donnent l'impression d'être un zombie.

J'acquiesçai légèrement et attendis qu'il continue.

— Je n'ai pas vraiment eu une enfance traditionnelle.

C'était bien le moins qu'on puisse dire. Sa mère était une célébrité et ils avaient vécu partout dans le monde. Je savais qu'au lieu d'aller à l'école il avait eu un tuteur privé qui voyageait avec eux.

— J'avais l'habitude de rester éveillé tard le soir pour veiller sur ma mère quand elle faisait la fête. J'ai pris l'habitude de forcer mes paupières à rester ouvertes et faire tout mon possible pour rester éveillé. J'étais convaincu que quelque chose de mauvais arriverait si je m'endormais. C'était une peur enfantine stupide, vraiment. Mais il était courant que je la trouve le matin et regrette de ne pas être resté debout pour veiller sur elle.

Son enfance avait été si différente de la mienne. Au lieu de passer ses journées à grimper dans les arbres et attraper des grenouilles, et ses soirées à construire des châteaux d'oreillers, Ben avait surveillé sa mère. Cela me brisa le cœur. Je compris alors que l'intensité de son regard était en partie due à ces expériences, tout comme cette méfiance pour s'ouvrir et s'engager dans une relation sérieuse. Mais il partageait ça avec moi, et cela signifiait forcément quelque chose.

Ben prit une profonde inspiration et souffla lentement. Je serrai doucement sa main pour l'encourager à poursuivre.

— Je la découvrais le matin, malade, avec la gueule de bois, alors qu'elle avait vomi sur ses cheveux et que son mascara avait coulé sous ses yeux, ou pire, je la trouvais inconsciente par terre. Le sommeil était devenu mon ennemi. Et même aujourd'hui, je ne sais pas pourquoi c'est toujours comme ça depuis toutes ces années… Mon emploi du temps très chargé avec tous ces voyages, les décalages horaires, le stress lié au travail, trouve l'explication que tu veux. Je pense que les vieilles habitudes ont la vie dure, parce que je n'arrive toujours pas à dormir.

Je repensai aux fois où j'avais vu Ben en studio et à cette intensité dure dans ses yeux. Son regard d'acier n'était pas dû à des heures d'entraînement devant un miroir, mais plutôt à une vie triste et solitaire dépourvue d'amour. Comment était-ce possible que personne n'ait fait ressentir à cet homme qu'il était aimé et chéri ?

Il haussa les épaules en baissant les yeux.

— Je ne suis probablement pas le mec que tu pensais.

J'attrapai ses mains et les serrai.

— Non.

Il leva les yeux vers les miens.

— Tu es mieux, repris-je. Tu es doux et généreux, et vachement doué pour les messages cochons.

Et je pouvais facilement m'identifier à une personne qui aimait sa mère.

Il se mit à rire, d'un rire profond qui secouait le ventre et qui résonnait comme de la musique à mes oreilles.

— Le plus fou, c'est que la nuit dernière, je me suis pelotonné contre toi et je me suis endormi. Ça n'arrive jamais. Toutes les nuits, je reste allongé les yeux ouverts pendant des heures. Tu es comme un remède magique.

Je me souvins de la manière dont il m'avait serrée contre sa poitrine et que sa respiration était devenue de plus en plus profonde et régulière tandis qu'il sombrait dans le sommeil. C'était mignon de penser que j'étais une sorte de remède à son insomnie.

Il se pencha vers moi et m'embrassa délicatement.

— Merci.

Ben

Son regard était si sincère, si humble, si bienveillant que je n'avais pas d'autre choix que de m'ouvrir à elle et lui raconter l'entière vérité, aussi sordide qu'elle soit. Même si cela avait dépassé ce qu'elle pouvait supporter, et qu'elle s'était levée et avait quitté ma chambre, je l'aurais accepté. Je n'avais pas arrêté de lui répéter que nous n'étions rien d'autre que deux personnes qui prenaient du bon temps ensemble. Mais l'idée qu'elle puisse partir provoqua une douleur qui se dirigea droit vers ma poitrine. Je ne voulais pas la voir s'éloigner une nouvelle fois.

Je fus soulagée quand elle resta. Elle s'était contentée d'attraper ma main et la serrer.

Emmy était aimante et chaleureuse. Du genre à te préparer une soupe quand tu étais malade. Elle t'apporterait un antidouleur et passerait sa main sur ton front pour voir si tu avais de la fièvre. Elle avait un instinct maternel naturel.

Ce n'était pas comme si j'avais vraiment connu ça. Non, je n'avais pas eu ce genre de mère. J'avais une mère du style fête jusqu'à quatre heures du mat', tapis rouge, jet-set, yacht, rencard fastueux avec un acteur, et qui n'arrivait pas à éviter de se retrouver en photo dans les tabloïds.

Le mode de vie et le style simple et doux d'Emmy m'offraient un changement de rythme agréable. C'était terriblement normal, et je trouvais ça super. Parfois, j'avais un grand besoin de normalité. Surtout parce que ma vie n'avait rien de normal.

J'avais envié ces familles dans les sitcoms que je regardais quand j'étais plus jeune, avec une mère et un père qui vont au travail et rentrent à la maison chaque soir et jouent au ballon dans la cour. Je n'avais jamais connu ça. J'aurais pu parier qu'Emmy, si.

Elle m'avait écouté parler sans m'interrompre, une petite ride se creusant sur son front. Elle ne me jugeait pas, ne me regardait pas comme si j'étais un pauvre con brisé. Et puis, après avoir fait l'amour, elle avait enfilé un de mes T-shirts pendant que nous nous préparions à dormir. J'adorais la voir porter l'un de mes vieux T-shirts. Elle était carrément mieux dedans que moi. Son corps et sa poitrine tendres et voluptueux le remplissaient joliment.

Après avoir grimpé sur le lit, Emmy s'installa face à moi pour me regarder dans les yeux. Son regard n'était pas celui auquel j'étais habitué. Elle plongeait ses yeux au fond des miens d'une manière hypnotique alors que j'écartais les longues mèches de ses cheveux de son visage.

Cet instant était important. Je lui avais dit que ce n'était que physique, et pourtant, même moi, je ne pouvais nier la sensation que c'était plus profond qu'un beau moment post-coïtal entre deux partenaires.

Sans comprendre pourquoi, je ne pouvais détourner le regard. Ses jolis yeux gris étaient écarquillés et continuaient à fixer les miens. Sa peau était rose et éclatante, et une décontraction paisible se répandait sur ses traits. J'aimais l'idée que j'en étais la cause.

J'aimais tout simplement le fait d'être avec elle… même sans sexe. Cette prise de conscience était étrange. Je n'étais pas du genre à avoir des petites amies. Merde, j'avais même rarement des *amis*, point. Mes voyages ne me le permettaient pas. Il y avait des collègues mannequins que je fréquentais et des filles que je baisais. Mais Emmy était plus que ça ; je ne savais pas comment ni même ce que cela voulait dire ; elle était juste plus.

Tout chez elle était spécial et beau. Je ne savais pas ce qui se passait entre nous, mais c'était définitivement un moment particulier. La manière dont ses yeux voyaient tout et lisaient en moi était dingue. Je l'attirai contre ma poitrine et sentis son cœur battre violemment contre le mien.

— Repose-toi, bébé.

Je voulais juste la serrer. Normalement, je voulais que les filles s'en aillent dès que j'avais joui. Mais pas Emmy. Elle pouvait rester avec moi. Elle était chaude et douce, et elle sentait bon. Et elle ne ressentait pas le besoin de remplir le silence avec des bavardages stupides, et j'appréciais clairement cette qualité. C'était bon.

Juste le battement de nos deux cœurs et sa respiration délicate. Cela créait un cadre idéal pour m'endormir. Je n'aurais jamais cru dire ça un jour. Mais cette fille semblait être le remède à mes insomnies.

Emmy

Je me réveillai dans la nuit en ayant trop chaud et ressentant un poids sur moi. Le bras de Ben était étendu sur mon ventre me bloquant près de lui. Je débarrassai mes jambes des couvertures et m'échappai de l'étreinte mortelle dans laquelle Ben m'avait emprisonnée. Je roulai pour m'éloigner de lui, les draps froids procurant une sensation agréable sur ma peau brûlante.

Quand Ben se réveilla légèrement et murmura mon nom, je devinai que quelque chose le perturbait. Le ton affligé dans sa voix me fit l'effet qu'on m'enfonçait un couteau dans le cœur. Il portait un lourd fardeau et j'étais la solution pour le soulager. Je me rapprochai et, oubliant la chaleur qui m'avait réveillée, je le serrai contre moi et promenai mes mains dans son dos pour qu'il s'apaise et se rendorme. S'il avait besoin de moi, j'étais là.

Il murmura de nouveau mon nom avant de s'assoupir. Je voulais qu'il se sente en sécurité et réconforté. Qu'il n'ait pas à reprendre ces pilules.

Son histoire à propos de sa mère me fendait le cœur. Ben n'avait rien à voir avec toutes les personnes que j'avais rencontrées jusque-là. Je sentais du fond de mon âme que quelque chose nous attirait l'un vers l'autre. Nous étions pareils : cet homme en demande avait essayé désespérément de gagner l'amour et l'approbation de sa mère. J'étais en demande de plus, de mieux, pour moi aussi. Je voulais rendre mes parents fiers. Je n'essayais pas d'obtenir leur approbation, mais voulais leur montrer que tout ce qu'ils avaient fait pour moi n'était pas vain, que je pouvais faire quelque chose de ma vie. Nous étions chacun guidés par ce besoin primaire de faire plaisir à nos parents. Je suppose que ce qu'on disait était vrai : on n'échappe jamais vraiment à son enfance. Le désir d'apaiser ses peurs était devenu un besoin irrésistible. Je l'enlaçai et le serrai fort contre moi.

***

Après cette nuit, j'étais impatiente de rentrer à l'hôtel pour retrouver Ben. J'avais le sentiment que nous évoluions dans la bonne direction. Il s'était ouvert à moi et je voyais que nos nuits passionnées dans son lit devenaient régulières. Et cela me convenait très bien.

Une fois dans ma chambre, j'enlevai mes chaussures et jetai mon sac sur la chaise, puis sortis mon téléphone pour appeler Ben. En jetant un coup d'œil à l'horloge, je me rendis compte qu'il devait être rentré de son shooting.

Il répondit à la troisième sonnerie, apparemment essoufflé.

— Allô ?

— Coucou, sexyboy. C'est moi.

— Euh… salut.

Son ton était bref et légèrement contrarié.

— Je te dérange ?

— Une seconde.

Je l'entendis dire quelque chose à quelqu'un derrière lui et une voix féminine répondit. Une voix avec un accent britannique.

Mon estomac se noua.

— Où es-tu ?

— Dans ma chambre. Je peux te rappeler dans un moment ?

— Bien sûr.

Je reposai le téléphone les mains tremblantes. Il avait dit qu'il me rappellerait plus tard, mais il était dans sa chambre avec Fiona et il y avait quelque chose là-dedans qui ne me plaisait pas. Je n'avais pas confiance en Fiona, et ne savais pas si je leur faisais assez confiance pour les laisser seuls tous les deux.

Je me dirigeai vers sa chambre, poussée par une force inconnue. Je frappai à la porte, le cœur battant et l'air déterminé.

Quelques instants plus tard, Ben répondit, le visage rouge tandis que son pouls palpitait dans son cou.

— Emmy…

Il portait un jean et un T-shirt, mais ses cheveux étaient mouillés, comme s'il venait de sortir de la douche. S'était-il douché avec Fiona ? Mon estomac se serra violemment à cette pensée.

La main de Ben se plaça sur l'encadrement de la porte, m'empêchant d'entrer.

— Je discute de quelque chose avec Fiona. Ce n'est pas le bon moment.

Il parlait à voix basse et avait l'air tendu. Il était évident que je les interrompais.

En jetant un coup d'œil par-dessus son épaule, je vis Fiona assise sur son lit, sans ses chaussures, son sac à main renversé à côté d'elle.

J'avais toujours imaginé que Fiona était émotionnellement indestructible, et pourtant, elle était là, les yeux rouges et gonflés, des larmes coulant abondamment sur ses joues. Elle essuya précipitamment son visage avec le dos de sa main. Ben s'éclaircit la voix et mes yeux retournèrent vers lui. L'ambiance était tendue et il était clair que je dérangeais.

— Je t'appelle plus tard, dit-il, en parlant à voix basse alors qu'il me regardait avec des yeux tristes.

Je hochai la tête et ravalai la boule qui s'était logée dans ma gorge. Ben ferma la porte, me laissant seule dans le couloir.

Ben

J'étais carrément sidéré. Fiona s'était pointée à ma porte en pleurant comme elle ne l'avait jamais fait devant moi. Je l'avais écoutée et prise dans mes bras pendant qu'elle pleurait et me racontait ses tentatives vaines de tomber enceinte. Je n'avais jamais vu Fiona comme une mère potentielle. Mais à trente-huit ans, elle voulait apparemment à tout prix avoir un bébé, avec ou sans homme dans sa vie. C'était admirable de sa part, ce désir d'être mère. Bien sûr, il n'y avait pas grand-chose que je puisse faire pour l'aider, si ce n'était la serrer dans mes bras et essayer de calmer ses sanglots. Mais quand elle vida le contenu de son sac à main sur mon lit, révélant la seringue pour son traitement pour la fertilité qu'elle voulait que je lui injecte, je compris rapidement pourquoi elle était venue me voir.

Elle me dit qu'elle voulait que personne ne soit au courant au cas où ça ne marche pas. Et elle avait trop peur de se faire la piqûre toute seule.

Alors qu'elle me donnait les instructions, nous fûmes surpris par quelqu'un qui frappa à la porte.

Je ne pouvais pas parler de tout ça à Emmy. Fiona désirait que tout cela reste privé et je respectais son choix. Avec un peu de chance, elle tomberait enceinte avec sa prochaine insémination artificielle, et personne ne serait jamais au courant de son combat.

La moue de Fiona me dit qu'elle n'était pas dupe : elle était bien consciente des visites nocturnes d'Emmy dans ma chambre.

— Tu te rapproches trop de mon assistante, dit-elle après une bonne minute de silence.

— Emmy ?

Je fis semblant de ne pas comprendre.

— Oui, Emerson. Et ne prends pas cet air surpris. Je vois bien qu'il y a quelque chose entre vous.

Je restai calme alors que je déballais la seringue et des compresses d'alcool sur le lit près de nous.

— Ben, je suis sérieuse. Je n'aime pas ça. Quand je t'ai dit de ne pas coucher avec mon assistante, je le pensais.

— Détends-toi, Fiona. Il ne faut pas que tu sois tendue pour ce que je vais faire.

Elle prit une profonde inspiration pour essayer de se calmer.

— D'accord, mais tu réalises que s'il y a quelque chose, je peux la virer et la renvoyer chez elle.

Ma mâchoire se crispa, mais je ne lui dis pas que si elle virait Emmy, je la ferais venir dans ma chambre et la garderais ici avec moi.

— Tu ne ferais pas ça. Tu veux que je continue à t'aider, non ?

J'enlevai le bouchon de la seringue et Fiona acquiesça docilement. Nous savions tous les deux que j'avais le dessus.

Elle me répéta les instructions que lui avait données l'infirmière pour nettoyer une zone près de son nombril avec de l'alcool, puis pincer la peau avant d'enfoncer rapidement l'aiguille.

Après lui avoir fait sa piqûre et l'avoir raccompagnée, je me servis un verre bien fort.

Maintenant que j'avais une vodka tonic dans le ventre, j'envoyai un message à Emmy et attendis sa réponse. Je me disais que j'aurais bien pris un autre verre quand mon téléphone vibra sur ma table de nuit.

Emmy : Tu es toujours avec elle ?

Je devinai qu'elle était énervée. Elle ne voulait même pas écrire le nom de Fiona. Je ne pouvais pas lui en vouloir. Je sentais qu'il y avait une sorte de jalousie féminine complexe et je ne voulais pas l'attiser.

Moi : Non, elle est partie. Tu as mangé ?
Emmy : Pas faim.
Moi : Remonte dans ma chambre. Laisse-moi te préparer quelque chose à boire.

Il lui fallut plusieurs minutes pour répondre.

Emmy : D'accord.

Sa réponse n'était pas très enthousiaste, mais elle arrivait. Quelques minutes plus tard, alors que je venais tout juste de finir de remplir le seau à glace, elle frappa doucement à ma porte. Je l'ouvris et la fis entrer en l'embrassant délicatement sur la bouche.

Emmy était d'abord stressée, mais alors que mes mains enlacèrent sa taille et descendirent pour attraper ses fesses, je la sentis se détendre. Mon Dieu, la sensation de ses fesses dans mes mains était fantastique. Je savais que je lui devais une explication, mais encore aurait-il fallu que mon corps rentre dans le rang quand elle était dans les parages. Il serait toujours temps de discuter plus tard. J'avais envie d'elle. J'approfondis notre baiser, la serrant encore plus fort, jusqu'à ce que sa poitrine soit pressée contre la mienne, et nos deux langues dansèrent doucement. Elle était parfaite.

— Je veux être en toi, bébé.

Quand Emmy émit un gémissement, mon sexe se dressa. J'adorais ses petits bruits délicats et féminins. Je la fis reculer dans la chambre tandis que ma langue flirtait avec la sienne, puis la poussai sur le lit avec un air taquin. Elle se redressa, un petit sourire sur les lèvres.

Ses yeux plongèrent dans les miens alors que son sourire s'épanouissait. J'adorais voir ses réactions franches à mon contact. Le rougissement de sa peau, la façon dont elle se mordait la lèvre inférieure. Elle était belle, naturelle. Et quelque chose en moi adorait ça. Peut-être était-ce à cause de ce monde dans lequel je vivais qui portait constamment des jugements, mais j'admirais sa simplicité. Peut-être que c'était parce qu'elle avait grandi à la campagne… Ou tout simplement, parce qu'elle était comme ça. Mais quelle qu'en soit la raison, Emmy Clarke était en train de devenir rapidement comme une drogue pour moi.

— Viens par là.

Je tendis la main vers elle, et elle l'accepta, plaça sa petite paume contre la mienne et rampa à travers le lit jusqu'à moi.

Emmy s'agenouilla devant moi, ses grands yeux bleu-gris observant mes mouvements alors que je défaisais la boucle de ma ceinture.

Elle se lécha les lèvres quand je déboutonnai mon pantalon et descendis lentement la fermeture Éclair. En se penchant à genoux, Emmy tendit les mains pour m'aider. Je les attrapai et les plaçai fermement à ses côtés.

— Reste sage.

Ses yeux s'écarquillèrent en entendant mon avertissement, mais elle obéit. Elle était d'un naturel fougueux, et pourtant si soumise au lit. C'était carrément excitant. Je descendis mon jean et mon boxer le long de mes jambes, puis attrapai mon manche. Son pouls se mit à battre de manière effrénée dans son cou et ses yeux se concentrèrent sur mon sexe. Je me caressai langoureusement, passant lentement ma main de la base jusqu'au bout. Le désir dans ses yeux me faisait bander comme un taureau.

Je posai ma main sur la joue d'Emmy.

— Viens là, ma jolie.

Le regard débordant de luxure, Emmy se pencha et ouvrit la bouche.

La caresse chaude de sa langue était carrément divine. Emmy ouvrit la bouche plus grand encore, les yeux toujours rivés sur les miens alors qu'elle m'enfonçait et que je la remplissais. Lorsque mon gland cogna contre le fond de sa gorge, elle eut un léger haut-le-cœur, alors je reculai pour me retirer de sa bouche contre mon gré. Toujours couvert de sa salive, Emmy me masturba, me massant et me caressant avec ses petites mains. C'était fantastique. Je ne voulais pas l'arrêter, mais elle portait encore bien trop de vêtements. Je voulais voir ses seins superbes, l'embrasser partout, la faire jouir, la baiser de manière insensée.

J'attrapai le bord de son haut et le soulevai alors qu'elle levait docilement les bras au-dessus de sa tête pour me permettre de le lui enlever. Elle portait un soutien-gorge lavande que je n'avais encore jamais vu. J'aimais le fait d'avoir encore tant de choses à découvrir. Il était joli, avec de la dentelle, mais je voulais le virer de son corps.

Après avoir passé mes mains dans son dos pour défaire les agrafes, le soutif tomba sur ses bras et je le lui retirai lentement tout en me penchant pour embrasser sa bouche pulpeuse. Je ne pensais pas pouvoir un jour me lasser d'embrasser sa bouche. Ni des petits sons voilés qu'elle produisait ou de la manière dont ses mains me tiraient nerveusement pour essayer de me rapprocher. Elle était si sexuelle et douce à la fois. C'était le paradis.

Emmy

Plusieurs semaines passèrent et Ben et moi continuâmes à nous voir régulièrement. Je savais que je me faisais des illusions, je savais que nous ne sortions pas ensemble. On ne sort pas avec un homme comme Ben Shaw. Il était indomptable. Comme George Clooney. Mais nous couchions ensemble souvent, mangions ensemble et discutions ; il partageait des choses avec moi, comme je le faisais avec lui. Je ne savais pas du tout à quoi cela rimait. Mais la question était : est-ce que c'était important ? Un homme comme Ben avait le potentiel de me détruire. Je le savais depuis la première fois qu'il m'avait pénétrée, qu'il avait bougé sur moi, sa barbe frottant contre la peau de mon cou et son souffle chaud effleurant mon épaule. Nous étions plus proches que je ne l'avais jamais été avec qui que ce soit. Mon corps était accro, mon cœur était pris, mais ma tête savait que ça finirait probablement mal.

J'étais faible quand ça le concernait. Je ne pouvais pas rester à l'écart. Sa relation avec Fiona m'inquiétait toujours autant. Nous n'avions jamais parlé de l'épisode larmoyant dans sa chambre d'hôtel. Ben ne me raconta pas ce que Fiona faisait avec lui ce soir-là, et je ne lui posai pas la question.

Je ne connaissais pas vraiment leur histoire, mais lui était sa star et j'étais son assistante campagnarde. Elle piquait une crise s'il oubliait de prendre ses vitamines. Elle penserait sûrement qu'en le touchant, je risquais de le tacher. Ben avait des castings et des essayages pendant la journée, ce qui tombait bien parce que Fiona n'arrêtait pas de me faire courir à droite à gauche. Il m'envoyait de gentils messages inattendus pendant que j'étais au travail pour me faire savoir qu'il pensait à moi. Dans l'un d'entre eux, il se plaignit d'une tenue qu'un styliste lui avait fait porter. Après avoir insisté un peu, il m'avait envoyé une photo marrante. La tenue ressemblait à un abat-jour. Mais il était quand même sexy. Mon abat-jour sex-symbol. La Fashion Week de Paris arrivait et je savais que Ben participerait à plusieurs défilés de haute couture. J'étais excitée à l'idée de le voir sur le podium, avec tous ces yeux rivés sur lui en sachant qu'il était à moi. Je me sentais comme Cendrillon qui aurait réussi d'une manière ou d'une autre à capter l'attention du Prince charmant.

Je jetai un coup d'œil à ma montre ; j'étais impatiente de rentrer à l'hôtel pour le voir. La force de mon attachement était ridicule.

***

Ben agita un billet d'avion.

— Départ pour Milan demain. Tu veux venir ?

Fiona ne m'avait rien dit à propos de Milan, ce que je prenais comme un signe pour me faire comprendre que je n'étais pas invitée.

— Je ne peux pas venir avec toi à Milan. J'ai du travail.

Il traversa la chambre d'hôtel et sa main chaude me contourna pour se poser dans le creux de mon dos.

— Oh, je t'en donnerai du travail.

Sa main caressa mon postérieur pour finalement m'attirer vers lui afin qu'il puisse m'embrasser délicatement sur les lèvres.

Reculant avant de me perdre dans ses baisers, je posai une main sur son torse.

— Fiona ne me laissera pas partir avec vous et les autres mannequins juste pour le plaisir.

— Elle ne vient pas. Il n'y aura que moi. Et toi, si tu m'accompagnes. Ce n'est que pour une nuit.

Je le regardai avec un air sceptique. Elle ne venait pas ?

— Elle a des rendez-vous médicaux. Ne t'inquiète pas, je m'occuperai de Fiona.

Le fait qu'il voulait discuter de moi avec Fiona était notable. Il déposa un petit baiser sur mon front avant de s'éloigner en sortant son téléphone de sa poche. Il composa un numéro et se remit à remplir un petit sac en cuir marron qui était posé ouvert sur son lit.

— Salut. C'est moi, dit-il au téléphone. Ça va, et toi ?

Il continua à mettre des trucs dans le sac pendant que je faisais les cent pas dans sa chambre. Fiona allait piquer une crise.

— J'aimerais qu'Emmy m'accompagne à Milan. Tu peux te débrouiller sans elle pour une nuit ?

Il marqua une pause et l'écouta, alors que je retenais mon souffle.

— Merci, ce serait super.

Il raccrocha et jeta le portable sur le lit.

— Va faire ton sac, bébé.

Je restai plantée là, abasourdie.

— Elle a dit oui ?

Il m'adressa un superbe sourire.

— Elle est en train d'appeler la compagnie aérienne pour t'avoir un billet.

Fiona appelait pour m'obtenir un billet ? Étais-je entrée dans un univers parallèle ? Ben avait un vrai pouvoir de persuasion sur elle. Quelque chose dans sa façon de lui obéir aveuglément me déplaisait, mais j'acquiesçai et me rendis dans ma chambre. Lorsque nous arrivâmes au guichet de l'aéroport, l'humeur enjouée de Ben disparut.

L'agent lui apprit que mon billet était une réservation de dernière minute, et qu'il s'agissait donc d'une place à l'arrière de l'avion, dans la rangée centrale. Comme il était en première classe, nous ne voyagerions pas ensemble. Il semblait que Fiona avait mis sa vengeance à exécution.

Ben se mit à discuter avec une hôtesse en français alors que je restais derrière lui sans rien faire. Sa mâchoire se crispa pendant qu'elle tapotait sur son clavier. Je lui tirai le bras.

— Ce n'est pas grave si nous ne sommes pas ensemble. Le vol ne dure pas longtemps.

— Je suis en train de voir si je peux t'avoir une place en première classe avec moi, et sinon, je viendrai en classe éco avec toi.

— Ben, non, c'est bête. Ça me va très bien comme ça.

C'était la manière de Fiona de me remettre à ma place.

L'agent et lui échangèrent quelques paroles tendues supplémentaires, puis il sortit son portefeuille et lui tendit sa carte de crédit.

— Tu n'as pas à faire ça ; une place en première classe coûte cher.

— J'en ai envie, bébé. Laisse-moi faire ça.

Sa main trouva la mienne et il entremêla ses doigts avec les miens.

Je hochai la tête en voyant que je ne parviendrais pas à le dissuader. C'était agréable de sentir qu'on s'occupait de moi comme ça. Et je n'avais jamais voyagé en première classe auparavant. Nous fûmes rapidement installés dans de larges sièges en cuir dans la première rangée de l'avion, où on nous proposa du champagne dans des verres à pied. La première classe dépassait toutes mes attentes. Au lieu d'avoir un fauteuil miteux et puant avec quelqu'un qui me donnait des coups de coude et me piquait mon accoudoir, Ben et moi nous prélassions et discutions en buvant du champagne et grignotant des amandes salées. Avant que je m'en rende compte, nous descendions de l'avion et étions en route vers notre hôtel.

***

— Il y a quelqu'un à qui je voudrais te présenter, dit Ben en enlevant ses chaussures.

J'avais imaginé un dîner romantique aux chandelles au cœur de Milan, mais j'acquiesçai.

— D'accord.

— Angelo et Rosa possèdent un vignoble à l'extérieur de la ville. Je ne les ai pas vus depuis des années. Nous irons visiter leur propriété, puis nous dînerons avec eux, si ça te convient.

— Oui. Bien sûr. J'ai juste besoin de prendre une douche.

Il approuva d'un signe de la tête.

— Une heure, ça t'ira ? Je vais les appeler.

— Une heure, c'est parfait.

J'allais devoir me dépêcher ; il fallait que je me rase.

Cinquante-sept minutes plus tard, je sortis de la salle de bains en marbre douchée et maquillée, vêtue d'une jupe crayon noir, d'escarpins à lanière et d'un débardeur orné de perles argentées. Ben était tranquillement étendu sur le lit et lisais un roman qu'il avait acheté à l'aéroport. J'attrapai les petites boucles d'oreilles cloutées de diamants que m'avait léguées ma grand-mère et me tins devant le miroir de la coiffeuse pour les mettre. Ben se leva du lit, se glissa derrière moi pour mettre mes cheveux sur une épaule et déposa de doux baisers dans ma nuque.

— Hmmm, c'est doux.

Je rejetai la tête en arrière pour la reposer sur son épaule et ses bras m'enlacèrent.

— Tu es magnifique.

En étudiant nos reflets dans le miroir, je fus frappée par les contrastes. Ben mesurait trente centimètres de plus que moi et était d'une beauté saisissante. La petite brune ordinaire qui l'accompagnait n'était pas belle à mes yeux, mais j'étais contente qu'il voie les choses autrement. Ben enfila ses mocassins. Son rituel pour se préparer ne durait que deux minutes et cela lui suffisait pour être sublime, comme toujours. Il portait un pantalon chino foncé et un polo avec les manches relevées. Il avait adopté un look décontracté, mais il était toujours aussi beau. Nous avions pris un taxi pour nous rendre dans la campagne, et nous tenions la main sur la banquette arrière. Des maisons et des bâtiments parsemaient le paysage vallonné, qui se transforma rapidement en une large étendue d'arbres verts qui ne ressemblaient en rien à ceux qu'il y avait chez nous.

— Alors d'où connais-tu Angelo et Rosa ? demandai-je.

— Rosa est une amie de ma mère depuis longtemps. Elles faisaient les défilés ensemble pendant la Fashion Week de Milan. Et aujourd'hui, elle gère un vignoble avec son frère. Généralement, j'essaie de leur rendre visite quand je passe dans le coin.

Je me retournai vers lui.

— Ce n'est pas celle… avec qui tu as perdu ta virginité, hein ?

Ben rit bruyamment, ce qui attira l'attention de notre chauffeur qui le regarda dans le rétroviseur.

— Non.

Je n'étais pas sûre de savoir ce qui était si amusant dans ce que je venais de dire, mais quand nous arrivâmes trente minutes plus tard et que Rosa nous accueillit dans l'allée, je compris. Elle avait à peu près cinquante ans et le temps ne l'avait pas épargnée. Elle était forte. Elle avait probablement été plutôt séduisante dans sa jeunesse, mais le travail sous le soleil avait désormais marqué son visage de profondes rides.

Elle me prit dans ses bras en parlant à Ben en italien. Il se mit à rire et discuta avec elle, même si on pouvait sentir que cette langue ne lui venait pas aussi naturellement que le français. Il butait sur les mots tout en hochant la tête. J'avais peur de me sentir exclue ce soir, si elle et son frère ne parlaient qu'italien. Je boirais un peu plus de vin alors. Rosa me tint à longueur de bras pour m'étudier des pieds à la tête.

— C'est si agréable de voir Ben avec une femme authentique, dit-elle finalement en anglais avec un fort accent.

Je ne savais pas si je devais me sentir vexée ou la remercier du compliment. Je choisis la seconde option. Le bras de Ben qui enlaça ma taille l'approuva. Il était fier de me présenter à des personnes qu'il considérait comme des amis de sa famille.

— Il n'y a pas plus authentique qu'Emmy.

Il déposa un délicat baiser sur ma tempe.

Angelo sortit nonchalamment de la maison, un chapeau de paille sur la tête, et nous rejoignit pour nous prendre dans ses bras et nous embrasser, aussi bien Ben que moi.

Son anglais n'était pas aussi compréhensible que celui de Rosa, mais au moins, je ne serais pas perdue ce soir.

— Tout est prêt ? demanda Ben en faisant un signe de la tête vers une grange au loin.

Je me demandai ce qu'il avait prévu.

— Oui, je t'en prie, vas-y, dit Angelo. On vous retrouve pour le dîner dans une heure environ.

Après nous avoir salués, ils retournèrent dans leur établissement viticole pour servir leurs clients. C'était une belle journée et il y avait plusieurs voitures garées dans le parking. Ben m'expliqua que nous dînerions avec eux plus tard, une fois que les visites du vignoble seraient terminées. Il prit ma main et me guida vers une vieille grange aux limites de la propriété.

Le bâtiment devait avoir plusieurs siècles. Il faisait frais et assez sombre à l'intérieur. Ben m'amena au fond où nous descendîmes quelques marches vers une cave à vin rustique. Le sol était en pierre et des rayonnages remplis de bouteilles recouvraient les murs. Il y avait une petite table ronde installée au centre de la pièce avec deux tabourets de bar, et la douce lueur de guirlandes de Noël accrochées au plafond créait une ambiance poétique et charmante. Sur la table, une bouteille de vin blanc frais était plongée dans un seau à glace en marbre à côté d'un plat d'assortiment de fromages et de charcuterie. Je trouvais tout cela ravissant et romantique.

Je jetai un œil à Ben derrière moi.

— C'est toi qui as organisé ça ?

Il hocha la tête en me regardant en silence.

— Une sorte de dégustation privée. Je me suis dit que ce serait sûrement plus relaxant que de se joindre à l'une de leurs visites.

Quel geste plein de délicatesse. Il tira un tabouret et m'invita à m'y asseoir. Une fois que nous fûmes tous les deux installés, Ben déboucha la bouteille et nous versa deux verres de vin.

— Santé.

Il fit tinter son verre avec le mien, ses yeux sombres toujours rivés sur moi.

— Santé, murmurai-je en portant mon verre à mes lèvres.

Cela me rappela notre premier rendez-vous, où nous avions partagé une bouteille et discuté poliment. Bien sûr, nous nous connaissions désormais bien mieux. Et je me sentais légèrement plus à l'aise avec lui, même s'il faisait toujours accélérer mon pouls sans que je puisse le contrôler.

Nous bûmes notre vin et grignotâmes de délicieux fromages alors que Ben me racontait l'histoire du vignoble. Il était dans la famille depuis soixante ans et avait été géré par différents membres de la famille pendant cette période. J'appréciais le fait que les valeurs familiales semblaient saines et sauves en Italie. Dîner et gérer une entreprise en famille étaient visiblement la norme. Cela me rappela le Sud, d'une certaine manière. La bouteille fut bientôt vide et Ben se leva de son siège pour en choisir une autre parmi les centaines qui nous entouraient dans cette pièce. Je m'avançai vers l'endroit où il inspectait attentivement une bouteille.

— Je pense que tu aimerais bien ce *rosato*.

Le mot roula sur sa langue quand il le prononça en italien.

— Il est fruité et léger.

— Et il est rose, ajoutai-je brillamment.

— Oui, dit-il en me souriant avec douceur. Ma couleur préférée.

Je haussai un sourcil.

— Le rose est ta couleur préférée ?

Sa main appuya entre mes cuisses et caressa délicatement.

— Le rose est définitivement ma couleur préférée.

Il afficha un sourire diabolique.

Après avoir reposé la bouteille sur l'étagère, Ben se pencha vers moi et passa sa main dans ma nuque pour me rapprocher de ses lèvres. Il embrassa ma bouche, ma mâchoire et mes joues. Me sentant enivrée par le vin et l'afflux de sang qui battait dans mes oreilles, je m'agrippai à son biceps. Il était chaud et ferme sous la paume de ma main.

Il déposait de doux et tendres baisers partout sur mes lèvres et mon cou. Il prenait son temps pour me faire craquer. Il était impossible de ne pas tomber sous son charme. Il s'attarda sur mon cou et descendit en embrassant le long de ma gorge avant de s'arrêter au niveau de ma poitrine. Je sentis ses dents mordiller ma clavicule, et des vagues de plaisir envahirent mes seins, où je voulais désespérément sentir sa bouche. Je remuai contre lui, serrant toujours ses biceps, et frottai mes seins contre son torse.

— Ben… on ne peut pas faire ça ici… soufflai-je contre sa bouche.

— N'es-tu courageuse que lorsque tu me provoques avec tes messages ?

Il passa un doigt le long de la ligne de ma mâchoire.

— Où est passé ton cran, sexy girl ?

Je n'étais ni sexy, ni courageuse. Mais Ben me donnait l'impression que tout était possible. Je jetai un regard autour de nous. L'endroit paraissait plus ou moins isolé. Et si nos hôtes étaient occupés avec des clients…

Il descendit ses doigts le long de mon dos, caressant chacune de mes vertèbres et mettant le feu à ma peau tandis qu'il me mordait les lèvres. Il était si sexy, si posé et maître de la situation, alors que j'avais l'impression de m'enflammer.

Je le saisis à travers son pantalon et découvris qu'il était déjà dur comme un roc. Lorsque ma main l'enveloppa, nous lâchâmes simultanément un gémissement. Ben descendit brusquement les bretelles de mon débardeur, révélant mon soutien-gorge en dentelle noir, et déposa un baiser entre mes deux seins. Mon cœur battait fort alors que je baissais les yeux pour l'observer. Ses lèvres charnues se promenèrent sur mon sternum. Il baissa les bonnets de mon soutien-gorge pour exposer mes seins à sa bouche. Sa langue chaude décrivit des cercles autour d'un téton tandis que ses yeux se levaient pour surveiller ma réaction. Sa langue faisait des allers-retours sur mon bout sensible et je poussai un doux gémissement. Ben y répondit en suçant mon sein et le prenant dans sa bouche, puis l'embrassa et le lécha goulûment.

— Qu'est-ce que tu as bon goût, bébé.

Sa main caressait un sein pendant que sa langue léchait

l'autre. Absorbée par toutes ces sensations, ma culotte était de plus en plus mouillée et mes genoux tremblaient déjà. Mes doigts se frayèrent un chemin dans ses cheveux et le maintinrent en place alors qu'il honorait mes seins. Son téléphone portable sonna, interrompant notre bonheur suprême.

Il poussa un râlement de frustration et le sortit de sa poche.

— Merde. Une seconde, bébé. C'est Fiona. Elle veut probablement savoir si tout va bien.

Il répondit à l'appel, me laissant les seins mouillés et exposés devant lui. Ben me regardait pendant qu'il discutait, une main posée sur ma taille, son pouce caressant légèrement ma hanche. Il l'interrogea sur sa visite chez le médecin, et même si je savais que c'était simplement de la politesse, cela me contrariait. La conversation s'éternisa (ils parlaient de la Fashion Week de Paris), puis les sourcils de Ben se froncèrent, montrant combien il était concentré. Il éloigna le téléphone de sa bouche et de son oreille et articula silencieusement : « Encore quelques minutes… ».

J'essayai de ne pas faire la moue. Je savais que ce n'était pas sexy, mais je détestais que Fiona l'ait appelé et interrompe notre moment intime. J'eus une idée soudaine.

Motivée par trois verres de vin et une bonne dose de désir sexuel, je me mis à genoux devant lui. Son corps se raidit comme une barre de fer. Les yeux de Ben s'écarquillèrent alors que j'attrapais sa fermeture Éclair pour la descendre. Je ne pus empêcher d'esquisser un sourire. J'adorais le fait qu'il fasse ressortir mon côté audacieux.

Non seulement, nous étions dans un lieu public où on pouvait nous surprendre à tout moment, mais il était au téléphone avec ma patronne. Sa main caressa mes cheveux et il baissa les yeux sur moi avec un sourire malicieux.

Je fis glisser son pantalon et son boxer sur ses genoux. Il n'était pas complètement dur, mais alors que ma main l'encerclait et le caressait lentement, je le sentis s'épaissir et s'allonger contre ma paume. J'observais son visage pendant que je m'affairais. Le plaisir s'empara de ses traits et le désir assombrit ses yeux.

— Ouais, je suis toujours là, dit-il brusquement dans le téléphone. Désolé, tu disais quoi ?

Je voulais prouver qu'il était à moi.

Allait-il me demander d'arrêter... ou abandonnerait-il sa conversation téléphonique avec Fiona ? Je ne savais pas trop ce qui était le plus probable, mais j'étais fière d'avoir eu l'idée de cette petite expérience. Il fallait que je sache qui il choisirait. Si c'était la plus importante pour lui, il m'arrêterait afin de poursuivre la discussion. Je priais pour qu'il trouve une excuse et raccroche. Maintenant qu'il était bien dur et long, je le masturbais plus vite et sentais ses genoux trembler. Ma bouche se ferma sur lui et un soupir passa ses lèvres. J'attrapai son gros manche avec les deux mains et suçai la chair chaude de son gland, en utilisant ma langue pour lui prodiguer de généreuses caresses avant de l'enfoncer tout entier jusqu'au fond de ma gorge. Je l'entendis dire quelque chose au téléphone, mais toute mon attention lui était dévouée. J'honorais sa queue et y prenais beaucoup de plaisir. Un petit cri aigu s'échappa du fond de sa gorge tandis qu'il luttait pour garder le contrôle. Quand ses deux mains se posèrent sur mes joues, je sus qu'il avait raccroché, et je fus envahie par l'émotion tandis que Ben s'avançait pour remplir ma bouche. Je levai les yeux pour le regarder. Il poussait les hanches en avant, emplissant ma bouche lentement mais profondément. L'expression sur son visage n'était que pur plaisir. Ses paupières étaient lourdes et sa respiration de plus en plus rapide. De doux gémissements passaient sur ses lèvres entrouvertes à chaque fois qu'il s'enfonçait et cognait le fond de ma gorge.

— Bon sang, bébé. Qu'est-ce que tu es belle.

La main chaude de Ben écarta les cheveux qui recouvraient mon visage alors que ses yeux suivaient chacun de mes mouvements.

— J'adore te voir avec ma bite enfouie dans ta bouche.

Comme je réalisai que je ne l'avais jamais pris comme ça du début à la fin, j'eus soudain envie de le faire jouir. J'ouvris la bouche encore plus grand pour pouvoir le contenir tout entier, les mains toujours autour de son manche.

— Oh Emmy…

Sa respiration était plus forte et un doux ronronnement dans sa poitrine m'indiqua qu'il n'était pas loin de venir.

— Bébé… je vais… bébé… bon sang…

Attrapant l'arrière de ma tête avec une main, il appuya tandis qu'il jouissait, envoyant des jets de semence qui glissèrent au fond de ma gorge, me demandant très peu d'effort. Il savait ce qu'il faisait, ça, c'était certain.

Ben tendit les bras pour me relever, et m'embrassa sur le front avant de rentrer son matériel dans son pantalon.

— C'était… waouh.

Il souriait avec douceur.

Je savourai son compliment, heureuse et fière de lui avoir procuré tant de plaisir.

— C'était bien ?

— Je suis presque prêt à mettre un genou à terre, dit-il en riant.

Il me fallut un petit moment pour comprendre ce que cette remarque voulait dire parce qu'il m'avait mise debout presque aussitôt, sa bouche avait commencé à descendre le long de ma gorge et ses mains se déplaçaient vers le bord de ma jupe. Je n'avais pas réalisé à quel point le fait de lui avoir donné du plaisir m'avait fait mouiller, mais je ne pouvais pas le nier. J'étais trempée. Son gros index me pénétra, et je poussai un gémissement. Je m'agrippai à ses épaules en l'embrassant goulûment tandis que j'approchais de la jouissance grâce à lui.

Des voix juste à l'extérieur de la cave interrompirent notre baiser ; nous regardâmes tous les deux en direction de la porte. Mince ! Je me débattis pour arranger ma jupe et me couvrir, mais les mains de Ben m'arrêtèrent. Était-il fou ? Angelo et Rosa guidaient apparemment leur groupe de visiteurs dans la grange.

— Laisse-moi terminer, ma douce.

Sa bouche s'écrasa sur la mienne et ses doigts continuèrent leur assaut délicat, me faisant presque atteindre la limite. Je ne sus pas si c'était le danger, la possibilité d'être découverts ou le fait que Ben domine mon corps, mais je me lâchai complètement, balançant sans pudeur mes hanches contre sa main pour surmonter la sensation. Ben m'embrassa pour étouffer les gémissements qui voulaient passer mes lèvres.

Les voix s'estompèrent, et nous ne fûmes pas découverts.

Après ça, nous nous dirigeâmes vers la maison et Ben m'indiqua la salle de bains des invités pour que je me lave et retrouve une allure présentable. Alors que nous entrions dans une grande salle à manger avec une table en bois rustique, les odeurs d'ail, de tomates et de viande rôtie nous accueillirent. Angelo déboucha une bouteille de vin rouge et Rosa posa plusieurs grands plats au centre de la table.

— *Benvenuti !* nous salua-t-elle chaleureusement, nous invitant à prendre chacun un siège.

Je ne l'avais pas remarqué avant, mais maintenant que je sentais la cuisine, j'étais morte de faim.

Les yeux de Ben s'attardèrent sur les miens pendant tout le repas, probablement parce que je ne pouvais m'empêcher de gémir à chaque fois que je goûtais un nouveau plat. Je ne peux pas dire que je suivis toute la conversation dans les détails, puisque ce ne fut clairement pas le cas ; ni Angelo ni Rosa ne parlaient très bien l'anglais. Mais la cuisine était succulente. Parmi les meilleurs plats que j'aie jamais goûtés ; des viandes rôties, des raviolis frais fourrés à la ricotta et au basilic, tout cela accompagné de délicieux vins locaux. Nos hôtes étaient chaleureux et accueillants, et le repas fut charmant.

À la fin du dîner, Ben appela notre taxi et nos hôtes nous raccompagnèrent à la porte. Rosa me prit dans ses bras et me remercia en me disant que Ben était un gentil garçon et qu'il avait besoin d'une gentille fille.

Il était évident qu'elle représentait une figure maternelle pour Ben, et j'étais honorée qu'il ait voulu me présenter à elle.

— Merci de m'avoir accompagné, me dit Ben une fois dans la voiture.

Je souris et posai la tête sur son épaule. Le trajet de retour à Milan se fit dans le noir et j'avais sommeil. Je me blottis contre lui, comblée et heureuse. J'espérais que rien ne changerait.

14

Emmy

Le lendemain, notre avion partait tard, mais Ben avait d'abord un shooting. Il me conseilla de rester à l'hôtel, me rendormir, commander un petit déjeuner et profiter de la grande baignoire. Il passerait me prendre quelques heures plus tard. Je ne protestai pas. Après tout le vin que j'avais bu la veille, un petit bonus de sommeil était exactement ce dont j'avais besoin. Lorsque je me réveillai une heure plus tard, j'appelai le service d'étage et laissai la baignoire se remplir en y versant une dose généreuse de bain moussant. C'était agréable d'avoir une matinée libre pour me détendre. D'habitude, Fiona me faisait courir dans tous les sens tôt le matin ; c'était donc un plaisir précieux à savourer.

Après avoir pris mon bain tranquillement, j'enfilai la robe de chambre douce de l'hôtel et mangeai un œuf poché avec des tartines. Et puis, en attendant Ben, je retournai dans le lit et regardai les chaînes de télé qui étaient toutes en italien.

Je vérifiai l'heure, et, réalisant que c'était le petit matin au Tennessee, je décidai d'essayer d'appeler ma mère.

Son accent retentit dans le téléphone.

— Emmy Jean, tu me manques. C'est comment, Paris, ma puce ? Les Français sont-ils tous snobs ?

Je me mis à rire. Bon sang, j'en avais bien besoin. Besoin d'entendre sa voix. C'était comme une petite part de la maison et cela me donna immédiatement un coup de fouet.

— Oh, maman, c'est fantastique. Je suis allée dans les bureaux d'Yves Saint Laurent et aux castings de Versace et j'ai eu des échantillons de Louis Vuitton. Là, je suis à Milan.

Je ne mentionnai pas Ben.

Elle resta calme à l'autre bout du fil, et je me demandai si elle connaissait les noms des couturiers célèbres que j'avais balancés.

— Ne te fais pas piéger par ce monde. Ces gens ne sont pas comme nous, Emmy Jean.

Je me figeai. Elle avait raison. Je ne m'étais jamais sentie aussi déplacée, pourtant, avec Ben, je n'avais pas à prétendre être une personne que je n'étais pas.

— Ne t'inquiète pas, maman. Je suis toujours moi-même.

Je souris en sachant que c'était la vérité.

— Bien. Je suis impatiente que tu rentres à la maison pour nous rendre visite. Comme ton père est souvent sur les routes, je me sens seule.

Mon père était chauffeur routier et absent une grande partie de la semaine. Je l'écoutai parler longuement du repas-partage de l'église et de ses tomates qui avaient été primées, en lui posant parfois des questions pour qu'elle entre dans les détails. C'était simplement bon d'entendre sa voix.

Cela me rappela qu'il existait un monde plus important que les paillettes et le glamour de la Fashion Week, et que j'étais destinée à avoir plus.

C'était une aventure temporaire et cette prise de conscience me perturba. J'avais été tellement entraînée dans ce tourbillon ; je me demandai ce qui se passerait une fois que je serais rentrée. Ben s'intéresserait-il encore à moi une fois à New York ? J'essayai de l'imaginer dans mon petit appartement miteux, à traîner avec Ellie et moi. C'était comme essayer de visualiser Fiona habillée avec des vêtements de la collection de l'année précédente. Cela n'arriverait jamais.

— Je viendrai bientôt vous voir, maman. Passe le bonjour à papa de ma part. Je t'aime.

Elle me paraissait si loin… La maison de mon enfance dans la campagne était un lointain souvenir dans le monde agité de la mode à Paris et Milan. Et ma relation avec Ben dissipait tout, chaque pensée au réveil, et inspirait même mes rêves. Je savais que ce n'était probablement pas sain, mais c'était ma réalité. J'avais été aspirée dans cette bulle, et je ne voulais pas qu'elle éclate.

Après nous être dit au revoir, je me pelotonnai dans le lit pour attendre l'arrivée de Ben.

Étais-je vraiment si superficielle pour qu'un homme attirant (même terriblement attirant) parvienne à me transformer en une flaque de sentimentalité à l'eau de rose ? Mais je me rappelai que c'était plus que ça. Même si j'appréciais son apparence, je l'aimais pour un tas de qualités qui n'avaient rien à voir avec son beau physique.

Il avait été honnête et franc avec moi à propos de ses attentes. Sa façon de parler de son avenir et de l'argent était sexy. Cela prouvait sa capacité à prévoir et prendre ses dispositions. Il mettait mes besoins en première ligne quand nous étions intimes, ce qui représentait plus que ce que j'attendais, en me basant sur mes expériences passées décevantes. Et c'était sans évoquer le fait que cet homme avait le gène du langage salace. Ce qui permettrait sur le long terme de préserver le côté croustillant d'une relation. Juste assez de spontanéité pour nourrir la flamme.

Mais je savais que je me projetais trop. Mince, j'étais prête à choisir les robes pour les demoiselles d'honneur et il ne m'avait même pas encore dit que nous avions une relation exclusive. Si ce n'était vraiment que du sexe, pourquoi avais-je l'impression qu'il y avait bien plus que ça ?

15

Emmy

La Fashion Week battait son plein à Paris. L'air était empli d'énergie et d'excitation. Je me rendis dans les coulisses du défilé Versace pour voir si je pouvais trouver Ben. Il y avait des mecs partout, plus ou moins habillés. Certains étaient assis aux postes de maquillage, les cheveux pleins de gel pour fixer leur nouvelle coiffure et maintenus avec des barrettes pour permettre aux maquilleurs de faire leur travail ; les plus pudiques se changeaient derrière des cloisons.

Ben était facile à repérer. Il mesurait plusieurs centimètres de plus que tous ceux qui l'entouraient. Mon dieu grec de la perfection. Mon homme sexy. Je me sentis fière en le voyant. La maquilleuse utilisait un pinceau pour appliquer du fond de teint et illuminer son visage. Les cernes qu'il avait autrefois sous les yeux avaient disparu. Peut-être que dormir à mes côtés la nuit lui était vraiment bénéfique.

Fiona se tenait debout près de lui et buvait un verre de champagne en discutant tranquillement avec la maquilleuse pendant qu'elle opérait sa magie. Ben participait à plusieurs défilés ce jour-là, et portait alors un simple T-shirt blanc et un jean délavé qui donnait un aspect adorable à ses fesses.

Quand ses yeux croisèrent les miens, un sourire sincère apparut sur sa jolie bouche. Il était vraiment superbe. Je lui rendis son sourire et lui souhaitai silencieusement bonne chance, avant de retourner dans le public. Je devais m'assurer que la place réservée pour Fiona au premier rang restait libre. Je serais assise plusieurs rangs derrière, mais m'estimais chanceuse d'avoir pu obtenir une place. Gunnar, lui, regarderait le défilé de son hôtel avec la retransmission vidéo.

Je repérai ma place et m'y installai. Je me demandai si j'étais autorisée à prendre des photos avec mon téléphone. Mais je me dis que je trouverais des photos de Ben plus tard sur Internet. Il y avait un million de photographes ici qui faisaient déjà crépiter leurs flashs.

Quand je vis Fiona se glisser sur sa chaise au premier rang, je sus que le défilé allait commencer. De petits papillons dansaient dans mon ventre alors que j'attendais avec impatience.

De puissants spots ainsi que les flashs des appareils photo baignaient la scène de lumière. Une forte musique entêtante émanait du système de son. Je ne connaissais pas l'ordre de passage ni quand je verrais Ben.

Certains défilés ne duraient que sept ou huit minutes, alors que d'autres se rapprochaient plus de vingt. Cela dépendait simplement du nombre de tenues qu'ils avaient à présenter. Je ne savais pas non plus combien de passages il avait.

Lorsque les premiers mannequins commencèrent à défiler, un léger sourire s'afficha sur mon visage. J'étais là, à Paris, à mon premier défilé de mode. C'était un sentiment surréaliste. Médusée par la fascination, j'observais ce défilé d'hommes beaux qui marchaient avec assurance sur le podium. Cette saison présentait des couleurs fortes, des noirs et blancs, et des imprimés animaux inhabituels… Apparemment, la peau de serpent serait la grande tendance de l'année prochaine.

Soudain, Ben fut là, se pavanant magnifiquement en avançant vers moi sur la piste. La perfection absolue. Confiant, sûr de lui et super sexy. Sa démarche était posée, son menton haut et son regard sombre fixé droit devant lui. Mes yeux s'égarèrent sur son corps, détaillant le costume gris anthracite et la cravate rouge vif. Un sac en cuir pendait sur son épaule. Jamais un costume moulant et une sacoche ne m'avaient paru aussi sexy. Je savais qu'il ne garderait pas ces vêtements, mais mince, je n'aurais pas dit non pour le déshabiller lentement plus tard et le déballer comme un cadeau. Mon pouls s'accéléra en y pensant. Après toutes les soirées prévues après les défilés, j'espérais juste pouvoir passer un peu de temps seule avec lui.

***

Une fois les défilés de la journée terminés, je me faufilai dans les coulisses pour le rejoindre. C'était de la folie : des photographes, des stylistes et des mannequins s'affairaient de partout. Et tout le monde était à la fête. Des drogues, de l'alcool, des gens nus. Abandonnant tout espoir de trouver Ben, je lui envoyai un message pour lui dire que je le verrais à l'after, puis je sortis.

Après être passée à l'hôtel pour mettre une tenue plus appropriée au soir (un pantalon slim noir avec un dos nu en soie violet et des sandales à lanières argentées), j'empruntai le métro que j'avais pris l'habitude d'utiliser ces dernières semaines.

Quand j'arrivai à l'hôtel où avait lieu l'after, je me sentis complètement hors de mon élément et très gênée alors que je me frayais un chemin à l'intérieur de l'élégant établissement. Je m'arrêtai à la réception et on m'indiqua de prendre l'ascenseur jusqu'au troisième étage où se situait la salle de danse.

Je n'étais pas du tout préparée pour la scène qui m'accueillit. De la musique électronique basse émanait des haut-parleurs, et, avec la lumière tamisée, instaurait une ambiance évocatrice. De confortables canapés blancs étaient installés en U et des mannequins féminins fines comme des brindilles y discutaient amicalement. Je continuai mon chemin avec l'impression que j'étais revenue en arrière dans la cafétéria de mon lycée et que je passais devant la table des gamins populaires pour m'asseoir seule dans un coin.

Comme j'avais besoin de puiser du courage dans l'alcool, je m'approchai du bar avant de partir à la recherche de Ben. Ou même de Gunnar. N'importe quel visage amical ferait l'affaire en fait. Mais d'abord, je voulais avoir un verre dans les mains. J'aurais préféré une bière bien fraîche, mais j'optai pour un verre de champagne puisqu'il me semblait qu'il s'agissait de la boisson de choix ce soir.

Je pris une gorgée du champagne demi-sec froid et fermai les yeux. Je détestais cette sensation de ne pas être à ma place. On distinguait clairement les mannequins des personnes normales. J'étais trop petite, j'avais trop de formes. Je n'avais jamais été aussi consciente de mon corps que dans cette pièce remplie de femmes taille zéro. J'avançai le long du bar jusqu'à un tabouret libre où je pourrais m'asseoir et soulager la pression sur mes pieds. Satanées chaussures à talons qui me pinçaient la peau. Alors que je me mettais à l'aise dans le siège moderne en demi-lune, je remarquai l'homme près de moi, la tête baissée, en train de boire sa bière tranquillement.

Il dut remarquer la façon dont je m'attardais sur sa bouteille, parce que, quelques secondes plus tard, il fit signe au barman qui décapsula et déposa une bière devant moi.

Je me retournai vers lui, tout sourire pour la première fois de la soirée.

— J'étais si peu discrète ?

Il sourit avec décontraction, le visage ouvert et amical.

— Braydon Kincaid.

Il me tendit la main.

— Emmy Clarke, dis-je en la lui prenant. Et merci pour la bière.

— De rien.

Il était évident que c'était un mannequin. Il était grand, au moins un mètre quatre-vingt-cinq, et son corps, bien que mince, était ferme et musclé. Ses cheveux étaient d'une teinte plus clairs que ceux de Ben, un mélange de châtain chaud et de blond, et ses yeux étaient d'un bleu éclatant.

Braydon se tourna complètement dans ma direction, me fixant toujours alors que je portais la bouteille à mes lèvres et prenais une longue gorgée. Je n'étais pas vraiment d'humeur à discuter, mais quelque chose chez lui me mit à l'aise, plus que je ne l'aurais probablement dû.

Avalant la gorgée glacée, je me retournai vers lui.

— Vous avez participé à l'un des défilés aujourd'hui ?

Il but lui aussi de sa bière, sa gorge puissante s'agitant alors qu'il avalait. Il était difficile de ne pas être affectée physiquement par cet homme. Il était vraiment beau.

— Armani, Prada, Iceberg, Jil Sander et Calvin Klein. De la rigolade.

— Oh, oui. Je me souviens maintenant. Vous avez ouvert le défilé Jil Sander. C'est vous qui portiez ce pantalon rose vif.

Il sourit, ses yeux pétillant en regardant les miens.

— Vous m'avez remarqué. Ils distribuaient des vêtements après le défilé, mais je ne crois pas que j'aurai besoin de reporter ça un jour. J'aimerais garder mon passeport masculin, merci.

J'éclatai de rire, immédiatement à l'aise avec lui, même si je ne le connaissais que depuis quelques minutes.

— Et vous, que faites-vous ? me demanda-t-il.

Il posa la question très poliment, mais il était évident qu'il savait que je n'étais pas mannequin.

— Je travaille pour Fiona Stone.

— Ah, je vois.

Le sourire entendu qui s'esquissa sur sa bouche me dit qu'il la connaissait, mais je ne cherchai pas à en savoir plus. La plupart des gens avaient entendu parler d'elle ou de Status Model Management. Ce n'était pas surprenant. Mais je n'avais pas vraiment envie de discuter des histoires d'horreur de Fiona, alors je laissai tomber.

— Et je trouve que vous devriez être fier d'avoir porté du rose aujourd'hui. Il faut avoir bien confiance en sa masculinité pour accepter ça, dis-je pour détourner le sujet de conversation.

Il secoua la tête.

— Ouais, je suis sûr que mes parents seraient vraiment fiers. Aujourd'hui, j'ai eu une manucure et j'ai parcouru le podium en rose. C'est le rêve de tous les pères.

Je ris, même si je me demandai s'il y avait quelque chose de vrai dans ses paroles et si son père approuvait la profession qu'il avait choisie.

— D'où venez-vous ?

En parlant de sa famille, cela m'avait fait penser à l'endroit où il avait grandi. Son accent était clairement américain.

— Ohio. Et vous ?

— Tennessee.

— J'en étais sûr.

— Pourquoi ? Mon accent ?

J'étais habituée à ce que les gens le remarquent.

— Ouais.

Il afficha un large sourire. Cette petite conversation me détendit. Nous prîmes chacun une gorgée de notre bière et laissâmes un silence agréable se répandre dans l'air autour de nous.

Les genoux de Braydon frôlèrent les miens et je ne pus m'empêcher de remarquer le désir sombre dans son profond regard bleu. Il me donna la chair de poule.

— Je devrais aller chercher mes amis.

Comme ma voix était voilée et basse, je m'éclaircis la gorge.

— Merci pour la bière, ajoutai-je.

Braydon saisit ma main et la porta à ses lèvres.

— De rien, joli cœur.

Ses paroles badines, l'éclat dans ses yeux et le doux contact de ses lèvres sur ma peau m'envoyèrent une vague de chaleur qui envahit mon ventre.

Je peinai à déglutir alors que mes yeux s'attardaient sur les siens. Puis je finis par m'éloigner, les jambes tremblantes.

Je traversai la salle vers la zone VIP encore plus mal éclairée. Les miroirs sur les murs et les boules à facettes projetaient des taches de couleurs partout dans la salle. L'effet était déroutant.

Je repérai Ben tout au fond de la salle, installé avec un groupe de types et de filles sur l'un des canapés en cuir blanc. Il ne m'avait pas encore remarquée, et quand je m'approchai, je vis de fines lignes de poudre blanche sur la table devant eux. Comme Ben et moi n'avions jamais évoqué l'usage de drogue, j'avais présumé qu'il n'en prenait pas. À présent, je n'en étais plus si sûre.

Il avait un verre d'alcool ambré dans la main et ses yeux étaient un peu vitreux. Je fus prise de panique et ressentis un gros poids dans mon estomac. Peut-être que je ne le connaissais pas du tout. Lorsque ses yeux croisèrent les miens, je lus sur son visage qu'il m'avait reconnue. Il se redressa et s'éloigna légèrement de la fille fluette pelotonnée à côté de lui.

— Emmy.

Je pris la main qu'il me tendit et me frayai un chemin entre lui et le mannequin affalé à ses côtés. Je ne connaissais pas son nom, mais son visage m'était familier. J'étais presque sûre de l'avoir vue lors du défilé Prada cet après-midi.

Plutôt que de me serrer entre eux, je restai debout, entre le canapé et la table basse près des genoux de Ben. Il me regardait avec un sourire un peu morne.

Soudain, je n'eus plus aucune envie d'être ici. Je ne m'intégrais pas dans ce décor. Je n'acceptais pas les drogues et me rasseoir pour boire un verre reviendrait à fermer les yeux sur la cocaïne qui nous entourait. Et je n'en avais aucunement l'intention. On pourrait dire que j'étais bêcheuse, bégueule ou tout ce qu'on voulait, mais retrouver ma chambre et prendre un bon bain moussant me paraissait bien plus attirant que fréquenter ces gens.

— Je crois que je vais y aller.

Ben se leva en titubant.

— Alors je te raccompagne.

Je saisis son biceps pour le stabiliser. On aurait bien dit que c'était plutôt moi qui allais le raccompagner. Je ne l'avais jamais vu aussi soûl. Et je n'aimais pas ça. J'étais inquiète pour lui. Combien avait-il bu, et était-ce prudent de boire autant en prenant ses médicaments ? Je l'aidai à s'extraire de l'espace entre la table et le canapé.

Comme nous nous dirigions vers le centre de la salle, je passai un bras autour de sa taille pour le faire marcher droit. Je ne l'avais jamais vu aussi bourré, et je ne pouvais pas dire que j'étais fan. Je savais par expérience qu'il n'y avait rien d'amusant à prendre soin d'une personne ivre et qui finirait certainement par être malade.

Ouais… j'ai connu ça.

Ben chancela vers la porte, en se cramponnant à ma taille.

— Merci, bébé.

J'avais envie de croire qu'il n'avait rien mangé de la journée. J'aurais pu le parier, puisque personne ne nourrissait ces mannequins. En tout cas, j'espérais que c'était à cause de ça… trop d'alcool dans un estomac vide. Je luttais pour nous faire aller dans la bonne direction, en tenant à la fois Ben et mon sac à main et en essayant de garder l'équilibre sur mes talons aiguilles. Je sentis une grosse main se fermer sur mon coude.

— Je l'ai, dit une voix grave et familière derrière moi.

Je relâchai mon emprise sur Ben et permis à Braydon de s'insérer entre nous. Il passa un bras sous l'épaule de Ben et le guida aisément vers l'ascenseur.

Je les suivis, légèrement embarrassée.

— Tu as trop bu, mon pote ? lui demanda Braydon une fois à l'intérieur de l'ascenseur.

Ben hocha la tête et je vis dans ses yeux qu'il reconnut l'homme qui se tenait devant lui.

— Bray.

Braydon s'approcha et me tira pour que je passe les portes tout en soutenant Ben. La main de Braydon restait collée à ma hanche et me maintenait près de lui. La chaleur de sa main fit chauffer ma peau et se dresser mes tétons contre la dentelle de mon soutien-gorge. Mon corps était curieux de le connaître, même si mon esprit était dévoué à Ben.

— Tu vas la partager avec moi, celle-là ? demanda Braydon à Ben, les yeux toujours rivés sur les miens.

Ben leva de manière mal coordonnée une main vers l'épaule de Braydon.

— Non, connard.

Son ton était neutre et ça ne semblait pas l'amuser.

Avaient-ils déjà partagé des femmes ? Et pourquoi cette information me fit-elle le même effet que si on avait injecté une dose d'adrénaline dans mon organisme ? Ces deux hommes superbes honorant la même femme ? Bon sang. Je me sentis fébrile.

Je me penchai pour ajuster la lanière de ma sandale qui s'enfonçait dans ma cheville. En gardant une main sur l'épaule de Ben pour le soutenir, Braydon me tendit l'autre pour me soulager de mon sac qui me gênait en pendant à mon bras. Il passa la bandoulière sur son poignet et me fit un clin d'œil.

— Laisse-moi t'aider.

Je croisai son regard bienveillant et souris, apparemment sans voix devant cet homme blond, grand et beau. Un homme qui avait actuellement un bracelet rose autour de son avant-bras puissant.

— À quel hôtel êtes-vous, tous les deux ?

Je lui répondis en me demandant toujours comment il connaissait Ben et pourquoi il était aussi gentil avec moi.

— Je vais trouver une voiture.

J'avais pris le métro pour venir jusqu'ici, mais réalisai que je n'avais pas particulièrement envie de vivre l'expérience de tenter de gérer Ben dans le métro dans cet état aujourd'hui. Ni jamais. Sans parler du fait qu'il n'avait pas besoin de paparazzi. Nous ne voulions pas que quelqu'un le reconnaisse et se mette à prendre des photos… surtout que Paris était bondé de photographes pendant la Fashion Week.

Je m'assis à l'arrière de la voiture, coincée entre ces deux hommes. Ben prit ma main et la mit sur ses genoux. Il posa sa tête sur l'appuie-tête et marmonna des excuses à mon attention.

— Braydon ? demandai-je.

— Hmm ?

J'étais trop consciente de la chaleur de son corps près du mien, sa jambe heurtant occasionnellement ma cuisse.

— Tu ne crois pas qu'il… a pris quelque chose, hein ?

— De la drogue ? Non. Ben ne touche pas à cette merde. Il ne l'a jamais fait.

Je ne savais pas trop comment Braydon pouvait le savoir, ni jusqu'où s'étendait leur relation, mais son assurance apaisa mon esprit.

Quand nous arrivâmes à l'hôtel, je réveillai Ben qui semblait avoir un peu dessoûlé pendant les vingt minutes du trajet. Une fois dans la chambre, il tomba lourdement sur le matelas, nous laissant, Braydon et moi, à nous fixer d'un air gêné au pied du lit.

— Emmy, viens par là…

Ben m'attira sur le lit et se blottit dans mon cou pour inhaler l'odeur de mes cheveux. Sa main se déplaça de ma taille à mon postérieur, pour l'attraper et le serrer gentiment.

Il se tourna pour s'adresser à Braydon.

— Merci pour ton aide, mais il est temps de partir, Bray.

Braydon rit doucement.

— Je ne crois pas, mec. Tu as ce qu'on appelle la bite au whisky. Tu n'auras rien ce soir. D'ailleurs, tu ne lui seras pas d'une grande utilité.

Quand les yeux bleu marine de Braydon croisèrent les miens, je frissonnai.

Ben renforça son étreinte.

— Je fais toujours jouir Emmy.

Oh !

— O.K., il est temps d'arrêter de raconter des histoires.

Je me débarrassai de l'emprise de Ben, les joues brûlantes. Apparemment, Ben avait besoin d'une muselière lorsqu'il était ivre. Je traversai la chambre et attrapai le téléphone.

— Je crois que je vais appeler le service d'étage. Espérons qu'il ira mieux en mangeant un truc.

Je regardai Braydon.

— Tu veux quelque chose ? lui demandai-je.

Il sourit légèrement en enlevant mon sac de son bras avant de me le tendre.

— Avec plaisir. Je pourrais rester un peu.

Je commandai des sandwiches et des bouteilles d'eau, puis nous nous assîmes sur le lit pour manger. Ben grignota le sien, mais je fus surtout contente de le voir boire toute une bouteille d'eau. Il enleva alors son boxer et s'allongea sur le lit, manifestement sans ressentir aucune timidité pour se déshabiller devant un autre homme. Braydon et moi échangeâmes un sourire. J'étais soulagée d'avoir de la compagnie, et que Ben soit en sécurité dans son lit.

La sonnerie aiguë d'un téléphone détourna mon regard de celui de Braydon. Ben se pencha sur le bord du lit et sortit son portable de la poche du pantalon qu'il avait jeté par terre avant de grogner et lâcher l'appareil sur le lit près de lui.

Braydon attrapa le téléphone qui sonnait toujours et regarda l'écran.

— C'est Fiona.

— Il est plus de minuit. Qu'est-ce qu'elle peut bien lui vouloir ?

Je ne pus empêcher le mépris dans ma voix.

Ben échangea un coup d'œil entendu avec Braydon. Ils se disaient quelque chose d'important et pourtant complètement implicite.

— Ne dis rien à Emmy à propos de Fiona, murmura Ben.

— Je crois que tu viens de le faire.

Les yeux de Braydon croisèrent les miens, et m'étudièrent, attendant ma réaction, mais je n'en eus aucune.

— Appelle-moi si tu as besoin de quelque chose. Ben a mon numéro dans son téléphone, finit-il par dire.

J'acquiesçai, toujours trop abasourdie pour parler.

Je voulais aller dans ma propre chambre, prendre une douche et me changer. Et peut-être pleurer un bon coup. Mais Ben m'attira dans son lit quelques secondes après que la porte se ferma derrière Braydon et il se recroquevilla autour de moi.

— Tu es si douce, murmura-t-il, ses lèvres frôlant la peau dans ma nuque.

Je le laissai m'étreindre, ne voulant pas, ou ne pouvant pas, lui dire de me lâcher.

16

Ben

Je fus en congé les jours suivants, et maintenant que la folie de la Fashion Week était derrière nous, Emmy et moi pûmes faire un peu de tourisme à Paris. Je me sentais mal de m'être autant soûlé à l'after. Emmy avait bien pris soin de moi, et je voulais lui rendre la pareille.

Nous nous prélassions sur une couverture sur la grande pelouse devant la tour Eiffel, elle allongée sous le soleil chaud et moi lisant tranquillement à côté d'elle. Je sentis qu'elle me fixait pendant que je lisais. J'avais l'habitude d'être observé, critiqué… mais Emmy me regardait différemment. Je feuilletais les pages en sentant son regard dévier sur mes lèvres qui bougeaient au fil de ma lecture et observer mes doigts lorsqu'ils tournaient les pages. Elle releva ses lunettes de soleil pour avoir une vue dégagée.

— Quoi ?

— Est-ce que Braydon et toi avez réellement partagé une femme ? me demanda-t-elle en me regardant droit dans les yeux.

Je posai le livre près de moi.

— Oui.

— Plus d'une ?

Je voulais être honnête avec elle.

— Quelques-unes. Est-ce que cela te dérange ?

— Non.

Elle détourna le regard et fixa longuement les lunettes de soleil qu'elle avait mises de côté. Il y avait quelque chose qu'elle ne voulait pas me dire.

— C'est quelque chose que tu aimerais essayer ? demandai-je.

Elle déglutit.

— Je ne sais pas.

Individuellement, Braydon et moi ne faisions pas le poids face à une femme. Mais ensemble, nous faisions des ravages. Nous avions attiré des top models parmi les plus sexy du monde. C'était très amusant, mais quelque chose dans l'idée de faire ça avec Emmy me dérangeait. Elle donnait envie au mâle alpha en moi de marquer son territoire. Elle se trouvait au-delà de la frontière et ne pouvait pas être partagée. Mais à moins de me tromper, je devinai que l'idée que Braydon et moi nous frottions à elle, d'avoir deux sexes bien durs à caresser et sucer l'excitait. Je notai sa réaction dans ma tête. Son pouls était plus rapide et battait frénétiquement dans son cou et ses mamelons pointaient contre le tissu de son débardeur.

— Intéressant. Je n'aurais pas cru que tu étais du genre à aimer les plans à trois.

— Ce n'est pas le cas.

Sa voix était fébrile, tel un petit murmure plein de doute. Elle mordit sa lèvre inférieure en me regardant les yeux plissés comme si elle se livrait totalement à moi. Elle n'y avait peut-être jamais réfléchi, mais il était évident que là, c'était le cas. J'étais prêt à parier que si j'avais glissé ma main dans sa culotte, je l'aurais trouvée toute mouillée.

Je ne savais pas trop ce que je ressentais. Elle ne m'appartenait pas. J'avais été clair à ce propos. Et là, je réagissais comme un sale égoïste. Si c'était quelque chose qu'elle voulait, je devais le lui donner. Ne serait-ce que pour me prouver que j'en étais capable.

— Ben ?

— Hmm ?

— Fiona a téléphoné hier soir après minuit. Et Braydon n'a pas semblé surpris qu'elle t'appelle.

Mes yeux quittèrent les siens pour regarder la couverture. *Merde.*

— Ce n'est pas l'une des femmes que vous avez partagées, hein ?

Mon cœur palpita dans ma poitrine. Elle m'avait posé la question à propos de Fiona franchement et je ne voyais aucun moyen de l'éviter. Je savais que ça n'allait pas lui plaire, et je n'aimais pas l'idée de la blesser.

— Est-ce que toi et Braydon avez couché avec Fiona ? insista-t-elle.

— Cela te dérangerait-il ?

— De savoir que tu as eu une relation sexuelle avec Fiona ? Oui.

Son ton était ferme et je ne pus qu'imaginer toutes les pensées qui tournaient dans sa tête.

— C'était juste une fois ?

Ses grands yeux bleu-gris clignèrent deux fois en se plongeant dans les miens.

Avec Braydon ?

— Oui.

Je ne lui disais pas entièrement la vérité, mais ma réponse à sa question était honnête. Je ne pouvais pas faire mieux.

Elle croisa ses doigts sur ses genoux.

Je ne pus m'empêcher de tendre la main vers elle pour la poser sur sa joue et lever son menton.

— Hé. Tu vas bien ? murmurai-je.

Elle acquiesça.

— Je crois que oui.

Je souris et me penchai pour déposer un doux baiser sur sa bouche.

— Ce n'était pas sérieux. D'accord ?

Emmy resta calme. Je priai pour que nous arrivions à dépasser ça. Je ne voulais pas que mon passé avec Fiona gâche mon présent avec Emmy. Elle se redressa, mais je ne pus m'empêcher de remarquer qu'elle s'éloigna légèrement de moi sur la couverture.

Emmy

Je fus dévastée d'apprendre que Ben avait été intime avec Fiona. Je ne pouvais pas m'empêcher d'imaginer Ben l'embrasser, sa bouche se promenant sur sa gorge, ses mains agrippant ses hanches. Je fermai les yeux et les serrai fort. Ma respiration restait coincée dans ma gorge comme si quelqu'un était assis sur ma poitrine. C'était mon antithèse, ma pire ennemie. Comment avait-il pu être avec quelqu'un comme elle ?

Pendant ces dernières semaines, je m'étais convaincue que Ben et moi étions devenus de plus en plus proches ; si nous n'étions pas un vrai couple, au moins, nous en prenions la direction. Mais s'il voulait me partager avec son ami, pouvait-il être vraiment sérieux avec moi ?

Peut-être était-ce exactement pour ça que je n'aurais pas dû lui poser de question à ce sujet. Si ça allait à Ben, cela n'aurait-il pas dû me convenir aussi ? Ce n'était qu'une sorte d'expérience éphémère. J'étais à Paris, la ville la plus romantique et ravissante au monde et j'avais l'opportunité d'apprécier la compagnie et l'intimité de deux mannequins. Je savais ce qu'Ellie aurait dit : « Fonce ! ». Mais alors, pourquoi avais-je l'estomac noué ? Et pourquoi ma tête n'arrêtait pas de me montrer comment sa mâchoire s'était subtilement crispée lorsque j'avais agi comme si l'idée m'intéressait ? Une partie de moi le voulait, ne serait-ce que pour voir la réaction de Ben et savoir si ça lui convenait vraiment. Je calmais la partie de mon cerveau qui me hurlait que ce n'était rien de plus qu'une compétition malsaine. Ce besoin de conquérir quelque chose que Fiona avait déjà connu n'était pas sain, et je me détestais d'avoir ce genre d'idée. Je n'aurais pas dû avoir besoin de rivaliser avec elle. C'était puéril et mesquin, mais c'était ce que je ressentais. Impossible de le nier.

Il fallait juste que je fasse taire mon cerveau et laisse mon corps prendre le contrôle.

***

Ben et moi n'avions pas reparlé de Braydon, mais plusieurs jours plus tard, je reçus un courrier dans ma chambre en milieu de matinée. Je sortis de l'enveloppe un carton épais.

Joins-toi à Braydon et moi pour dîner et prendre un verre. 20 heures au Grand Capri.
Je t'enverrai une voiture à 19 h 45.
Ben

Il ne proposait pas. Il ordonnait. Mais avant que je n'aie le temps de flipper ou de jauger ses intentions, quelqu'un d'autre frappa à la porte. Le concierge me livra une grande boîte. Je la portai à l'intérieur et la déposai sur le lit. Je soulevai le couvercle, écartai un tas de papier de soie et découvris une robe. Pas une robe quelconque, mais une robe de soirée. J'en restai bouche bée. C'était une robe Vera Wang : de la soie noire et brillante visiblement hors de prix, avec un haut dos nu avec coques incrustées pour les seins, et une grande fente sur le côté. Elle avait un style classique et je savais qu'elle serait toujours à la mode dans plusieurs années. Je pressai le tissu contre ma poitrine en savourant la sensation de douceur. Je n'avais jamais possédé quelque chose d'aussi joli.

Après avoir écarté tout le papier, j'attrapai une boîte à chaussures dans le fond du carton. Une paire de chaussures à talons compensés vernies noires Christian Louboutin. Il y avait un message dans les chaussures (sur un foutu Post-it) qui disait : « Juste ce qui te conviendra ».

Mon sang bouillonnait dangereusement et un frisson brûlant parcourut tout mon corps.

Que cela signifiait-il ? Si tout ce que je voulais était dîner puis revenir ici seule, ou juste avec Ben, ça irait ? Ou si je les voulais tous les deux… cela faisait-il partie des plans aussi ? Mon Dieu, c'était gênant. Qu'avait-il dit à Braydon ? Non. C'était de la folie. Ce n'était pas parce que je m'étais montrée un peu curieuse, que cela voulait dire que j'allais le faire. J'avais bien envie de sortir avec eux deux ce soir, mais ça s'arrêtait là.

J'eus toute la journée pour y réfléchir, ainsi qu'à un tas d'autres questions, avant l'heure du rendez-vous. Mais j'eus aussi le luxe de prendre mon temps pour me préparer. Je pensais qu'un long bain m'aiderait à me détendre et que je pourrais me concentrer sur ma liseuse que j'avais négligée ces derniers temps. Dommage, mais ce fut impossible : mon esprit s'emballait.

Ben m'envoya un message dans l'après-midi pour me demander comment je me sentais.

Moi : Nerveuse.

Je ris légèrement en relisant l'honnêteté brutale de ma réponse. Impossible de la jouer cool.

Ben : Ne le sois pas, bébé. Souviens-toi, juste ce qui te conviendra.

Ses paroles ne me calmèrent en rien. Il paraissait tellement sous contrôle, si sûr de lui. Je ne pouvais qu'espérer que c'était le cas, parce que moi, je n'étais ni l'un ni l'autre.

Ben : Je t'envoie quelqu'un pour t'aider à te préparer.
Elle sera là à 17 h 30... si cela te convient...
Moi : O.K.

Je n'étais pas habituée à avoir quelqu'un qui s'affairait autour de moi, mais si Ben estimait que ça m'aiderait, c'était son monde, et je me contentais d'y jouer.

Je pris mon bain et appliquai une crème à la senteur sucrée sur mes bras et mes jambes. Je venais tout juste de finir de me sécher les cheveux quand Lucia arriva à cinq heures et demie. J'étais légèrement inquiète qu'elle m'embarrasse plus qu'autre chose, mais je n'aurais pas pu plus me tromper. Elle prit rapidement le contrôle, se présenta avec une poignée de main amicale, puis ouvrit sa valise à roulettes noire pleine de maquillage et plusieurs appareils de coiffure. Elle me demanda de m'asseoir, puis étudia ma peau et les traits de mon visage. Je fus soulagée en entendant qu'elle parlait anglais couramment. Ben avait pensé à tout.

— Quel genre de look voulez-vous ?

Je n'en avais aucune idée.

— Oh, juste quelque chose de naturel.

— Quelles couleurs porterez-vous ce soir ?

— Une robe et des chaussures noires.

Elle acquiesça.

— Une occasion spéciale ?

La chaleur me monta aux joues quand une vague d'embarras déferla sur moi. Comment expliquer ma situation avec un mannequin qui n'était pas vraiment mon petit ami, même si je le voulais… et le fait que j'avais un rencard avec lui et son ami mannequin tout aussi délicieux pour une partie à trois ? Non… ce n'était pas le genre de chose qu'on expliquait aux gens. Même si je savais qu'Ellie était capable de me le faire dire, surtout si cela impliquait de la tequila, ou comme je l'appelais : « du sérum de vérité ».

— On peut dire ça, répondis-je.

Lucia me fit un maquillage naturel : de la poudre de soleil sur les joues et le front, un trait d'eye-liner, plusieurs couches de mascara et du gloss rosé sur les lèvres, avant de me tendre un miroir. J'adorais. J'étais élégante et très jolie. Ce traitement de faveur m'avait donné de l'assurance et du courage. Un petit miracle si on considérait combien j'étais nerveuse en pensant à ce soir. Je me sentais comme une princesse qui se préparait pour le jour de son mariage. Alors qu'en fait, il s'avérait que j'avais un rencard avec deux hommes. Je me demandai ce que ressentait vraiment Ben face à cette situation. Je savais qu'il ne cherchait rien de sérieux avec moi, mais quand j'en avais parlé, sa mâchoire s'était crispée et toute sa posture avait changé. À moins que ce soit le fruit de mon imagination.

Quand j'avais appris qu'il avait partagé des femmes avec Braydon dans le passé, j'avais surtout été surprise. Zut, je ne pensais pas que ce genre de chose arrivait vraiment en dehors des films porno. Je n'avais jamais été particulièrement attirée par l'idée de faire ménage à trois. Pourtant, imaginer Ben et un autre homme (et pas n'importe quel homme, mais Braydon) en train de me donner tous les deux du plaisir déclenchait une sorte de surtension du système. Je ne pouvais pas nier ma curiosité. Après avoir terminé mon maquillage, Lucia fit de grosses boucles lâches dans mes cheveux et y passa les doigts avant de les fixer avec de la laque. Je ne prenais jamais le temps de les coiffer de cette manière, et j'adorais ce qu'elle avait fait. Après son départ, je pris ma robe de soirée dans la salle de bains pour m'habiller. Comme la coupe ne permettait pas de porter un soutien-gorge, le seul sous-vêtement que je mis fut un minuscule bout de dentelle rose, l'un des rares strings que j'avais emmenés en France.

La soie douce glissa le long de mes hanches et se mit en place pour frôler le haut de mes chevilles. Je nouai la lanière du dos nu dans ma nuque en laissant le ruban soyeux former une boucle. Je découvris alors le décolleté plongeant qui moulait mes seins à la perfection. Je m'inquiétais de sortir sans soutien-gorge, mais cela semblait aller.

En complétant la tenue avec mes petites boucles d'oreilles en diamants, je me sentis un peu plus moi-même. Quand je me retournai pour faire face au miroir, je reconnus à peine la fille qui me fixait. Elle avait l'air sophistiquée, assurée et sexy. À l'intérieur, mes émotions se résumaient à un mélange de nervosité et de doute. Mais au moins, cela ne se voyait pas sur mon visage.

Je glissai mes pieds dans les magnifiques escarpins et remuai les orteils. La petite ouverture au bout laissait apparaître mon vernis à ongle rouge. J'étais aussi prête que jamais.

Ben arriva seul dans une limousine noire. Je lui en étais reconnaissante. Je pense que je n'aurais pas pu supporter de le voir déjà accompagné de Braydon. Il sortit de la voiture et m'accueillit sur le trottoir. Il avait fière allure, élégant et scandaleusement sexy dans un costume noir Armani et une chemise noire elle aussi, légèrement ouverte pour dévoiler sa gorge appétissante. Cette tenue sombre faisait ressortir ses yeux qui brillaient plus que d'habitude et paraissaient alors plus verts que noisette.

Il se pencha pour m'embrasser sur la joue, et le parfum enivrant de son eau de Cologne m'assaillit.

— Tu es ravissante, murmura-t-il.

Un frisson parcourut mon dos. Son regard s'attarda sur mes seins qui étaient pressés l'un contre l'autre par la robe moulante, avant que ses yeux ne finissent par remonter et s'arrêter sur les miens.

— Tu es sûr que ça te va ? demandai-je.

— C'est pour toi, Emmy. Tant que c'est quelque chose que tu veux.

Je ne pus m'empêcher de remarquer qu'il n'avait pas répondu à ma question. Sa main dans le creux de mon dos me guida vers la limousine. Elle était faiblement éclairée et spacieuse ; l'odeur du cuir et la trace du parfum de Ben m'attendaient à l'intérieur.

Il s'assit en face de moi et sortit une bouteille de champagne d'un seau à glace.

— Tu veux un verre ?

— Je préférerais quelque chose de plus fort, si tu as, murmurai-je en arrangeant la robe autour de mes jambes.

Il acquiesça d'un air songeur et nous versa à chacun une dose de vodka sur des glaçons et y ajouta du jus de cranberry, mais juste un soupçon.

— Merci, dis-je en acceptant le verre et en prenant une gorgée.

Waouh, c'était fort.

— Il nous faudra seulement quelques minutes pour retrouver Braydon, puis un trajet d'une vingtaine de minutes jusqu'au restaurant.

J'acquiesçai.

— Bien.

Je me concentrai sur mon verre, soudain incapable de croiser son regard lorsqu'il mentionna le prénom de Braydon. Pourquoi devrais-je me sentir coupable d'en avoir envie ? Il n'y avait pas de tromperie puisque Ben approuvait et qu'il serait là avec nous. Et nous n'avions pas de relation sérieuse tous les deux. De toute façon, je n'étais pas tout à fait certaine qu'il se passerait quoi que ce soit ce soir.

L'alcool dans mon estomac vide eut un effet immédiat et me détendit malgré l'intensité que dégageait Ben. Il ne détourna pas une fois son regard de moi.

Quand nous arrivâmes à l'hôtel de Braydon, il ouvrit la porte et entra, choisissant de s'asseoir près de Ben ; ainsi, ils me faisaient tous les deux face.

— Waouh, joli cœur.

Ses yeux parcoururent ma peau exposée tandis qu'ils découvraient ma robe et mes chaussures.

Je souris timidement et Ben lui tendit une bouteille de bière, anticipant visiblement son choix.

— On peut dire qu'elle est appétissante, prête à être dévorée, dit-il à Ben en acceptant le verre et prenant une longue gorgée, sans que ses yeux ne me quittent jamais. Je parie qu'elle est délicieuse.

Une vague de chaleur monta aussitôt le long de ma colonne vertébrale.

— Elle est super bonne. Elle a le minou le plus sucré que j'aie jamais goûté, murmura Ben, sa voix rauque se faisant plus basse tandis que ses yeux se promenaient sur mon décolleté une nouvelle fois.

Braydon déglutit, sa pomme d'Adam bougeant dans sa gorge.

— Elle est épilée ?

— Entièrement. Elle est douce et lisse, répondit Ben avec un râle grave.

Oh. Mon. Dieu. Mon pouls battait à tout rompre dans mes oreilles. Ils étaient en train de parler de mes parties intimes comme si je n'étais pas là !

Ben traversa la limousine pour s'installer sur la banquette près de moi. Il passa le bout de ses doigts sur mon cou et remonta délicatement jusqu'à ma mâchoire pour pousser mon menton et pouvoir presser ses lèvres contre mon pouls palpitant. Il déposa des baisers délicats et mouillés sur le bas de mon visage et ma gorge. Ses lèvres remontèrent dans mon cou et m'embrassèrent doucement les joues avant d'appliquer un tendre baiser sur ma bouche.

Mes yeux se fermèrent alors que je savourais cette attention. La joue rugueuse de Ben contre ma peau m'envoyait des étincelles de chaleur entre les jambes. Quand j'ouvris les yeux, plutôt que de regarder Ben qui continuait à m'embrasser délicatement de partout, mon regard erra sur Braydon, sur la banquette en face de la nôtre. Il avait abandonné sa bière dans le porte-gobelet et l'érection grandissante dans son pantalon de soirée était évidente. Il appréciait le spectacle.

Comme les mains de Ben passaient dans ma nuque pour dénouer le ruban, mon cœur se mit à battre la chamade dans ma poitrine. La panique s'empara de moi, mais j'étais trop excitée pour l'arrêter. Une fois exposée aux yeux de Braydon, je savais que je ne pourrais pas faire marche arrière. Mais je n'en avais pas envie. Les doigts habiles de Ben défirent le nœud et caressèrent légèrement ma peau alors que le dos nu se détachait.

Le regard profond et pénétrant de Braydon quitta le mien pour regarder la robe descendre sur ma poitrine. Mes seins, douloureux et lourds, réagirent instantanément à la fraîcheur de l'air conditionné puisque mes mamelons durcirent.

Les yeux de Ben croisèrent les miens alors que ses mains attrapaient mes seins en passant doucement ses pouces sur mes tétons. Il attendait ma réaction. Je pris une inspiration tremblante en suçant ma lèvre inférieure.

Après avoir appuyé sur le bouton de l'interphone, Braydon s'adressa au chauffeur en français ; je présumai qu'il lui avait demandé de continuer à rouler.

Puis il vint à côté de moi. J'étais encadrée par deux hommes superbes. Jamais dans mes rêves les plus fous je n'avais imaginé participer à une scène comme celle-là, mais j'étais indéniablement stimulée et excitée par cette idée.

J'avais pensé que nous aborderions les choses lentement, discuterions, dînerions, prendrions de nombreux verres pour me donner du courage et du temps pour jauger la situation et voir si je voulais aller plus loin. Apparemment, ils n'étaient pas d'accord pour attendre. Mais la trace mouillée dans ma culotte me disait que moi non plus.

Ben posa sa main sur ma poitrine et fit rouler mon téton entre son pouce et son index en émettant un doux gémissement lorsque sa paume entra en contact avec ma chair rebondie.

— Puis-je te goûter, joli cœur ?

Le haut de ma robe reposait sur mes genoux et mes seins étaient pleinement exposés.

J'acquiesçai et le regardai baisser la tête, sa bouche se refermant doucement autour de mon mamelon et le suçant avec délicatesse. Sa langue chaude me lécha langoureusement alors que Ben s'approchait pour m'embrasser dans le cou à nouveau. Sentir la bouche chaude de Ben qui se déplaçait sur ma peau et la langue mouillée de Braydon qui taquinait mes tétons, c'était génial. Je remuai sur le siège en gémissant bruyamment, et saisis leurs cuisses. Il n'y avait aucun doute : ils étaient tous les deux durs comme des rocs dans leur pantalon de costume.

Ben interrompit ses baisers, la respiration haletante et les yeux de désir.

Braydon ralentit ses mouvements, embrassant et mordillant chacun de mes seins tandis que Ben soulevait le bas de ma robe et découvrait la dentelle de mon string. Il le tira jusqu'à mes genoux et le long de mes mollets, avant de faire passer soigneusement mes escarpins. Puis il le glissa dans la poche de son manteau sans dire un mot. Ses yeux soutenaient les miens et je faillis gémir juste en voyant comme il était sexy lorsqu'il était maître de la situation comme ça. J'acceptai de faire ce que bon lui semblait. Et je savais qu'il prendrait soin de moi et ferait en sorte que je me sente bien.

Alors que ma robe était roulée autour de ma taille, Ben écarta mes jambes et Braydon effleura l'intérieur de mes cuisses du bout des doigts. Je n'avais jamais été intime avec quelqu'un que je connaissais à peine, mais sans que je sache pourquoi, je me sentais déjà à l'aise avec Braydon. Il était ouvert et doux et il m'avait aidée de façon désintéressée l'autre soir avec Ben. J'étais déjà à un certain niveau de confiance avec lui, et bien sûr, il était absolument sublime. Alors que Ben était sombre et sérieux, Braydon était chaleureux et amical.

Quand les doigts de Ben écartèrent mes lèvres charnues, révélant mon cœur rose, Braydon gémit.

— Quelle chatte magnifique.

Je baissai les yeux, me sentant embarrassée d'être si exposée et clairement excitée… J'étais trempée.

La grosse paume de Braydon remonta le long de ma cuisse et s'arrêta juste avant d'atteindre mon sexe. Il marqua une pause pour jauger ma réaction. Je battis des paupières, envahie par un désarroi fébrile, et, comme il prenait cela pour un signe d'approbation, le plat de son pouce m'effleura. Je frémis lorsque ce gros doigt décrivit des cercles autour de mon clitoris gonflé.

— Je veux te voir jouir, voir ce joli minou mouiller et s'embellir encore.

La voix de Braydon était grave et empreinte de désir.

J'adorais savoir à quel point j'excitais ces deux hommes sans même les toucher. J'acquiesçai et sa main se posa sur mon pubis, sa paume appuyant contre mon clitoris. Une vague de plaisir déferla en moi. Il glissa lentement un doigt en moi en gémissant alors que sa première, puis sa deuxième phalange disparaissaient à l'intérieur comme si l'acte de me pénétrer représentait pour lui une torture physique.

Ben redoubla d'attention sur mes seins, les suçant et les léchant encore plus goulûment que l'avait fait Braydon.

J'enroulai mes doigts dans ses cheveux en gémissant. Ce geste rapprocha le bas de mon corps de la main de Braydon et il accéléra la cadence.

Entre la bouche vicieuse de Ben qui taquinait mes seins et les doigts de Braydon qui faisaient des allers-retours en moi, j'atteins rapidement un orgasme violent, qui me frappa de manière inattendue.

Je reposai ma tête contre le siège en cuir frais et quatre mains me tenaient fermement tandis que de petits tremblements tourmentaient mon corps. La main de Ben s'écrasa sur la mienne et nos langues se mêlèrent quand je poussai un dernier cri de plaisir.

Bon sang, ça c'était intense !

Plus intense que tout ce que j'avais déjà vécu. Et pourtant, ils s'étaient contentés de m'embrasser et toucher des points stratégiques. Il fallait que je me reprenne. Ben sortit mon string de sa poche et le remonta sur mes jambes, en déposant un nouveau baiser tendre sur ma bouche.

La limousine s'arrêta et une voix masculine douce parla dans l'interphone. Braydon appuya sur un bouton et répondit au chauffeur dans un français fluide. Ben me tendit mon sac à main et prit ma main. C'était comme un spectacle bien orchestré dont j'étais l'attraction principale. C'était presque trop. Ils étaient très doués et cela me gênait. Il était assez évident que d'autres femmes avaient eu droit à la même extase.

Ben m'observait avec un air circonspect, s'assurant que ce qui venait de se passer me convenait. J'écartai ses doutes silencieux, déterminée à profiter au maximum de cette nuit magique.

Les jambes toujours tremblantes, je sortis de la voiture avec l'aide de Ben qui me guida vers la porte alors que Braydon nous suivait. Ben entrelaça ses doigts avec les miens avec une certaine possessivité. Même s'il acceptait de me partager avec Braydon, nos mains jointes affichaient que nous étions un couple.

Je me sentis bien lorsque nous entrâmes dans ce restaurant magnifiquement décoré. Les tons clairs de crème et de blanc contrastaient avec le sol acajou foncé. L'éclairage était tamisé. Quelques bougeoirs et bougies à la lueur douce étaient posés sur chaque table couverte d'une nappe.

Je ressentais toutefois une légère gêne à sortir avec deux hommes, comme si tout le monde savait ce que nous allions faire et ce qui venait de se passer dans la limousine. Mais, bien sûr, ce n'était pas le cas. Les gens se contentaient certainement de reluquer ces deux mannequins.

Et qui pourrait les en blâmer ? Braydon et Ben avançaient comme s'ils étaient les propriétaires des lieux. J'essayai vaguement de ne pas attirer l'attention sur mes jambes flageolantes et mes joues encore roses.

Ben tira ma chaise, et lui et Braydon attendirent que je me glisse dessus avant de s'asseoir à leur tour, comme si tous nos mouvements étaient coordonnés. Leurs yeux, toujours débordants de désir, observaient chacun de mes gestes. Lorsque le serveur arriva pour remplir nos verres d'eau, je ne pus m'empêcher de me demander s'ils bandaient toujours sous la table.

J'eus bien du mal à me concentrer sur le menu tandis que le souvenir de notre trajet érotique en limousine continuait de brouiller mes sens. J'entendis toutefois Ben suggérer le filet de bœuf accompagné d'un verre de vin rouge. Je hochai légèrement la tête. Cela semblait délicieux, même si je n'avais aucun appétit.

On nous servit nos boissons : une bouteille de vin rouge pour Ben et moi, et un grand verre de bière pour Braydon. Cela me fit sourire. Il semblait que, indifférent au décor opulent qui l'entourait, il était toujours bien dans sa peau. Il avait enlevé sa veste de costume et remonté ses manches jusqu'aux coudes. Ben restait la quintessence de la sophistication classique. Sans même penser au filet de bœuf qui m'attendait, je salivais.

Même s'il s'agissait de deux mannequins sexy qui respiraient la confiance en soi, Braydon et Ben étaient tous les deux très différents. Au cours de nos conversations, j'appris que l'enfance de Braydon se rapprochait de la mienne : deux parents amoureux, une maison en banlieue et une éducation en établissements publics. Au lieu de commencer directement le mannequinat, il était allé à l'université pendant deux ans avant d'être découvert dans le gymnase de la fac.

— J'ai commencé à petite échelle, en faisant des shootings pour des magazines de fitness, qui m'ont finalement mené à des campagnes nationales et aujourd'hui, je travaille même à l'international, expliqua Braydon en défaisant l'étiquette de sa bouteille de bière.

Il avait refusé la pinte qu'on lui avait proposée, au grand désarroi du serveur.

— Peu de temps après, j'ai quitté l'université, n'étant plus aussi motivé pour obtenir le diplôme de commerce qui m'attendait, et j'ai commencé à vivre sans jamais défaire mes bagages, à voyager à travers le monde pour différentes missions de mannequinat.

— Comment vous êtes-vous rencontrés tous les deux ?

Mes yeux passaient de l'un à l'autre alors que je me demandais qui allait répondre.

Ben fit un signe de tête vers Bray.

— Nos chemins se sont croisés de nombreuses fois ces dernières années, généralement à la Fashion Week de Paris ou de Milan, et bien sûr, à New York. On a commencé à se fréquenter et ça a bien collé.

J'acquiesçai. Je voyais bien qu'ils étaient à l'aise ensemble, même s'ils étaient très différents. Ben était plus réservé, c'était un observateur, et quand il parcourait froidement la salle de ses yeux noisette bordés de cils noirs, tout le monde le remarquait, aussi bien les hommes que les femmes. Peut-être était-ce parce qu'il avait cet air de défi ou parce qu'ils voulaient tous le voir diriger son regard hagard dans leur direction, mais les femmes le réclamaient à cor et à cri, essayaient de le faire sourire, et les hommes voulaient entamer avec lui une conversation anodine. D'une certaine manière, il ne semblait pas réel. Il était bien trop beau.

Nos assiettes furent servies et ma nervosité se calma très légèrement.

— Et donc, depuis combien de temps êtes-vous ensemble ? demanda Braydon tandis que nous mangions.

Je m'attendais à ce que Ben le reprenne et lui dise que nous n'étions pas ensemble.

— Environ un mois maintenant, affirma Ben, son genou frôlant le mien sous la table.

Je m'efforçai de faire descendre le morceau de viande dans ma gorge. *Intéressant…*

Lorsqu'on nous proposa les desserts, je choisis une tarte aux fruits rouges. Ben et Braydon passèrent leur tour et me regardèrent manger avec envie. Oh oh, apparemment, je figurais sur leur carte des desserts. Cette idée me fit tourner la tête. La manière dont Ben me regardait prendre des bouchées lentes et hésitantes de la tarte me fit me demander s'il pensait que je prolongeais volontairement notre repas.

Et c'était peut-être le cas ; mais la vérité, c'était que je ne pouvais pas dévorer ce dessert. Les baies sucrées éclataient sur ma langue et la pâte sablée était assez légère pour fondre dans ma bouche. C'était divin.

— Qu'est-ce qui t'a fait changer d'avis ? demanda Braydon en finissant sa bière. Je croyais que tu avais dit que tu ne partageais pas Emmy.

Ben souffla lentement, les yeux plongés dans les miens.

— Ce soir, c'est pour elle. Tant qu'elle le veut.

Braydon hocha légèrement la tête.

Malheureusement, nous avions fini nos verres et Ben paya l'addition. Puis il se leva pour m'aider à sortir de ma chaise. Ce qui était une bonne chose parce que je n'étais pas sûre de pouvoir faire confiance à mes jambes pour qu'elles fonctionnent correctement. Je pris une profonde inspiration en me demandant comment allait tourner le reste de la soirée.

Ben

Emmy resta silencieuse dans la limousine lors du trajet pour regagner notre hôtel. J'étais content que Braydon ne s'arrête pas de parler des derniers pronostics pour son équipe de basket-ball préférée. Je ne suivis pas la conversation, mais j'appréciai son effort de remplir le silence. Je n'avais aucune idée de ce que j'étais en train de faire. La simple pensée que quelqu'un d'autre que moi touche Emmy me donnait une putain de migraine. Elle avait joui si facilement avec Braydon... Je savais bien que cela n'aurait pas dû me déranger, mais je ne pouvais pas m'en empêcher. J'avais deviné qu'il était très fier de lui en voyant ce sourire suffisant sur son visage. Mes poings se serrèrent avec l'envie de les lui mettre dans la figure.

Merde. J'avais accepté, pour elle, mais qu'est-ce que je doutais. Je devais agir comme un homme, bon sang. Elle n'était pas à moi. Je le lui avais tellement répété. Cela n'aurait pas dû me gêner.

Et pourtant, si. Ce serait une grande leçon de maîtrise de soi si j'arrivais à ne pas balancer mon poing dans la mâchoire de Braydon quand il la toucherait. Même la façon dont sa main s'approchait d'elle et se posait dans le creux de son dos pour l'aider à monter ou descendre de la voiture m'ennuyait. Comment allais-je supporter qu'il foute sa queue n'importe où en elle ?

Je me versai une autre dose de vodka et la vidai en espérant mettre mon cerveau en veille pour la nuit. À l'évidence, il ne fonctionnait pas correctement. Ce n'était pas avec la tête que j'étais censé penser de toute façon.

Je croisai le regard écarquillé d'Emmy de l'autre côté de la limousine. Sa respiration était rapide et superficielle, et ses yeux se déplaçaient entre nos deux corps. Elle ne semblait pas dérangée par ce qui s'était passé tout à l'heure, mais plutôt stimulée, curieuse et impatiente. D'un côté, ça me plaisait, et de l'autre, pas du tout. Elle était cette fille douce originaire du Tennessee, aimante et tendre, mais avec un petit côté coquin quand même. C'était tellement déroutant.

Je descendis un autre verre juste au moment où notre limousine s'arrêta. Il me fallait être plus soûl que ça pour supporter ce merdier.

17

Emmy

Une fois dans sa chambre d'hôtel, Ben sembla avoir besoin de marquer son territoire, revendiquer que je lui appartenais avant que quoi que ce soit ne se passe. Pendant que Braydon nous préparait à boire, Ben me souleva dans ses bras, me serra fort contre sa poitrine et m'embrassa langoureusement. Son attitude me déroutait. Il était si tendre, si aimant que cela semblait entrer en contradiction avec les événements de ce soir. Mais je n'allais pas me plaindre. C'était Ben. C'était tout ce que j'avais toujours voulu.

Il appliqua un dernier baiser délicat sur ma bouche, puis me reposa par terre. Même si, avec ces talons super hauts, je faisais toujours plusieurs centimètres de moins que lui, nous étions un peu plus sur un pied d'égalité. Au moins, le sommet de ma tête frôlait son menton. Il m'embrassa sur le front et ses yeux fixèrent les miens. J'essayai de lire ce qu'il essayait de me dire, mais je n'arrivai pas à déterminer si son regard hagard exprimait le doute ou juste de l'inquiétude à mon égard. Je déglutis et m'éloignai d'un pas.

Braydon se retourna et dirigea son attention vers Ben.

— Tu es sûr que ça ne te dérange pas ?

— Pourquoi ça me dérangerait ? demanda Ben sur un ton neutre.

Je pris une inspiration tremblante tandis que Braydon traversait la chambre pour venir se placer juste devant moi. Il effleura ma joue du bout des doigts et déposa sur mes lèvres un léger baiser. Si léger que je me demandai si je ne l'avais pas imaginé. Il se mit à genoux et m'enleva mes chaussures une par une. Je descendis alors d'une bonne quinzaine de centimètres.

— Comme c'est mignon, dit-il en riant doucement avant de se redresser.

Je lui souris. Il rendait les choses si faciles que je me détendis instantanément. C'était comme si nous ne nous préparions pas pour une partie à trois, mais nous étions juste trois amis qui sortions ensemble, flirtions et attendions de voir où la nuit nous emmènerait. D'un point de vue réaliste, je crois que nous savions tous assez bien où elle nous conduisait.

Ils me pelotèrent tous les deux, passant leurs mains sur mes bras nus, débarrassant mon cou de mes cheveux pour y déposer des baisers, caressant mes hanches. Ben m'attrapa les fesses et les serra. Leur double attention était étourdissante et me stimulait.

Braydon releva mon menton pour que je le regarde dans les yeux.

— Es-tu prête pour moi ?

Je laissai mon regard descendre vers la grosse érection qui tendait le tissu de son pantalon.

— Tu me fais déjà bander, dit-il d'une voix rauque.

Je me mordis la lèvre en mesurant la bosse plutôt impressionnante. Braydon la serra dans sa main et la remit en place.

— Je veux voir ça.

Je me surpris en retrouvant ma voix.

Braydon sourit avec indolence et commença à déboutonner son pantalon.

— Tout ce que tu veux, joli cœur.

Il appuya ma main contre la bosse dans son pantalon.

— Tu vois l'effet que tu me fais ?

Quand je le pressai, il poussa un doux gémissement. Il commença lentement à défaire la boucle de sa ceinture.

— Tu veux voir à quoi ressemble un vrai homme ? ajouta-t-il.

Ben lui donna un petit coup dans l'épaule, et la nervosité me serra l'estomac. Elle disparut quand Ben me releva la tête pour m'embrasser. Bien sûr, c'était un peu étrange d'être embrassée par un homme alors que j'en masturbais un autre, mais pas aussi étrange que je l'aurais pensé. C'était Ben après tout, quelqu'un pour qui j'avais complètement succombé, et Braydon et lui avaient déjà fait ça plusieurs fois auparavant. C'était clairement quelque chose avec lequel ils étaient à l'aise. Je me lâchai et suivis le mouvement.

Désormais débarrassé de sa ceinture, Braydon fit glisser son pantalon sur ses hanches. Je remarquai d'abord plusieurs choses : il ne portait pas de sous-vêtement ; sa taille était comparable à celle de Ben, longue et dure, mais avec une grosse veine sur toute la longueur ; il était entièrement rasé ; et surtout, il avait un piercing avec une barre argentée sur le gland. *Wouah.*

— Putain, c'est quoi ça ? demanda Ben avec un air désapprobateur.

Je suivis son regard vers le piercing au bout de la verge de Braydon.

— C'est un apadravya, répondit Braydon en haussant les épaules comme si avoir un piercing à cet endroit était tout à fait normal. Je ne suis pas autorisé à avoir de piercings ou de tatouages, expliqua-t-il en me regardant dans les yeux.

Sauf, apparemment, sur cette partie intime de son anatomie. Je restai sans voix.

— Il n'avait pas ça la dernière fois, m'expliqua Ben avant de retourner son attention vers le membre incriminé. D'où tu sors cette idée, mec ? Ça ne va pas la blesser au moins ?

Braydon se mit à rire en rejetant la tête en arrière, et un son chaleureux et guttural sortit de sa bouche.

— Bien sûr que non. Après ça, elle te suppliera d'en avoir un.

Il souriait avec assurance, sa main descendant pour attraper sa queue et caresser lentement son gland et le piercing.

Je devais bien l'admettre : j'étais curieuse. Je n'avais aucune idée de la sensation que me procurerait ce truc. Mais j'hésitais à le toucher, de peur de faire quelque chose de mal. Il pouvait lire mon indécision sur mon visage, ses yeux se focalisant sur ma bouche, où mes dents mordillaient ma lèvre inférieure.

— Viens ici, Emmy, murmura Braydon les yeux pleins de désir. Touche-moi.

Sa main se ferma sur la mienne pour me montrer ce qu'il aimait. Serrer pas trop fort, faire des grands mouvements de haut en bas pour caresser toute la longueur, piercing inclus. Il rejeta la tête en arrière et ferma les yeux.

Je regardai vers Ben pour voir sa réaction. Son visage restait calme, son expression impassible, les yeux plongés dans les miens. Je continuai à masturber lentement Braydon tandis que sa respiration se faisait irrégulière. La sensation dans ma main était étrangère. Sa peau était chaude, tout comme la barre argentée, mais il était différent. Je m'étais habituée à Ben au cours de ces dernières semaines.

Je sentis Ben se glisser derrière moi. Ses mains attrapèrent mes hanches et il tira mon cul en arrière pour me présenter sa verge durcie. Il défit le nœud de ma robe au dos nu comme il l'avait fait dans la limousine. Mais cette fois, il laissa la robe tomber complètement de manière à ce qu'elle repose à mes pieds. Sa queue vint se nicher dans la fente de mes fesses et ses mains remontèrent pour saisir et masser mes seins.

Les lèvres de Braydon se promenaient sur ma gorge et ma clavicule pendant que celles de Ben se déplaçaient sur ma nuque et entre mes omoplates. Je m'étais posé beaucoup de questions sur la manière dont j'allais bien pouvoir satisfaire deux hommes, mais la réalité de la situation, c'était que c'était eux qui me faisaient plaisir en me traitant comme une déesse. Quatre grandes mains caressaient ma peau, deux bouches douces déposaient des baisers mouillés partout sur mon corps. Les sensations étaient irrésistibles. Je relâchai ma prise sur Braydon pour lever les mains et les passer dans les cheveux de Ben alors qu'il embrassait ma nuque.

Je sentis qu'il se passait quelque chose entre Ben et moi, mais je ne savais pas quoi. *Arrête de te faire des illusions,*

Emmy ; il t'a dit et répété qu'il ne voulait pas d'une relation sérieuse ! Je luttais pour faire taire mon cerveau et suivre le conseil d'Ellie : m'amuser et ne pas m'investir émotionnellement.

Ben fit descendre mon string le long de mes cuisses et se mit à genoux devant moi, poussant Braydon sur le côté.

— C'est moi qui la goûte en premier, lui dit-il.

Braydon s'écarta pour lui laisser la place, comme si j'étais une sorte de mets rare et délicat à savourer.

Voir Ben à genoux devant moi était un spectacle magnifique. Il haussa un sourcil, puis sans prévenir, plaqua sa bouche sur le point entre mes cuisses.

Il frotta sa langue lentement sur mon sexe, envoyant comme des flèches de plaisir dans mon ventre. Mes genoux flanchèrent, mais Braydon, qui me tenait fermement les hanches, m'empêcha de tomber.

Ben me lécha et me suça à ce rythme lent à me rendre folle que j'avais appris à apprécier, pendant que Braydon me tenait par-derrière et m'offrait de délicates caresses le long du dos. Mon Dieu, c'était fantastique.

Ben était presque trop doué. Mon corps avait du mal à supporter le contact direct, mais il savait ce qu'il faisait et alternait des coups de langue sur mon clitoris avec des petits baisers sur mes lèvres charnues et mon pubis. Rapidement, j'enfonçai mes mains dans ses cheveux et jouis bruyamment, reconnaissante que Braydon me tienne par les hanches.

Ben se leva et sourit avec indolence, avant de m'embrasser sur les lèvres. Sa bouche était mouillée par mon jus et quelque chose en moi trouva ça incroyablement sexy. Ils enlevèrent tous les deux leurs derniers vêtements et je m'écartai du tas de soie noire à mes pieds.

Nous montâmes tous les trois sur le lit. J'avais besoin de goûter Ben, de lui montrer qu'il était à moi et que j'étais à lui. Peu importait ce qu'il disait, je ressentais cette vérité profonde dans mon cœur et j'allais le lui prouver. Je le poussai contre le lit et grimpai sur lui en prenant sa verge bien dure dans la main et laissant ma bouche descendre jusqu'à ce que mes lèvres touchent son ventre ferme. Il prit une inspiration et ses abdos se contractèrent.

— Bon sang, bébé, jura-t-il.

Alors qu'il tenait délicatement mes cheveux dans ses mains, je le masturbais énergiquement de la base jusqu'au bout et le suçais sur toute sa longueur ferme.

— Emmy… Ouais… Comme ça.

Je sentis le matelas s'enfoncer quand Braydon se mit derrière moi et enfouit son visage dans mes fesses relevées. Sa langue décrivit des cercles dans mon orifice, me titilla, et je poussai un petit gémissement autour du gros manche de Ben.

Ben se libéra bientôt de ma bouche.

— Tu vas me faire jouir, Tennessee.

Mon cœur fit un bond en entendant le surnom qu'il utilisait autrefois. L'entendre s'adresser à moi comme il l'avait fait lors de notre rencontre me donna l'impression que les choses étaient plus intimes entre nous.

Braydon descendit du lit et enfila un préservatif. Une vague de nervosité déferla sur moi alors que je me demandais ce qu'ils me réservaient. Que je me demandais si je pourrais vraiment endurer tout ça.

Ben me tira plus près de lui de manière à ce qu'on se retrouve allongés face à face au milieu du lit.

— Tu es sûre de toi ? murmura-t-il, ses yeux noisette plongés dans les miens.

— Et toi ?

Je l'observai attentivement, déterminée à comprendre ce qui se passait dans sa tête.

Plutôt que de me répondre, il regarda par-dessus mon épaule et fit un signe de tête à Braydon.

J'étais allongée sur le côté, à moitié sur Ben, lorsque je sentis Braydon s'installer derrière moi. Il embrassa ma nuque en passant ses mains sur mon arrière-train généreux.

— Bon sang, j'adore ton cul, joli cœur.

Un petit cri nerveux s'échappa de ma gorge lorsqu'il écarta mes jambes pour me positionner de manière à ce que ma jambe du dessus repose sur la hanche de Ben. La queue de Braydon se frotta contre ma vulve.

Je gémis lorsque Braydon s'enfonça, lentement, et me remplit avec délicatesse. Ma respiration resta coincée dans ma gorge. Sa taille était déjà bien ajustée, mais le piercing ajoutait un frottement. Il y avait quelque chose de terriblement obscène dans l'idée que ce truc était en moi. J'aimais bien. Je fermai les yeux et gémis encore lorsqu'il s'enfonça complètement.

— Merde, jura Braydon. Elle est si serrée.

— Je sais, lança Ben.

Ben m'étreignit, me serrant contre son corps chaud. Il m'embrassa sur le front et me permit de m'habituer à la pénétration de Braydon. Lorsque j'ouvris les yeux et croisai ceux de Ben, la tension dans sa mâchoire et son regard possessif flamboyant me prirent au dépourvu. Je l'embrassai, ne sachant pas trop ce qu'il voulait à cet instant précis.

Après un certain temps, il attrapa ma main et la guida vers son sexe.

— Branle-moi, bébé, murmura-t-il d'une voix rauque.

Je l'empoignai en faisant glisser ma main tout contre lui et montai et descendis de la base jusqu'à l'extrémité.

Braydon poussait en avant, secouant mon corps contre celui de Ben. Être prise en sandwich entre deux hommes rendait le moment incroyablement érotique. Deux paires de jambes s'entremêlaient aux miennes, leurs grandes mains me caressaient, me pelotaient. Ben m'embrassait sur la bouche, la langue de Braydon se promenait sur mon épaule… Je me perdis dans ce rythme, masturbant Ben au même tempo modéré que celui des mouvements de Braydon derrière moi.

Ben passa sa main entre mes jambes et décrivit de petits cercles appuyés sur mon clitoris. C'était déjà trop. Quand je gémis son nom, il sourit en me regardant attentivement.

— Pas encore. Tu jouiras avec moi, bébé, murmura Ben contre ma bouche.

Mon corps fut parcouru de frissons alors que je luttais pour retenir l'orgasme imminent qui menaçait de me frapper. Mes hanches bougeaient d'elles-mêmes, s'appuyant contre la main de Ben et poussant la queue de Braydon plus profondément. Des palpitations de plaisir me traversaient.

— Moins vite…

La main de Ben passa sur moi pour s'appuyer sur la hanche de Braydon et le forcer à ralentir ses coups de butoir.

La tension dans son expression me dit que Ben n'appréciait pas particulièrement de toucher un autre homme alors qu'ils étaient tous les deux nus, mais il le faisait pour moi. Comme Braydon ne possédait pas la capacité d'interpréter les réactions de mon corps comme Ben, il le dirigea pour garantir que mon plaisir primait.

Même si un autre homme me baisait, il s'assurerait que c'était fait correctement.

Avoir toute leur attention fut plus fort que moi. Je jouis plus fort que jamais en hurlant, pelotonnée contre le torse de Ben. Il contrôla mes mouvements incohérents et se masturba fermement jusqu'à ce que je sente son sperme chaud couler sur nos doigts entrelacés. Ma chatte se contracta et Braydon s'enfonça profondément une dernière fois en exprimant sa délivrance avec un râle puissant.

Je restai blottie dans les bras de Ben, la joue posée contre son torse ferme, à apprécier la sensation que me procurait le fait qu'ils m'aient prise comme ça. Je savais que c'était idiot, mais à cet instant, je me sentis aimée et protégée. Je voulais ne jamais quitter ce cocon.

Et je n'en eus pas besoin puisque Braydon revint avec une serviette chaude et m'essuya alors que je restais dans les bras de Ben. Et après avoir jeté la capote, Braydon se glissa à nouveau dans le lit avec nous.

Ben leva la tête de l'oreiller avec un air désapprobateur.

— Qu'est-ce que tu fais ?

— Je vais dormir. Ta nana m'a vidé.

Braydon m'adressa un sourire sexy.

— Fous le camp d'ici. Elle va rester dans mes bras maintenant.

— Ben.

Je lui mis un petit coup dans l'épaule. C'était le milieu de la nuit et nous étions tous les trois un peu éméchés. Il comptait vraiment mettre Braydon à la porte ?

— Le lit est bien assez grand, ajoutai-je.

Il regarda Braydon en plissant les yeux.

— D'accord, mais tu restes bien de ton côté. Personne ne câline Emmy à part moi.

— Espèce de gros nounours à câlins, marmonna Braydon.

— Peut-être, mais on ne peut pas dire qu'il est égoïste, plaisantai-je en souriant à Braydon.

Nous rîmes de manière décontractée, Braydon et moi. Je ne pus m'empêcher de remarquer l'expression sérieuse de Ben. Je trouvais plutôt curieux qu'il vienne de laisser son ami me baiser, mais que les câlins semblaient dépasser les limites. En même temps, Ben avait dit que j'étais son remède contre l'insomnie, alors peut-être voulait-il simplement faire une bonne nuit de sommeil. Je n'y réfléchis pas bien longtemps puisqu'après deux hommes et trois orgasmes, mon corps était incapable de gérer toutes fonctions non vitales. Respirer et me blottir contre Ben représentaient toute l'étendue de mes capacités à cet instant.

Dormir dans un grand lit avec deux hommes était encore une nouvelle expérience pour moi. Je me pelotonnai contre Ben, détendue et épuisée, et le laissai m'étreindre.

18

Emmy

Le lendemain matin, je fus soulagée de constater que Braydon s'était esquivé. Même si je m'étais sentie mal à l'aise quand Ben avait essayé de le mettre à la porte cette nuit, je crois que je n'aurais pas pu supporter de l'affronter ce matin. L'homme que je voulais était couché, chaud et ferme près de moi.

Ben ouvrit lentement les yeux et sa bouche afficha un sourire.

— Bonjour.

J'essayai de ne pas être gênée par ma tête au réveil.

— Bonjour, beauté. Comment te sens-tu ?

Je m'étirai et passai mon corps en revue pour prendre conscience de mon état. Qui était plus que bon, à vrai dire.

— Bien.

— Pas d'irritations ou quoi que ce soit ? demanda-t-il avec un air inquiet.

Je secouai la tête.

— Sincèrement, je ne savais pas qu'il avait ce piercing, dit-il en fronçant les sourcils.

Je souris.

— C'était bien, Ben.

Et « bien » était un code pour « époustouflant », mais Ben n'avait pas besoin de le savoir.

— Songerais-tu à…

Je baissai les yeux vers les draps, relevés par sa demi-érection.

— Bon sang, non. Je ne suis pas fou, mon cœur.

Sa main se plaça sur sa virilité comme pour le protéger, et je me mis à rire bêtement, en me blottissant dans ses bras. Ben m'enlaça et me serra contre lui avant d'embrasser le haut de ma tête.

La vérité, c'était que je n'avais pas besoin qu'il ait un piercing, un tatouage ou quelque sorte de décorations que ce soit. Je l'appréciais simplement comme il était. Oh. J'ai bien dit « apprécier ». Et pas l'autre mot en « A ». Ce serait trop osé. Et idiot.

Notre séance de câlins de fin de matinée fut interrompue par quelqu'un qui frappa à la porte. Nous nous regardâmes avec un air perplexe. Attendait-il quelqu'un ?

Ben descendit du lit et regarda dans le judas.

— Merde. C'est Fiona.

Un frisson glacé remonta le long de ma colonne vertébrale. Que faisait-elle là ?

— Va dans la salle de bains, m'ordonna-t-il en tirant la couverture et en insistant pour que je sorte du lit, ce nid chaud et douillet que nous partagions encore quelques secondes plus tôt.

Sans rien dire, je le laissai me guider dans la salle de bains. Il me jeta mes vêtements et mes chaussures et glissa la lanière de mon sac sur mon épaule avant de refermer la porte. J'étais trop sonnée pour bouger. Trop sonnée pour réfléchir. Je me contentai de serrer mon tas d'affaires contre ma poitrine et fixer la porte tandis qu'elle se refermait devant moi.

Quelques secondes plus tard, j'entendis des voix emplir sa chambre. Je restai là, nue, sur le sol en marbre froid avec ma robe et mes chaussures dans les bras.

— Ton lit est bien en désordre… je vois que quelqu'un a été bien occupé cette nuit, le taquina-t-elle.

— Je dormais, Fiona. Tu as besoin de quelque chose ?

— J'ai essayé de t'appeler hier soir. Tu ne viens plus me voir…

Je devinais sa moue dans sa voix. Il lui manquait.

— Je te l'ai déjà dit. Il est temps qu'on aille chacun de l'avant de son côté.

Je retins mon souffle en attendant sa réponse, mais elle resta calme. Les chuchotements continuèrent, mais j'avais du mal à distinguer ce qu'ils disaient. J'appuyai mon oreille contre la porte pour essayer d'entendre. Je l'imaginai la prendre dans ses bras, lui murmurer des mots doux, tout en sachant qu'il était probable que j'écoute. Mes genoux flageolèrent et mon estomac se noua à l'idée qu'elle puisse le toucher. Il ne voulait pas me partager avec Braydon la nuit dernière, mais là, il m'avait cachée dans la salle de bains quand Fiona avait frappé à la porte ? *J'y crois pas*... Un instant plus tard, j'entendis la porte de la chambre se fermer et Ben ouvrit celle de la salle de bains avec un air inquiet.

Je sortis et enfilai les chaussures que j'avais gardées à la main tout ce temps. Je devais avoir fière allure, habillée avec un T-shirt trop grand et des escarpins Louboutin, une robe en soie Vera Wang en boule dans les bras.

— Je suis désolé que tu aies eu à entendre ça.

Je ravalai une grosse boule dans ma gorge.

— Ben, est-ce que tu couches avec elle ?

Ma voix sortit de manière étonnamment calme si l'on considère que chaque terminaison nerveuse de mon corps était en feu. J'avais la nausée, la tête qui tournait, le cœur brisé et une légère envie de meurtre. Je savais qu'il y avait eu cette fois avec Braydon, mais je ne pouvais pas supporter l'idée qu'il y en avait eu d'autres.

— Elle et moi avons une histoire, dit-il avec prudence. Je te dirai tout ce que tu voudras savoir, mais là, ce n'est pas le bon moment. Il faut que je me prépare. Et connaissant Fiona, elle est certainement en train d'appeler dans ta chambre.

Il appuya légèrement sur mes épaules.

— File, ajouta-t-il.

J'obtempérai.

***

Je ne pouvais me concentrer sur rien d'autre que la conversation que Ben et moi devions avoir. Je pris une douche, m'habillai et travaillai machinalement, mais j'avais la tête ailleurs. La soirée magnifique que nous avions partagée. Ce que me faisait ressentir Ben. La dévastation de savoir qu'il était très probable qu'il ait été avec Fiona pendant tout ce temps.

Heureusement, cette dernière ne semblait pas soupçonner que je me cachais dans la salle de bains ce matin pendant qu'elle se plaignait de ne plus le voir. Je pouvais à peine la regarder, mais elle ne semblait pas remarquer ou porter attention au fait que j'agissais froidement avec elle.

Finalement, je rentrai à l'hôtel et m'effondrai sur mon lit. Mon téléphone m'annonça un nouveau message.

Ben : Tu es rentrée ?
Moi : Oui.
Ben : Je peux t'inviter à dîner ?

Je considérai sa proposition. Je savais que j'aurais dû avoir faim. Je n'avais presque rien mangé de la journée. Mais la nourriture était le cadet de mes soucis. Sans parler du fait que, si nous devions avoir une discussion chargée d'émotions, je préférais que ce ne soit pas en public.

Moi : Je préférerais juste discuter.
Ben : O.K. Je te rejoins dans ta chambre dans pas longtemps.
Moi : À tout à l'heure.

Mes nerfs firent un nœud dans mon ventre et je fis les cent pas dans ma chambre en l'attendant. Je n'avais aucune idée de ce qu'il allait me dire. Serait-ce la fin de notre histoire ? Même si je l'attendais, le coup à la porte me fit sursauter.

Ben paraissait éreinté. Les cernes sous ses yeux et son air abattu indiquaient qu'il avait passé la journée à s'inquiéter, comme moi. J'avais envie de le prendre dans mes bras, m'effondrer contre sa poitrine, enfouir mon visage dans son odeur et oublier tout le reste. Oublier que Fiona avait pénétré notre bulle de sérénité ce matin, oublier qu'il m'avait jetée brutalement dans la salle de bains. Et surtout, oublier comme il m'avait continuellement tenue à distance, en insistant sur le fait que ce n'était que physique alors que je sentais qu'il y avait bien plus que ça.

— Je peux entrer ?

Je réalisai que j'étais restée immobile et lui bloquais le passage. Je m'écartai et lui fis signe d'avancer. Ben s'assit près de moi sur le lit et prit une profonde inspiration.

— J'ai quelques questions, dis-je d'une voix faible et incertaine.

Il acquiesça, les yeux baissés sur ses mains avec un air grave.

— Je te dirai tout ce que tu voudras savoir.

Mon estomac se noua douloureusement. J'aurais aimé pouvoir vivre dans une ignorance bienheureuse, mais il fallait que je sache. Redressant les épaules, je le regardai dans les yeux.

— Fiona et toi êtes-vous amants ?

Inutile d'y aller par quatre chemins.

Ben ne broncha pas, ne donna aucune indication physique que cette question le mettait mal à l'aise.

— Nous l'avons été, oui.

Il plongea ses yeux dans les miens pour jauger ma réaction.

Je me sentis soudain mal : mes pires craintes se confirmaient. Je luttai contre l'envie de me recroqueviller en position fœtale et le fixai, trop captivée pour détourner le regard. J'avalai une grande bouffée d'air. Il fallait que je sache.

— Quand… ? À quelle fréquence… ?

Ben remua sur le lit, le premier signe qu'il se retrouvait dans une situation inconfortable.

— Nous avons passé beaucoup de temps ensemble… Parfois, ça devenait physique…

— Et toi et Braydon… ensemble… vous l'avez partagée ?

Il hocha la tête.

— Oui, juste une fois, comme je te l'ai dit.

Inconsciemment, je m'éloignai de lui.

— Combien de temps cela a-t-il duré ?

Ma voix était très faible, comme un grincement alors que ma gorge menaçait de se fermer.

— Fiona était ma première. Donc… depuis que j'ai dix-huit ans.

Putain de merde ! Il avait maintenant vingt-trois ans. Cinq longues années, bordel ? Il couchait avec elle depuis cinq ans ? Sans mentionner le fait qu'on n'oublie jamais son premier partenaire. Jamais. C'était elle l'amie de sa mère qui lui avait fait perdre sa virginité. Je me sentais mal, physiquement. Ils étaient liés à jamais par leur relation suivie et à l'évidence intime. C'était bien plus que ce que je pensais.

Ben se rapprocha et tendit la main vers la mienne. Je l'enlevai brusquement et serrai mes poings sur mes genoux.

— Ce n'était que du sexe, Emmy. Ça n'avait aucune importance.

J'avais envie de frapper quelque chose. S'il croyait sincèrement que le sexe n'était pas important (surtout dans une relation qui se poursuivait depuis cinq ans avec la même personne), c'était un idiot.

— Je déteste qu'elle connaisse chaque détail intime sur toi… des choses qui, je croyais, n'étaient qu'à nous… elle t'a senti à l'intérieur de son corps… bien plus de fois que moi.

Il baissa la tête.

— Je suis désolé. J'aurais dû te le dire plus tôt. Ça fait des mois que je n'ai rien fait avec elle. Depuis avant qu'on soit ensemble, toi et moi.

Je me sentais si naïve. Il y avait trop de choses à assimiler. Il n'avait jamais dit que nous étions exclusifs… et pourtant, je n'avais jamais imaginé quelque chose comme ça. Je me sentais blessée, trahie, brisée en un million de morceaux. Mon pauvre cœur battait de manière irrégulière dans ma poitrine.

— Comment as-tu osé me mettre là-dedans… me séduire… dire que ce n'était que du sexe… en sachant tout ce temps que Fiona est ma patronne, avec qui j'ai déjà une relation tendue ? As-tu pensé un instant à ma carrière ? À ce qu'elle allait faire quand elle découvrirait que tu ne couchais plus avec elle parce que tu avais un nouveau jouet ?

Il ne répondit pas, mais ses yeux s'écarquillèrent, me révélant qu'il n'y avait pas réfléchi. Alors que je m'asseyais sur le bord de mon lit, mes genoux s'agitant frénétiquement, plusieurs choses se mirent en place dans ma tête. Soudain, tout devenait logique. Le fait qu'il n'avait couché qu'avec trois filles avant moi était une conséquence de sa relation suivie avec Fiona. Il n'avait pas besoin de faire de rencontres ou de sortir pour draguer. Elle voyageait avec lui où qu'il allait, l'empêchait de sortir avec d'autres filles, et était là pour des relations sexuelles régulières. Mon Dieu, je la détestais.

— Ben, je ne peux pas faire ça.

Il serra les dents et ses yeux s'enflammèrent.

— J'ai passé toute la journée à essayer de réfléchir à comment je pouvais te le dire… Je ne veux personne d'autre, Emmy. Et après cette nuit avec Braydon, je ne veux plus jamais voir quelqu'un te toucher. Je veux que tu sois à moi. Je veux une vraie relation… rien que toi et moi. Et maintenant, apparemment, j'ai tout gâché avant même que ça commence.

Je ne protestai pas ; je tordais juste mes mains sur mes genoux, ne sachant pas trop ce que je ressentais par rapport à sa déclaration. Me disait-il tout ça juste parce que j'étais furieuse à propos de Fiona ?

— Tu veux que je m'en aille ? me demanda-t-il d'une voix douce et basse.

J'acquiesçai, incapable de le regarder dans les yeux.

— Oui. J'ai besoin de réfléchir. Seule.

Il poussa un long soupir.

— Je suis désolé, Emmy. Je t'ai dit que mon passé, c'était le bordel. Je savais que j'avais tout détruit d'une certaine façon. Mais je te le jure : je n'ai jamais couché avec elle depuis que toi et moi on a commencé à se voir.

Je n'avais aucun doute sur le fait qu'elle lui avait fait des propositions à plusieurs reprises, donc le fait qu'il se soit abstenu aurait dû me soulager. Mais c'était une piètre consolation.

— J'ai besoin de temps.

Et j'avais besoin d'une bonne crise de larmes. Et personne n'avait à voir ça.

— D'accord, dit-il avec douceur en se levant du lit.

Il se pencha en avant et déposa un baiser tendre sur mon front.

— Je suis désolé, répéta-t-il.

La porte se ferma derrière lui avec un bruit sinistre. Je me mis en boule au milieu du lit, en croisant mes bras sur ma poitrine. Je me sentais mal, humiliée et complètement désorientée. Je m'effondrai et sanglotai doucement dans un oreiller jusqu'à ce qu'il soit bien mouillé et que j'aie mal à la tête. Un peu plus tard, je me levai du lit pour prendre un antalgique.

Quand je vis mon reflet dans le miroir de la salle de bains, je regardai attentivement la fille qui me fixait. Mes yeux étaient bouffis et gonflés, mes cheveux emmêlés et mouillés autour de mon visage à cause du flot de larmes qui avait coulé. Il fallait que je me ressaisisse.

J'avalai deux cachets avec un verre d'eau tiède du robinet et me rafraîchis le visage. J'attrapai mon téléphone et remontai sur le lit. C'était idiot, puisque c'était moi qui l'avais mis dehors, mais pourtant, la douleur dans ma poitrine s'intensifia lorsque je vis que je n'avais pas de nouveau message.

Je composai le numéro d'Ellie, trop hébétée pour ne serait-ce que calculer l'heure qu'il était à New York.

Elle répondit à la troisième sonnerie.

— Emmy !

— Salut, dis-je d'une voix rauque, presque masculine.

Flippante.

— Em ? Qu'est-ce qui cloche ?

D'une certaine manière, j'étais soulagée qu'elle devine instantanément que quelque chose n'allait pas. Je crois que je n'aurais pas été capable de faire semblant, ou d'avoir une conversation anodine et polie à cet instant. Je pris une profonde inspiration et tirai les couvertures sur ma poitrine.

— Tu te souviens de ma connasse de patronne que je déteste ?

— Fiona, c'est ça ?

— Ouais. Eh bien, je viens de découvrir que Ben couche avec elle depuis cinq ans.

— Mon Dieu.

— Ouais.

Je laissai cette révélation résonner et réprimai une nouvelle vague de larmes. Le dire à haute voix allait me transformer une nouvelle fois en fontaine.

— Alors il vous voyait toutes les deux ? Quel connard.

— Non. Il m'a dit qu'il n'avait pas couché avec elle depuis le début de notre… de ce qu'il y avait entre nous, quoi que ce soit.

— Tu le crois ? me demanda-t-elle, sa voix qui était montée dans les aigus trahissant son incertitude.

J'avalai la boule dans ma gorge.

— Ouais. Je pense que oui. Je ne crois pas qu'il mentirait à propos de ça. Il a répondu à toutes mes questions. Et il a passé presque toutes les nuits avec moi, alors…

— D'accoord…

Ellie fit traîner son mot, comme si elle retournait quelque chose dans sa tête.

— Vous n'étiez que des amants… avec une relation physique… sans attachement… pas exclusifs… n'est-ce pas ?

— Je crois, confirmai-je.

— Hmm. Et il a dit que sa relation avec elle était terminée… depuis qu'il sort avec toi ?

— Ouais.

— Je suis désolée, Emmy. Tu es ma pote et je dois te soutenir quoi qu'il arrive, donc si tu me dis qu'il faut qu'on le castre, alors on le fera. On choisira une date sur le calendrier, et ce sera fait. Mais chérie, sincèrement… tu connaissais sa vision des relations amoureuses. Et c'était quelque chose qu'il faisait longtemps avant de faire ta connaissance. Et qu'il a arrêté une fois qu'il a commencé à sortir avec toi.

Je poussai un soupir, contrariée.

— Tu trouves que ma réaction est exagérée ?

Je me souvins soudain de la date et remarquai qu'il était possible que les Anglais débarquent dans quelques jours.

— Eh bien… c'est possible que tu en fasses tout un plat parce que c'était avec Fiona… que tu méprises. Mais c'est à toi de voir. Déjà, veux-tu continuer cette relation de fucking-friends si ton cœur est engagé et pas le sien ? Ça pourrait être dangereux, tu sais.

Je me souvins du regard grave de Ben quand il m'avait dit qu'il voulait quelque chose de sérieux… avec personne d'autre que moi.

— En fait, il m'a dit aujourd'hui qu'il voulait une vraie relation avec moi. Rien que tous les deux… et personne d'autre.

Ellie resta muette plusieurs longues secondes.

— Ho.

Je ne savais pas comment interpréter son silence abasourdi.

— Quoi ?

— On dirait que c'est ce que tu as toujours voulu. Tu m'as dit que c'était un mec super et que tu craquais pour lui. Et maintenant, il veut une relation, mais à cause de la personne avec qui il a couché avant de sortir avec toi, tu vas retenir ça contre lui ?

Cela semblait vraiment idiot quand elle l'exposait de cette façon. Mais je ne céderais pas. Même si j'étais tentée. Je ne pouvais pas craquer si facilement. Le fait qu'il ait couché avec Fiona pendant cinq putains d'années me posait vraiment un problème. C'était ma patronne. Et sa patronne aussi, dans un sens. Et ça, c'était trop bizarre.

Je ne pouvais pas laisser passer ça et en rire. Je serais obligée de voir Fiona tous les jours, en sachant qu'ils avaient été ensemble. Cette idée me donna un frisson. Réalisant qu'Ellie était toujours au téléphone, je la remerciai pour son conseil et lui dis au revoir ; j'avais besoin de temps pour étudier la situation. Je me traînai jusqu'à la salle de bains et ouvris le robinet pour remplir la baignoire. M'évader dans un bain moussant et bouillant et faire taire mon cerveau étaient tout ce que je voulais ce soir.

19

Ben

Je ne voulais pas qu'Emmy pense que j'avais mentionné l'idée d'une relation monogame entre nous juste pour lui faire oublier mon passé avec Fiona. Ce n'était pas le cas. Du tout. J'aurais dû lui dire la vérité sur Fiona plus tôt, ou ne pas ouvrir la porte ce matin-là. C'était vraiment con de ma part d'avoir poussé Emmy dans la salle de bains et refermé la porte. Comme si cela allait effacer le problème.

Je savais que Fiona et moi avions un passé compliqué. Mais pour être honnête, ça ne m'avait jamais dérangé. C'était une femme attirante, et ni elle ni moi ne cherchions une relation sérieuse. Nous étions ensemble dans les villes où nous ne connaissions personne d'autre, et nous étions célibataires. Le sexe n'était rien d'autre qu'une convenance, une délivrance purement physique. Mais je comprenais pourquoi Emmy détestait l'idée que Fiona ait connu les plaisirs de mon corps. Je considérais Braydon comme un bon copain, et j'avais vraiment détesté qu'il ait vu les magnifiques seins rebondis d'Emmy, qu'il ait savouré son goût sucré et entendu les doux gémissements qu'elle faisait quand elle jouissait.

Cette expérience m'avait ouvert les yeux. Je ne voulais plus jamais la partager. Elle m'appartenait, et je la voulais égoïstement rien que pour moi.

Je n'avais jamais éprouvé l'envie d'avoir de vraie relation auparavant, mais celle-ci me fit l'effet d'une claque dans la figure. Je voulais tout ça et encore plus avec Emmy. Ma douce belle du Sud. Quand je pensais au fait de pouvoir prétendre au titre de « petit ami », un sourire idiot se plaquait sur mon visage. Et avant même qu'on ait vraiment commencé, j'avais déjà tout gâché.

Mais je savais que je me battrais pour elle. Je ne savais juste pas comment. Elle n'avait pas répondu à mes messages ces derniers jours et je n'avais pas assez de culot pour me pointer devant sa porte et risquer d'être repoussé. Elle me manquait. Et encore une fois, je n'arrivais pas à dormir.

Je décidai d'appeler Braydon. Il me connaissait et avait appris à connaître Emmy un petit peu… trop à mon goût. Mais peut-être qu'il aurait des conseils à me donner. Il était à Londres pour un défilé de mode, et je ne connaissais absolument pas son emploi du temps. Moi, j'avais choisi de ne pas y participer. J'avais le luxe d'être plus sélectif concernant les missions que j'acceptais. Je lui envoyai un message, ne sachant pas s'il aurait le temps de discuter.

Moi : Salut… j'ai besoin d'aide concernant Emmy. Appelle-moi.
Braydon : Je suis partant. ;-)
Moi : Non. Pas pour ça, enfoiré. Appelle-moi.

Quelques minutes plus tard, mon téléphone sonna.

— Salut, mec, le saluai-je.

— Je pensais justement à vous deux. Enfin, pas vraiment à toi. Mais à Emmy. Hmm…

Il fit un bruit guttural grave.

— Bon, arrête de penser à elle, connard. Ça ne se reproduira plus jamais.

— Ho, on devient jaloux ? C'est nouveau ça.

— Ouais, ne te moque pas. Tout ça est nouveau pour moi. Je crois que je suis amoureux d'elle, mec.

— Waouh. Big Ben grandit. C'est super, mon pote.

— Sauf qu'elle ne me parle plus.

Braydon rit doucement.

— Qu'est-ce que tu as fait ? Laisse-moi deviner… Maintenant, elle veut que tu te fasses un apadravya et tu n'es pas d'accord ?

— Ça n'a rien à voir avec ta bite ou ce putain de bijou, mec. Et non, je ne me ferai jamais percer le machin.

Je me levai du lit et me mis à faire les cent pas, ne pouvant soudain plus tenir en place. Je lui expliquai qu'Emmy entretenait déjà une relation tendue avec Fiona et que j'avais vu dans ses yeux à quel point je lui faisais mal quand je lui avais parlé de notre passé. Braydon m'écouta sans rien dire. Je poussai un profond soupir.

— Il faut que je la récupère. Qu'est-ce que je fais ?

— Tu dois lui montrer ce qu'elle représente pour toi. Fais-lui comprendre combien elle est spéciale à tes yeux. Fais-lui oublier tout ce qui concerne Fiona.

Ça se tenait.

— Et comment je fais ça ?

— Tu dois réfléchir à ce qu'elle aime… si elle est branchée poésie, écris-lui un poème… ou si elle adore les sushis, trouve le meilleur restau japonais et invite-la. Une connerie dans le genre.

D'accord… L'idée était plutôt bonne.

— Merci, mec.

Maintenant, il me fallait juste réfléchir à ce que je devais faire pour lui montrer ce que je ressentais.

Bon sang. Je n'étais vraiment pas doué pour les sentiments. Ça pourrait s'avérer intéressant…

20

Emmy

La semaine qui suivit la confession de Ben à propos de sa relation avec Fiona fut abominable, mais je me plongeai dans le boulot. Être le chienchien de Fiona s'avéra être la distraction parfaite. Je pensais souvent à Ben, avec toujours cette douleur diffuse dans ma poitrine, mais je faisais de mon mieux. Je me réveillais groggy et encore fatiguée, vaquais à mes occupations quotidiennes et m'effondrais dans mon lit chaque soir en serrant mon téléphone dans ma main. Je dus me retenir de l'appeler au moins six cents fois. Au lieu de cela, j'appelais Ellie.

J'avais réussi à ignorer ses quelques messages, dont un adorable qui était adressé à « Tennessee ». C'était difficile de ne pas céder, mais je méritais mieux. Je le savais. Et les bavardages quotidiens avec Ellie m'aidaient à ne pas oublier ce point. Ben devrait faire plus d'efforts s'il voulait vraiment une chance d'avoir une relation sérieuse.

Il fallait que je m'assure qu'il était profondément convaincu par cette idée. Je voulais le voir s'impliquer. Je devais être certaine qu'il était sérieux avec moi avant de faire le grand pas, parce que je lui appartenais déjà, corps et âme.

Après avoir enlevé mes escarpins, j'étais prête à m'écrouler sur le lit quand quelqu'un frappa à la porte. Mon cœur se mit à battre à un rythme irrégulier, et je me demandai qui cela pouvait bien être. C'était une livraison du concierge.

J'ouvris la porte en grand ; le concierge fit avancer un charriot et déposa plusieurs choses sur la table : un vase en verre avec des fleurs, un pack de six bières du Tennessee Hap & Harry's (une de mes marques préférées, originaire de chez moi) et une boîte blanche pleine de muffins aux myrtilles. Ça par exemple !

Une fois seule, j'essayai de comprendre cette livraison. Les iris violet foncé sur ces grandes tiges vert vif exhalaient un léger parfum floral qui me rappela la maison. Le carton fixé au vase disait : « Fleur symbole de l'État du Tennessee ». Oh… intéressant. Tout ce que j'adorais chez moi. D'ailleurs, les iris poussaient-ils en France ? Je doutais aussi qu'ils vendent cette marque de bière. Était-ce Ben qui avait fait tout ça et les avait fait venir par avion juste pour moi ?

Je sortis une bouteille bien fraîche du carton et la décapsulai avant d'en prendre une longue gorgée. Hmmm… Mes amygdales firent une petite danse de la joie. Il semblait qu'il y aurait des muffins et de la bière au menu de ce soir. Parfait.

C'était étrange de voir comment ces petites touches de réconfort réussirent à améliorer mon humeur. Je souris pour la première fois de la semaine. Tout me semblait plus radieux.

Quand mon téléphone sonna, je traversai la chambre, ma bière à la main, pour l'attraper dans mon sac.

— Allô ?

— Salut.

C'était Ben.

Le son rauque de sa voix me surprit. J'étais tellement absorbée par mon petit monde à moi que je n'avais même pas pensé à vérifier l'identité de la personne qui appelait. Je ne dis rien et lui non plus, mais je l'entendais respirer.

— As-tu reçu une livraison ? demanda-t-il timidement.

— Oui, merci. Elle vient juste d'arriver. C'est très attentionné de ta part.

— Ce n'est rien. Je voulais juste te montrer que je pensais à toi, que je me souciais de toi, Emmy. Je n'arrive à penser qu'à toi. On devrait parler. Tu me manques.

Il me manquait aussi. Chaque heure de la journée.

— D'accord.

— D'accord ?

Son ton plein d'espoir me fit sourire.

— Ouais, viens prendre une bière avec moi. Je suis sûre que tu n'as jamais bu de Hap & Harry's.

Il se mit à rire.

— Je descends dans une minute.

Quand Ben arriva, l'envie de me blottir contre son corps fut presque irrésistible. Je me contentai toutefois d'ouvrir la porte et de l'inviter à entrer. En lui tendant une bière, je ne pus m'empêcher de remarquer les profonds cernes noirs sous ses yeux. Il n'avait pas bien dormi, et je ressentis une pointe de culpabilité.

Il prit une lente gorgée de sa bouteille en penchant la tête en arrière, mais garda les yeux rivés sur les miens. Son regard insistant était insupportable. Je m'affairai à la petite table, sortant deux muffins de la boîte de pâtisserie pour les placer sur des serviettes. La grande forme de Ben surgit derrière moi, et je sentis la chaleur émaner de sa peau. Je devinai qu'il respirait mon parfum dans ma nuque. Il tendit le bras près de moi pour poser sa bière sur la table, puis prit la mienne de mes mains avant de la placer à côté.

— Emmy…

Son murmure me donna la chair de poule. Ses mains agrippèrent mes hanches couvertes par mon jean et il me fit faire un pas en arrière jusqu'à ce que mon dos touche son torse ferme. Ses bras se refermèrent autour de moi, m'enlaçant par-derrière. Il enfouit son visage dans le creux de mon cou.

— Je ne peux plus le supporter. Tu me manques tellement, bébé. Je suis tellement désolé pour toute cette histoire avec Fiona. J'aurais dû te le dire plus tôt.

Ses douces excuses chuchotées contre ma peau me firent monter des larmes aux yeux. Il me manquait aussi. Terriblement.

Je me retournai dans ses bras, sentant les premières larmes couler sur mes joues. Ben me regarda avec une expression peinée et essuya les gouttes avec ses pouces en posant ses paumes sur mes joues. Je ne dis rien, je n'en avais pas besoin. Le regard que nous partagions en disait long ; les mots étaient inutiles. Ben me regarda, émerveillé, poussa les cheveux qui cachaient mon visage et passa ses doigts dans les longues mèches avant de finir par se pencher et d'approcher sa bouche de la mienne.

— Je suis amoureux de toi, Emmy, murmura-t-il au moment où ses lèvres s'appuyèrent contre les miennes.

Les endorphines, l'amour et le désir envahirent en même temps mon organisme. Je l'embrassai en retour, langoureusement, écrasant ma bouche contre la sienne. Ses paroles représentaient tout ce que j'avais voulu entendre, mais les entendre vraiment, de sa voix grave et sexy, était fantastique.

J'agrippai ses vêtements, et passai mes mains sous son T-shirt pour tirer sur sa ceinture. Ben gémit contre ma bouche et ses mains m'aidèrent. Il enleva son T-shirt, brisant notre baiser seulement une seconde, puis me retira mon haut. Il posa ses mains sur mes seins par-dessus mon soutien-gorge en dentelle blanc, et gémit lorsque ses paumes entrèrent en contact avec ma peau. Ça m'avait manqué ; tout cela m'avait trop manqué pour prendre notre temps. Et manifestement, Ben éprouvait la même chose. Je sentais son érection dure comme de la pierre contre mon ventre. Le désir coulait dans mes veines et je gémissais dans sa bouche. Ben me souleva et m'amena dans une étreinte jusqu'au lit.

Il m'allongea au milieu du matelas et me regarda. Ma respiration était bien trop rapide, ma poitrine montant et descendant à une vitesse folle. Ses yeux s'attardèrent sur ma poitrine et parcoururent chacune de mes courbes.

Il promena délicatement le bout d'un doigt le long de mon soutien-gorge en dentelle avant de passer ses mains derrière moi pour le détacher.

Il me caressa et m'embrassa partout avec douceur. Il descendit sur le lit pour se mettre au niveau de ma poitrine et déposa des baisers tendres le long de ma clavicule, de mes côtes et sur mon ventre. Il porta mes mains à sa bouche et embrassa l'intérieur de mes poignets, juste où mon pouls battait violemment dans mes veines. Je remuais nerveusement sous lui, essayant d'appuyer mon sexe contre sa puissante érection. Il rit doucement contre ma peau ; il m'allumait comme un sapin de Noël. J'étais si excitée, j'avais envie de sexe de manière éhontée. Je le voulais. Il fallait qu'il me montre que je lui appartenais. Même s'il n'était pas doué pour les jolis mots ou les grandes démonstrations de sentiments, je voulais qu'il me les prouve.

Il vint s'allonger près de moi de manière à ce qu'on soit face à face. Caressant délicatement ma joue, ses yeux émerveillés plongèrent dans les miens.

— Oh là là, qu'est-ce que tu m'as manqué.

Je plaçai à mon tour ma main sur sa joue rugueuse et mon pouce effleura la peau bleuie sous son œil, comprenant que cette dernière semaine avait été difficile pour tous les deux.

— Tu as dit que cette nuit avec Braydon t'avait fait prendre conscience de quelque chose ? murmurai-je.

Il déglutit et acquiesça.

— Oui. Je ne suis pas doué pour exprimer mes sentiments, mais bon sang, j'ai vraiment eu envie de lui mettre mon poing dans la gueule quand je l'ai vu te toucher.

Je souris.

— On n'était pas obligés de le faire, tu sais… Je n'avais même jamais pensé à faire des choses à trois avant que tu ne le suggères.

— C'était idiot de ma part. On l'avait déjà fait avant, alors je me suis dit que ça ne poserait pas de problème. Si c'était quelque chose dont tu avais envie et que je pouvais te donner, je ne voulais pas te refuser quoi que ce soit. Mais quand ça s'est vraiment passé, je ne sais pas. Toute cette émotion et le regret m'ont fait l'effet d'une violente claque. Je ne voulais pas qu'il te touche. Je te voulais pour moi tout seul : ton petit rire, ton magnifique corps pulpeux. Je ne veux pas te partager, Emmy.

— Tu n'as pas à le faire.

Il se pencha en avant et posa son front contre le mien en embrassant légèrement mes lèvres.

— Plus jamais.

Entièrement d'accord avec lui, j'acquiesçai. Cela constituait le début d'une sorte de liste d'objectifs et cela me suffisait amplement.

— J'ai envie d'être en toi, murmura-t-il d'une voix rauque.

Je soufflai avec peine.

— Benn…

Ses doigts bataillèrent avec le bouton de mon jean, et je me retrouvai à le faire descendre le long de mes cuisses.

Une fois que je fus entièrement déshabillée, Ben posa sa main sur mon pubis et ses doigts caressèrent mon sexe avec légèreté.

— Ce minou est à moi. Personne ne peut le baiser à part moi.

— Oui, Ben. Rien que toi.

Il se débarrassa de son jean et de son boxer en un mouvement rapide et les jeta par-dessus le bord du lit.

Je saisis son manche doux et ferme dans ma main, le caressai lentement et fus récompensée par un gémissement voilé qui passa entre ses lèvres. Mon corps réagit en mouillant abondamment entre mes jambes.

— J'ai envie de te prendre, Emmy.

Lisant la tension dans sa mâchoire crispée, je sus que ce serait brusque et rapide, et c'était exactement ce que je voulais. Nous avions tous les deux besoin de chasser toutes pensées de Braydon ou Fiona. Il n'y avait que nous, fous et passionnés.

Ben pencha son corps sur le mien. Il m'embrassa goulûment et s'avança doucement, le bout de sa queue écartant mes lèvres avant de s'enfoncer lentement en moi, donnant du temps à mon corps pour s'habituer.

Il me pénétra délicieusement, centimètre par centimètre, jusqu'à ce qu'il soit entièrement enfoui en moi. J'inspirai en même temps qu'il poussait un gémissement grave en jurant.

— Bébé, c'est trop bon.

Je ne faisais pas grand-chose d'autre qu'être allongée sous lui, mais j'accueillis le compliment et appliquai un baiser dans son cou. J'adorais son odeur et sentir son poids sur moi. Finalement, Ben commença à bouger, de petits coups superficiels jusqu'à ce qu'il soit sûr que je sois assez relâchée autour de lui et prête à en recevoir davantage. J'enroulai mes jambes autour de sa taille et Ben attrapa mes fesses dans une main, donnant à mes hanches l'angle parfait pour accueillir ses coups de butoir. La sensation était presque insoutenable. Il s'enfonçait si profondément en moi.

Il me pénétrait sans relâche, cognant au fond de moi. Je m'agrippais à son dos large tandis qu'il bougeait contre moi et m'enfonçait dans le matelas à chaque grande poussée. Il me prit, me posséda et me fit sienne.

Ben

Plus tard, je la serrai dans mes bras, sentant son corps trembler et palpiter après son dernier orgasme. Faire l'amour avec elle m'avait aidé à chasser certains des souvenirs de Bray. Je ne voulais pas les garder en mémoire, parce que je pensais sincèrement chaque mot que j'avais prononcé. Elle m'appartenait. Je n'avais jamais eu besoin de quelqu'un comme j'avais besoin d'elle.

Après avoir retrouvé un rythme cardiaque normal, elle roula pour me faire face dans le lit, et nous nous retrouvâmes l'un à côté de l'autre.

— On devrait discuter, Ben.

J'acquiesçai. Je ne savais pas quel autre sujet il fallait aborder. Dans ma tête, les choses étaient très claires. J'avais récupéré Emmy. C'était tout ce qui comptait.

— Qu'est-ce qui te tracasse, bébé ?

Elle porta une main à ma joue et la posa là avant de pousser un profond soupir.

— Es-tu sûr de vouloir ça… ?

Elle fit un signe entre nous.

— Je viens de jouir deux fois, je suis avec la plus belle fille du monde et je vais faire la meilleure nuit de sommeil de ma vie. Je serais un sacré idiot de ne pas le vouloir.

Elle me donna un petit coup sur le bras alors qu'un sourire s'épanouissait sur sa bouche.

— Je sais ce que je veux… mais tu n'es pas du genre à avoir des relations sérieuses, me rappela-t-elle avec un air grave.

— Je te l'ai dit, ce n'est pas un choix. J'ai besoin de toi.

Je ne trouvais pas les bons mots pour le lui faire comprendre. Mais elle me regardait dans les yeux et semblait tout saisir.

— Les relations qui commencent par du sexe ne marchent pas, Ben.

Je lui fis relever la tête pour plonger mes yeux dans les siens.

— Rien dans ma vie n'a jamais été conventionnel. Laisse-moi faire ça à ma façon.

Ne voulant pas lui laisser le temps de répondre, ma bouche piégea la sienne avec un baiser langoureux. Je ne pouvais pas attendre une seconde de plus pour sentir ses lèvres contre les miennes. Elle était si douce, si sucrée. Je ne savais pas ce qu'il y avait chez cette fille, mais je la désirais tellement. J'avais besoin d'elle. Après notre troisième partie de jambes en l'air en autant d'heures, nous étions tous les deux éreintés. Emmy prit une douche et enfila un petit short de pyjama et un débardeur pendant que je nous préparais deux bières et les muffins que nous avions oubliés. Nous n'avions pas dîné, mais cela ferait l'affaire. Quand Emmy sortit avec les cheveux mouillés peignés en arrière et les joues toutes roses, elle sourit en découvrant le petit pique-nique que j'avais installé sur le lit.

Je lui donnai des bouchées de muffin (elle aimait surtout le dessus) à manger et nous bûmes nos bières, discutâmes tranquillement et nous blottîmes l'un contre l'autre dans le lit. Je me débrouillai pour que la conversation ne mentionne pas Fiona, heureux que ma proposition de paix semble acceptée. Avec ma petite miss muffin aux myrtilles buveuse de bière.

***

Je continuais à faire ses injections à Fiona, mais m'efforçais de faire en sorte que les choses restent strictement professionnelles entre nous. Elle devait arriver dans les prochaines minutes et je m'étais assuré que mon téléphone était bien en mode vibreur. Emmy allait probablement appeler puisqu'elle avait terminé sa journée de travail. Je voulais lui parler, mais il fallait d'abord que j'aide Fiona. Et comme Fiona et Emmy allaient aussi bien ensemble que l'huile et l'eau, je ne voulais mettre dans l'embarras ni l'une ni l'autre.

Emmy n'aurait pas compris que j'aide Fiona de cette manière, et Fiona était d'humeur assez instable avec tous ces traitements pour la fertilité. Ses deux premières tentatives de tomber enceinte avaient échoué, et je commençais à me demander si faire endurer tout ça à son corps en valait la peine. Mais je ne comptais pas l'interroger à ce propos. Je vis bien la détermination qui brillait dans ses yeux quand elle me tendit la seringue. Fiona souleva son haut et je nettoyai la zone en la regardant retenir son souffle au contact de l'alcool froid.

— Désolé, murmurai-je.

La chair de poule s'estompa et je donnai une chiquenaude à la seringue avant de pousser le piston jusqu'à ce qu'une perle de liquide se forme au bout de l'aiguille.

— C'est pas grave, chuchota-t-elle en me regardant dans les yeux avec un air solennel. Merci de bien vouloir faire ça. Je serais incapable de me piquer toute seule.

— Pas de problème, Fiona. J'espère juste pour toi que c'est la dernière fois que nous avons à le faire.

Elle acquiesça et ses yeux s'embuèrent.

Profitant de sa distraction, je lui pinçai la peau et piquai l'aiguille en essayant d'être aussi doux que possible alors que j'enfonçai l'extrémité dans sa chair. Fiona sursautait toujours un peu, mais en dehors de ça, notre petite routine ressemblait à une expérience scientifique. J'appliquai un petit pansement et jetai l'aiguille dans la boîte spéciale.

— Ça va ?

Elle acquiesça.

— Que ferais-je sans toi ?

J'avais voulu un millier de fois lui parler d'Emmy, mais quelque chose en moi m'empêchait de le faire.

Emmy

La journée, j'appréhendais de passer du temps avec Fiona. Je n'arrivais toujours pas à la regarder dans les yeux. À chaque fois que je la voyais, je pensais à elle et Ben. C'était une véritable torture. Il voulait lui dire que nous étions ensemble, mais je reculais constamment l'échéance. Je savais qu'elle piquerait une crise, et comme elle me traitait déjà comme de la merde, je ne voulais pas savoir comment ce serait après qu'il lui aurait annoncé la nouvelle. Elle finirait probablement par me virer.

Pendant les semaines qui suivirent, Ben et moi fûmes presque inséparables. La semaine, nous travaillions tous les deux, mais nous passions toutes nos nuits ensemble dans son lit. Nous appelions le service d'étage, mangions, discutions à propos de livres, de musique, de films, de nos enfances ou de nos rêves pour l'avenir. Et nous faisions beaucoup l'amour. Plus nous étions proches, plus nous avions envie l'un de l'autre. Une fois ou même deux fois par nuit ne suffisait pas.

Souvent, après le sexe, j'avais l'impression d'avoir couru un marathon. Mes muscles tremblaient et devenaient tout mous, et j'étais trempée de sueur et de sécrétion. Je ne savais pas que j'étais capable d'avoir plusieurs orgasmes, et je n'avais jamais pensé que c'était possible pour les hommes non plus. Enfin, peut-être que ce n'était pas le cas pour tous les hommes, mais Ben Shaw, véritable dieu au lit, pouvait jouir deux ou trois fois lors de nos folles séances de sexe qui duraient plusieurs heures. Nous franchissions toutes les frontières physiques, et faisions l'amour constamment. Nous prenions des douches et des bains ensemble et dormions nus dans son grand lit. Il refusait de me laisser me sentir gênée et me chouchoutait, m'embrassait et me disait constamment que j'étais belle. Tout était parfait. Un rêve devenu réalité, vraiment.

Je réalisai avec une clarté absolue que j'étais en train de tomber amoureuse de lui. C'était impossible. Mais c'était bien le cas. Il était doux et attentionné et il me faisait rire. Je voulais partager son lit chaque nuit, dormir pelotonnée dans ses bras, chasser ses démons et m'assurer qu'il se nourrissait correctement. Je voulais être celle qui prenait soin de lui. La dernière personne qu'il voyait avant de fermer les yeux et la première quand il se réveillait. Il m'appartenait. Entièrement et inconditionnellement. Même s'il ne le savait pas encore.

Lorsque je le regardais, je ne voyais pas le mannequin qui posait dans les magazines. Je voyais un homme avec des besoins et désirs basiques que je voulais satisfaire. Je voulais être celle qu'il appelait dans son sommeil, celle qui le caressait et l'apaisait pour qu'il se rendorme. Celle qui s'occupait de ses repas et s'inquiétait assez pour lui pour qu'il arrête de prendre ces saletés de pilules. Ça m'agaçait que personne n'ait pris assez soin de lui pour faire tout ça avant moi.

En même temps, j'étais si heureuse que cette tâche me revienne.

Il était à moi. Et je sus alors que je l'aimais. Pas son image, pas le mannequin ni le prestige ou le mode de vie luxueux. J'aimais cet homme, cet homme brisé, sensible et qui savait avoir des propos obscènes.

Je voulais tout lui donner : moi, ma famille et tout ce qu'il n'avait jamais eu. Mais ce n'était pas encore suffisant, parce qu'il méritait encore plus.

Aimer Ben Shaw était le sentiment le plus terrifiant que j'aie jamais éprouvé. C'était comme être sur des montagnes russes sans barre de sécurité, être en chute libre sans parachute et mourir à la fois d'une crise cardiaque et de détresse respiratoire. Je ne savais pas du tout s'il était capable d'avoir une relation engagée et traditionnelle. Mais cela n'amoindrissait pas mes sentiments. Je l'aimais de tout mon être, que ce soit réciproque ou pas. Ce n'était pas un choix. Et cela me faisait carrément flipper.

Alors que la télé produisait un bruit de fond et la seule lumière de la chambre, Ben replia son grand corps ferme autour de moi. Pour le dîner, nous avions mangé les meilleurs raviolis frais de ma vie et nous étions repus, fatigués par le sexe et pas loin de nous endormir. Ben appliqua un doux baiser dans mon cou et exprima en murmurant comme il appréciait de m'avoir dans ses bras, quand trois petits mots s'échappèrent de mes lèvres : « Je t'aime ».

Je retins mon souffle après l'avoir dit. C'était entièrement vrai, mais mince, je n'avais pas l'intention de lui balancer ça comme ça. Pas maintenant, et peut-être même jamais.

Ben resta silencieux, mais je savais qu'il m'avait entendue. Je l'avais senti se raidir très légèrement quand j'avais prononcé ces trois mots. Le temps de quelques battements de cœur, il déposa un autre baiser sur ma tête et me souhaita une nouvelle fois bonne nuit avec un ton qui indiquait que ce serait ses dernières paroles.

Mon cœur battait la chamade dans ma poitrine. Je n'avais pas prévu de lâcher ça comme ça, mais en le disant, je ne m'attendais certainement pas à affronter ce silence. L'estomac noué, j'étais tellement tendue que j'aurais eu bien du mal à m'endormir. Mais je devais rester allongée là et faire comme si tout allait bien… Mince ! J'avais envie de pleurer. Au lieu de laisser les larmes monter, je me mordis la lèvre et restai calme, m'efforçant d'avoir une respiration profonde et régulière.

Rapidement, le corps de Ben se rapprocha encore et son bras devint un poids mort sur moi. Il gémit doucement dans son sommeil. J'enviai sa capacité à avoir trouvé un sommeil paisible. Des questions sans réponses tournaient dans ma tête alors que j'essayais de me détendre. La nuit allait être sacrément longue.

21

Emmy

Ben avait promis que l'after de ce soir serait bien plus banale que les folles fêtes de la Fashion Week. Il s'agissait d'une soirée privée en l'honneur des stylistes sur le toit de l'hôtel La Manufacture, situé dans le quartier mode de Paris.

De nombreuses grandes marques de vêtements seraient présentes. Ben mentionna le fait que Braydon était de retour pour un shooting, mais apparemment, je n'étais pas censée être excitée à l'idée de le voir. Je garantis à Ben que cela n'avait rien à voir avec la nuit que nous avions passée ensemble ; j'étais juste soulagée de connaître quelqu'un en dehors de lui et Fiona.

Ben, Fiona, Gunnar et moi fîmes le trajet ensemble en limousine. Un petit sourire narquois s'affichait sur les lèvres de Gunnar quand il observa Ben appuyer sa main dans le creux de mon dos ; n'importe qui aurait pu voir que ses yeux et ses mains semblaient me connaître intimement.

Fiona fit la moue sans rien dire pendant tout le trajet.

Le moins qu'on puisse dire, c'est que la situation était inconfortable.

Sur le toit-terrasse, l'air frais de la nuit nous enveloppait. Des guirlandes de petites lumières scintillantes blanches ornaient la terrasse et la vue sur la ville était époustouflante. Des serveurs en smoking encerclaient la foule, des plateaux d'argent avec des cocktails couleur pêche à la main. Je ne savais pas ce que c'était, mais Ben nous en avait pris deux.

Il but une gorgée et secoua la tête.

— Tu peux prendre le mien.

Je goûtai la boisson. C'était fruité et sucré. Délicieux.

— Avec plaisir.

Gunnar et Fiona se dirigèrent vers la foule et s'y mêlèrent. Ma patronne feignait d'embrasser les joues des personnes qu'elle saluait, et je trouvais ça très énervant.

Je repérai Braydon de l'autre côté de la terrasse, appuyé sur la balustrade pour admirer la vue. Je tirai sur la manche de Ben et fis un signe de tête.

Ben rit doucement.

— Va lui dire bonjour. Je vais me chercher un vrai truc à boire, et je vous rejoins.

Braydon se retourna juste quand je m'approchai, comme s'il avait senti que j'arrivais.

— Joli cœur !

Il me souleva délicatement. Et même si je tenais un cocktail à la pêche dans chaque main, je n'en renversai pas une goutte.

Je ris en entendant ce surnom ridicule.

— Salut, Braydon.

— Où est ton mec ?

J'indiquai le bar d'un signe de tête. Ben venait vers nous, un verre d'alcool ambré dans la main et une bouteille de bière dans l'autre que je présumais être pour Bray.

— Salut, mon pote.

Braydon lui mit une tape sonore dans le dos et récupéra la bière.

— Tu l'as récupérée, hein ?

— Ouais. Merci pour tes conseils, mec.

Ben sourit et m'attira près de lui pour m'embrasser la tempe.

J'étais un peu gênée qu'il me touche en public. Fiona n'était toujours pas au courant pour nous, et j'appréhendais la réaction qu'elle aurait quand elle le découvrirait. Ben et moi en avions discuté et avions décidé de garder notre relation secrète encore quelque temps.

Je remarquai un verre de champagne avec une trace de rouge à lèvres près de la bouteille vide de Braydon.

— Tu es venu avec quelqu'un ? demandai-je en penchant la tête vers le verre.

Lorsqu'il jeta un coup d'œil vers Ben, son expression sembla tendue.

— Ouais. London est ici. Elle est juste allée aux toilettes.

Ben se crispa près de moi. Avant que j'aie eu le temps de demander qui était London, Gunnar arriva pour récupérer Ben.

— Il y a un styliste de chez Gucci, et il aimerait te rencontrer.

— Bien sûr.

Ben me regarda dans les yeux.

— Ça ne te dérange pas si je te laisse avec Bray ?

Je hochai la tête.

— Pas du tout. Vas-y.

Je fixai la flûte de champagne. Le rouge à lèvres était d'un joli rouge sang. Je n'aurais jamais réussi à porter ce genre de teinte. J'aurais ressemblé à Bozo le clown. J'avais plutôt tendance à mettre des gloss satinés.

— Alors, qui est London ?

— London Burke. Le top model de chez Victoria's Secret.

— Vous sortez ensemble ?

— Pas vraiment.

— Oh. Est-ce qu'elle et Ben… ?

— On peut dire ça.

L'ex de Ben était un top model de chez Victoria's Secret. Traduction : j'avais une vie de merde. Il ne me donna pas plus d'explications, et je n'insistai pas. Il y avait quelque chose à propos de cette situation qu'il préférait que je ne sache pas.

London ne revint jamais récupérer son verre de champagne, et Braydon fit de son mieux pour me distraire. Il me demanda où je vivais à New York et me parla de ses aventures alcoolisées de ces deux dernières semaines, mais mes yeux attendaient le retour de Ben. Une heure plus tard, n'ayant toujours aucune nouvelle de lui, je m'excusai auprès de Braydon. Après avoir avalé trois petits cocktails à la pêche, j'avais vraiment besoin d'aller aux toilettes. Et je voulais retrouver Ben.

Je m'avançai à l'intérieur, utilisai les toilettes et remis du gloss sur mes lèvres en m'étudiant dans le miroir. Je portais une petite robe couleur crème avec un décolleté arrondi et les escarpins noirs que Ben m'avait offerts. Je me sentais jolie, mais pas très sûre de moi. Travailler entourée de mannequins suscitait en moi le besoin que Ben me rassure en me disant que je lui suffisais, et je détestais ça. Je me détournai du miroir, frustrée. Je voulais juste le trouver.

Ressortant dans l'air de la nuit, je balayai le toit-terrasse des yeux à la recherche de Ben. Le repérer dans cette vaste zone ouverte et rectangulaire aurait dû être facile. Je vis Fiona qui était en train de parler avec Braydon où je l'avais quitté, mais aucune trace de Ben nulle part. Où était-il passé ? Je remarquai que deux filles sortaient de la terrasse par une porte, qui, je le supposai, était une cage d'escalier qui donnait sur l'hôtel. Alors je décidai de les suivre.

Les filles descendirent les escaliers en se tenant à la rampe pour affronter les marches sur leurs talons aiguilles. Je les suivis dans l'une des suites au dernier étage de l'hôtel. On aurait dit que la fête avait lieu ici aussi.

De la musique électronique battait en fond, et le plan de travail de la cuisine était recouvert de bouteilles d'alcool, de tranches de citron et de mixeurs.

Les gens papotaient, debout dans le salon, principalement des filles en robe de cocktail trop courtes qui devaient se geler dehors. Je traversai la pièce, toujours sans trouver Ben. Le sang palpitait de manière irrégulière dans mes veines quand je réalisai qu'une suite incluait aussi des chambres… et si Ben n'était pas sur le toit, ni dans le salon… Oh, mon Dieu… Je me sentis fébrile, mais je forçai mes jambes à marcher et me dirigeai vers le couloir.

Il y avait trois portes : deux étaient ouvertes et révélaient une salle de bains et une chambre vides, et la troisième était fermée.

N'entendant aucun bruit venant de l'intérieur, je tendis la main vers la poignée. Elle procura une sensation froide dans ma paume. Je la tournai lentement et poussai la porte. Les lumières étaient allumées, mais la chambre était vide. Tout au fond de la pièce, une porte vitrée était ouverte ; des bruits de voix venant du balcon m'attirèrent.

Mon estomac fit des tours dans mon ventre et mon cœur battit dangereusement fort dans ma poitrine. J'étais terrifiée par ce que j'aurais pu découvrir, mais il fallait que je sache.

— Tu veux me dire sincèrement que je ne te manque pas du tout ? dit une voix féminine.

— London…

C'était la voix de Ben et son ton était taquin.

— Ce n'est pas ce que j'ai dit.

Elle émit un rire doux et faux… le rire d'une femme habituée à obtenir exactement ce qu'elle voulait.

— Parce que personne ne baise comme toi, Ben.

— C'est un bon point, dit-il en gloussant.

— On s'est bien amusés ensemble, non ?

Sa voix était plus basse et sensuelle.

— London… la supplia-t-il presque.

Je ne pouvais supporter d'en entendre plus, mais plutôt que de sortir avec grâce, je me retournai et me cognai dans la porte vitrée, la faisant vibrer bruyamment. Ben se retourna brusquement et ses yeux croisèrent les miens.

— Emmy.

Je m'enfuis et sentis les premières larmes qui menaçaient déjà de couler. J'empruntai le même chemin qu'en venant pour retourner dans le salon. J'allais prendre un taxi pour rentrer à l'hôtel. Seule. Ben et London me suivirent, et une fois dans le salon, je heurtai Braydon.

Il tendit les mains pour me soutenir en m'attrapant sous les bras.

— Joli cœur ? Ça va ?

Il avait dû partir à notre recherche, et malheureusement, Fiona l'accompagnait. Il y avait de plus en plus de monde dans ce salon, comme si la fête était lentement délocalisée à l'intérieur. Quand le regard de Braydon glissa derrière moi vers Ben et London, il grimaça. Il devait tout connaître de leur histoire.

— Emmy… dit Ben en tendant les bras vers moi. Il ne s'est rien passé. London et moi ne faisions que discuter. Je te le promets.

London fit un pas en avant sur ses talons dangereusement hauts. Sa robe, si on pouvait l'appeler ainsi, se résumait à un échantillon de satin rouge qui couvrait à peine les parties importantes. Un décolleté bien rempli, des jambes incroyablement longues, de longs cheveux blonds, et ce rouge à lèvres rouge que j'avais remarqué sur le verre. Les larmes brouillaient ma vue, mais ce que je voyais était sublime.

— Je suis désolée, je ne voulais pas provoquer de scène, dit London qui semblait sincère. Je suis London.

Elle me tendit la main.

Mon Dieu, en plus, elle était gentille. Je restai là, fixant sa main sans rien faire. Ben s'approcha.

— Je te présente Emmy, ma petite amie.

Fiona poussa un cri étranglé en entendant l'expression « petite amie ». Je dus l'admettre, cela me surprit aussi.

— Ravie de te rencontrer. Je n'ai jamais vu Ben avec une copine.

London m'adressa un large sourire.

— Ben ?

La voix râpeuse de Fiona transperça le silence inconfortable. Personne ne dit rien pendant un long moment, mais je vis des larmes remplir les yeux de ma patronne. Elle et Ben se regardèrent intensément, et ses traits étaient marqués par la peine. Une seconde plus tard, Fiona se retourna et s'enfuit en donnant des coups de coude aux invités pour se frayer un passage alors qu'elle se précipitait vers la porte de sortie.

Ben me jeta un regard compatissant, puis se lança à sa poursuite.

Le regarder partir derrière Fiona me fit l'effet d'un couteau qu'on m'enfonçait dans le cœur. Après m'avoir cachée à Fiona tout ce temps, il avait choisi cet instant atrocement tendu pour annoncer que nous étions ensemble, puis finalement se précipiter derrière elle ?

Mon cœur s'arrêta de battre.

Je me sentais mal. Plus mal que lorsque j'avais entendu sa conversation aguichante avec London.

Des points noirs brouillèrent ma vue. Oh merde, j'allais m'évanouir.

La main de Braydon me caressa légèrement le bas du dos et m'empêcha de m'écrouler. London me regardait toujours avec curiosité, et les chuchotements dans la pièce m'indiquèrent que ce n'était pas la seule.

— Sors-moi de là, Braydon, murmurai-je.

Il passa son bras chaud autour de ma taille et me guida loin de la scène du crime.

La fête sur la terrasse était clairement retombée et il ne restait plus que quelques personnes. Braydon m'emmena dans un coin où je pus m'asseoir. Je m'arrêtai près du bar et attrapai une bouteille de Jack et deux verres. Il haussa les sourcils, mais se contenta de me faire signe d'avancer vers deux fauteuils confortables installés autour d'un feu sans rien dire. Je m'écroulai sur le siège et nous versai une bonne dose de whisky chacun. Je n'étais pas assez soûle pour gérer tous ces sentiments déroutants que Ben suscitait en moi. Je lui avais dit que je l'aimais, et il n'avait rien dit… et ce soir, je l'avais surpris en train de flirter avec son ex… qui, oh, s'avérait être un top model. Puis il y avait eu Fiona. J'avalai l'alcool d'un trait, juste pour que ça m'assomme.

— Holà, doucement, joli cœur.

Braydon posa la main sur la mienne pour m'arrêter avant que je ne remplisse trop mon verre déjà vide.

Je me laissai aller en arrière dans les coussins moelleux, enlevai mes escarpins et posai mes pieds sur les genoux de Braydon.

— Tu n'as pas froid ?

Il commença à enlever sa veste.

Je la refusai d'un geste.

— Ça va. Le feu me tient chaud.

De petites flammes bleues dansaient au-dessus de la pierre dans un élégant foyer à gaz et réchauffaient doucement l'air autour de nous.

— Dis-moi ce que je peux faire. Tu veux que j'aille lui botter les fesses ? finit par me demander Braydon.

J'avais juste besoin d'un peu de compagnie pendant que je m'enivrais, mais sa volonté de m'aider me fit sourire.

— Tu ferais ça ? Je croyais que vous étiez amis.

Il haussa les épaules.

— Nous le sommes, mais je te préfère à lui. Tu as de plus beaux nichons.

Je n'arrivais toujours pas à croire que j'avais couché avec Braydon. C'était fou.

— Non… vaut mieux pas. Son visage est son gagne-pain. Je ne voudrais pas être responsable de la fin de sa carrière. Bien sûr, si tu voulais lui arracher les…

— Les valseuses ?

— Ouais.

Je me mis à rire pour la première fois de la soirée.

— Ça m'irait très bien.

— Je ne sais pas ce qu'il s'est passé avec London tout à l'heure. Je sais qu'il pense avec sa queue la plupart du temps, mais il est différent avec toi, Emmy. Il faut que tu en prennes conscience.

J'y réfléchis longuement en silence. Je me demandai s'il avait oublié London. On aurait dit qu'elle cherchait à arriver à ses fins ce soir.

— Combien de femmes Ben et toi avez-vous partagées ?

Bray baissa les yeux. Je devinai qu'il n'avait pas très envie de trahir le pacte masculin en dévoilant leurs secrets, mais je comptais sur lui pour être honnête avec moi.

— Juste Fiona et une autre. Une fille qui s'appelle Mia.

Ils n'avaient donc pas partagé London. Intéressant.

— Mia était mannequin, elle aussi ?

Braydon secoua la tête.

— Non, c'était une fille de New York avec qui Ben est sorti pas longtemps.

Je grimaçai. Je ne savais pas si le fait qu'il ne s'agissait pas d'un mannequin était une bonne ou une mauvaise chose. J'en arrivais à la conclusion que c'était nul, parce que j'aimais jusque-là l'idée d'être la première.

— Je tiens à signaler que je pense que s'il partage, c'est uniquement pour éviter d'être trop proche des filles… Il n'a jamais été du genre à vouloir une vraie relation.

Le whisky me faisait déjà beaucoup d'effet, et je regrettai soudain de ne pas être plus sobre pour cette conversation. Est-ce que Ben, d'une certaine manière, voulait une relation avec Fiona ? Il fallait que je me concentre et retienne tous les petits indices que Braydon évoquait.

Il se pencha en avant et pressa mon genou.

— Hé, ça va aller. Il est fou de toi. Je le sais.

Je reniflai. Je ne pleurerais pas.

— Merci, Bray. On verra bien.

Quelque temps (et trois verres de whisky) plus tard, Ben apparut devant nous.

— Tu es là, Emmy. Je t'ai cherchée partout.

Je levai le menton et regardai au loin les lumières de Paris. C'était peut-être puéril de l'ignorer, mais je n'avais rien à lui dire à cet instant.

— Comment va Fiona ?

Mon ton était amer, mais ça m'était égal.

— Je n'en sais rien. J'ai demandé au concierge de s'assurer qu'elle trouve un taxi, et je suis parti à ta recherche.

Il s'agenouilla devant moi.

— Il faut que je te parle, s'il te plaît, bébé, ajouta-t-il.

Mince. Le désarroi dans ses yeux et le ton sec de sa voix firent fondre toute ma détermination.

J'acquiesçai.

— D'accord.

— Braydon…

Ben inclina la tête vers la sortie.

— Non, je veux que Braydon reste.

Ben plissa les yeux.

— Très bien, fit-il en serrant les dents.

J'attrapai la main de Braydon et la serrai. Son regard se fixa sur Ben et il haussa les épaules, comme s'il s'excusait. Je ne voulais pas virer Braydon. Il avait été là pour moi ce soir. Et au cours de nos rares rencontres, j'avais appris à lui faire confiance. C'était un type gentil. C'était Ben qu'on allait juger maintenant.

Ce dernier s'assit sur une chaise près de moi et me fit face.

— Je suis désolé pour tout à l'heure, mais bébé, il ne s'est rien passé avec London.

— Je t'ai entendu, Ben. On ne peut pas dire que tu faisais de ton mieux pour la dissuader.

— Ce n'était pas nécessaire. Tu vas m'écouter ? Il n'y avait pas besoin de la dissuader, parce qu'elle n'avait aucune chance avec moi. Je suis à toi, Emmy.

À ces paroles, quelque chose se serra dans ma poitrine, mais je ne pouvais pas me laisser distraire par mon sale petit cœur à cet instant.

Tu flirtais.

— Non, j'essayais d'être poli.

Je levai les yeux au ciel et vidai le contenu de mon verre dans ma gorge.

Ben me le prit des mains.

— Une seconde avant ça, je parlais de toi à London. As-tu entendu cette partie ?

— Non, admis-je. Et tu disais quoi ?

— Je lui ai dit que j'avais craqué pour une jolie fille douce originaire du Sud.

Les mains de Ben capturèrent les miennes.

— Tu m'as volé mon cœur, bébé. Rien ni personne ne changera ça. Je t'appartiens.

Il dégagea une mèche de cheveux bouclés de mon visage en me regardant avec adoration.

— Je ne veux pas passer un seul jour sans toi. Je n'ai jamais eu besoin de personne, Emmy. Mais j'ai besoin de toi. J'aime ta façon de prendre soin de moi. Et je veux satisfaire tous tes besoins. Si laisser cette tête de gland venir dans notre lit a pu te prouver quelque chose, c'est que je te donnerai tout ce que tu veux, bébé.

Braydon grogna et se plaignit à voix basse de ne pas être une tête de gland.

— Quand j'ai vu Bray poser ses mains sur toi, j'ai voulu lui mettre mon poing dans la gueule. Je n'avais jamais ressenti ça avant. Pour moi, le sexe n'a jamais été quelque chose d'émotionnel avant toi. J'ai besoin de toi à mes côtés. Dans mon lit chaque nuit. L'idée que tu ne sois pas là pour égayer mes jours est la chose la plus déprimante que j'aie jamais imaginée. Je suis en train de tomber amoureux de toi, Emerson.

Mes lèvres esquissèrent un sourire. Mes yeux plongèrent dans son profond regard, et le temps d'un battement de cœur, nous n'étions plus que tous les deux. Personne d'autre n'existait ; personne d'autre ne comptait. Il posa ses mains sur mes joues et m'attira vers lui. Sa bouche s'arrêta à quelques millimètres de la mienne, son souffle chaud effleurant mes lèvres.

— Quel est ton deuxième prénom ?

— Jean.

— Vraiment ?

— Ne dis rien.

— Je t'aime, Emerson Jean, murmura-t-il alors que ses lèvres caressaient les miennes.

Mon cœur se mit à battre frénétiquement dans ma poitrine. J'attendais depuis si longtemps d'entendre ces mots, et là, les entendre vraiment avec la voix grave et sexy de Ben, alors que ses lèvres chaudes frôlaient les miennes, c'était encore meilleur que ce que j'avais pu imaginer.

— Je t'aime, lui répondis-je en un murmure avant que sa bouche se plaque sur la mienne.

Ben me souleva de mon fauteuil pour me déposer sur ses genoux, et m'embrassa langoureusement. C'était comme si je lui avais terriblement manqué. Sa langue dansait avec la mienne, suçant et tournoyant jusqu'à ce que je frémisse sur ses genoux. Ma robe était remontée sur mes cuisses et je me serrai contre lui, appuyant mon sexe contre la bosse tendue dans son pantalon.

Il déplaça ses mains pour attraper mes fesses et me tirer contre lui. Je poussai un gémissement essoufflé, alors que mon corps tremblait à son contact. Quelque part près de nous, Braydon s'éclaircit la voix. La bouche de Ben quitta la mienne juste le temps de lui aboyer un ordre.

— Fais-les partir d'ici, dit-il en indiquant d'un signe de la tête les dernières personnes qui traînaient sur le toit-terrasse.

Apparemment, Ben ne voulait pas de public pour ce qui allait se passer, quoi que ce soit. J'étais trop soûle et trop excitée pour l'arrêter.

Tandis que Braydon guidait le groupe vers la sortie, la bouche de Ben captura la mienne à nouveau avec un baiser dévastateur.

— Je t'aime, Emmy. Je t'aime. J'ai besoin de toi, murmura-t-il entre ses baisers.

Le ton possessif avec lequel il prononçait ces mots envoya des étincelles de désir dans mon corps. Je voulais lui appartenir. Mes hanches se balançaient sans vergogne sur ses genoux, alors que mon sexe était déjà mouillé et prêt. La façon dont ses mains parcouraient mon corps frémissant me donnait le sentiment d'être sexy et séduisante. Je vibrais de chaleur et de désir sexuel.

Lorsque je trouvai la boucle de sa ceinture et commençai nerveusement à la défaire, Ben gémit. Je finis par réussir à l'enlever et glissai ma main dans son pantalon et son boxer, puis fermai la main autour de son manche dur.

— Oh, putain, gémit-il dans ma bouche quand je me mis à le masturber.

Je m'arrêtai juste le temps de permettre à Ben de soulever ma robe moulante au-dessus de ma tête et la poser sur la chaise vide à côté de nous. Alors que je me frottais contre lui en soutien-gorge et petite culotte en dentelle, je me fichais qu'on soit dehors en pleine nuit ou sur un toit-terrasse. Ben venait de me dire qu'il m'aimait, et j'avais envie de lui. Maintenant.

Le bruit d'une boucle de ceinture qu'on défaisait à côté attira mon attention. Je levai les yeux et découvris Braydon debout près de nous.

— Même pas en rêve, grogna Ben. Va surveiller la porte.

Braydon referma sa ceinture avec un air frustré et se dirigea consciencieusement vers la sortie.

Nous ne nous embêtâmes pas à enlever d'autres vêtements et Ben me baisa avec véhémence. Il écarta le tissu de ma culotte et s'enfonça en moi d'un coup affreusement lent qui me remplit si pleinement que je hurlai. Les bruits résonnèrent dans la nuit. Il me saisit par la taille pour me faire monter et descendre sur lui.

En me murmurant de jolies choses et d'autres plus vilaines, Ben faisait des allers-retours en moi.

— Tu es tellement sexy, putain… J'adore les bruits que tu fais… C'est bon, ma belle, je veux te voir jouir.

En quelques minutes, ses paroles me propulsèrent au-delà des limites. Je jouis en criant bruyamment son nom.

Ben enfouit son visage dans mon cou et gémit.

— Je t'aime, Emmy.

Je sentis sa chaleur immerger ma fente chaude tandis que de petits tremblements traversaient mon corps tout entier.

Sortant des mouchoirs de sa poche, Ben m'essuya et arrangea ma culotte pour que je sois de nouveau couverte. Alors que j'étais en train de renfiler ma robe, Braydon apparut.

Une grosse érection dans son pantalon. *Ho ho*.

Je ne pus m'empêcher de glousser. Je suppose que j'étais encore éméchée, mais je trouvai ça drôle. En faisant l'amour, nous l'avions excité et mis dans tous ses états.

— Vous vous fichez de moi tous les deux ?

Il arrangea son pantalon en grimaçant.

— Ne refaites pas ça devant moi si je ne suis pas invité dans la partie.

Je n'avais pas réalisé que Braydon nous avait regardés ou même simplement entendus de son poste de surveillance devant la porte. *Oups*.

— Ça n'arrivera plus, mec. Emmy n'est pas ton jouet. Elle est à moi.

Ben me tira encore sur ses genoux et se blottit dans mon cou.

— Vous êtes vraiment méchants, tous les deux.

Braydon soupira bruyamment.

— Je pourrais aller retrouver Fiona pour la réconforter. Elle n'a pas encore vu mon piercing.

Mon regard se riva sur celui de Braydon.

— Non, Bray. N'importe qui mais pas elle.

C'était déjà assez dur de savoir que Ben et Braydon avaient tous les deux couché avec elle. Quelque chose en moi appréciait le fait qu'elle n'ait pas fait l'expérience de son piercing comme je l'avais faite. Si nous comptions les points, ce petit détail m'en apportait un de plus. C'était idiot, je sais.

— Tu as raison, joli cœur.

***

Je m'endormis dans les bras de Ben cette nuit-là alors qu'il continuait à me câliner et me caresser avec douceur, en répétant continuellement à voix basse qu'il m'aimait.

22

Emmy

Ben et moi passâmes une grande partie de la journée à traînasser, jusqu'à ce que quelqu'un frappe à la porte en fin d'après-midi. C'était le concierge qui nous livrait une bouteille de champagne. Une petite carte l'accompagnait avec le message :

Pour Ben et Emmy. Profitez bien !
Affectueusement,
Fiona

— Tu vois, je savais qu'elle changerait d'avis, dit Ben en ouvrant la bouteille de champagne avec un grand « pop ».

Elle était trop gentille. Cela cachait quelque chose. Ben ne le voyait pas… mais moi oui. Je trouvais aussi intéressant qu'elle adresse le message à nous deux. Comme si elle savait que je restais dans sa chambre et ne retournais dans ma chambre que pour changer de vêtements. Mais je souris et acceptai le verre de champ'.

— Je t'aime, Emerson.

On aurait dit qu'il ne pouvait plus s'arrêter de le dire. Ce qui m'allait très bien.

— Je t'aime aussi.

Je lui souris, puis pris une gorgée. Hmm. Pétillant et sucré.

— Ben ?

— Hmm ?

— Je veux que tu viennes chez moi pour voir d'où je viens et rencontrer mes parents.

Son regard s'adoucit.

— J'aimerais beaucoup.

Nous n'avions pas encore parlé de ce qui se passerait une fois que nous aurions quitté Paris, mais je me raccrochais à l'espoir que nous essaierions d'avoir une vraie relation de retour à New York. Je savais qu'il voyageait beaucoup pour le travail, mais avec l'accord de Fiona, peut-être que je pourrais voyager avec lui.

Mon téléphone sonna dans mon sac à main, et je jetai un coup d'œil à l'écran. C'était Fiona. Bizarre. Elle m'appelait rarement. D'habitude, elle m'envoyait des messages.

— Allô ?

— Salut, chérie. Vous avez bien été livrés ?

Chérie ? C'était nouveau.

— Oui, merci. Ben nous a déjà servi un verre et il est délicieux. C'était très attentionné de votre part.

J'avais gardé un ton léger et joyeux. *Bien joué, Emmy.* Je me félicitais mentalement. Je prouvais qu'il était possible d'être polie avec l'ex de son petit ami. J'étais fière. Une véritable adulte.

— Merveilleux. Alors, appréciez-le bien, et plus tard, j'aimerais que tu passes me voir dans ma chambre. J'aimerais qu'on évoque l'éventualité de te confier plus de responsabilités. Tu as prouvé que tu en étais capable.

Quoi ? Sérieux ?

— Oh, d'accord. Super. Il faut juste que je prenne une douche et…

Fiona me coupa la parole.

— Peu importe, nous formons presque une famille maintenant. Viens quand tu veux…

— D'accord. À tout à l'heure.

Quand je raccrochai, de profondes rides de confusion marquaient mon visage.

— C'était qui ? me demanda Ben en buvant son champagne.

— C'était Fiona. Je crois qu'elle veut me donner une promotion.

Son sourire illumina son visage.

— Tu vois. Je t'avais dit que tout irait bien, bébé. Je t'aime.

— Je t'aime aussi, dis-je, la tête ailleurs.

Je ne faisais pas une seconde confiance à Fiona. Il fallait juste que je découvre la stratégie qu'elle comptait adopter pour passer à l'attaque.

J'étais trop distraite pour apprécier le champagne avec Ben, et après plusieurs minutes, il m'incita à aller la voir en riant.

— Allez, vas-y. Et appelle-moi après.

— Je n'y manquerai pas. Merci.

Je déposai un rapide baiser sur ses lèvres et sortis.

Lorsque j'atteignis la suite de Fiona, je marquai une pause devant la porte émaillée de crème et doré. Je passai mes mains sur le pantalon de tailleur noir que j'avais mis et ajustai le bord de mon chemisier bordeaux. Ça allait bien se passer… il le fallait. Je frappai à la porte et relevai la tête. Je ne la laisserais pas m'intimider. Impossible.

Quand Fiona ouvrit la porte, elle avait une mine affreuse. Je ne l'avais jamais vue habillée de manière aussi décontractée, avec un pantalon de yoga noir et un sweat-shirt trop grand qui lui tombait jusqu'aux genoux. Ses cheveux étaient attachés en une queue-de-cheval négligée et elle n'avait aucun maquillage.

— Fiona ? dis-je d'une voix enrouée. Vous allez bien ?

Elle déglutit et acquiesça.

— Ça va, chérie. Entre.

Elle se retira dans le vaste salon et je la suivis en refermant la porte derrière moi. Elle s'affala dans le canapé et replia ses jambes sous ses fesses.

Je m'assis en face d'elle sur un fauteuil confortable.

— Vous êtes sûre que vous vous sentez bien ?

Elle se mit à rire, mais était visiblement gênée.

— J'ai une mine affreuse, n'est-ce pas ?

Je me mordis l'intérieur de la joue. *Ferme-la, Emmy !*

— Je vais bien, sincèrement. C'est juste que j'ai eu un

tas de rendez-vous médicaux ces derniers temps, et ça m'a épuisée.

— Oh, je vois. Je suis désolée, et je ne voulais pas dire que vous aviez mauvaise mine. C'est juste que je ne vous ai jamais vue, vous savez… pas impeccable, bégayai-je.

— Ce n'est pas grave.

Elle agita la main d'un air méprisant.

— Je voulais te parler de ta position au sein de Status, finit-elle par dire.

Mon estomac fit un petit bond.

— Oui.

— Il paraît assez évident que tu t'es montrée plus que capable d'accomplir les tâches qui te sont assignées. Ben te fait confiance… et tu sais que je fais confiance à son jugement. Alors… j'aimerais étendre ton rôle et te donner un peu plus de responsabilités. Bien sûr, cela irait de pair avec une augmentation de salaire. Qu'en penses-tu ?

Qu'était-on supposé dire quand sa patronne avait découvert qu'on sortait avec son ex-plan cul et qu'elle proposait plus d'argent ? Je n'avais lu aucun manuel pour me sortir de cette situation, mais j'étais presque sûre que j'étais censée être reconnaissante.

— Je trouve ça fabuleux. Merci de m'offrir cette opportunité.

— Merveilleux. J'espérais bien que tu dirais ça. Je vais avoir besoin d'aide pour la Fashion Week de New York, surtout avec tous ces rendez-vous médicaux.

J'avais envie de lui redemander si elle allait bien, ou s'il y avait quoi que ce soit que je pouvais faire, mais quelque chose dans sa posture m'en dissuada. Cela ne me regardait pas, alors je me contentai d'acquiescer.

— Absolument.

— Assister aux castings, parler aux stylistes, aider à préparer les garçons.

— Je peux faire tout ça. Et tout ce dont vous aurez besoin.

Waouh, peut-être que mon boulot d'assistante allait finir par payer. Je grimpais les échelons.

— Super. Je t'enverrai un e-mail dans la soirée avec plus

de détails. Mais pour l'instant, si tu veux bien m'excuser, j'aimerais faire une sieste.

— Bien sûr.

Je sortis et laissai Fiona se pelotonner sur le canapé.

Quand je reçus le mail de Fiona, j'étais allongée dans le lit avec Ben et utilisais son iPad pour discuter par webcam avec Ellie. Mais quand j'ouvris le message, je me redressai et dis à Ellie que nous parlerions plus tard.

Il commençait par mon nouveau salaire, qui incluait une augmentation raisonnable. Puis elle entrait dans les détails à propos de mes tâches pour la préparation de la Fashion Week de New York.

Dans la dernière ligne du mail, je découvris finalement son stratagème : je quitterais Paris deux jours plus tard.

***

Notre relation était si récente, si fragile, que je craignais les effets de la distance. Si nous avions été dans un téléfilm à l'eau de rose, je me serais enfuie avec cet homme sans regarder en arrière. Mais malheureusement, la vie ne marchait pas comme ça.

Tout le trajet jusqu'à l'aéroport, Ben n'arrêta pas de me dire qu'il était fier de moi et que j'aurais dû être excitée par cette chance. Je ne pouvais m'empêcher de penser que ce n'était qu'un stratagème de Fiona pour se débarrasser de moi puisqu'elle avait appris ma relation avec Ben.

Je lui faisais confiance, mais cela ne voulait pas dire que j'étais contente qu'il passe trois semaines seul à Paris avec la femme avec qui il avait eu une longue liaison. Je n'avais pas confiance en elle. Aucune confiance.

Ben paya pour que j'aie une place en première classe, même si je lui avais dit que ce n'était pas nécessaire, puis il m'accompagna aussi loin que la sécurité le lui permit.

— Hé, ce ne sont que trois semaines.

Il posa ses grandes mains sur mes joues et plongea ses yeux dans mon regard inquiet.

— Trois semaines et deux jours, fis-je remarquer.

Ben sourit et appuya ses lèvres contre les miennes.

— On discutera chaque soir. Je t'enverrai des messages cochons.

Je gloussai malgré mon humeur revêche.

— Est-ce que tu viens de dire que tu m'enverrais des sextos ? Je crois que j'ai mis la main sur un sacré romantique.

— Je ferai tout ce que tu veux, bébé. Je t'aime, Emmy.

— Je t'aime aussi, lui dis-je en m'imprégnant de ses yeux noisette brillants qui allaient tant me manquer. Sois sage.

— Promis. Toi aussi.

Ben me tira dans ses bras et me souleva pour pouvoir me faire un gros câlin. Je me liquéfiai dans son étreinte.

Nous pouvions y arriver, n'est-ce pas ? Il ne s'agissait que de quelques semaines.

23

Emmy

Ben fut de plus en plus difficile à contacter dans les semaines qui suivirent. Peut-être était-ce à cause des six heures de décalage ou de nos emplois du temps surchargés, mais nous trouvions rarement le temps de discuter. La seule chose qui m'aidait à tenir le coup, c'était que j'avais emporté avec moi l'un des T-shirts de Ben. Son odeur masculine imprégnait toujours le tissu, et chaque nuit, j'enfouissais mon visage dans le coton et l'inhalais profondément. Quand l'odeur a fini par disparaître, j'eus peur que ce soit comme le signe que les choses étaient en train de se briser entre nous.

Ben avait de nouveau des problèmes pour dormir et m'avait dit qu'il avait recommencé à prendre ses pilules. J'étais déçue, mais je pouvais le comprendre. Il avait besoin de dormir. Il dînait presque tous les soirs avec Fiona, et j'essayais d'avoir une réaction mature : ils n'étaient plus que tous les deux à Paris puisque Gunnar était rentré à New York quelques jours après moi pour préparer une autre grande campagne. Mais mes anciens doutes et mon sentiment d'insécurité vis-à-vis de leur relation commencèrent à refaire surface.

Je travaillais tellement depuis mon retour qu'Ellie et moi n'avions pas encore passé une bonne soirée entre filles. Alors ce soir, j'avais insisté pour qu'on fasse quelque chose. Il fallait reconnaître que c'était exactement ce dont j'avais besoin pour me vider la tête. Nous nous hasardâmes dans les quartiers chics, en se payant même un taxi pour ne pas avoir à marcher jusqu'au métro et en revenir avec des chaussures qui étaient plus jolies que confortables. Ellie portait un jean skinny noir et une magnifique paire de Jimmy Choo. Et moi un jean et une paire de cuissardes à talons hauts noires. J'adorais l'automne à New York. Il fallait totalement changer de garde-robe. Je m'attaquai au shopping avec enthousiasme et m'y attelai aussi consciencieusement que s'il s'agissait de mon boulot. C'était la distraction idéale. Ellie était très heureuse de m'aider. Elle me montra les meilleures boutiques de la ville, celles où l'on pouvait trouver toutes les dernières pièces tendance.

Nous entrâmes dans un club trop bruyant et jouâmes des coudes pour nous frayer un chemin. Je n'en avais pas bu depuis une semaine et rien ne m'aurait fait plus plaisir qu'une bonne bière fraîche. Malheureusement, le bar était assiégé par des clients qui attendaient en agitant leurs billets en l'air pour essayer d'attirer l'attention du barman. Il nous faudrait un certain temps pour obtenir à boire.

— Argh. Apparemment, on n'a pas reçu le message qui annonçait que c'était une spéciale gros cons ce soir, cria Ellie pour que je l'entende malgré la musique.

— Quoi ?

— Je déteste ce genre de types.

Elle jeta un regard noir à un groupe de gars entassés dans un box dans la zone VIP isolée. Les mecs semblaient célébrer quelque chose. Des bouteilles et des verres à shots jonchaient leur table, et ils riaient bruyamment et faisaient des *check* à tout va.

— Oh mon Dieu. C'est Braydon !

Je tirai sur la main d'Ellie.

— Viens.

— Tu le connais ?

Je gloussai en voyant Braydon. Je ne savais pas pourquoi, mais il ne portait qu'un débardeur et un jean, ainsi qu'une paire de lunettes. À l'intérieur. Et pas n'importe quelles lunettes. Des lunettes pour femmes en forme de cœur, roses et avec des paillettes. Je m'arrêtai devant leur table.

— Braydon ?

Son regard caché par ses lunettes complètement folles se riva sur le mien.

— Joli cœur ?

Il bondit de son siège et me serra dans ses bras.

— Qu'est-ce que tu fais ici ? me demanda-t-il.

J'avais envie de laisser échapper que Fiona m'avait bannie de la France quand elle avait appris que Ben et moi étions devenus trop proches, mais je me contentai d'expliquer poliment que j'étais de retour pour travailler sur la Fashion Week de New York.

Il enleva ces lunettes ridicules et son regard erra derrière moi pour apprécier Ellie.

— Présente-moi à ton amie.

Son ton était résolu et il la dévorait pratiquement des yeux. Manifestement, Braydon appréciait clairement ce qu'il voyait. Ces cheveux acajou et cette jolie peau mate faisaient craquer tous les mecs. Et Braydon bourré ne faisait pas le poids.

— Oh, bien sûr. Braydon, voici Ellie.

Ellie l'étudia froidement, avec un air ennuyé et absolument pas impressionné.

— Salut, chaton, dit Braydon avec un large sourire.

Ellie leva les yeux au ciel face à ce plan drague ringard.

— Tu as des oreilles ? Elle vient de te dire mon prénom. Utilise-le.

Braydon se tourna vers moi et son sourire tordu m'indiqua qu'il avait quelques verres d'avance sur nous.

— Oooh… Quel tempérament de feu. J'adore ça.

— Tu veux que je te refroidisse ? répliqua Ellie en écarquillant les yeux comme si elle marquait un point.

Un côté de la bouche de Bray se retroussa.

— Est-ce qu'Ellie est le diminutif de quelque chose ?

Elle leva le menton.

— Elizabeth. Mais si tu veux que tes testicules restent attachés à ton corps, tu t'en tiendras à Ellie.

Braydon baissa les mains et protégea inconsciemment ses bijoux de famille.

— J'y suis plutôt attaché, alors ce sera Ellie.

Je ne savais pas ce qui lui avait fait sortir ses griffes, mais observer leur échange enflammé était divertissant.

— Bon… on essayait d'obtenir à boire…

Ellie regarda dans l'autre direction avec convoitise.

Braydon secoua la tête.

— Nous avons une serveuse, elle sera là dans une minute. Ça ira plus vite.

Je m'assis dans le box près de Braydon, et Ellie se faufila à contrecœur à côté de moi. Braydon nous présenta à ses amis, qui, d'après leur taille et leurs traits, devaient être des mannequins eux aussi. J'étais désormais habituée à être entourée de mannequins, et Ellie, qui avait la chance d'avoir plus d'amour-propre, ne broncha pas.

Braydon fit signe à la serveuse et nous passâmes notre commande. Il demanda que nos verres soient ajoutés à sa note.

— C'est quoi ces lunettes, Bray ? lui demandai-je en indiquant la paire posée près de lui.

Il haussa les épaules.

— Je les ai trouvées sur la table. Elles ne sont pas mignonnes ?

Il les rechaussa en me souriant. Oh ouais, il était bourré. Il était drôle et espiègle quand il était ivre. Ellie leva les yeux au ciel, visiblement pas amusée. Braydon se pencha vers moi et passa son bras sur mon épaule.

— Big Ben n'est pas ici avec toi… tu pourras rejouer avec mon APA tout à l'heure.

Il me lança un sourire éclatant, affichant ses belles dents blanches. Je secouai la tête en riant. Alors que d'autres auraient trouvé grossière sa manière de me proposer de coucher avec lui, je savais que Braydon ne faisait que plaisanter. Ellie me jeta un regard interrogateur, mais cela m'amusa. Je vérifiai à nouveau mon téléphone en me demandant pourquoi je n'avais pas reçu de nouvelles de Ben de toute la journée. J'essayai de ne pas penser au fait qu'il était seul avec Fiona dans la ville la plus romantique du monde.

24

Ben

Quand j'ouvris la porte de ma chambre d'hôtel, je découvris Fiona trempée de larmes et sanglotante.

— Que se passe-t-il ? Qu'est-ce qui ne va pas ?

Je la guidai vers l'intérieur et refermai la porte. Elle s'effondra contre ma poitrine et enfouit son visage dans mon T-shirt en pleurant. Je passai mon bras autour d'elle et fis de mon mieux pour la réconforter.

— J'ai eu ma dernière insémination aujourd'hui.

Elle inspira une grande bouffée d'air pour se calmer, les yeux baissés vers le sol.

— Ils ne m'en feront plus d'autres parce que ce n'est pas bon de prendre ces traitements pendant plus de douze cycles. C'était mon treizième. J'ai dû les supplier, dit-elle d'une petite voix râpeuse.

Je ne l'avais jamais vue aussi mal.

— Alors il reste une chance, n'est-ce pas ?

— Non. Je sais très bien que ça ne marchera pas. Pourquoi ça marcherait ? Les douze autres n'ont servi à rien. Peut-être que Dieu ou qui que ce soit là-haut (elle leva les yeux au plafond) ne veut pas que je devienne mère.

Je ne dis rien, ne sachant pas trop comment la consoler. Je me sentais complètement dépassé.

— Et même si je réussissais à trouver un nouveau médecin à convaincre pour me donner un nouveau traitement, on partira dans quelques semaines et tu seras de retour à New York, avec ta nouvelle petite amie, trop occupé pour m'aider et me faire mes injections.

— Hé, fis-je en attrapant sa main. Je ne serai jamais trop occupé pour toi.

Elle entremêla ses doigts aux miens.

— Je sais. Tu es trop gentil avec moi.

Ne sachant pas trop que faire d'autre, je l'attirai contre mon torse pour l'étreindre, et Fiona se blottit dans mon cou. Après un moment, les sanglots qui agitaient sa poitrine se calmèrent et ses mains glissèrent le long de mes flancs pour se poser sur mes fesses.

Je fis un pas en arrière.

— Fiona, l'implorai-je avec un ton trop faible pour formuler un avertissement.

Cela aurait été trop simple de reprendre nos anciens rôles, de nous retrouver au lit ensemble et de la réconforter de cette manière. Mais je réalisai que cela ne m'avait jamais rendu heureux. Je n'avais jamais réussi à dormir correctement quand nous avions partagé un lit. C'était le privilège d'Emmy.

Elle essuya les larmes sur ses joues et me regarda en plissant les yeux. Fiona était une belle femme, même avec ses larmes. Mais je ne pouvais pas faire ça.

— Ben…

Elle ne dit rien d'autre, mais continua à me supplier avec son intense regard marron.

— Si je pouvais arranger ça, Fiona, je le ferais. Tu le sais.

La même idée folle sembla nous traverser l'esprit alors que nos regards se croisaient. Elle se rapprocha de moi.

— Ben, tu peux arranger les choses. Tu pourrais me donner un bébé. Le plus beau de tous les bébés.

— Fiona… dis-je en secouant la tête.

— Ben… personne n'aura à être au courant… Emmy ne le découvrira pas…

Je poussai un soupir contrarié. Fiona avait travaillé dur pour bâtir ma carrière ces cinq dernières années, pour que je sois riche et que j'aie du succès. Elle avait travaillé non-stop pour moi, mettant de côté sa vie privée et ses relations… et je ne pouvais m'empêcher de me dire que, si elle n'avait pas travaillé si dur pour moi, elle aurait peut-être fondé un foyer en se mariant et aurait des enfants aujourd'hui.

Je la guidai vers le lit et nous nous assîmes tous les deux sur le bord. Je détestais ce regard plein d'espoir. Comme j'avais grandi sans père, j'étais persuadé que le jour où j'aurais des enfants, je voudrais les élever.

— Personne ne saura jamais, murmura-t-elle doucement.

Je pressai sa main.

— Je vais te faire couler un bain. Tu veux rester ici ce soir ? Regarder des films ? Appeler le service d'étage ?

Elle sourit légèrement.

— Merci, mon chou. C'est une excellente idée. C'est exactement ce dont j'ai besoin.

— Pas de problème.

Je me levai du lit et la quittai pour aller faire couler un bain moussant dans le grand jacuzzi. J'avais besoin d'appeler Emmy, mais me contentai de lui envoyer un bref message pendant que la baignoire se remplissait.

Moi : Il s'est passé quelque chose ce soir. Trop occupé pour discuter. Tu me manques.

25

Emmy

Je n'aimais pas rester ne serait-ce qu'une journée sans parler à Ben. Alors, même si son message disait qu'il était occupé, je ne pus me retenir de l'appeler quelques heures plus tard. Bien sûr, aussitôt que j'eus composé son numéro, je le regrettai.

Fiona répondit.

Pire encore, elle m'expliqua qu'il était en train de dormir et qu'elle ne voulait pas le réveiller. Avant de me raccrocher au nez.

J'eus envie de commettre un meurtre. Je décidai plutôt d'aller faire un jogging de huit kilomètres, prendre une douche chaude, puis vaquer à mes occupations du jour. Il aurait bien des choses à m'expliquer quand il m'appellerait.

***

La sonnerie stridente de mon téléphone me réveilla dans la nuit. Je tâtonnai pour trouver mon portable et y répondis rapidement pour faire cesser la mélodie.

— Allô ? dis-je d'une voix enrouée par le sommeil.

— Emmy, bébé…

— Ben ?

— Je suis désolé, bébé. Je suis désolé pour tout.

— Ben, qu'est-ce qui ne va pas ?

Sa longue pause me rappela combien nous étions loin l'un de l'autre.

— J'avais besoin d'entendre ta voix.

Il parlait d'un ton grave, triste. Quelque chose n'allait pas.

— Tu n'as pas l'air bien. Quelle heure est-il là-bas ?

— Six heures du matin.

Soit il s'était réveillé tôt, soit il n'était pas encore couché.

— Tu as bien dormi ? Pourquoi Fiona a-t-elle répondu sur ton téléphone cette nuit ?

Ce souvenir me revint soudain en tête avec une clarté frappante.

— Elle a répondu ?

— Ouais. Elle a dit que tu dormais.

— J'ai dû trop boire et m'endormir. Je suis désolé.

— Ben, est-ce qu'il s'est passé quelque chose avec Fiona ?

Je ne pouvais me débarrasser du sentiment de panique caractéristique qui s'immisçait dans ma tête.

— Tu sais que je ne ferais jamais rien qui puisse te blesser, hein ?

Je ravalai la grosse boule que j'avais dans la gorge.

— Ouais, je crois.

— Je te le promets, bébé. Fais-moi confiance, d'accord ?

Je ne répondis pas, mais des questions tournaient dans ma tête. Il me cachait quelque chose, mais je n'étais pas assez courageuse à cet instant pour le lui demander.

— D'accord ? me demanda-t-il à nouveau.

— Oui, Ben. Je te fais confiance. Mais je n'ai pas confiance en Fiona.

— Je me débrouille avec Fiona. Je te demande juste de ne pas t'inquiéter, O.K. ?

— Tu me manques, avouai-je en un faible murmure.

— Tu me manques encore plus. Il ne reste plus beaucoup de temps avant que je rentre.

J'étais tellement impatiente. Je détestais le sentiment que Fiona trouve que Ben et moi étions trop proches et qu'elle ait volontairement créé cette distance entre nous.

26

Emmy

Le jour où Ben devait rentrer, la journée de travail passa à une lenteur atroce. J'essayai de me concentrer. Je fis de mon mieux, mais mon regard divaguait constamment vers l'horloge. L'avion de Ben devait arriver dans la matinée et il avait promis de venir directement au bureau pour me voir. Nous irions manger ensemble. À moins que j'arrive à lui parler seule à seul pour qu'il m'amène à la maison pour une petite séance sous les draps entre midi et deux. Déjeuner, c'était surfait. Et il me manquait terriblement.

À dix heures, Gunnar s'arrêta près de mon bureau.

— Viens. Fiona veut que tout le monde se rassemble dans la salle de conférences pour faire une grande annonce.

Je le regardai avec curiosité. Peut-être allait-elle annoncer ma promotion. Je me levai de mon bureau et me redressai sur mes chaussures à talons. J'avais fait du bon boulot à Paris, et j'avais satisfait toutes ses demandes de diva avec le sourire. C'était payant.

— Qu'est-ce que c'est, selon toi ? Tu as entendu des rumeurs ? lui demandai-je alors que nous avancions dans le couloir.

Gunnar acquiesça, un petit sourire narquois s'affichant sur ses lèvres.

— Ouais. La rumeur dit qu'elle a enfin réussi à tomber enceinte.

Quoi ?

— Fiona ? Enceinte ?

Je n'arrivais pas à l'imaginer mère. Absolument pas.

Gunnar fronça les sourcils.

— Je pensais que tu savais que Ben l'aidait… en lui faisant ses piqûres pour la fertilité et en l'accompagnant à ses rendez-vous médicaux.

Nom de Dieu. Je manquais d'air, mais je parvins à prendre une petite inspiration tremblante.

— Il ne me l'a jamais dit, dis-je d'une voix rauque et râpeuse.

— Ses médicaments lui étaient envoyés par avion depuis les États-Unis, livrés en colis réfrigérés et devaient être conservés au frais. J'étais persuadé que c'était toi qui t'occupais de tout ça.

Je secouai la tête.

— Non.

Ils avaient réussi à maintenir ça secret. Ce que je ressentais dépassait le chagrin. Il avait peut-être dit qu'il n'avait pas de sentiments pour elle, mais en passant son temps à prendre soin d'elle, son attitude dépeignait une tout autre histoire.

Quelque chose dans toute cette situation me hérissait.

Gunnar et moi restâmes debout au fond de la petite salle de conférences pendant que les gens entraient. La grande table au centre restait vide alors qu'on se rassemblait autour. Tout le monde se tiendrait debout. Et un peu serré. Il devait s'agir d'une grande déclaration.

Fiona apparut quelque temps plus tard, Ben à ses côtés. J'eus envie de courir vers lui et de me jeter dans ses bras, mais la pièce bondée m'en empêcha. Quand nos regards se croisèrent, j'eus le souffle coupé. Il avait une mine atroce. Il semblait fatigué et préoccupé. Comme s'il venait d'apprendre une terrible nouvelle. Je ne voulais rien plus que le voir depuis trois semaines, mais soudain, je doutai. Je doutai d'où nous en étions, de ses appels distants ces deux dernières semaines. Avait-il changé d'avis sur moi ? Sur le fait de vouloir une relation sérieuse ?

À l'opposé, Fiona se tenait près de lui avec dans les yeux des étincelles et un enthousiasme débordant. Le mal dont elle souffrait à Paris avait manifestement disparu. Elle semblait en pleine forme. Heureuse. Je ne l'avais pas vue aussi épanouie depuis longtemps. Je me demandai si ce que Gunnar avait dit pouvait être vrai…

Avant que j'aie pu analyser toutes les émotions qui me submergeaient, Fiona s'éclaircit la voix pour parler.

Tout le monde retint son souffle dans la salle.

— Merci à tous pour le travail que vous avez effectué pendant notre absence. Notre cher petit Ben a fait du super boulot comme d'habitude.

Elle lui sourit affectueusement.

— Mais si je voulais réunir le groupe aujourd'hui, c'était pour partager avec vous une nouvelle réjouissante, ajouta-t-elle.

Lorsqu'elle sourit à nouveau à Ben, j'eus une envie irrépressible de la cogner. Avec une chaise.

— J'attends un bébé.

Mon estomac se noua violemment, et je ressentis une aigreur alors que mon petit déjeuner menaçait de ressortir. Si Gunnar avait eu raison à ce propos… disait-il aussi la vérité à propos du rôle qu'avait endossé Ben ? Je n'étais déjà pas très à l'aise avec leur relation, mais en pensant qu'il m'avait menti pendant des mois… je me sentis mal.

— Qui est le père ? demanda quelqu'un derrière moi.

Un sourire s'afficha lentement sur la bouche de Fiona et ses yeux se dirigèrent vers ceux de Ben.

— Quelqu'un qui m'est très cher.

Elle et Ben échangèrent un regard qui en disait long. Ils avaient une conversation privée sans même prononcer un mot. C'était troublant, et plus encore parce que je n'avais aucune idée de ce qu'ils se disaient.

Je me frayai un chemin dans la foule et me dirigeai vers les toilettes des dames.

Des larmes brouillaient ma vue alors que je verrouillais la porte de la cabine pour handicapés et glissais par terre. C'était dégoûtant de s'asseoir sur le sol de toilettes publiques, mais je n'avais pas vraiment le choix. Mes jambes ne me portaient plus.

La porte d'entrée s'ouvrit brusquement.

— Emmy, il faut qu'on parle.

C'était Ben.

Dix minutes plus tôt, je mourais d'envie de le voir, de sentir ses bras autour de moi. Et là, j'étais complètement dévastée et doutais de tout.

Je ne voulais pas l'affronter, je ne voulais pas qu'il me voie pleurer. Mais j'avais besoin de réponses. Il y avait eu tant de signes. Des signes que j'avais ignorés. Les appels téléphoniques auxquels il ne répondait pas en ma présence ; je me demandai si c'était Fiona. Et cette fois où elle était dans la chambre de Ben et où il ne m'avait pas laissée entrer… Toutes ces nuits où il avait été bref avec moi au téléphone quand il était seul avec elle à Paris…

Toujours cachée dans la dernière cabine, je m'éclaircis la voix et luttai pour retenir mes larmes.

— Gunnar m'a dit que tu l'avais aidée. Tu m'as menti.

— Je suis désolé pour ça, bébé. Tellement désolé. Quand Fiona est venue me voir pour me parler de ses problèmes d'infertilité, elle m'a demandé de n'en parler à personne. Je lui ai fait ses injections, mais je te jure que c'était innocent.

— Ben… es-tu le père ?

Il ne répondit pas pendant un moment qui me parut le plus long de toute ma vie. Finalement, il s'adossa et glissa le long du mur jusqu'au sol, jusqu'à ce qu'il se retrouve assis en face de moi. Je voyais ses pieds sous la porte de l'endroit où j'étais.

— Tu veux bien sortir pour que je puisse te parler ?

Ce n'était pas la réponse dont j'avais besoin. Mon cœur battait à tout rompre dans ma poitrine.

— Tu crois vraiment que ça rendra les choses plus faciles ?

Il poussa un profond soupir.

— Je suppose que non.

Plusieurs longues secondes passèrent.

— Raconte-moi, Ben. La vérité.

Je méritais au moins ça, mais je retenais mon souffle, ne sachant pas si je serais capable de supporter sa réponse. J'essuyai les larmes sur mes joues en me demandant où cette histoire nous mènerait et s'il pouvait y avoir une fin heureuse pour Ben et moi. Peut-être étais-je ridicule de me cacher dans une cabine de toilettes.

— Peu de temps après ton départ de Paris, Fiona était anéantie par les échecs de ses inséminations artificielles. Elle en avait déjà fait plusieurs et aucune n'avait fonctionné. Elle m'a demandé de coucher avec elle.

Un cri de douleur s'échappa de ma gorge et je portai ma main à ma bouche pour l'étouffer.

— Elle était émotionnellement détruite, alors je lui ai dit qu'elle pouvait passer la nuit dans ma chambre. Je me suis dit que je ne pouvais pas la laisser seule dans ce moment difficile. Mais c'est tout ce que j'avais prévu… dormir. Je nous ai commandé à dîner et on a regardé la télé en partageant une bouteille de vin. J'ai trop bu et je me suis endormi. Un peu plus tard, je me suis réveillé au milieu de la nuit et Fiona était sur moi. Elle avait… elle était… (Il hésita.) Elle me chevauchait.

Je n'essayai même pas de retenir les cris qui sortirent de ma bouche. Je baissai la tête et pleurai, la gorge serrée.

— C'est un viol, Ben. Tu peux déposer plainte.

— Je ne déposerai pas plainte. Je l'ai invitée dans mon lit. On était tous les deux ivres. Elle était très déprimée…

Je ne savais pas qu'en penser. Qu'ils aient été soûls ou pas, ce n'était pas normal. Je détestais Fiona. Elle pouvait aller brûler en enfer.

— Elle a abusé de toi…

Elle aurait dû être punie pour ce qu'elle avait fait.

— Emmy… elle et moi avons été amants. Avant, ce genre de chose était courant… Le fait qu'elle me réveille de cette façon…

Dégoûtant.

Oh mon Dieu… il pourrait s'agir du bébé de Ben dans son ventre. Des larmes silencieuses coulèrent le long de mes joues.

La panique saisit mon cœur. J'aurais aimé pouvoir me boucher les oreilles et prétendre que rien de tout cela n'était vrai. Au lieu de cela, je croisai les bras sur la poitrine et appuyai ma main sur mon cœur, en le suppliant de ne pas défaillir. Il battait à un rythme irrégulier alors que la souffrance s'étendait dans ma poitrine. Je jure que je sentis le moment précis où mon cœur se brisa, éclatant avec une douleur aiguë et distincte.

Ben poursuivit :

— Je m'en suis débarrassé en la maudissant. Mais je ne la juge pas coupable. Elle s'est excusée et a dit qu'elle n'avait pas les idées claires… Le vin et les médicaments pour la fertilité l'avaient rendue folle… et c'est mon amie depuis longtemps, Emmy. Je ne peux pas lui faire ça.

Savoir qu'il ne voulait pas la voir punie m'était insupportable.

— Alors, tu vas être papa.

— Peut-être. Ou donneur de sperme. Elle dit que je peux m'impliquer comme je veux, ajouta Ben.

Merde. Je ne pouvais pas supporter l'idée qu'il serait lié à Fiona à jamais. Bon sang, peut-être qu'ils finiraient même par avoir une vraie relation. Pour le bien du bébé. Je repoussai une vague de nausée et retins un râle, les doigts appuyés sur mes lèvres.

— Emmy ? Je suis désolé, je n'aurais jamais dû la laisser rester cette nuit et partager mon lit avec elle. Mais ce n'est pas ce que j'avais prévu…

Il fallait que je m'éloigne de lui. Je ne voulais même pas respirer le même air. Je me levai sur mes jambes tremblantes, essuyai mes yeux et sortis de la cabine. Ben bondit sur ses pieds et soutint mon regard avec un air inquiet et plein de doute. L'adrénaline circulait dans mes veines à toute vitesse et poussa mon corps à s'activer. Il fallait que je sorte d'ici.

Il tendit les mains pour m'arrêter et les posa sur mes épaules.

— Ne me touche pas, crachai-je.

Visiblement peiné, il enleva ses mains. Bien. Il ne l'avait pas volé. Il m'avait menti pendant des semaines. Il avait couché avec Fiona et l'avait aidée pendant des mois avant ça.

— Je voulais te le dire. Mais je savais que tu serais furieuse. Et je ne crois pas que ce soit possible qu'elle soit tombée enceinte à cause de cette nuit, Emmy. Je lui ai dit que je ne pouvais pas être le père. Je n'ai même pas… euh… éjaculé… Mais elle n'arrête pas d'insister en disant qu'elle a un « pressentiment ».

Je posai mes mains sur mes hanches.

— Ben, tu n'as pas besoin d'éjaculer pour mettre une fille enceinte. Tu n'as pas été attentif lors de tes cours de bio au collège ?

Il serra les dents et sa mâchoire se crispa.

— Je ne crois pas que le bébé soit de moi.

— Oh, tu ne « crois » pas… c'est rassurant.

Mais quel crétin.

— Emmy…

Il serra les poings et les fourra dans ses poches.

— Tu sais quoi, j'espère que c'est le tien. Vous serez très heureux ensemble tous les deux.

Ben fronça les sourcils.

— C'est exactement pour ça que je ne voulais pas te le dire. J'ai demandé à faire un test de paternité. On sera fixés. Je te le promets. Fais-moi confiance.

— Je suis désolée. Je ne peux pas. Il y a eu trop de secrets. Trop de tromperies dès que cette femme est impliquée. Je ne peux pas. Je ne peux plus te faire confiance.

Je levai le menton et passai devant lui avant de partir aussi vite que mes jambes flageolantes me le permirent.

Ben

Trois semaines plus tard

Je jetai un dernier coup d'œil au miroir après que le maquilleur en eut fini avec moi et vis Fiona approcher par-derrière. Super.

Je pivotai pour lui faire face avec une expression impassible. J'étais ici pour faire mon boulot. Rien de plus.

— Tu as pris du sucre ? me demanda Fiona en tendant les mains pour toucher les cernes noirs qui entouraient mes yeux.

— Bien sûr que non.

Je fis un pas en arrière pour lui échapper. C'était à peine si je me nourrissais, je ne dormais plus et mon travail en subissait les conséquences.

Fiona remarqua mon mouvement de recul et fronça les sourcils. Nous n'avions pas beaucoup parlé depuis que j'avais demandé à faire le test de paternité et lui avais envoyé un chèque pour couvrir les frais. C'était dur de ma part, mais pas plus que ce qu'elle avait fait pour me piéger et coucher avec moi.

Je n'avais pas besoin de grandes déclarations sentimentales : je savais ce que Fiona ressentait pour moi. Et ce que je ne ressentirais jamais pour elle. Surtout maintenant.

Nous travaillions ensemble. C'était une nécessité pour l'instant. Elle s'était déjà engagée pour moi dans plusieurs grandes campagnes et je les mènerais à bien. Cela ne voulait pas dire que j'acceptais qu'elle me touche, d'essayer de faire comme si nous étions toujours amis, ni qu'elle m'invite à dîner après les shootings. Je me pointais aux séances, faisais mon boulot, puis retournais à l'hôtel. Je ne bavardais pas avec elle, ni avec personne d'autre d'ailleurs.

J'étais devenu une sorte de solitaire ces dernières semaines. Je buvais juste assez d'alcool pour m'écrouler le soir, faire taire mon cerveau et échapper à ses souvenirs constants. Ces souvenirs d'*elle*. Ma beauté, ma douce.

Elle me manquait. Les doux battements de son cœur qui me berçaient et me permettaient de dormir le soir me manquaient. J'avais accepté toutes les missions possibles pour essayer en vain d'éloigner Emmy de ma tête. Je ne voulais pas me retrouver dans la solitude et le calme de mon appartement, un endroit que j'appréciais autrefois justement pour sa sérénité. Désormais, il était trop calme, sans vie, et je n'étais pas assez courageux pour me retrouver seul avec mes pensées, alors je me jetais à corps perdu dans mon travail. J'avais pensé aller au Tennessee et frapper à la porte de chaque Clarke de l'État si cela m'avait permis de la retrouver. Jusqu'à ce que Braydon me rappelle qu'ils aimaient bien les armes à feu dans le Sud, et me fasse remarquer sans délicatesse qu'Emmy ne voulait pas me voir. Elle avait été la seule fille qui avait provoqué ces émotions chez moi, la seule fille qui m'avait brisé le cœur en partant.

27

Emmy

N'ayant toujours pas trouvé la volonté pour sortir du lit, je me pelotonnai dans les draps en me souvenant de la manière dont les mains de Ben se seraient glissées sous les couvertures jusqu'à ce qu'elles trouvent mon corps endormi. Il m'aurait tirée vers lui en me faisant traverser le lit pour pouvoir modeler son corps autour du mien. Je souris paresseusement. Ses paumes chaudes auraient caressé ma peau. Une main posée à plat sur mon ventre, il aurait enfoui son visage dans mon cou et inhalé mon odeur.

Dans mon lit, la nuit, dans le noir et le silence, les souvenirs refusaient de s'effacer et étaient même de plus en plus intenses chaque jour qui passait sans lui. Je ne savais pas quand mon cerveau arrêterait de repasser nos moments intimes. Mais j'espérais que, le jour où ça arriverait, la profonde douleur dans ma poitrine s'en irait elle aussi.

— Emerson Jean, sors de ce lit, dit ma mère d'une voix traînante en tirant les couvertures sur mes jambes.

— Argh, râlai-je en roulant et me recroquevillant.

Sortir du lit était devenu étonnamment difficile lors des semaines qui avaient suivi ma rupture avec Ben. Je m'étais enfuie au Tennessee, avais quitté mon boulot chez Status sans préavis et n'avais fait qu'un petit sac.

Je me sentais mal parce qu'Ellie me réservait ma chambre et payait ma moitié du loyer en espérant que je revienne bientôt à New York. Ça ne faisait pas partie de mes plans. Il n'y avait plus rien pour moi là-bas.

— Allez. Ça suffit. Je t'ai préparé tes pains au lait préférés aux noix de pécan avec de la sauce au caramel et du café. Arrête de te morfondre.

C'était facile à dire pour elle. Son cœur n'était pas passé dans un mixeur. Pour empirer les choses, mon frère, Porter, était revenu vivre à la maison après avoir mis fin à une colocation. Comme si j'avais besoin de spectateurs supplémentaires pour être témoins de mon agonie. Ma mère ne nous avait pas eus tous les deux sous son toit depuis des années. Porter avait vingt ans et même s'il n'avait pas encore déterminé l'orientation de sa vie, ma mère adorait le fait qu'il soit là. Je craignais un peu que Porter se rende à Manhattan dans son vieux pick-up et traque Ben pour lui botter les fesses. Même si je n'étais pas sûre que j'aurais vraiment essayé de le retenir.

Ben m'avait appelée et envoyé des messages constamment jusqu'à ce que je change de numéro. Je ne pouvais pas être de nouveau entraînée dans son monde. Depuis le début, je n'en avais pas fait partie. J'étais une fille simple du Sud. Je n'étais pas faite pour toute la théâtralité qui l'entourait. Et si c'était le père du bébé de Fiona, ils seraient liés pour la vie. Et même si ce n'était pas le cas, je doutais qu'il coupe un jour les ponts avec elle. Il n'avait pas les idées claires quand cela concernait mon ancienne patronne. Je ne pouvais pas être avec quelqu'un pour qui sa copine et leur relation ne sont pas les priorités.

Il ne me restait plus qu'à faire le deuil de sa présence dans ma vie, en sachant que la douleur que je ressentais ne disparaîtrait jamais complètement. Mais je ne pouvais pas me cacher éternellement dans le Tennessee. Il fallait que je retourne à New York, au moins pour voir Ellie et récupérer mes affaires si je n'y restais pas.

Ben

Une semaine plus tard

Voir Emmy sur le trottoir à l'aéroport était surréaliste. Je la voyais partout, imaginais que toutes les brunes aux cheveux longs étaient elle… Il me fallut donc une seconde pour réaliser que cette fois, c'était réel. Elle était vraiment là.

Je dus me retenir de toutes mes forces de lui sauter dessus et la prendre dans mes bras, la serrer contre moi et déposer des baisers partout sur sa jolie bouche. Elle paraissait agacée… sur ses gardes. Et je détestais qu'elle semble en état d'alerte maximale près de moi. J'avais envie de la prendre dans mes bras, la consoler, mais je savais que j'avais perdu ce droit.

— Emmy…

Elle regardait droit devant elle et semblait déterminée à m'ignorer. J'observai les mèches de cheveux qui s'étaient échappées de sa queue-de-cheval et volaient au vent. Je voulais enfouir mon visage dans son cou et embrasser cette zone, juste sous son oreille. Mes sentiments pour elle n'avaient pas changé. Absolument pas. Je l'aimais. Du plus profond de mon être. J'avais besoin d'elle pour vivre. Je savais que j'avais merdé à plusieurs reprises avec Fiona, mais il fallait qu'Emmy entende ce que j'avais à dire.

M'ignorant toujours, elle leva la main en l'air et fit signe à un taxi. Il passa sans ralentir.

— Emmy, attends.

Je tendis la main vers elle, mais me ravisai. Elle ne m'appartenait plus et je ne pouvais plus la toucher. Cela me ramena à la réalité. Être de nouveau près d'elle et ne pas avoir le droit de tendre les mains et la prendre dans mes bras était un constat étrange. Je détestais ça.

— Comment va le bébé ? demanda-t-elle d'une voix froide et sans émotion.

C'était justement ce que je voulais lui expliquer.

— On devrait discuter, Emmy.

— Je n'ai rien à te dire.

— Moi si. Il y a certaines choses que tu devrais savoir.

Quand elle se retourna pour me faire face, toute l'amertume dans son expression disparut. Elle avait souffert tout autant que moi. Elle ferma brièvement les yeux et prit une inspiration tremblante. Je me demandai si, comme moi, une vague de souvenir la frappait. Son joli rire, ces moments où nous partagions un verre de vin sur la terrasse d'un café, où je lui apprenais des gros mots en français, où nous nous donnions à manger au lit le soir. Et bien sûr, où nous faisions l'amour. Sa volonté de faire de nouvelles expériences sur le plan sexuel et l'alchimie hors normes qu'il y avait entre nous. Il y avait tant de choses qui me manquaient chez elle, et je me demandai si je lui manquais, moi aussi. Ou ne se souvenait-elle que de la fin violente de notre relation ?

— S'il te plaît. Mon chauffeur est là.

J'indiquai la berline noire garée le long du trottoir.

— Laisse-moi te raccompagner chez toi et te donner des explications.

Je ne savais pas du tout par quoi commencer, mais je ne pouvais pas la laisser repartir, de peur de ne plus jamais la revoir. Je ramassai son sac sans attendre sa réponse.

Elle afficha un sourire poli et me permit de l'aider à monter dans la voiture.

28

Emmy

Je n'avais jamais été à l'appartement de Ben, et même si je savais que l'accompagner était une très mauvaise idée, j'étais bien incapable de dire non. J'étais assez curieuse de savoir où il vivait, et je voulais surtout apprendre ce qu'il voulait me dire.

La voiture s'arrêta devant un beau bâtiment en brique dans une rue à trois voies. Le portier le salua et me sourit chaleureusement. Je ne pus m'empêcher de me demander si Ben amenait souvent des femmes ici. Fiona était sûrement venue. Je frissonnai et repoussai cette pensée.

En prenant l'ascenseur pour atteindre l'étage de son appartement, je me retrouvai à vouloir me tapir contre le mur opposé. Je ne m'étais pas retrouvée seule avec lui depuis que j'avais appris la nouvelle pour le bébé, et je n'avais aucune envie de partager le même petit espace et le même air que l'homme qui m'avait brisé le cœur.

Ben m'évalua calmement avec son regard noisette intense et pénétrant. Quand nous atteignîmes le neuvième étage, il sortit de l'ascenseur, mon sac toujours à la main, et je le suivis consciencieusement.

Il déverrouilla la porte et l'ouvrit pour me faire entrer. Son appartement était spacieux et dégagé. La cuisine se trouvait à ma droite, et juste devant, il y avait le salon-salle à manger. Il était bien rangé et ordonné, mais sentait un peu le renfermé.

Je ne savais pas d'où venait Ben, mais il semblait évident qu'il n'était pas rentré chez lui depuis un certain temps. Il passa en revue une grosse pile de courrier que le portier lui avait tendue et me fit signe d'avancer pour jeter un coup d'œil.

Dans la salle à manger se tenaient une table ronde en acajou et quatre chaises couleur crème recouvertes de cuir. Je continuai vers le salon et la grande baie vitrée qui offrait une vue imprenable sur la ville. Dans la pièce, on trouvait un canapé marron au design moderne et aux lignes épurées, et deux fauteuils. La décoration était restreinte ; simplement quelques photos d'architecture en noir et blanc accrochées au mur et une cheminée en brique où étaient posées de grandes bougies blanches. C'était simple mais joli. Classique et élégant, sans être prétentieux. Cet endroit lui ressemblait bien.

Ben posa nos sacs près de l'entrée et me demanda si je voulais boire quelque chose. Il sortit deux bouteilles d'eau minérale du frigo, et j'approuvai d'un signe de tête.

Il me fallait quelque chose pour m'occuper. Je tripotai la bouteille fraîche et en bus quelques petites gorgées.

Ben s'assit dans l'un des fauteuils en face du canapé.

— Assieds-toi, Emmy.

Mon corps, habitué à le satisfaire, s'installa immédiatement. J'étais incapable de croiser son regard, alors je baissai les yeux sur mes mains. Le regarder était trop douloureux. Il y avait trop de souvenirs. Notre relation s'était terminée aussi vite qu'elle avait commencé. Le simple fait de m'asseoir en face de lui me sidérait.

— J'ai demandé à Fiona de faire le test de paternité, dit-il du but en blanc.

Je retins péniblement mon souffle et sentis un pincement dans ma poitrine.

— Elle a dit que les tests *in utero* comportaient des risques. Elle m'a aussi sorti un discours pour m'expliquer à quel point elle avait désiré ce bébé… qu'elle en rêvait depuis deux ans et qu'elle ne ferait rien qui pourrait le mettre en danger. Elle est d'accord pour faire le test dès que les médecins diront qu'il n'y a plus de risque, c'est-à-dire après la naissance.

Aurais-je dû ressentir quelque chose à cet instant ? De l'inquiétude ? Du soulagement ? Bizarrement, j'étais dépourvue de toute émotion. Encore presque huit mois sans savoir.

— Tu travailles toujours avec elle ?

— Oui, répondit-il avec nonchalance.

— Je vois.

Je ne savais pas pourquoi il ne se contentait pas de partir. Elle était manifestement toxique pour lui… pour nous…

— J'ai un contrat avec elle. Il n'expire pas avant le printemps prochain, ajouta-t-il.

Et tout comme il n'avait pas porté plainte contre elle pour avoir abusé de lui, j'étais prête à parier qu'il ne poursuivrait pas pour mettre fin à leur contrat plus tôt.

Ben se pencha en avant, les coudes appuyés sur ses genoux, et me transperça avec son regard brûlant.

— Emmy… tu me manques.

Sa voix se fit grave et voilée.

Je sentis son angoisse. C'était la même angoisse que celle qui m'avait hantée ces derniers mois. Il me manquait aussi. Je ne pouvais le nier. Mais j'avais peur qu'on se trompe l'un sur l'autre. Il y avait trop de drame. Pas assez de normalité.

— Ben, tu crois vraiment qu'une relation entre nous aurait fonctionné ? Nous venons de deux mondes différents.

— Bien sûr. Je sais que ça aurait marché.

— Et tu y crois toujours après avoir traversé les plans catastrophiques que nous a montés Fiona ?

Je baissai la tête ; je ne pouvais pas supporter de voir l'espoir dans ses yeux brillants.

— Moi, je ne peux pas, poursuivis-je.

Je ne pouvais pas continuer à faire subir à mon cœur ce sentiment de déchirement qui m'avait habitée ces dernières semaines. Quand je serais prête à rencontrer quelqu'un (si ça arrivait un jour), je me promis de choisir quelqu'un de rassurant. Un type gentil et ordinaire avec un boulot normal. Pas un homme follement sexy et passionné, qui me transformait en une flaque de sentimentalisme visqueux. Je m'étais retrouvée sans défense face à Ben. Cela ne pouvait pas se reproduire. Avec du recul, je savais que la façon dont j'en étais venue à faire une fixette sur tout ce qu'il disait et faisait n'était pas saine. Tout comme la moindre émotion qu'il me faisait ressentir (sans parler des réactions de mon corps). Je n'avais jamais eu de relation aussi intense. Quand je serais prête, je savais que j'aurais besoin de quelque chose qui ressemblait à ce qu'avaient mes parents. Une relation solide et tranquille. Quelque chose de stable et fiable.

— Tu n'as pas à la voir. Tu n'as pas à lui parler. Je serais représenté par son agence pendant les prochains mois, mais c'est tout. J'ai mis fin à toute relation personnelle. Plus de rendez-vous médicaux, plus de sorties… Tu avais raison. Elle s'attendait à plus avec moi. Et ça a probablement toujours été le cas. Il était temps d'y mettre un terme.

— Ben, elle t'a sauté pendant ton sommeil. Tu pourrais tout simplement arrêter de travailler pour elle.

Il poussa un profond soupir et se gratta la nuque.

— Ce n'est pas si simple. Contente-toi de me faire confiance, d'accord ?

J'affichai un sourire suffisant.

— J'ai essayé. Ça ne m'a pas vraiment réussi.

Il fronça les sourcils.

— Emmy. Je suis désolé. J'essayais de faire ce qu'il fallait, m'engager dans une relation sérieuse avec toi… être un ami pour Fiona. *Merde*.

Il entortilla ses mains dans ses cheveux.

Je pris soudain conscience et ça me fit l'effet d'une gifle. Ben n'avait pas vraiment fait quoi que ce soit de mal. Fiona lui avait demandé de garder ses problèmes de fertilité secrets. Et il avait honoré sa promesse. Il ne m'avait pas trompée… enfin, pas volontairement. Elle avait abusé de lui. Peut-être étais-je trop dure avec lui. Mon Dieu, qu'est-ce que c'était déroutant. Tout s'embrouillait dans ma tête.

Quand je levai les yeux et croisai son regard, je vis qu'il disait la vérité. Il voulait faire en sorte que ça marche. Il voulait être avec moi.

À chaque fois que je le voyais, c'était comme la première fois. Sa mâchoire puissante, son torse bien dessiné, ses épaules larges et sa bouche pulpeuse formaient un tout si sensuel ; cela anéantissait ma volonté de rester à l'écart. Même si cela se terminait en me détruisant, je ne pouvais pas rester loin de lui. Et je ne le ferais pas.

— Que feras-tu si c'est le tien ?

— Honnêtement, je n'en sais rien.

— Est-ce que tu voudrais… être avec elle ? Élever le bébé ?

Je retins mon souffle.

— Non. Je suis avec toi. Je veux être avec toi. Même si elle et moi avons eu une liaison dans le passé, je n'ai jamais considéré que j'étais vraiment avec elle. Ce n'était pas comme entre nous.

— D'accord. Je suppose que… on décidera de ça ensemble…

— Oui. Ensemble.

Il tendit la main pour prendre la mienne. Cela paraissait innocent. Mais il suffit du contact de sa paume chaude sur ma peau. Je me rendis compte en un instant que même sans savoir si le bébé était le sien, j'étais prête à les accepter, lui et tous ses bagages.

Les souvenirs qui avaient refusé de s'effacer affluèrent et submergèrent mon bon sens. Son contact soulagea ma blessure et atténua mon sentiment de trahison. La chaleur et la prise de conscience s'emparèrent de moi. Cette violente réaction chimique avait toujours existé entre nous. Le temps ne l'avait pas altérée. Je ne savais pas pourquoi je m'étais dit que je ne courais aucun danger en venant ici avec lui. Je n'étais absolument pas immunisée contre cet homme. Et son appartement était vraiment *lui*. Sa légère odeur masculine imprégnait l'air, et l'intérieur représentait tout son charme assuré et sexy.

Ben entrelaça ses doigts avec les miens d'un geste possessif et confiant. Tout mon corps se crispa, se raidit… et ma respiration se transforma en halètements superficiels. Ben interpréta ma réaction d'un seul battement de cœur, et je vis bien combien je lui faisais de l'effet moi aussi. Mes lèvres tremblèrent. Je savais que j'aurais dû dire quelque chose suite à sa déclaration. C'était pour ça que nous étions ici… pour parler… mais tout ce à quoi je pouvais penser, c'était que la porte de sa chambre à coucher se trouvait à quelques mètres seulement, et que la pression incroyable de son sexe contre moi me coupait presque le souffle.

— Que veux-tu faire ? demanda-t-il en un murmure.

— Je… je ne sais pas, bégayai-je.

Je voulais remonter le temps et dire à Fiona de se mettre sa promotion où je pensais, et que j'allais rester avec Ben à Paris. Malheureusement, la vie ne fonctionnait pas comme ça.

Ben vint s'asseoir près de moi sur le canapé. Une main saisit ma taille pendant que l'autre passait dans mes cheveux. Cela faisait si longtemps qu'il ne m'avait pas touchée que mon corps brûlait de désir. Du désir pour cet homme beau et sexy qui m'avait entièrement détruite.

— Emmy…

Mon nom était un murmure enroué ; sa voix rauque et voilée.

— Tu ne peux pas me regarder comme ça avec ces jolis yeux gris, ajouta-t-il.

Son pouce caressa ma joue.

— Cela fait remonter trop de souvenirs.

Il se pencha et ses lèvres effleurèrent le contour de mon oreille.

— Cela me donne envie de t'emmener dans mon lit et te faire l'amour jusqu'à ce que tu hurles mon nom.

Je ne répondis pas. Je ne pouvais pas. Ma voix me faisait défaut. La pensée cognitive aussi. Agissant instinctivement, je posai ma paume contre sa joue et fis glisser légèrement mes doigts sur sa peau mal rasée.

Sa respiration s'interrompit.

Je ne disais pas non. Je ne disais pas oui.

Les yeux de Ben se promenèrent sur ma bouche.

Il avait envie de m'embrasser.

Je voulais oublier toutes les conneries qui s'étaient passées et retrouver ce que nous avions perdu. Je me mordis la lèvre inférieure et laissai mes dents enfoncées dans la chair tendre. Ben gémit et sa bouche vint se poser sur la mienne. Son baiser fut sauvage, sa langue caressant la mienne dans un élan désespéré. Sa bouche ne quitta la mienne que pour descendre le long de ma gorge alors que sa langue laissait des traces mouillées sur ma peau sensible. Sa main remonta de ma taille et se glissa sous mon haut pour s'appuyer sur mon flanc. Son pouce frôla le bord inférieur de mon soutien-gorge, mais n'alla pas plus loin. Mon cœur battait à tout rompre dans ma poitrine, attendant qu'il établisse le contact avec mes seins douloureux.

— Emmy… dis-moi que c'est bon… j'ai envie d'être en toi, bébé, tellement envie…

Mon sexe se contracta en entendant cet aveu. Je ne savais pas où nous en étions et je m'en fichais. J'avais tellement envie de lui. Je voulais qu'il chasse toute la douleur et les sentiments confus, et rien ne serait plus efficace que sentir son corps s'emparer du mien avec du désir pur et des sensations.

Ses yeux noisette brûlaient de passion.

— Si tu veux que je m'arrête, dis-le maintenant.

Je restai calme, craignant ce que je pourrais dire.

Ben me souleva comme si je ne pesais rien en passant un bras sous mes jambes et l'autre dans mon dos, et m'amena dans sa chambre.

Elle était spacieuse et un lit king-size était installé au centre, recouvert de draps gris ardoise et de nombreux oreillers douillets. Les derniers rayons de soleil disparaissaient, donnant à la pièce une jolie teinte rosée.

Un fauteuil en cuir qui semblait bien confortable se trouvait dans un coin et plusieurs numéros de *Vogue* étaient éparpillés par terre à ses pieds. Mais le meilleur, c'était que ça sentait l'odeur fraîche et masculine de son eau de Cologne.

Il me déposa soigneusement sur le lit et s'assit. Ses doigts vinrent tirer le bord de mon haut et je levai consciencieusement les bras pour qu'il puisse me l'enlever. Après un claquement de l'agrafe dans mon dos, il fit glisser les bretelles de mon soutien-gorge le long de mes bras, et le posa par terre au pied du lit.

Les yeux de Ben quittèrent les miens pour apprécier ma poitrine nue. Il se mit à genoux devant moi et déposa un doux baiser sur mon ventre. Puis son regard remonta vers le mien et il se mit à descendre mon pantalon de yoga le long de mes hanches, en emportant ma culotte avec lui. Je soulevai légèrement les fesses du lit et il fit lentement glisser les vêtements le long de mes jambes pour me déshabiller complètement. J'étais exposée et vulnérable, mais ce n'était pas ce que je ressentais. Son regard sombre se promenait avidement sur mon corps et je me sentais belle et désirée. Je voulais qu'il me touche, qu'il pose sa bouche et ses mains sur moi, mais il se contenta de s'agenouiller devant moi et de me regarder dans les yeux.

— Ben, murmurai-je, ne sachant pas trop comment lui demander ce que je voulais.

Ses mains saisirent mes hanches et il me força à m'allonger sur le dos, mais je m'appuyai sur les coudes, ne sachant pas ce qu'il allait faire. Ben remonta sur mon corps et enleva rapidement son T-shirt. Sa peau chaude contre la mienne, j'attrapai ses épaules puissantes. Il appuya ses lèvres sur ma clavicule, le haut de ma poitrine, le haut de mon bras. Alors qu'il déposait des baisers délicats partout sur ma peau, mes seins se dressaient en l'attendant. Enfin, sa bouche glissa le long de mon sein gonflé et ses doigts effleurèrent comme des plumes mes mamelons. Il pressa mes seins l'un contre l'autre, admirant le généreux décolleté que cela créait, et baissa la tête pour lécher et mordiller mes tétons sensibles. Je poussai un cri guttural. Comment cela pouvait-il être si bon ?

Je me tortillai sous lui, avec une envie irrésistible de frotter mon sexe contre le sien. Mais Ben était impitoyable. Il lécha et suça mes seins jusqu'à ce que je me torde de plaisir et gémisse son nom. Puis il leva la tête et un très léger sourire apparut dans ses yeux, comme si le bruit que j'avais fait en gémissant était le but qu'il cherchait à atteindre. Comme si cela rendait cet instant réel.

Je m'assis et tirai sur sa ceinture avant de lutter pour lui enlever son pantalon. Ben, qui ne semblait pas pressé, se redressa sur ses genoux de manière à ce que je me retrouve au niveau de son entrejambe. Mes doigts tremblants finirent par réussir à défaire son pantalon et je pus le faire descendre avec son boxer le long de ses hanches. Il était bien dur et gonflé. Encore plus gros que dans mes souvenirs. Son manche puissant se tenait prêt et m'attendait. Je me penchai en avant et le pris dans ma bouche, puis le suçai goulûment en le tenant avec les deux mains. Dès que ma bouche se ferma autour de lui, nous nous mîmes tous les deux à gémir. Les paumes de Ben caressèrent mes joues tandis qu'il m'observait à l'œuvre, les yeux mi-clos et débordants de désir.

— Bon sang, bébé. Qu'est-ce que tu es douée.

Je léchai toute la longueur de sa verge, le laissant apprécier ma façon sexy d'embrasser la partie la plus sensible de son corps. J'eus l'impression que je me débrouillais bien puisqu'il émettait des gémissements graves et gutturaux, et son corps était agité de petits soubresauts dans ma bouche.

— Emmy, ah… oui… oui…

Il cognait contre le fond de ma gorge et je sentis un jet chaud qui me signala sa délivrance. Toujours à genoux, il descendit vers moi et m'allongea à nouveau sur le dos sur le matelas. Même après avoir joui, il était toujours dur comme un roc, et je le sentis appuyer sa main contre mon bas-ventre. Il décrivit de petits cercles légers du bout des doigts sur mon clitoris en me murmurant des choses jolies et sales à l'oreille.

— Tu es tellement mouillée, bébé… Gentille fille… J'ai tellement envie de te prendre…

Je gémissais tandis que le plaisir montait en moi. Je le pris alors en main et le guidai vers ma fente. Ben poussa un gémissement lorsque le bout de sa queue sentit ma chaleur. Je me figeai, puis me hissai vers la tête de lit pour m'éloigner de lui.

Il écarquilla les yeux.

— Emmy ?

Je secouai lentement la tête.

— Une capote… Tu dois mettre une capote.

Il fronça les sourcils, visiblement perplexe. Nous n'avions pas utilisé de préservatifs pendant des mois, depuis que nous avions eu *la* conversation.

— Je n'ai couché avec personne d'autre, bébé. Et toi ?

Je secouai la tête. Bien sûr que non. Mais lui, oui.

— Ben… tu as couché avec Fiona. Je n'ai pas confiance. Je veux que tu en mettes une.

Ses yeux quittèrent les miens pour regarder les draps froissés.

— Merde, jura-t-il à voix basse.

Après un long moment de silence, Ben se rendit dans la salle de bains, me laissant seule sur le lit, ce qui me donna le temps de me calmer et réfléchir. Ni l'un ni l'autre n'était une bonne chose. Je voulais juste me perdre dans l'instant présent et non me souvenir de toutes les conneries de ces deux derniers mois.

Je restai allongée, immobile, essayant d'apaiser mes pensées, de faire taire les doutes qui m'assaillaient. J'étais déjà en train de re-craquer pour lui, d'être entraînée dans sa bulle, consumée et incapable de le quitter. Et je ne pourrais pas le regretter. C'était exactement ce que je voulais.

Il sortit une minute plus tard avec une boîte de préservatifs. Il croisa mon regard et je sus qu'il lut ma répugnance. J'étais persuadée qu'elle était écrite sur mon visage. Peut-être que sauter dans le lit avec lui était la plus mauvaise des idées. Un jour, je lui avais dit que commencer une relation par le sexe ne menait jamais à rien. Il fallait la bâtir sur quelque chose de plus solide pour qu'elle dure. Mais l'odeur de sa peau et sa manière de me toucher avaient presque suffi à me faire oublier tous mes principes. Il était trop séduisant. Il s'approcha du côté du lit et s'arrêta, attendant que je le guide.

Mon cerveau, qui avait alors les idées un peu plus claires, savait que ce n'était pas la solution. Je ne pouvais pas me retrouver dans son lit si facilement et m'attendre à ce que nos rapports sexuels passionnés s'épanouissent en une vraie relation de confiance. Je levai la tête pour le regarder dans les yeux.

— Si on le fait… tu ne devras plus avoir aucun secret pour moi. J'ai besoin qu'on soit honnêtes l'un envers l'autre, même si ça peut être dur.

— Il n'y a pas de « si ». On va y arriver, bébé. Je t'ai dans la peau.

Il s'approcha et releva mon menton pour plonger ses yeux dans les miens.

L'homme hagard auquel je m'étais tant attachée me regardait droit dans les yeux. Je ne protestai pas.

— Je pense qu'on devrait y aller lentement, murmurai-je, même si cette affirmation semblait pour le moins déplacée vu que nous étions tous les deux nus.

— Pourquoi aller lentement ? Je t'aime. Je suis amoureux de toi et j'ai besoin de toi. Je vais passer chaque jour à te montrer à quel point tu es importante pour moi. Je ne te laisserai pas partir sans me battre cette fois. On est faits pour être ensemble.

Plutôt que de lui répondre, je tirai le drap sur ma poitrine nue et le serrai contre mon corps alors que je m'efforçais de descendre du lit pour me tenir devant lui.

— Je dois appeler Ellie. Elle m'attend à notre appart'.

Ben fit un pas vers moi, mais je passai devant lui pour rattraper en silence ma culotte par terre avant de l'enfiler.

Après m'être rhabillée, je sortis mon téléphone de mon sac et découvris que j'avais six appels manqués d'Ellie et trois messages écrits. Le dernier disait :

« PUTAIN MAIS OÙ TU ES ?! »

Je me rendis dans le salon et me tins devant la baie vitrée pour la rappeler.

— Emmy, où tu es ? J'ai vérifié ton avion ; il a atterri à l'heure. Tu vas bien ?

— Ça va.

J'avais du mal à admettre que j'avais accompagné Ben chez lui. Il était clairement à la tête de sa liste des « Hommes à abattre ». Je me retournai et croisai le regard de Ben. Il s'était habillé et portait un jean et un vieux sweat-shirt qui semblait confortable.

— Je rentre dans pas longtemps.

Ben pinça les lèvres et secoua la tête.

— Bon sang mais où tu es ?

Le ton inquiet d'Ellie détourna mon regard de celui de Ben.

— Je suis, hmm, chez Ben.

— Qu'est-ce que tu fous là-bas ? Tant que tu y es, laisse-moi attraper ma fourche et je te rejoins.

— Ellie. Je ne peux tout simplement pas vivre sans lui.

Même en le disant, je me rendais bien compte que ce n'était pas une explication.

— D'accord…

Elle marqua une pause.

— Je t'écoute, ajouta-t-elle finalement.

Je pris une grande inspiration et retins mon souffle un instant avant de soupirer lentement.

— Nous avons parlé. Je te rappelle plus tard. Ne t'inquiète pas pour moi, O.K. ?

— C'est juste que tu me manques.

— Je sais. Tu me manques aussi. À tout à l'heure, d'accord ?

Quand Ellie marmonna un au revoir, je devinai qu'elle n'était clairement pas contente de moi. Il me faudrait nous raccommoder plus tard. Non seulement j'avais déménagé soudainement le mois précédent, mais en plus je n'avais pas toujours répondu au téléphone quand elle m'avait appelée. Je m'étais repliée sur moi-même quand j'étais dans le Tennessee. J'avais beaucoup dormi, fait du jardinage avec ma mère et mangé plein de petits plats maison, suffisamment pour compenser les deux kilos que j'avais perdu quand j'étais arrivée. En rangeant mon téléphone dans mon sac, je sentis le regard de Ben rivé sur moi.

— Viens t'asseoir.

Il me fit signe de venir sur le canapé et je le rejoignis en m'assurant de conserver une certaine distance entre nous.

— Tu as faim ? Je peux commander quelque chose.

Je secouai la tête.

— Ça va.

Il était tard et même si je n'avais pas dîné, manger était la dernière chose qui occupait mon esprit. Je me passais encore en boucle ce qui venait d'arriver dans sa chambre. J'avais carrément flippé quand je m'étais souvenue qu'il avait couché avec Fiona. Peut-être que je n'aurais pas dû lui en vouloir autant… il était bourré et sonné selon lui, mais il l'avait quand même consolée et laissée passer la nuit avec lui. Je secouai la tête pour chasser cette image.

— D'où tu arrivais tout à l'heure ? demandai-je, me souvenant soudain qu'il se trouvait à l'aéroport.

— J'ai fait un shooting à Miami.

Oh. Il ne dit pas si Fiona y était allée avec lui, et je n'avais pas l'intention de le lui demander. Nous discutions, progressions. Je ne voulais pas gâcher tout ça dès maintenant.

— Je suis désolé si je t'ai forcée à aller trop vite…

Ses yeux s'égarèrent vers la porte de sa chambre et un frisson parcourut mon dos.

— Ce n'était pas de ta faute. Je n'avais pas les idées claires non plus. C'est juste que… ça fait si longtemps…

Il mêla ses doigts aux miens et me serra la main.

— Parle-moi, bébé.

Mes épaules se décontractèrent légèrement et j'abandonnai ma posture raide.

— Il va juste me falloir un peu de temps.

Je n'ajoutai pas que je n'étais pas sûre qu'on puisse jamais retrouver ce que nous avions, mais cela me traversa l'esprit.

— J'ai tout mon temps. On ira à la vitesse que tu voudras.

Il porta ma main à sa bouche et déposa un tendre baiser dans ma paume.

— J'attendrai le temps qu'il faudra.

Je réalisai que Ben et moi nous étions précipités sur le plan physique. Encore une fois. Il y avait tant de choses que je devais déterminer : où nous en étions, où j'allais travailler… Il me fallait faire le point avant de pouvoir me jeter à nouveau dans cette histoire.

— J'ai besoin d'y aller lentement.

Ma voix était ferme et je m'en félicitai mentalement.

— Lentement ?

— On pourrait sortir… et attendre avant de coucher ensemble…

— Attendre…

Il haussa les sourcils.

— Hmmm… ce n'est pas la même chose…

Il n'avait jamais attendu avant de coucher avec une fille de toute sa vie, ça, j'en étais persuadée. Il n'avait qu'à attendre quelques minutes pour que n'importe quelle nana accepte de baisser sa culotte devant lui s'il le voulait.

— Quoi ? Tu n'aimes pas cette idée ? demandai-je.

— Si c'est ce que tu veux, j'attendrai. Avec plaisir.

J'acquiesçai. Bien.

— C'est ce dont j'ai besoin.

— Est-ce que tu accepterais de dormir avec moi ?

Je me mordis l'intérieur de la joue.

— Je ne sais pas, Ben…

Ce n'était probablement pas la meilleure idée.

— Juste dormir. Je ne te toucherai pas, sauf si tu me le demandes. S'il te plaît.

Il paraissait fatigué, épuisé vraiment, et cela me semblait égoïste de lui dire non en sachant que dormir près de moi était un remède merveilleux à ses insomnies.

D'ailleurs, ce n'était pas comme si j'avais vraiment envie de partir. Me blottir dans son lit, respirer son odeur, me sentir au chaud et en sécurité dans ses bras me semblaient constituer un fabuleux programme.

— D'accord.

— D'accord ?

Un petit sourire s'afficha sur son visage.

Je lui rendis son sourire et mis ma main dans la sienne. Ben me tira du canapé et me ramena dans sa chambre, la pièce où les choses s'étaient enflammées peu de temps auparavant.

Ben porta ma valise dans sa chambre, et j'envoyai un message à Ellie pour lui dire que nous nous verrions le lendemain matin. Je sortis ma trousse de toilette, puis le rejoignis dans la salle de bains où nous nous brossâmes les dents côte à côte devant la double vasque. Ben me lançait des regards dans le miroir. J'aimais bien me trouver dans son espace. Cela donnait l'impression d'une vie conjugale tout à fait normale après tout ce que nous avions traversé.

De retour dans sa chambre, je m'agenouillai par terre devant ma valise pour trouver mon pyjama. Ma mère avait insisté pour laver toutes mes affaires avant que je fasse mes bagages pour ne pas revenir à New York avec un sac plein de linge sale. Je sortis un short de nuit bleu marine et un débardeur rose, et vis Ben froncer les sourcils en émergeant de la salle de bains. Il n'allait tout de même pas m'interdire de porter un pyjama ? Il avait dit que c'était juste pour dormir.

Il traversa la pièce jusqu'à la grande commode et en sortit un T-shirt.

— Je veux que tu portes mes vêtements ou rien du tout.

Sa voix ne laissait aucune place à la protestation. Il me tendit le T-shirt. Il était en coton ultra doux et sentait sa lessive. Je résistai à l'envie de le porter à mon visage pour le respirer.

— Merci.

Ben éteignit la lumière pendant que je me déshabillais rapidement dans le noir.

Quand je me levai, il m'attendait toujours près du lit. Ses yeux descendirent jusqu'au bord du T-shirt qui me couvrait jusqu'au milieu des cuisses.

— Très jolie, murmura-t-il.

Il remonta les draps et nous couvrit avec l'édredon blanc douillet qui était plié au bout du lit, nous enveloppant tous deux de chaleur.

À la lueur de la lune, je vis Ben sourire.

— Tout va bien ?

— C'est parfait, dis-je en un très faible murmure.

— Merci d'être restée.

— Tu as repris tes pilules ?

Il acquiesça.

— Elles n'ont jamais marché, mais oui.

Mon cœur se serra pour lui. Pour nous deux.

— Viens par ici, murmura-t-il en écartant les bras pour que je puisse me blottir contre lui. Je veux te sentir tout près. J'ai besoin de te serrer dans mes bras.

Je roulai sur le côté et m'avançai doucement. La tête posée sur sa poitrine, je la sentis monter et descendre à un rythme régulier à chaque fois qu'il respirait. Sa main traîna le long de mon flanc jusqu'à ce qu'elle se pose dans le creux de ma taille. Quelque chose dans le fait qu'il me touche me donnait une raison d'être et la sensation d'être entière. La main de Ben glissa sur ma hanche, puis remonta lentement sur mes côtes.

— Mon Dieu, bébé. Tu n'as pas idée comme tu m'as manqué.

Il y avait encore beaucoup de choses dont il faudrait qu'on parle, mais il m'avait manqué aussi.

— Je suis là, Ben. Dors maintenant, murmurai-je.

— Je me sens mal à l'aise d'avoir été jusqu'au bout et pas toi. Laisse-moi m'occuper de toi, mon ange.

Sa main se promena de nouveau sur mon flanc et descendit pour caresser ma peau au niveau de ma hanche, sous le T-shirt. Sa main rugueuse sur ma peau nue envoya une étincelle brûlante dans mon ventre, et me coupa le souffle.

— On commencera à attendre à partir de demain… ajouta-t-il.

— Ça ne marche pas comme ça.

Il fallait que je reste forte. Ne serait-ce que pour me prouver que j'en étais capable, et qu'il y avait plus que ça dans notre relation. Ma libido était passée au second plan quand j'avais réalisé que nous devions utiliser un préservatif. Je ne savais pas où Fiona avait traîné, et je n'aurais pris aucun risque. D'ailleurs, cette prise de conscience avait complètement cassé l'ambiance. À présent, alors que Ben me touchait et me promettait de me faire jouir comme je savais qu'il en était capable… mon jugement était légèrement troublé.

Son pouce traçait légèrement un motif sur ma hanche et me caressait en décrivant lentement des cercles.

— Tu es sûre que tu ne veux pas ? demanda-t-il d'une voix rauque et enrouée.

— Je ne suis pas encore prête, admis-je.

Il enleva la main de sous mon T-shirt, m'étreignit et m'embrassa sur le front.

— D'accord. On se contente de dormir. Et de se câliner.

C'est juste que je ne voudrais pas être un salaud et te laisser en plan.

Je gloussai doucement.

— Ne t'inquiète pas. C'est juste que je ne veux pas précipiter les choses cette fois.

— Je te l'ai dit, on prendra tout le temps qu'il te faudra. Je ne suis pas inquiet. Le plus important, c'est que tu es toujours là avec moi.

Je mêlai mes jambes aux siennes et me blottis contre son torse musclé. Il se recroquevilla sur mon corps et se pelotonna douillettement. Le poids chaud de son mollet sur ma cheville me clouait au matelas. Son torse montait et descendait avec de longues respirations régulières, m'indiquant qu'il avait déjà trouvé le sommeil.

— Ne me quitte pas, Tennessee, dit-il d'une voix endormie et voilée.

Je le serrai fort. Je ne savais pas comment une relation pourrait survivre à la menace de la présence psychotique de Fiona, mais je ferais de mon mieux. Je n'avais pas vraiment le choix. J'avais besoin de cet homme. Et il semblait qu'il avait besoin de moi.

Je soufflai profondément et enfouis mon visage dans son cou pour le respirer. Sa délicieuse odeur masculine emplit mes poumons et me détendit.

— Emmy… à moi… murmura-t-il dans son sommeil.

Pour le moment, pensai-je. Mon cœur détruit n'était pas prêt à signer pour ça, mais mon corps n'entendrait pas ce conseil avisé. J'étais à lui. Il était à moi. Ce bel homme abîmé et passionné était à moi. Pour le meilleur et pour le pire. Cela dépendrait de ce qui se passerait par la suite.

Remerciements

Je ne survivrais pas à tout ça sans mes lecteurs. J'aimerais pouvoir vous offrir une licorne et un gros gros câlin. Merci de continuer à nous soutenir, mes livres et moi. Je suis admirative. Admirative devant vous tous et JE VOUS AIME ! Tellement. Merci de rendre tout cela possible. Le meilleur reste à venir !

Je dois adresser un GRAND merci aux fantastiques mannequins qui ont soutenu ce roman. Merci au génial Don Hood, au super-gentil Levi Allen, et au dévoué Scott Mosley d'avoir partagé leur expérience dans le monde de la mode. Ils ont tous pris le temps de répondre à mes questions et de me fournir un regard honnête sur leurs aventures. Merci aussi à Sophie Campbell qui m'a fait part de son expérience de sortir avec un mannequin. Ça m'a beaucoup aidée, petite demoiselle ! Vous êtes tous les stars de mon livre.

Mes bêta-lecteurs, mes superhéros à moi, m'aident à transformer mon manuscrit en roman. Je me mets à genoux pour remercier la magnifique Sali Powers, et l'incroyablement talentueuse Kylie Scott. Je ne crois pas que ce soit une coïncidence que vous soyez toutes les deux australiennes. À l'évidence, ils mettent quelque chose dans l'eau là-bas. Merci aussi à Miss Ellie pour tes encouragements constants et ton amour. Heath Maven, tu es une partenaire critique et incroyablement efficace et une merveille pour créer des bandes-annonces de livres stupéfiantes. Ouais ! Carmen Erickson, merci pour tes conseils éditoriaux.

À mon cher mari, qui m'inspire tant pour ce que j'écris. Le véritable amour, c'est me débarrasser des araignées, m'apporter une soupe de nouilles au poulet quand je suis malade et me laisser te réveiller au beau milieu de la nuit parce que j'ai fait un mauvais rêve en sachant que tu n'arriveras pas à te rendormir. Je t'aime énormément, beau gosse. Le. Meilleur. Mari. Du monde. J'ai tellement de chance de faire ce voyage avec toi ! *Mouah !*

A.L. Jackson

Enfièvre-Moi

Cela fait six ans qu'Aly n'a pas revu Jared. Mais elle est toujours hantée par ce mauvais garçon dont elle était secrètement amoureuse au lycée. Les années ont passé et elle voudrait dépasser ce fantasme. Mais un jour, en rentrant, elle trouve le beau Jared endormi sur son canapé…

Il est passionné, insaisissable et… dangereux.
Il est son obsession, sa fièvre.

ISBN : 978-2-8246-0496-1

Enflamme-Moi

Hantée par Jared depuis ses années de lycée, Aly s'est jetée à corps perdu dans une passion avec ce bad boy quand il est revenu des années plus tard. Elle est désormais prête à construire sa vie avec lui. Mais le jeune homme reste torturé par son trouble passé.

Leur passion est brûlante, dévorante.
Et, surtout, dangereuse comme le feu.

ISBN : 978-2-8246-0540-1